»In meinem Ende ist mein Anbeginn«.
Von Maria Stuart kurz vor ihrer Hinrichtung
in französischer Sprache auf ihr Gewand gestickt

This is my truth, tell me yours.

Manic Street Preachers

Heute

John Rebus war oft bei Gerichtsverhandlungen gewesen, hatte aber noch nie auf der Anklagebank gesessen. Als den Geschworenen die Liste der Vorwürfe vorgetragen wurden, hörte er aufmerksam zu. Seit Corona hatte sich noch nicht wieder alles normalisiert. Alle Anwesenden, mit Ausnahme des Richters und Rebus, trugen Masken, und es befanden sich zahlreiche Kameras und Monitore im Saal verteilt. Die Geschworenen waren andernorts zusammengetreten – in einem Kino in der Lothian Road –, als Vorsichtsmaßnahme. Dank eines großen Bildschirms konnte er sie sehen und sie ihn.

Er versuchte sich zu erinnern, wann er zum ersten Mal in einem Fall vor Gericht ausgesagt hatte, aber er kam nicht drauf. Das musste in den Siebzigern gewesen sein, ein knappes halbes Jahrhundert war das her. Die Anwälte, die Gerichtsdiener und der Richter hatten damals vermutlich genauso ausgesehen. Wie wahrscheinlich damals auch, wurde Rebus heute ebenso von zwei uniformierten Beamten flankiert. Einmal, als er im Zeugenstand befragt wurde, war der Beschuldigte wie wild auf ihn losgegangen, ein Beamter hatte ihn aufhalten und zurückzerren müssen. Wie hieß der noch? So ein kleiner dürrer Lockenkopf war das gewesen. Fing mit M an, möglicherweise. Ach, irgendwann ließ das Gedächtnis nach, das ging doch allen so. Nicht nur ihm. Lag wohl am Alter, so wie seine COPD, deretwegen er neben seiner Maske auch einen Inhalator mitführen durfte.

Er fragte sich, wie es seinem Hund ging. Samantha, seine Tochter, hatte Brillo zu sich genommen. Rebus' Enkelin liebte ihn abgöttisch. Er war froh, dass die Zuschauerplätze nicht besetzt werden durften – so musste er sich nicht mit Sam streiten, um zu verhindern, dass sie zur Verhandlung kam. Das Leben in Untersuchungshaft besaß eine gewisse Schlichtheit. Sämtliche Entscheidungen wurden einem abgenommen. Er musste sich weder um seine Mahlzeiten noch um Spaziergänge mit dem Hund Gedanken machen, und sich nicht überlegen, was er mit dem Tag anstellen wollte. Als ehemaliger Polizist erfreute er sich bei den Schließern sogar einer gewissen Beliebtheit. Sie hielten sich gerne ein bisschen länger in seiner Zelle auf, erzählten Geschichten. Und sie hielten ein besonderes Auge auf ihn – nicht jedem Insassen der Haftanstalt lag Rebus' Wohlergehen am Herzen, weshalb er in den Genuss einer Einzelunterkunft gekommen war, obwohl das HMP Edinburgh aus allen Nähten platzte. Abgesehen von einigen wenigen Bürokraten verwendete allerdings niemand die korrekte Bezeichnung – das am westlichsten Ende der Gorgie Road gelegene Gefängnis wurde allgemein nur Saughton genannt. Fuhr man von dort aus in die Stadt, kam man wenig später am Fußballstadion der Hearts und der Polizeiwache Tynecastle vorbei. Indirekt hatte Letztere Rebus wohl hierhergebracht.

Malone, so hatte der dürre Typ geheißen. Er war Einbrecher von Beruf und hatte nichts dagegen gehabt, Hausbewohner zu terrorisieren, sofern er sie vor Ort antraf. Eines seiner Opfer hatte einen Herzinfarkt erlitten und war auf der Stelle gestorben, weshalb Rebus entschlossen war, Malone nicht ungeschoren davonkommen zu lassen. Dazu waren einige Ausschmückungen im Zeugenstand notwendig gewesen, und Malone war vor Zorn ausgeflippt – was bei den Geschworenen nie gut ankam. Rebus hatte sich bemüht, möglichst erschüttert zu wirken. Und der Richter hatte gefragt, ob er eine kurze Pause bräuchte.

»Ein Glas Wasser vielleicht, euer Ehren«, hatte Rebus erwidert und nervös versucht, Schweißperlen abzusondern. Das alles, während Malone aus dem Gerichtssaal geführt wurde, Rebus und das ganze andere korrupte Pack dabei laut beschimpfte.

»Die Geschworenen schenken dem, was sie gerade von dem Angeklagten gehört haben, keine Beachtung«, verfügte der Richter. Dann an den Vertreter der Staatsanwaltschaft gewandt: »Fahren Sie fort, sofern Detective Inspector Rebus bereit ist.«

Detective Inspector Rebus war bereit.

Er überlegte, wann er die Polizeiwache Tynecastle zum ersten Mal betreten hatte. War er da schon DI oder noch Detective Sergeant? Wahrscheinlich noch DS. Stationiert war er dort nie gewesen, hatte aber eine Zeitlang ganz in der Nähe gearbeitet, in Torphichen. Im Prinzip war das aber das saubere West End Edinburghs. Tynecastle – oder Tynie wie die Einheimischen sagten – war ein weitaus härteres Pflaster. Rebus fand, man müsste mal eine Doktorarbeit über die räumliche Nähe von Fußballstadien zu Armutsvierteln schreiben. Um das Stadion Tynecastle herum befanden sich hauptsächlich Mietskasernen, dazwischen Brachland und Gewerbegrundstücke. Weiter westlich wurden die Mietskasernen von Siedlungen wie Burnhill abgelöst, hässlichen Betonklötzen aus den Sechziger- und Siebzigerjahren, deren schwer beschlagene Scheiben an vom grauen Star getrübte Augen in einem zerfurchten Gesicht erinnerten. Die enge Anbindung an die örtliche Fußballmannschaft bot wenigstens einem Teil der dort lebenden Menschen so etwas wie Zerstreuung und hin und wieder sogar schnell vergängliche Euphorie.

Wobei Rebus nie Anhänger einer bestimmten Mannschaft gewesen war.

»Kommt schon, John«, hatte man ihn häufig gedrängt, »Hearts oder Hibs, du musst dich entscheiden.« Worauf er immer den Kopf geschüttelt hatte, so wie er jetzt auch den Kopf schüttelte, als ihn die Worte des Beamten erreichten. Der brauchte ewig zum Verlesen der Anklageschrift.

»Ihnen wird vorgeworfen ... die Anklage lautet auf ... am fünfzehnten des ... in ... gegen ... und haben ...«

Rebus versuchte sich möglichst nicht anmerken zu lassen, dass er sich der Gegenwart der Geschworenen voll und ganz bewusst war. Er wusste genau, welche Kamera auf ihn gerichtet war, und sah nie direkt hinein. Die polierte Holzvertäfelung des Gerichtssaals, der schiefergraue Teppich, die schmale Leiste, auf der er seine Hände abstützte – dem äußeren Anschein nach konzentrierte er sich vor allem darauf. Dann war da noch der Zeugenstand. Abgeschirmt von einer Sichtblende – kein Fernsehbildschirm, sondern eine echte Trennwand –, hinter der Zeugen aussagen konnten, ohne dass Blickkontakt zum Angeklagten möglich war. Das Ding hatte Rollen unten dran und wurde je nach Bedarf in die gewünschte Position geschoben ...

Moment mal, wieso war es auf einmal so still?

Rebus sah zum Richter, der den Kronanwalt anstarrte. Der Gerichtsdiener starrte ihn über den Rand der Anklageschrift ebenfalls an.

»Verzeihung, Euer Ehren«, sagte der Kronanwalt und kramte in seinen Unterlagen. Der Gerichtsdiener stieß einen bühnenreifen Seufzer aus. Das Ganze war ein einziges verfluchtes

Theater, was Rebus bereits vor vielen Jahren begriffen hatte. Zumindest für die Vertreter der verschiedenen daran beteiligten Berufsstände. Für die anderen war es alles andere als das.

»An dieser Stelle des Verfahrens teilen Sie uns mit, worauf der Beschuldigte zu plädieren gedenkt«, ermahnte der Richter den Kronanwalt.

Rebus schaute seine Verteidiger an – den Kronanwalt und seine Assistentin mit ihren blöden kleinen Perücken, außerdem seinen Rechtsbeistand im dunklen zugeknöpften Anzug. Der Kronanwalt trug eine Seidenrobe und eine eigenartige schalartige Krawatte, die man als »Fall« bezeichnete, auch wenn offenbar niemand wusste, warum. Sie sahen Rebus an, als wäre er ihnen völlig fremd, was ja auch so war, auch wenn sie sich in den vergangenen Wochen und Tagen häufig begegnet waren. Die Assistentin des Kronanwalts schaute völlig ungerührt, wahrscheinlich überlegte sie, was sie auf dem Heimweg noch einkaufen wollte oder welche Sportklamotten sie ihren Kindern für den nächsten Schultag einpacken musste.

»Mr Bartleby«, drängte der Richter. Rebus fand ihn gut. Er schien ein Typ zu sein, der einem grundsätzlich den guten Whisky einschenkte, egal, wer man war. Der Kronanwalt nickte und wirkte zufrieden.

Er fuhr sich mit der Zunge über die Lippen.

Unwillkürlich machte Rebus es ihm nach, sog seine Lunge voll mit süßer Luft aus Edinburgh …

Was zuvor geschah

Erster Tag

1

Die Pubs hatten wieder geöffnet. Man musste sich nicht mal mehr anmelden und konnte auch nicht mehr nur ausschließlich am Tisch bestellen. Am Tresen stehen kam einem jetzt vor wie etwas ganz Neues, auch wenn an der Tür noch Desinfektionsmittel zum Desinfizieren der Hände bereitstand, ein QR-Code aushing oder man seinen Namen, irgendeinen, und eine Telefonnummer, auch irgendeine, in ein Formular auf einem altmodischen Klemmbrett eintrug. Rebus hatte immer noch keine Ahnung, wie das mit dem QR-Code eigentlich funktionierte. Hin und wieder hatte es ihm ein fachkundiger Gast oder einer der Barleute zeigen wollen, aber die Information war von der Oberfläche seines Gehirns abgeprallt wie ein flacher Stein auf Wasser und in unergründlichen Tiefen versunken.

Heute saß er in einem Pub am Brougham Place. Er war im Licht der untergehenden Wintersonne mit Brillo über die Bruntsfield Links spaziert, wo Hund und Herrchen lange Schatten geworfen hatten. Wie üblich hatte im Melville Drive reger Verkehr geherrscht, und jede Menge Studenten waren unterwegs gewesen. Vermutlich hatten auch die Universitäten wieder ihren gewohnten Betrieb aufgenommen. Eine Zeitlang war es wirklich sehr ruhig gewesen, Rebus hatte wegen seiner COPD bis zum Start des Impfprogramms Ausgangsverbot gehabt und zu Hause gesessen. Aber jetzt war er ein freier Mensch und sogar geboostert. Bei Treffen mit seiner Tochter und seiner

Enkelin musste er nicht mehr auf Abstand achten, die beiden nicht mehr auf einer Seite des Gartentors und er auf der anderen stehen, und sie stellten ihm auch keine Einkaufstüten mehr vor die Tür. Endlich konnte man wieder sein Leben leben. Er konnte Samantha und Carrie in die Arme schließen, auch wenn er bei seiner Enkelin eine gewisse Zurückhaltung spürte, da sie noch ungeimpft war. Normalisierte sich gerade alles wieder, oder gab es gar keine Normalität mehr, in die es zurückzukehren galt? Die Gäste im Pub setzten immer noch ihre Masken auf, wenn sie aufstanden und herumgingen. Und zuckten nach wie vor zusammen, wenn plötzlich jemand laut hustete. Der Lockdown hatte Rebus den perfekten Vorwand geliefert, trotz seiner Schwindelanfälle und Brustschmerzen nicht zum Arzt zu gehen. Vielleicht würde er ja jetzt doch endlich was unternehmen.

Vielleicht aber auch nicht.

Erst mal begnügte er sich mit der Abendzeitung. Darin war ein Artikel über die Geschäfte auf der Royal Mile, deren Inhaber sich von Ladendieben und Süchtigen bedroht fühlten, die sich offenbar ungestraft an den Waren bedienten. In West Lothian war ein Wagen mit Säure mutwillig beschädigt worden und unweit davon entfernt eine Brandbombe auf ein Haus geflogen. Wahrscheinlich handelte es sich um einen Bandenkrieg, das wusste Rebus. Wobei ihn das gar nichts anging, jedenfalls nicht mehr. Als sein Handy piepte, zuckte ein Säufer am Nachbartisch sichtlich zusammen. Rebus schüttelte langsam den Kopf, um den Mann zu beruhigen und ihm zu signalisieren, dass es sich um eine ganz normale Nachricht handelte und keine Corona-Warnung. Als er aufs Display schaute, erkannte er jedoch, dass die Mitteilung alles andere als normal war, denn sie stammte von Cafferty. Morris Gerald Cafferty, auch Big Ger genannt.

Bist du gar nicht mit dem Hund draußen?

Rebus überlegte, ob er die Frage ignorieren sollte, fürchtete aber, dass Cafferty sowieso nicht lockerließ.

Doch, lautete seine einsilbige Antwort. Cafferty reagierte sofort.

Wieso sehe ich dich dann nicht?

Pub.

Welches?

Wieso?

Hast du so einen beschissenen Handyvertrag, dass du keine längeren Nachrichten schreiben darfst?

Kann sein.

Rebus wartete, nahm einen Schluck Bier und wartete. Brillo hatte sich neben seinen Füßen zusammengerollt, schlief nicht, tat aber recht überzeugend so, als ob. Rebus legte sein Handy auf den Tisch und schwenkte sein Bier im Glas, frischte die Schaumkrone auf. Irgendjemand hatte ihm mal erklärt, dass man das nicht machte, aber er hatte vergessen, warum.

Ping. *Ich muss dich sprechen.*

Ping. *Komm zu mir in die Wohnung.*

Ping. *Keine Eile. Innerhalb der nächsten Stunde reicht. Trink aus und bring den Hund nach Hause.*

Er überlegte, was er antworten sollte. Musste er antworten? Nein, er würde sowieso hingehen, und Cafferty wusste das. Er würde hingehen, weil er neugierig war – neugierig auf alles. Er würde hingehen, weil Cafferty und er eine gemeinsame Geschichte hatten.

Andererseits wollte er aber auch nicht allzu versessen wirken. Er zog seine Maske auf, ging zum Tresen und bestellte erst mal noch ein Bier.

Cafferty wohnte im dreistöckigen Penthouse eines vollständig verglasten Hochhauses in Quartermile, einer Neubausiedlung. Früher war hier das alte Krankenhaus von Edinburgh gewesen, und die inzwischen sanierten ehemaligen Gebäude standen jetzt eingezwängt zwischen den neuen Konstruktionen aus Stahl und Glas. Rebus dagegen wohnte nur zehn Minuten zu Fuß entfernt in einer Erdgeschosswohnung in einer ruhigen Wohnstraße in Marchmont. Der Melville Drive lag dazwischen. Auf Rebus' Seite befanden sich die Bruntsfield Links, wo in den Sommermonaten Pitch-and-Putt gespielt wurde. The Meadows, ein weitläufiges grasbewachsenes Gelände, lag auf Caffertys Seite. Meist begegnete man hier unzähligen Joggern, Radfahrern und Leuten mit Hunden. Auf dem Weg nach Quartermile musste Rebus einigen ausweichen. Er fragte sich, ob Cafferty ihn bereits beobachtete. Für alle Fälle grüßte er schon mal mit erhobenem Mittelfinger in Richtung des entsprechenden Wohnblocks und erntete verdutzte Blicke seitens eines jungen Paars auf einer Bank.

Vor Caffertys Haustür hielt er noch einmal kurz inne. Er wünschte, er würde noch rauchen. Eine Zigarette hätte ihm einen vernünftigen Vorwand geliefert, den Besuch noch ein bisschen hinauszuschieben. Stattdessen drückte er jetzt auf die Klingel. Die Tür öffnete sich mit einem Klicken, der Fahrstuhl transportierte ihn acht Stockwerke bis nach oben. Hier gab es nur eine Tür. Sie stand bereits offen. Ein gutgebauter junger Mann sammelte die Post ein, die offenbar zu einem früheren Zeitpunkt durch den Briefschlitz geworfen worden war. Der junge Mann hatte blonde Haare, und man sah ihm seine regelmäßigen Besuche im Fitnessstudio an. Am linken Handgelenk trug er so was wie einen Schrittzähler, dafür aber keine Uhr und keine Ringe.

»Und wer sind Sie?«, wollte Rebus wissen.

»Mr Caffertys persönlicher Assistent.«

»Muss ein toller Job sein, dem alten Sack den Arsch wischen zu dürfen. Danke, ich kenne den Weg.« Rebus schnappte seinem Gegenüber die Post aus der Hand. Er war noch keine zwei Schritte durch den Flur weitergegangen, als ihn eine starke Pranke an der Schulter aufhielt.

»Ich muss Sie abtasten.«

»Das ist ein Witz, oder?« Der Gesichtsausdruck des jungen Mannes verriet über jeden Zweifel erhaben, dass es keiner war. Seufzend zog Rebus den Reißverschluss seiner Daunenjacke auf. »Sie wissen, dass ich eingeladen wurde? Das heißt, ich bin so was wie ein Gast und kein beschissener Ninja.«

Der Mann strich mit den Händen um Rebus' Rippen, fuhr ihm unter die Achseln und tastete seinen Rücken ab. Als er in die Hocke ging, um auch Rebus' Hosenbeine zu prüfen, hätte dieser ihm am liebsten ein Knie ins Gesicht gerammt, ließ es aus Angst vor möglichen Konsequenzen aber doch bleiben.

»Ich hoffe, Ihnen hat das genauso viel Spaß gemacht wie mir«, sagte er, als sich der Mann wieder zu seiner vollen Größe aufrichtete. Statt zu antworten, nahm der Assistent die von Rebus' einkassierte Post wieder an sich und führte ihn in den geräumigen und offenen Wohnbereich.

Rebus fiel auf, dass ein Treppenlift eingebaut worden war, ansonsten sah aber alles noch genauso aus, wie er es in Erinnerung hatte. Cafferty saß vor den bodentiefen Fenstern in seinem elektrischen Rollstuhl. Auf einem niedrig eingestellten Stativ, gerade in der richtigen Höhe für eine sitzende Person, war ein Fernrohr befestigt.

»Wahrscheinlich hast du's nötig, um auf deine Kosten zu kommen«, meinte Rebus.

Cafferty drehte den Kopf halb zu ihm um und lächelte gequält. Er hatte abgenommen, wirkte ungesund blass. Sein Blick war noch immer stahlhart, und seine großen, geballten Fäuste erinnerten an vergangene schmerzhafte Begegnungen.

»Keine Blumen, keine Pralinen?«, fragte er und musterte Rebus von oben bis unten.

»Ich hab ein Dutzend weiße Lilien vorbestellt, wenn's so weit ist.« Rebus tat, als interessierte ihn der Ausblick über The Meadows bis zu den Schornsteinen von Marchmont. »Die haben ihn immer noch nicht gefunden, oder?«, sinnierte er. »Den Kerl, der auf dich geschossen hat? Ich denke, das wird auch nicht passieren.«

»Andrew, sei so gut, hol John was zu trinken. Vielleicht einen Kaffee gegen den Alkohol?«

»Alkohol ist sinnlos, wenn man hinterher was dagegen trinkt.«

»Dann einen Whisky? Bier hab ich nicht.«

»Ich brauche nichts, ich will nur wissen, warum ich hier bin.«

Cafferty starrte ihn an. »Ich freue mich auch, dich zu sehen.« Er wendete den Rollstuhl und steuerte quer durch den Raum auf den langen gläsernen Wohnzimmertisch zu, gab Andrew dabei Zeichen, er möge sich verziehen.

»Was ist der? Dein Pfleger oder dein Leibwächter?«, fragte Rebus und folgte dem Rollstuhl.

Cafferty zeigte auf das cremefarbene Ledersofa, und Rebus ließ sich darauf nieder, schob ein großes Kissen mit Andreaskreuz beiseite. Auf dem Tisch lag die Post, die Andrew dort hingelegt hatte, sonst nichts. Caffertys Blick richtete sich jetzt auf Rebus.

»Und du?«, erkundigte er sich. »Schöne Coronazeit gehabt?«

»Hab's überlebt.«

»Gilt wohl für uns beide, meinst du nicht? Andererseits, vielleicht spürst du's ja weniger als ich.«

»Was?«

»Dass der Tod vor der Tür steht.« Cafferty klopfte mit der linken Hand auf die Armlehne seines Rollstuhls, wie man an eine Tür klopft, um eingelassen zu werden.

»Das sind ja heitere Gedanken.« Rebus lehnte sich zurück, machte es sich auf dem Sofa so bequem, wie es ging.

»Das Leben ist kein Zuckerschlecken. Die Lektion haben wir beide doch längst gelernt. Als ich wegen Corona hier eingesperrt war, hatte ich nichts anderes zu tun als …« Cafferty tippte sich an die Stirn.

»Hättest du nett gefragt, hätte ich dir ein Puzzle geliehen.«

Cafferty schüttelte langsam den Kopf. »Du vergisst, dass ich dich *kenne*. Willst du mir weismachen, dass du über Wochen in deiner Wohnung gehockt hast, ohne ins Grübeln zu geraten? Was hast du denn sonst gemacht?«

»Ich bin mit dem Hund raus.«

»Du hast deine Tochter und deine Enkeltochter mit ihm rausgeschickt – hab sie gesehen.« Er nickte Richtung Fernrohr. »Manchmal sogar Siobhan Clarke. Sie ist auf keine hundert Meter hier herangekommen, ohne hochzustarren …«

Er hob zwei Finger.

»Vielleicht kommst du endlich zum Punkt, solange es noch hell ist.«

»Der Punkt ist …« Cafferty sog Luft ein und stieß sie geräuschvoll wieder aus. »Ich hatte nichts zu tun, außer darüber nachzudenken, was ich getan habe und wem. Die hatten das nicht unbedingt alle verdient.«

Rebus hielt Cafferty abwehrend eine Hand entgegen. »Ich

nehme keine Geständnisse entgegen. Da musst du mit Siobhan reden.«

»Nicht darüber«, sagte Cafferty leise. »Nicht darüber.« Er beugte sich vor. »Erinnerst du dich an Jack Oram?«

Rebus brauchte eine Weile, Cafferty schwieg, ließ dessen Synapsen arbeiten.

»Gehörte der nicht auch zur Legion der spurlos aus deinem Umfeld Verschwundenen?«, entgegnete Rebus schließlich. »Wie hieß seine Kneipe nochmal – Potter's Bar?«

»Ich wusste, dass du dich erinnerst.«

»Eine Billardkneipe, in der Queues auf vielfältige Weise verwendet wurden. Orams Name stand an der Tür, aber die Profite gingen an denjenigen, der mir jetzt gegenübersitzt. Irgendwann hat Oram was für sich abgezweigt. Dann dauerte es nicht mehr lange, und er konnte sich nicht mal mehr mit einem Queue retten.«

»Ich hab ihm nichts getan.«

»Natürlich nicht.«

»Er ist abgehauen, bevor ich Gelegenheit dazu hatte. Wurde vermisst gemeldet. Ich erinnere mich vage, dass deine Freundin Siobhan den Fall bearbeitet hat.«

»Und?«

»Ich hab gehört, er ist wieder in der Stadt.«

»Und?«

»Hätte nichts dagegen, mal ein paar Worte mit ihm zu wechseln, vorausgesetzt natürlich, er lässt sich dazu überreden.«

Rebus brummte. »Was hast du vor, soll Andrew ihn ein bisschen brutaler abtasten?«

»Ich möchte mich bei ihm entschuldigen«, behauptete Cafferty feierlich.

Rebus hielt sich demonstrativ eine gewölbte Handfläche hinter das Ohr. »Ich hab mich wohl verhört.«

»Ich mein's ernst. Er hat sich an fremdem Eigentum bedient, das ist richtig, und ja, er ist abgehauen. Aber er hat sich die letzten vier Jahre versteckt, zweifellos in Angst gelebt. Wahrscheinlich ist er nur zurückgekommen, weil er *davon* gehört hat.« Cafferty schlug erneut auf die Armlehne seines Rollstuhls.

»Ich bin nicht sicher, ob ich dir folgen kann.«

»Weil du nicht weißt, wofür er das Geld gebraucht hat. Sein Bruder Paul ist an Krebs gestorben, hat eine Frau, zwei Kinder und verdammt wenig auf dem Konto hinterlassen. Jack wollte ihnen helfen, koste es, was es wolle.«

»Du erwartest hoffentlich nicht von mir, dass ich dir das abnehme? Als hättest du plötzlich ein Gewissen …«

»Ich will ihm einfach nur persönlich sagen, dass es mir leidtut, wie das gelaufen ist …«

»Dann schick doch einen deiner Handlanger los, damit er ihn einfängt.«

»Könnte ich, aber da du ja nun mal für das, was da passiert ist, verantwortlich bist …«

»Was soll das heißen?«

»Du hast vor mehr als vier Jahren in einem Pub gesessen und was getrunken, hast mit einem gewissen Eric Linn gequatscht. Klingelt was?«

»Ich bin vielen Menschen in vielen Pubs begegnet.«

»Ihr hattet einen gemeinsamen Bekannten, Albert Cousins, früher mal einer deiner Informanten. Linn hat dich gefragt, ob du noch Kontakt zu ihm hast. Du hast Nein gesagt, hattest aber gehört, er hätte beim Poker in Potter's Bar ganz schön viel Kohle gelassen.« Cafferty unterbrach sich. »Fällt der Groschen jetzt?«

»Kann sein.«

»Also, Eric wusste, dass ich Anteile an der Bar habe, und er dachte, mich würden diese Glückspielabende interessieren, weil mir nämlich nie einer was davon erzählt hatte. Und so war's. Jack Oram hatte mir das alles verschwiegen, mir keinen Anteil ausgezahlt. Daraufhin hab ich ein paar Nachforschungen angestellt, und so wie's aussah, hatte er auch einiges von der Billardkneipe einbehalten. Zum Glück für ihn hatte er mitbekommen, dass ich unter vier Augen mit ihm reden wollte.« Wieder hielt Cafferty inne. »Und das alles nur, weil du besoffen in der Kneipe sitzt und die Klappe nicht halten kannst.«

Rebus schwieg. Das mit Albert Cousins und seiner Spielsucht stimmte. Aber Rebus hatte nicht wissen können, wie heikel es war, darüber zu sprechen. Trotzdem …

»Die Straße hat sich verändert«, sagte Cafferty. »Ich hab nicht mehr überall Augen und Ohren wie früher.«

»Ich auch nicht.«

»Aber du kennst dich noch aus und hast Zeit.«

»Ich bin schon ein bisschen zu alt, um den Humphrey Bogart zu spielen.« Rebus stand auf und ging ans Fenster. Er hörte das Surren des Rollstuhlmotors, als Cafferty ihm folgte.

»Ich mach's nicht mehr lange«, sagte Cafferty leise. »Hast du ja gleich gemerkt, als du hier reingekommen bist. Die Kugeln haben zu großen Schaden angerichtet.« Plötzlich wirkte er müde. »Ich hab einfach ein schlechtes Gewissen wegen Oram. Ich kann nicht genau erklären, warum bei ihm und nicht bei den anderen. Und natürlich gibt's auch Geld.« Er zeigte auf eine Schrankwand. »Da drin liegt ein Umschlag mit Geld. Du wärst nicht Humphrey Bogart, wenn du's nicht annehmen würdest.«

»Gibst du auch eine Lauren Bacall dazu?«

»Kann ich dir nicht versprechen, aber wer weiß, was sich noch ergibt. Ist doch besser, als allein in der Wohnung zu vergammeln.«

»Ich hab fast schon wieder ein neues Puzzle fertig. Sergeant Pepper, tausend Teile.«

»Das läuft dir ja nicht weg.«

Rebus drehte sich um und beugte sich zu dem Sitzenden herunter. »Was auch immer Oram zugestoßen sein mag, daran bin nicht ich schuld, sondern du. Du hättest es so oder so herausgefunden. Da draußen sind jede Menge Typen, die ihr Fähnchen nach dem Wind hängen und ihn gerne für dich ausfindig machen würden.«

»Ich will aber nicht irgendwen – ich will den größten Opportunisten von allen.«

Rebus schenkte ihm ein müdes Lächeln, fast schon unwillkürlich. »Also, was hast du, abgesehen von seinem Namen?«

»Kann sein, dass er einen anderen verwendet – würde ich an seiner Stelle jedenfalls machen. Zuletzt wurde er vor ein paar Wochen in der Nähe von Gracemount gesehen.«

»Nicht unbedingt der beste Ort für einen ehemaligen Polizisten. Willst du mich in einen Hinterhalt locken?«

»Er ist wohl aus einem Maklerbüro in der Lasswade Road gekommen.«

»Hat dir nicht auch mal eins dort gehört?«

Cafferty nickte. »Hab's aber schon vor Jahren verkauft.«

»Und dort wurde er zuletzt gesehen – in einem Maklerbüro, das mal auf dich registriert war?«

Cafferty zuckte träge mit den Schultern. »Ich weiß, dir wäre das Haus eines Hollywood-Millionärs lieber, aber mehr hab ich nicht zu bieten.«

Rebus beugte sich noch weiter herunter, seine Hände umklammerten die Armlehnen des Rollstuhls. Die beiden Männer starrten sich gegenseitig in die Augen, das Schweigen dauerte an. Dann stieß Rebus sich ab und schüttelte langsam den Kopf.

»Ich überleg's mir«, sagte er und ging zur Tür.

Cafferty blieb am Fenster sitzen. In ungefähr fünf Minuten würde er durch das Fernrohr schauen und Rebus über die Meadows zurücklaufen sehen. Er hörte, wie die Wohnungstür ins Schloss fiel, und spürte Andrew hinter sich, der auf Anweisungen wartete.

»Tee, denke ich«, sagte er. »Aber stark.«

»Kann den Typen nicht ausstehen«, meinte Andrew.

»Bist ein guter Menschenkenner. Aber wenn ich dich nicht bezahlen würde, könntest du mich wahrscheinlich auch nicht leiden. Wobei ich vielleicht Schulgeld verlangen sollte, so viel wie du bei mir hier lernst.«

Cafferty manövrierte seinen Rollstuhl zur Schrankwand. Rebus hatte den Umschlag selbstverständlich mitgenommen. Zufrieden fuhr Cafferty zum Wohnzimmertisch und griff nach der Post. In dem Stapel befand sich ein DIN-A4-Umschlag mit vertrautem Logo in der oberen linken Ecke: *MGC Lettings*. Die knausrigen Dreckschweine benutzten immer noch sein altes Briefpapier.

»Was zum Teufel ist das?«, brummte er und öffnete den Umschlag. Darin befand sich ein einziges Blatt, ein Ausdruck von einem unscharfen Foto. Darauf zu sehen war ein Mann im Profil, aufgenommen durch eine Tür, die in ein Wohnzimmer führte. Cafferty drehte es um. Kein Vermerk auf der Rückseite und auch sonst nichts im Umschlag.

Andrew stand hinter ihm. »Wer ist das?«, fragte er.

»Ich hab nicht den blassesten Schimmer«, erwiderte Cafferty. Und meinte es ernst.

Er kannte den Mann nicht.

Das Wohnzimmer allerdings … damit sah es ganz anders aus.

2

Detective Inspector Siobhan Clarke befand sich in den Räumen des CID in der Wache am Gayfield Square. Seit fünf Minuten starrte sie bereits auf den Bildschirm ihres Computers, daneben wurde ein Becher Tee kalt.

»Ich kann dir einen frischen machen«, schlug Detective Constable Christine Esson vor. Clarke blinzelte sich in die Gegenwart zurück und schüttelte erst den Kopf, dann kniff sie die Augen zu und krümmte sich, um ihre Rückenwirbel wieder beweglich zu machen.

»Ich tippe auf Francis Haggard«, fuhr Esson fort und hob ihren eigenen Becher. Sie trug die dunklen Haare als Pagenschnitt und hatte ihre Frisur in all den Jahren ihrer Zusammenarbeit nie verändert. Ihr Schreibtisch stand dem von Clarke direkt gegenüber, so dass Clarke sich nur schlecht verstecken konnte, wobei sie ohnehin vermutete, ihre Kollegin würde ihre Gedanken vermutlich auch von hinten lesen können.

»Wer sonst?«, gab Clarke zu.

Haggard war Polizist, in Tynecastle stationiert und angeklagt wegen des Vorwurfs des häuslichen Missbrauchs, »Missbrauch« war die aktuell korrekte Bezeichnung. Früher hatte man von häuslicher Gewalt gesprochen und noch früher von häuslichen Übergriffen. Nichts davon entsprach Clarkes Ansicht nach auch nur annähernd der Schwere des Vergehens. Sie war Opfern begegnet, die nur noch leere Hüllen waren, ihres gesamten Selbstbewusstseins, ihres Vertrauens und ihrer Zuversicht beraubt. Einige hatten ihr gesamtes Eheleben gelitten – häufig physisch und vor allem psychisch. Die Täter waren in allen gesellschaftlichen Schichten und Altersgruppen zu finden, aber hier war es zum ersten Mal ein Kollege.

Haggard hatte fünfzehn Jahre Polizeidienst auf dem Buckel. Er war seit sechs Jahren verheiratet, und laut seiner Partnerin hatte er bereits in den ersten achtzehn Monaten nach der Hochzeit Wutausbrüche bekommen und begonnen, sie systematisch psychisch zu verunsichern. Clarke und Esson hatten Haggard am Nachmittag vernommen, nicht zum ersten Mal. Er hatte ihnen gegenüber am Tisch gesessen, sich breitbeinig zurückgelehnt und sich hin und wieder in den Schritt gefasst. Sein Anwalt, der mit seinem eigenen Stuhl immer wieder ein Stück zurückweichen musste, um seinen Knien nicht in die Quere zu kommen, hatte nur mit Mühe seine Geringschätzung verbergen können.

Haggard hatte sich darüber beklagt, dass er es nicht nur mit einem, sondern gleich zwei weiblichen Detectives zu tun hatte, und sich an den Anwalt gewandt.

»Bist du sicher, dass das okay ist, Mikey? Zwei Kerle würden die Sache vielleicht anders sehen.«

Der Anwalt Michael Leckie (Clarke vermutete, dass er von niemandem sonst Mikey genannt wurde) war auf seinem Stuhl herumgerutscht und hatte nichts gesagt.

»Ich sehe schon«, hatte Haggard nickend weitergeredet, »ihr habt eure Mistgabeln gezückt, und der Scheiterhaufen brennt.« Dann hatte er sich abrupt zu Leckie umgedreht. »Mach schon, erzähl ihnen, was ich dir gesagt hab.«

Michael Leckie hatte sich daraufhin geräuspert, seine

Aufmerksamkeit von dem Papierstapel vor sich ab- und den beiden Detectives zugewandt.

»Ich vermute«, hatte er gesagt und die Worte in die Länge gezogen, wie um eine Sprache zu rezitieren, die er erst kürzlich gelernt hatte, »Sie wissen, was man unter einer Posttraumatischen Belastungsstörung versteht?«

»PTBS«, hatte Esson erwidert.

»Ganz recht«, hatte Francis Haggard wiederholt.

»PTBS«, sagte Esson jetzt wieder und schüttelte ungläubig den Kopf. Irgendwie war Clarkes lauwarmer Tee gegen einen frischen ausgetauscht worden, ohne dass sie es mitbekommen hatte. Sie hob den Becher und nahm einen Schluck. Esson selbst schien nie etwas anderes als heißes Wasser zu trinken, zumindest nicht im Dienst. »Das nimmt ihm doch keiner ab, oder?«

»Ich weiß es nicht«, gestand Clarke. Haggard hatte während seiner Vernehmung nichts anderes ausgesagt, als dass er seinen Zustand dem Beruf zu verdanken hatte, den er in den vergangenen fünfzehn Jahren ausgeübt hatte.

»Mein Klient ist zurzeit nicht bereit, auf Einzelheiten einzugehen«, hatte Leckie noch angemerkt und dabei geklungen, als wüsste er möglicherweise selbst nicht allzu umfassend Bescheid. Haggard war bereits angeklagt und auf Kaution frei, aber mit der Auflage, dass er sich seiner Frau und der gemeinsamen Wohnung nicht nähern durfte. Er war vom Polizeidienst suspendiert und im Zuge der Ermittlungen mehrfach vernommen worden. Esson war dem Fall von Anfang an zugeteilt gewesen, während Clarke erst eingestiegen war, als DC Ronnie Ogilvie, Essons angestammter Partner beim CID, an Corona erkrankt war und sich zu Hause hatte isolieren müssen.

»PTBS«, wiederholte Esson.

»Ich hab das im Netz nachgesehen«, sagte Clarke. »So was kriegt man auf dem Schlachtfeld oder bei Terroranschlägen, wenn man einen Tsunami oder ein Kindheitstrauma überlebt.«

»Will er vielleicht noch behaupten, ein Priester hätte nach den Proben mit dem Kirchenchor an ihm herumgefummelt, so dass er dreißig Jahre später auf seine Frau eindreschen muss?« Esson klang skeptisch. »Schon komisch, dass ihm das jetzt erst als strafmildernder Umstand einfällt. Ich wette mit dir, den Tipp hat er aus einem Männerforum im Netz. Wir sollten mal schauen, ob's jemand anders auf die Tour versucht hat. Und einen Psychologen auf ihn ansetzen.«

»Wir sollten so viel, Christine. War er außer in Tynecastle noch woanders stationiert?«

»Im Lauf der Jahre hat er ein paar Vertretungsschichten gemacht. Aber sonst nicht.«

»Dann muss er sich seine PTBS also in Tynie geholt haben.«

»Im gefürchteten Tynie. Plötzlich wirkt das alles viel plausibler.«

Jeder Polizist in Edinburgh kannte mindestens eine Geschichte aus Tynecastle. Die Beamten dort standen in dem Ruf, häufig zu weit zu gehen und ungestraft damit durchzukommen. Unzählige Häftlinge waren auf dem Weg in ihre Zellen gestolpert oder die Treppe runtergefallen, hatten das Gleichgewicht verloren oder waren mit dem Gesicht gegen eine Wand gelaufen. Und das immer ausgerechnet dann, wenn die Überwachungskameras ausgefallen waren. Regelmäßig wurden Vorwürfe erst erhoben, dann aber wieder zurückgezogen, oder sie verliefen einfach im Sande. Außerdem wurde unter vorgehaltener Hand über noch schwerwiegendere Vergehen geredet – fingierte Beweise, Vertuschungsaktionen und Bestechungsgelder.

»Sie heißt Cheryl«, sagte Esson plötzlich.

»Was?«

»Cheryl Haggard. Das Opfer. Wir sollten sie bei all dem nicht aus dem Blick verlieren.«

»Du hast recht. Wenn er unter PTBS litt, müsste sie es doch gewusst haben. Dann hätte er bestimmt früher schon mal was gesagt. Und sie muss auch gemerkt haben, dass er sich verändert.«

»Hast du noch nicht mit ihr gesprochen?«

Clarke schüttelte den Kopf. »Ich weiß, Ronnie und du habt mit ihr geredet.« Sie kramte in den Akten auf ihrem Schreibtisch, fand eine der Mitschriften. »Wie geht's ihr?«

»Ihre Schwester kümmert sich um sie.«

»Gut, wenigstens etwas. Wie heißt die Verbindungsbeamtin?«

»Gina Hendry. Sie sagt, sie kennt dich.«

Clarke nickte. »Wir kennen uns schon lange. Ich rede mit ihr.«

»Aber vielleicht morgen, Chefin?« Esson hielt ihr Handy hoch, damit Clarke die Uhrzeit auf dem Display erkennen konnte.

»Schon?« Clarke drehte sich zum Fenster, draußen war es inzwischen dunkel.

»War ein langer Tag, und ich glaube, heute bin ich dran.«

»Ein überzeugendes Plädoyer, Detective Constable Esson«, sagte Clarke und griff nach ihrer Schultertasche auf dem Boden.

Siobhan Clarke wohnte an der Broughton Street, kaum mehr als fünf Minuten zu Fuß vom Gayfield Square. Esson war mit ihr in eine Bar im Leith Walk gegangen, wo sie sich ein paar Drinks genehmigt und Nachos geteilt hatten. Auf dem Leith

Walk selbst herrschte das übliche Chaos aufgrund der Bauarbeiten für die neue Straßenbahnlinie. Einige Abschnitte des Bürgersteigs waren gar nicht zugänglich, und der Eigentümer der Bar hatte ein Transparent über der Tür angebracht, um potentiellen Gästen zu signalisieren: *Willkommen – wir haben für Sie geöffnet!* Clarke war nicht sicher, inwiefern ihm eine Portion Nachos und zwei Runden Gin-Tonic finanziell aus der Misere halfen. Als sie gingen, sagte er, er hoffe, sie bald wiederzusehen.

»Und bringt eine Freundin mit – bringt ganz viele Freundinnen mit.«

Da zwischen ihnen und dem nächsten besetzten Tisch ausreichend Abstand war, hatten Clarke und Esson weiter über den Fall gesprochen. Zuerst hatten sie es tunlichst vermieden, doch dann waren ihnen die Themen ausgegangen. Esson hatte das Eis in ihrem Glas geschwenkt und angefangen.

»Den Protokollen habe ich entnommen, dass die Kollegen, die ihn festgenommen haben, sehr sanft mit ihm umgesprungen sind. Er war ja einer von ihnen. Cheryl stand tränenüberströmt und mit blutiger Nase hinten im Flur. Die Nachbarn hatten die Polizei verständigt. Nicht zum ersten Mal hatten sie Schreie gehört und auch vorher schon mal bei uns angerufen, aber als die Kollegen von der Streife vor seiner Tür standen, hatte Haggard sich rausgeredet. Dabei dachte ich, die Zeiten sind vorbei, in denen wir bei Fällen häuslicher Gewalt beide Augen zugedrückt haben.«

»Wird wahrscheinlich auch nicht besser, wenn der die gleiche Dienstmarke hat wie man selbst.«

»Vielleicht hätte er sich auch dieses Mal wieder rausreden können, aber er ist wohl unverschämt geworden und hat einen Kollegen angerempelt. Hast du die Wohnung gesehen?« Clarke hatte den Kopf geschüttelt. »Ich hab mir das mal angesehen. Neubausiedlung in Newhaven, in der Nähe vom Hafen, vom Balkon aus hat man einen tollen Blick aufs Wasser. Die Nachbarn sind im Finanzwesen tätig und haben mir erklärt, die Wände seien super isoliert, deshalb wussten sie gleich, dass die Schreie ernst zu nehmen sind. Hast du die Fotos von ihren Verletzungen gesehen?«

»Neue und alte, Christine. Ich kenne die Beschreibungen auswendig. Ich hab deine Vernehmungsprotokolle gelesen.«

»Manchmal ist das Leben als alte Jungfer gar nicht so schlecht«, hatte Esson geseufzt.

Die beiden Frauen hatten sich in die Augen gesehen und jeweils ein Lächeln abgerungen.

Auf dem Weg nach Hause hatte Clarke über vergangene Beziehungen nachgedacht. Im Lauf der Jahre waren einige zusammengekommen, aber irgendwann waren sie doch alle am Straßenrand verreckt wie ein Auto mit defekter Benzinleitung. Schließlich war sie zu der Erkenntnis gelangt, dass es ihr allein wunderbar ging. Sie hatte ihre Wohnung, Musik, Bücher und Fernsehen. Sie hatte Freunde und Freundinnen, mit denen sie Zeit verbringen oder mit denen sie essen gehen konnte. Und diese hatten größtenteils aufgehört, sie mit geeigneten Männern (oder Frauen) zusammenbringen zu wollen. Edinburgh war gar keine schlechte Stadt für Singles. Bei Konzerten, im Kino oder im Theater wirkte sie nicht deplatziert. Okay, im Lockdown war ihr streckenweise ganz schön langweilig geworden, auch wenn sie die Ruhe in der Stadt und die leeren Straßen genossen hatte.

Die Kehrseite war natürlich, dass es zwar einen Rückgang bei einigen Verbrechen gegeben hatte, dafür andere aber zunahmen, zum Beispiel Fälle häuslicher Gewalt. In den Beziehungen brodelte es wie in Dampfkochtöpfen. Da die Pubs und Clubs geschlossen waren, wurde zu Hause getrunken. Die Nerven lagen blank, Beschimpfungen und Beleidigungen waren an der Tagesordnung – häufig gefolgt von Handgreiflichkeiten oder Schlimmerem.

Als sie mit Haggard im Vernehmungszimmer saß, hatte sie damit gerechnet, dass er sich mit der Pandemie herausreden würde. Nicht mit einer verfluchten PTBS.

Inzwischen war sie an ihrem Wohnhaus angekommen und fischte gerade ihre Schlüssel aus der Tasche, als sie ein Geräusch hinter sich hörte. Sie klemmte sich einen Schlüssel fest zwischen die Finger, um ihn notfalls als kurze Stichwaffe verwenden zu können, ballte die Faust und drehte sich um – stand dann allerdings vor einem ihr bekannten Gesicht.

DI Malcolm Fox.

Offenbar war er gerade aus einem brandneuen Mercedes gestiegen. Ausnahmsweise trug er keinen seiner vielen ausgezeichnet geschnittenen Dienstanzüge, hatte die Hände tief in den Taschen einer dunklen Daunenjacke vergraben. Als er den Schlüssel in Clarkes Faust sah, hob er scherzhaft beide Hände, als wollte er sich ergeben.

»Schön, dich zu sehen«, sagte er.

»Du rufst nie an, schreibst nie«, erwiderte Clarke. »Je länger du in Gartcosh stationiert bist, desto weniger denkst du noch an uns kleine Leute.«

Fox arbeitete auf dem Scottish Crime Campus, dem Nervenzentrum von Police Scotland in Gartcosh. Eigentlich wusste sie nicht genau, warum seine Karriere dermaßen Fahrt aufgenommen hatte, während sie selbst offenbar auf der Busspur feststeckte. John Rebus, Clarkes ehemaliger Kollege, bezeichnete Fox gerne als »schleimigen Cowboy« und hielt ihn für einen Jasager, einen allzeit bereiten Arschkriecher, der sich in einem seiner besagten Anzüge einfach gut hinter einem großen Schreibtisch machte.

»Dafür bin ich ja jetzt hier«, sagte Fox schulterzuckend. Zu seiner Daunenjacke trug er Jeans und hellbraune Halbschuhe, was ihm überhaupt nicht stand. Seine dunklen Haare waren millimeterkurz geschnitten, vorne gegelt, und seine Wangen glänzten, als hätten sie intensivere Begegnungen mit einem Rasierer hinter sich, als nötig gewesen wäre.

»Es ist acht Uhr abends, Malcolm.«

»Du warst nicht im Büro.«

»Ich hab ein Handy.«

Seine Mundwinkel zuckten. »Ich wollte dich persönlich sprechen.«

»Warum?«

Er drehte den Kopf Richtung Broughton Street. »Wollen wir was trinken gehen?«

»Hab ich gerade schon gemacht.«

»Mit Christine Esson – das haben die mir an der Anmeldung verraten. Ich war in zwei Kneipen hier in der Gegend …«

»Bist ja doch immer noch Detective.« Fox hatte erst beim CID gearbeitet, war dann zu Internal Affairs gewechselt und schließlich zur Specialist Crime Division in Gartcosh aufgestiegen.

Seine Hände steckten jetzt wieder in den Taschen seiner Jacke, als wollte er Clarke zu verstehen geben, dass ihm kalt war. »Vielleicht ein Kaffee?« Jetzt sah er zur Tür hinter Clarke.

»Lieber nicht. Ich bin ganz schön erledigt.«

Er nickte verständnisvoll. »Der Fall Haggard.«

Clarke hob unwillkürlich die Augenbrauen. »Du bist gut informiert.«

»Er macht eine PTBS geltend, hab ich recht? Oder hat er dir das noch nicht gesagt?«

Clarke starrte ihn durchdringend an. Seine Augen funkelten fast. Jetzt wusste er, dass er sie am Haken hatte.

»Du hast exakt zehn Minuten«, brummte sie und steckte den Schlüssel ins Türschloss.

Sie stiegen die Treppe hinauf, Clarke ging voran, Fox folgte ihr. »Du hast ein Auge auf meinen Wagen geworfen, das hab ich gesehen«, meinte er. »Wahrscheinlich kann ich dir denselben Deal verschaffen, falls du was suchst.«

»Tu ich nicht.«

»Behalt es ruhig im Hinterkopf. Fährt Rebus noch seinen alten Saab?«

»Woher soll ich das wissen?«

»Trefft ihr euch nicht mehr?«

»Wen ich sehe und wen nicht, geht dich gar nichts an.«

»Ich versuche nur, mich ein bisschen mit dir zu unterhalten.«

»Lass es lieber.« Sie waren in Clarkes Etage angelangt, sie schloss die Tür auf und trat in den Flur. Ein kurzer prüfender Blick ins Wohnzimmer verriet ihr, dass sie ganz beruhigt sein konnte. Es war relativ aufgeräumt und frei von Beweisstücken. Anschließend hängte sie ihren Mantel über eine Stuhllehne und setzte sich mit dem Gesicht zur Tür, wo Fox jetzt stand und sich umsah.

»Hat deine Reinemachefrau diese Woche frei?«

»Sagt der Mann, dessen beste Freundin seine Mikrowelle ist.«

»Inzwischen hab ich sogar ein paar Rezepte drauf. Wenn du magst, koch ich für dich.«

»Willst du mir drohen?« Fox lächelte und zog den Reißverschluss seiner Jacke auf. »Lohnt sich nicht«, fügte sie hinzu.

»Also keinen Kaffee?«

»Woher zum Teufel weißt du das mit Haggard?«

»Er ist Polizist. Gehört zu meinem Job, sowas zu wissen.«

»In deinem früheren Leben vielleicht, aber du bist nicht mehr bei Complaints.«

»War ich aber – und mein Chef sagt, darauf kommt es an.« Er zeigte auf das Sofa und verstand ihr eisernes Schweigen als Erlaubnis, sich zumindest vorübergehend darauf niederzulassen. »Wir machen uns Sorgen wegen diesem Fall, Siobhan. Wegen der möglichen Auswirkungen.«

»Schlechte Presse, meinst du?«

»Ein straffälliger Polizist sieht nie gut aus.«

»Ist nicht das erste Mal, dass ein Polizeibeamter wegen häuslichen Missbrauchs belangt wird, also kann es ja eigentlich nur noch um das mit der PTBS gehen.«

»Ich habe einige Jahre für die Complaints gearbeitet, Siobhan. Wir hatten Tynecastle immer auf dem Schirm, konnten denen aber nie was nachweisen.«

»Trotzdem ist mir nicht klar, woher du weißt, dass er eine PTBS vorschieben will.«

»Weil er's uns gesagt hat.«

»Was?«

»Er hat eine E-Mail an den Chief Constable geschickt und behauptet, wenn er auspackt, werden auch jede Menge Details über Police Scotland und die dort herrschende Korruptionskultur publik – ich zitiere wörtlich.«

»Hat er Beispiele genannt?«

»Nein.«

»Ihr haltet das für keinen Bluff?«

»Woher soll mein Chef das wissen?«

»Das heißt, der Chief Constable ist dein Chef?«

»Schlau wie er war, hat er die Angelegenheit seiner Stellvertreterin übergeben.«

»Jennifer Lyon, richtig? Und sie hat's an dich weitergereicht?« Fox nickte. »Aber zu welchem Zweck?«

»Wir müssen mehr über seine Verteidigungsstrategie erfahren – was er aussagen wird und was er davon beweisen kann. Nachrichtenagenturen und Blogger schnüffeln schon herum. Die wissen, dass Haggard von Tynecastle spricht und es dort jede Menge Leichen im Keller gibt.«

»Ich halte dich auf dem Laufenden.« Clarke wischte sich unsichtbare Fusseln vom Hosenbein.

»Wirklich?«, fragte Fox in die Stille.

»Mal überlegen.« Sie neigte den Kopf zur Seite. »Du kommst hier mitten in der Nacht angeschlichen – sieht für mich verdammt danach aus, als wolltet ihr die Sache bedeckt halten.«

»Ich war zuerst auf der Wache«, entgegnete Fox, aber Clarke tat die Bemerkung mit einem Schulterzucken ab.

»Nichts davon scheint mir über den offiziellen Dienstweg zu laufen. Hat dich Jennifer Lyon ausgesucht, weil du früher bei Complaints warst, oder weil sie weiß, dass wir uns schon länger kennen? Weil es dir vielleicht gelingt, mich weichzukochen, so dass ich euch stecke, was ich bei den Vernehmungen erfahre?« Ihre Miene versteinerte. »Warum hat Haggard die E-Mail geschickt? Er will, dass der Fall abgewiesen wird, oder? Um das zu erreichen, droht er mit allem Möglichen, und siehe da, plötzlich hat er dich und deine Chefin auf seiner Seite.« Clarke hob die Stimme und stand auf. »So läuft das aber nicht, Malcolm. Ich kann nicht fassen, dass du's überhaupt versucht hast.«

»Ich hab Lyon gleich gesagt, dass das viel verlangt ist.«

»Möchte *sie* denn, dass die Ermittlungen eingestellt werden?«

»Sie möchte das Beste für Police Scotland.«

»Du meinst wohl, weniger Aufsehen in der Presse.« Clarke stieg Farbe den Hals hinauf. »Sag ihr, ich schicke ihr Fotos der zusammengeschlagenen Cheryl Haggard. Fotos *und* Cheryls Aussage. Gleich morgen früh.«

»Der Fall ist ihr in allen Einzelheiten bekannt, Siobhan.«

Clarke machte Fox Zeichen, sich zu erheben. Sie selbst stand bereits an der Tür. »Sag Lyon, du hast mit mir gesprochen. Aber solange ich für den Fall zuständig bin, wird ermittelt. Und zum Schluss geht's vor Gericht, das verspreche ich dir.«

»Du bist sehr zuversichtlich. Das habe ich immer an dir bewundert. Anderes … vielleicht weniger.«

»Viel Spaß mit deinem schicken Schlitten, Malcolm.«

Sie brachte ihn zur Tür und knallte sie hinter ihm zu. Als sie wieder saß, rief sie Christine Esson an, erreichte sie aber nicht. Beim Durchblättern ihrer Kontakte stieß sie auf Gina Hendrys Nummer und schickte ihr eine Nachricht: *Ich arbeite am Fall Haggard und würde gerne mit Cheryl sprechen. Ist das möglich? Wäre auf jeden Fall gut, sich mal wieder auszutauschen. Das letzte Mal ist schon eine ganze Weile her. S.*

In der Küche setzte sie Wasser auf. Eine halbvolle Flasche Edinburgh Gin starrte sie von der Arbeitsfläche an.

»Heute Abend nicht, du Satan«, wehrte sie diese ab und griff stattdessen nach den Teebeuteln und einem Becher.

Zweiter Tag

3

Rebus war schon vor dem Morgengrauen aufgewacht, wie üblich wegen seiner vollen Blase. Brillo guckte unternehmungslustig, also ging er mit ihm auf die Meadows. Anders als die meisten Hundebesitzer wollte Rebus sich auf keinen Fall mit einer Wurfkelle blicken lassen und nahm stattdessen nur einen kleinen harten Gummiball für den Hund zum Spielen mit. Er kickte ihn mit der Schuhspitze vor sich her, so dass Brillo nie weit laufen musste, um ihn wieder zu holen.

Nach dem Frühstück blieb Rebus am Tisch sitzen und sah noch einmal die Notizen durch, die er sich am Vorabend bei der Internetrecherche gemacht hatte. Viel hatte sich dabei nicht ergeben. Jack Orams Verschwinden war in ein paar Abendzeitungen erwähnt worden. Seine Familie hatte ein Vermisstenplakat veröffentlicht, das neben einem der Artikel abgebildet war. Rebus hatte es ausgedruckt, ebenso wie ein kleineres Bild von Oram an dessen Hochzeitstag. Seine Frau hieß Ishbel. Rebus hatte noch einen Stapel alter Telefonbücher im Schrank und schlug darin nach. Laut Zeitungsartikel lebte die Familie in Craigmillar, und der Eintrag im Telefonbuch bestätigte dies. Ob die Nummer noch stimmte? Er versuchte es, bekam aber den durchgängigen Summton, der ihm beschied, dass die Nummer nicht mehr existierte. War ja auch klar – bei seinem Umzug vor ein paar Jahren hätte er selbst beinahe schon seinen Festnetzanschluss abgemeldet. Wäre es nach Siobhan

Clarke gegangen, hätte er auch die Telefonbücher gleich abgeschafft.

Er hatte also eine alte Adresse der Familie Oram, ein paar unscharfe Fotos und ein Pub namens The Moorfoot, das vorher eine Billardkneipe und davor Potter's Bar gewesen war. Für einen ganzen Abend war das nicht viel, was er vorzuweisen hatte. Aber es gab ja noch das Büro des Maklers in der Lasswade Road – brauchte Oram eine Wohnung, mied er seine Familie? Ahnten seine Angehörigen überhaupt, dass er putzmunter und am Leben war? Angenommen, Rebus würde ihn aufspüren, wollte Cafferty ihm dann wirklich ein Friedensangebot machen oder ihm nicht doch viel wahrscheinlicher an den Kragen? Rebus griff über den Tisch und nahm den Umschlag, den er aus Caffertys Wohnung mitgenommen hatte. Er war prall gefüllt mit Zwanzigern und Fünfzigern. Er wusste noch nicht, was er damit anstellen wollte, aber behalten würde er das Geld auf keinen Fall.

Und ganz bestimmt auch nicht zurückgeben.

Er wusste, dass Eric Linn, dem er von Albert Cousins' Pech beim Poker erzählt hatte, schon vor einigen Jahren an Lungenkrebs gestorben war; das hatte er von jemandem gehört, der die Beerdigung besucht hatte. Cousins selbst, einer von Rebus' zuverlässigen Informanten aus seiner Zeit beim CID, hatte alles verzockt, Frau und Heim verloren und sich umgebracht. Im Krematorium waren nicht mehr als ein Dutzend Leute zusammengekommen. Als Rebus an jenem Abend mit Linn geredet hatte, war ihm da bewusst gewesen, dass Linn Cafferty kannte? Eher nicht. Hatte er gewusst, dass Cafferty stiller Teilhaber an Potter's Bar war? Das schon. Aber wie zum Teufel hätte er ahnen sollen, dass die Pokerabende ohne Caffertys Wissen stattfanden? Er betrachtete erneut die Fotos von Jack und Ishbel

Oram. Damals hatte er sich kaum Gedanken wegen der Geschichte gemacht. Früher waren Cafferty immer wieder Leute wie Oram auf den Schlips getreten und urplötzlich von der Bildfläche verschwunden. Unmöglich hätte er dies mit den wenigen Worten in Verbindung bringen können, die er betrunken im Pub verloren hatte. Das war wirklich nicht seine Schuld.

Brillo lag zusammengerollt in seinem Korb, und als sich sein Besitzer die Jacke überstreifte, warf er ihm einen flehentlichen, aber resignierten Blick zu.

»Höchstens zwei Stunden«, behauptete Rebus und dachte, es könnte vielleicht sogar hinkommen.

Sein Saab parkte direkt vor der Haustür. Ganz schön blöd, dass er diesen Spitzenparkplatz jetzt aufgeben musste. Meist drehte er endlose Runden, bis er endlich eine Lücke fand, die groß genug war. Als er vor mehr als einem halben Leben nach Marchmont gezogen war, hatte es hier deutlich weniger Studenten und Autos gegeben. Jetzt besaßen alle Studenten Autos und blätterten, ohne mit der Wimper zu zucken, die Kohle für einen Anwohner-Parkausweis hin. Rebus hätte einen Behindertenausweis beantragen können, sträubte sich aber noch dagegen. Er wusste, dass sein Saab – der immer erst beim dritten Versuch ansprang – der älteste Wagen der ganzen Straße war und allmählich als Oldtimer durchgehen konnte. Die Stadtverwaltung plante die Innenstadt für Benzin- und Dieselfahrzeuge zu sperren, wovon Oldtimer aber vermutlich ausgenommen sein würden. »Noch ein oder zwei Jahre, dann ist es so weit«, stellte er seinem Saab in Aussicht. Immer vorausgesetzt natürlich, dass seine Spezialwerkstatt in Wardie Bay weiterhin Wunder vollbringen würde.

Die Fahrt in die Lasswade Road war kurz. Zu dieser Tageszeit schob sich der Verkehr größtenteils in die Stadt hinein, weniger hinaus. Zweistöckige Gebäude und Bungalows säumten die Straße, außerdem reihten sich ein paar Läden und Geschäfte aneinander. Dahinter lagen rauere Viertel, die Rebus aus seiner Zeit beim CID nicht unbekannt waren. Er parkte vor einer Tierarztpraxis, durch deren Fenster er besorgte Haustierbesitzer mit Transportboxen sitzen sah.

Vor den Fenstern der Immobilienagentur – es befand sich eins jeweils links und rechts der Tür – hingen halb heruntergelassene Jalousien und Bilder von einigen Dutzend Häusern, so dass Rebus kaum erkennen konnte, was sich dahinter abspielte. Die Holztür mit Milchglaseinsatz war zusätzlich mit einem Metallgitter (während der Geschäftszeiten unverschlossen) gesichert. Er trat einen Schritt zurück, betrachtete das Schild an der Fassade, *QC Lettings Agency*, und hatte bereits eine Frage im Kopf, als er die Tür aufstieß. Dank einer altmodischen, mit einer Feder verbundenen Glocke ertönte ein leises Klingeln.

»Niedlich«, sagte Rebus und ging auf die Empfangsdame zu. Der Raum war nicht groß, in einer Ecke befand sich ein Schreibtisch, und eine große Plastikscheibe schützte die Person dahinter vor den Viren der Kundschaft. »Verzeihung, hab ich ganz vergessen.« Er kramte in seiner Tasche nach einem Schlüsselband, das er sich anschließend um den Hals hängte – daran befestigt war ein laminierter Ausweis befestigt, der ihn vom Tragen einer Maske befreite. »Meine Lunge«, erklärte er und sah sich weiter im Raum um.

Ein Zweisitzersofa, ein Beistelltischchen und ein Wasserspender befanden sich außerdem darin, sowie eine ganze Wand mit Bildern weiterer Mietimmobilien. Die Empfangsdame war vermutlich Anfang fünfzig und wirkte sehr sachlich, sie trug die Haare nach hinten gebunden und eine Brille auf der Nase.

»Wofür steht QC?«, fragte Rebus.

»*Quality Counts*, habe ich mir sagen lassen.«

»Wie der Sherry?«

»Wie der Sherry.«

»Wieso hab ich das Gefühl, dass ich nicht der Erste bin, der darauf gekommen ist?«

Sie schenkte ihm ein kühles Lächeln und fragte, ob er eine Mietimmobilie suche.

»Heute nicht«, entschuldigte er sich und zückte ein Foto von Jack Oram. »Aber ich glaube, dieser Mann hier hat eine gesucht. Ich weiß nicht, wie lange das genau her ist, wahrscheinlich ein paar Wochen. Er heißt Jack Oram, könnte aber auch einen anderen Namen angegeben haben.«

Er hielt ihr ein Foto hin, sie schien es aber nicht entgegennehmen zu wollen.

»In welchem Zusammenhang wollen Sie das wissen?«

»Er wurde vor vier Jahren vermisst gemeldet, aber jetzt wieder gesehen, wie er aus diesem Büro kam.«

»Das ist keine sehr gute Aufnahme. Von wann ist die denn?«

»Keine Ahnung«, gestand Rebus.

»Ich habe ihn nicht gesehen«, erklärte die Empfangsdame.

»Kann vielleicht jemand anders mit ihm zu tun gehabt haben?«

»Hier gibt es nur mich.«

»Aber Sie machen doch bestimmt auch mal Mittagspause.«

»Um Punkt halb eins, aber ich springe einfach nur schnell über die Straße zum Bäcker.«

»Vielleicht könnten Sie trotzdem mal im Computer nachsehen, nur damit ich beruhigt sein kann?«

Sie schnaubte, guckte ungehalten, tippte aber schließlich etwas in die Tasten.

»Der Name Oram ist hier nicht zu finden.«

»Wie gesagt, vielleicht hat er einen anderen benutzt.«

»Warum sollte er? Und was geht Sie das überhaupt an?«

»Seine Angehörigen haben die Hoffnung noch nicht aufgegeben und mich gebeten, ein bisschen nachzuforschen. Sie können sich vorstellen, wie verzweifelt die sind.«

»Das kann ich wohl«, räumte sie schließlich ein und drehte sich halb um zu einer geschlossenen Tür hinten im Raum. »Wenn ich aus irgendeinem Grund wegmuss – sagen wir zu einem Zahnarzttermin –, schließe ich entweder zu oder Mr Mackenzie behält den Empfang im Auge.«

»Ist das der Geschäftsführer?«

»Ihm gehört die Firma, ja. Eigentlich ist es ein Familienunternehmen – worauf man bei QC sehr stolz ist.«

»Ob Sie ihn wohl fragen könnten?«

»Er ist gerade in einem Meeting, und ich weiß nicht, wie lange das noch dauert. Wenn Sie eine Telefonnummer hinterlassen …«

Sie wurde unterbrochen, als plötzlich die Tür aufging und eine Frau heraustrat. Sie war zehn Jahre jünger als die Empfangsdame, und ihre hohen Absätze klapperten auf dem Parkettboden. Sie trug einen knielangen roten Lederrock, dazu ein hüftlanges Jäckchen in derselben knalligen Farbe. Rebus wurde im Vorbeigehen in eine Parfümwolke gehüllt. Kurz trafen sich ihre Blicke. Die Augen der Frau waren auffallend blau, sie war stark geschminkt und hatte dichte schwarze Haare. Rebus fühlte sich an Elizabeth Taylor erinnert, »in ihrer Glanzzeit«, wie er die Vergangenheit gerne nannte. Als sie hinausging, läutete wieder die Glocke über der Tür. Ohne eine Aufforderung abzuwarten, trat Rebus in das Büro, schnitt der protestierenden Empfangsdame das Wort ab, indem er die Tür schloss.

Der Raum hinten war nur ungefähr halb so groß wie der vordere. Es gab nur einen einzigen Schreibtisch, der absolut leer war, abgesehen von einem kleinen, zugeklappten und nicht ans Stromnetz angeschlossenen Laptop. Das schmale Fenster dahinter war von außen vergittert und eröffnete den Blick auf einen von einem hohen Holzzaun eingefassten Innenhof. Ein Barschrank an der Wand verriet Rebus, dass vielversprechende Kunden zur Feier eines Vertragsabschlusses ein Glas angeboten bekamen. Der Mann am Schreibtisch brauchte einen Augenblick, um zu begreifen, dass ein Fremder vor ihm stand.

»Wer sind Sie?«, fragte er nicht ganz unberechtigt.

»Ich heiße Rebus und komme im Auftrag von Jack Orams Familie.«

»Sollte mir das etwas sagen?«

Anstatt sofort zu antworten, ließ Rebus sich auf einem der beiden verfügbaren Stühle nieder. Das Parfüm der Frau roch in dem engen Raum noch stärker. Mackenzie war wahrscheinlich genauso alt wie sie. Er trug ein weißes Hemd und eine blaue Seidenkrawatte, dazu goldene Manschettenknöpfe und eine schwere goldene Uhr. Sein blaues Nadelstreifenjackett hing über der Stuhllehne, seine graumelierten Haare waren verwuschelt. Vermutlich hatte er seit seiner Jugend die Frisur nicht mehr geändert, was ihm ein leicht wildes Aussehen verlieh und ihn Jahre jünger wirken ließ.

»Wer war das eben?«, fragte Rebus.

»Warum wollen Sie das wissen?«

»Sie kam mir bekannt vor.«

Mackenzie sah ihn finster an. »Das war meine Frau«, erklärte er. »Elizabeth. Woher kennen Sie sie?«

»Fällt mir bestimmt noch ein«, erwiderte Rebus lediglich.

»Würden Sie einstweilen mal einen Blick auf dieses Foto werfen.«

Mackenzie nahm es ihm ab und betrachtete es.

»Er heißt Jack Oram«, erklärte Rebus. »Möglicherweise hat er einen anderen Namen verwendet, er ist vor vier Jahren spurlos verschwunden. Seine Angehörigen glauben, dass er wieder aufgetaucht ist, denn er wurde offenbar hier gesehen.«

»Der Name sagt mir nichts, und das Gesicht kenne ich auch nicht. Marion kümmert sich meist um unsere Kunden.« Er gestikulierte in Richtung des vorderen Raums. »Mit falschem Namen würde er hier aber nicht weit kommen – wir verlangen die Vorlage eines Lichtbildausweises und Kontoauszüge.«

»Wie sich das gehört.« Rebus nahm das Foto wieder an sich. »Darf ich Sie nach Ihrem Vornamen fragen, Mr Mackenzie?«

»Fraser. Und Ihrer?«

»John.«

»Sind Sie so was wie ein Privatdetektiv? Bekommen Sie einen Finderlohn von der Familie?« Mackenzies Akzent hatte zunächst vornehm und nach Edinburgh geklungen, wurde jetzt aber breiter, als sei er der Ansicht, Rebus habe ihn nicht verdient. Rebus hielt ihm erneut das Foto hin.

»Könnte aber auch eine Verwechslung vorliegen. Vielleicht war's ja jemand, der ihm ähnlich sieht …«

»Da sind Sie so schlau wie ich.« Mackenzie klappte demonstrativ seinen Computer auf, als wollte er endlich richtig arbeiten. Dann vibrierte das Handy in seiner Tasche und er zog es heraus, hielt es ein Stück auf Abstand, um zu entziffern, was das Display anzeigte.

»Reine Eitelkeit«, erklärte Rebus und stand auf.

»Was?«

»Wenn Sie eine Brille brauchen, aber keine aufsetzen. Das ist reine Eitelkeit.«

»Aber nicht die schlimmste aller Sünden, Mr Rebus«, erwiderte Mackenzie lächelnd.

»Bei Weitem nicht«, musste Rebus ihm zugestehen.

Er vermutete, Brillo würde eine weitere Stunde gut allein zu Hause klarkommen, und fuhr von der Lasswade Road nach Craigmillar. Früher hatte er mal eine Zeitlang beim CID dort gearbeitet, aber das alte Polizeigebäude war inzwischen zu einer Art Pfingstkirche umfunktioniert worden, wenn auch immer noch mit Metallgittern vor den Fenstern. Die Wache befand sich jetzt in einem Neubau, der die Veränderungen der ganzen Gegend spiegelte und nur einen Katzensprung davon entfernt war. Craigmillar und das benachbarte Niddrie hatten die Polizei zu Rebus' Zeit schwer beschäftigt, die baufälligen Behausungen und die allgemein verbreitete Armut bildeten einen fruchtbaren Nährboden für Verbrechen und Verbrecher. Größtenteils waren die alten Siedlungen inzwischen verschwunden. Moderne Wohnblocks und aufgemotzte öffentliche Einrichtungen hatten das Erscheinungsbild von Craigmillar inzwischen vollkommen verändert. Rebus fuhr an einer blitzblanken Bibliothek und einem augenscheinlich stark frequentierten Tesco Express vorbei, dann bog er von der Hauptstraße in die Siedlung ab, in der Jack Oram gelebt hatte, hielt am Bordstein und hatte das Gefühl, seinen Wagen verlassen zu können, ohne fürchten zu müssen, dass er in seiner Abwesenheit Vandalen zum Opfer fiel.

»Alles nicht mehr so wie früher«, sagte er sich.

Auf Plakatwänden wurden Neubauprojekte die Straße runter beworben. Die Häuser hier waren zwar älter, aber offenbar hatte man die Dächer und auch die doppelt verglasten Fenster erneuert. Die Gärten wirkten sehr viel gepflegter als früher. Oram hatte ein erfolgreiches kleines Unternehmen geführt und hätte es sich leisten können, anderswo in der Stadt zu leben, aber Rebus wusste, dass vielen Leuten ein Gefühl von Gemeinschaft und Zugehörigkeit wichtig war. Er hatte Gangster gekannt – Cafferty war dahingehend wohl eine Ausnahme –, die noch lange, nachdem sie bereits Reichtümer angehäuft hatten, in den Häusern blieben, in denen sie aufgewachsen waren. Sich mit Menschen zu umgeben, die auf einen achteten, bedeutete auch eine gewisse Sicherheit. Für sie blieb man immer einer von ihnen, auch wenn das schon lange nicht mehr so war. Und mit ein paar Scheinen unter der Hand ließ sich das Getriebe guter Nachbarschaft problemlos schmieren.

Rebus hatte die Adresse aus dem Telefonbuch. Ein Reihenendhaus mit Kieselrauputz, wie alle anderen in der Straße. Der Vorgarten war zur Parkfläche umfunktioniert, auch wenn gerade kein Wagen dort stand. An der Seite befand sich eine Garage, die aktuell ebenfalls leer war, Blumenampeln hingen links und rechts von der Haustür. Die Tür selbst sah neu aus, dunkles lackiertes Holz mit einem langen, schmalen Buntglaseinsatz über dem Briefschlitz. Die Klingel war mit einer Kamera verbunden. Rebus drückte darauf und wartete.

Eine Frau öffnete und verdrehte die Augen, als sie ihn sah.

»Was hat er denn jetzt wieder ausgefressen? Ich bekomm ihn kaum noch zu Gesicht.«

»Halten Sie mich für einen Polizisten?«

»Sind Sie etwa keiner?«

Die Frau war Mitte vierzig, ihr schulterlanges Haar war orange gefärbt, und sie war gekleidet, als wäre sie auf dem

Sprung ins Fitnessstudio, auch wenn sie garantiert nie eins aufsuchte.

»Nur um Missverständnisse zu vermeiden, von wem sprechen wir?«

»Vielleicht fangen wir lieber damit an, wer Sie überhaupt sind und was Sie hier wollen.« Sie verschränkte die Arme und neigte den Kopf zur Seite.

»Sie sind Ishbel Oram, ich habe ein Foto von Ihnen gesehen.«

Jetzt kniff sie die Augen zusammen. »Was für ein Foto?«

»Von Ihrer Hochzeit. Sie haben sich kaum verändert«, log Rebus. »Ich bin wegen Jack hier, Ihrem Ehemann. Ich habe gehört, er soll wieder in der Stadt sein, und würde gerne mit Ihnen darüber sprechen.«

»Wieder in der Stadt?« Sie hob die Augenbrauen. »Wer sagt das?«

»Dann haben Sie ihn also nicht gesehen?«

»Von Séancen halte ich nichts.«

»Sie denken, er lebt nicht mehr?«

Sie trat eine Stufe aus der Tür heraus nach unten, so dass sie sich nun mit Rebus auf einer Höhe befand. »Ein gewisser Cafferty hat ihn aus dem Weg geräumt«, behauptete sie. »Ich hab's erst nicht geglaubt, aber jetzt schon, auch wenn wir noch drei Jahre warten müssen, bis wir's offiziell machen dürfen.«

»Sie meinen, bis Sie ihn für tot erklären können?« Rebus sah sie nicken. »Warum sind Sie so sicher, dass das auf Caffertys Kappe geht?«

»Jack ist ihm in die Quere gekommen – so was sollte man nicht machen. Dann war da noch der Umschlag, den er vor ein paar Wochen durch den Briefschlitz gesteckt hat. War kein Schreiben drin, nur fünfhundert Pfund. Das muss er gewesen sein, oder?«

Rebus dachte an seinen eigenen Umschlag, in dem wahrscheinlich dieselbe Summe steckte.

»Sie meinen, das war Cafferty? Warum nicht Jack selbst?«

»Weil Tote in der Regel nichts verdienen.«

»Warum hat er vier Jahre damit gewartet?«

Darüber musste sie nachdenken. »Manchmal braucht ein schlechtes Gewissen eine Weile, bis es sich einstellt.« Sie sah ihn an. »Aber was genau wollten Sie von Jack?«

»Sie lagen mit Ihrem ersten Instinkt gar nicht so weit daneben – ich war früher beim CID. Da gibt's noch so eine unabgeschlossene Angelegenheit von ganz früher, und ich dachte, Jack könnte helfen. Als ich also gehört habe, dass er gesehen wurde …«

»Wo wurde er denn gesehen?«

»In einem Maklerbüro in der Lasswade Road.«

Jetzt guckte sie ratlos. »Wieso sollte er da gewesen sein?« Rebus wollte nicht sagen: um einen Neuanfang zu starten, eine neue Identität anzunehmen, ohne Familie. »Tut mir jedenfalls leid, dass ich Sie enttäuschen muss«, fuhr sie fort.

»Die Person, von der Sie dachten, dass es um sie gehen würde …«

»Geht Sie einen Scheißdreck an, Mister, wer auch immer Sie sind.« Sie zog sich ins Haus zurück.

»Danke für das Gespräch«, sagte Rebus zur Tür, die vor seiner Nase ins Schloss fiel. Er ging zu seinem Wagen, dachte an die Zeitungsberichte über Jack Orams Verschwinden. Ein Sohn war dort erwähnt worden, anscheinend war er gerade von der Schule abgegangen, musste damals also sechzehn oder siebzehn gewesen und inzwischen Anfang zwanzig sein.

Was hat er denn jetzt wieder ausgefressen?

Gute Frage.

Er fuhr bis zur Hauptstraße und nahm die erste Parklücke, die er entdeckte. Zwischen all den sanierten Gebäuden hatte sich eine Reihe baufälliger Ladenlokale gehalten. Ein Zeitungskiosk mit Poststelle, ein Wettbüro, ein Waschsalon, ein Herrenfrisör und ein Nagelstudio. Außerdem ganz am Ende ein Pub mit zwei vergitterten Fenstern und einem Schild, The Moorfoot. Das war Jack Orams alte Kneipe, Potter's Bar.

»Früher hast du das ständig gemacht«, brummte Rebus leise vor sich hin. »Wie schwer kann das sein?«

Früher hatten die Kollegen gescherzt, sie würden das Schustergewerbe über Wasser halten. Bei Befragungen in der Nachbarschaft konnte man problemlos ein gutes Paar durchlatschen, man ging von Tür zu Tür, stellte immer wieder dieselben Fragen, sah sich dem immer wieder gleichen Anblick und Gestank ausgesetzt. Griesgrämige oder feindselige Mienen und was auch immer in der Küche frittiert wurde, der Geruch verbreitete sich im ganzen Haus, der Fernseher dröhnte laut, und irgendeine Promenadenmischung knurrte einen an. Rebus erschrak daher nicht unbedingt, als er die Tür des Zeitungsladens aufstieß und ein Hund Alarm schlug. Offenbar handelte es sich um den Schäferhund des Ladenbesitzers, und seine Botschaft an Rebus lautete: Komm meinem Herrchen bloß nicht blöd.

Der Teil des Ladens, wo die Poststelle untergebracht war, ähnelte mit den Sichtschutzwänden und einer zusätzlich verstärkten Tür eher einer sicheren Festung. Weiter vorne gab es aber auch noch einen Tresen, wo man Lebensmittel und Zigaretten kaufen konnte. Regale mit Zeitungen und Zeitschriften gab es fast keine mehr, was Rebus in Erinnerung rief, wie sehr sich die Vorlieben der Menschen in wenigen Jahren verändert hatten. Er nahm eine *Evening News* – inzwischen konnte man sie wohl schon in aller Frühe kaufen – und zeigte der Frau an der Kasse das Foto von Oram, doch sie zuckte nur mit den Schultern und schüttelte den Kopf. Dann stellte er sich hinter einer Frau an, die augenscheinlich ein gesamtes Amazon-Verteilzentrum zum Hauptsitz zurückschickte, Päckchen für Päckchen. Beim Warten blätterte er die Zeitung durch. Darin war ein Fortsetzungsartikel über Brandstiftungen und Säureattentate in West Lothian, die Polizei ermittelte anscheinend hinsichtlich möglicher Zusammenhänge.

»Ich bin schockiert«, brummte Rebus.

Die Gewerbetreibenden auf der Royal Mile und ihre Ladendiebstahlssorgen waren der Redaktion ebenfalls einen weiteren Artikel mitsamt neuen Fotos und Interviews wert gewesen. Polizei und Bezirksverwaltung bekamen wie üblich das meiste ab, wobei ein Sprecher von Police Scotland erklärte, man wolle verstärkt Streifenpatrouillen in der Gegend einsetzen, um das Vertrauen in eine Straße wiederherzustellen, die als »Juwel der touristischen Krone Edinburghs« gilt.

Nachdem er außer dem Sportteil und den Kleinanzeigen alles gelesen hatte, trat Rebus einen Schritt vor und unterbrach die Kundin vor sich mit der Frage, ob er kurz mit dem genervten Mann hinter der Trennwand sprechen dürfe. Ohne die Antwort abzuwarten, hielt er diesem das Foto hin, erntete jedoch nur Kopfschütteln. Um auf Nummer sicher zu gehen, zeigte er es außerdem der Kundin, aber mit demselben Ergebnis. Er schaute auf ihre Pakete.

»Würde schneller gehen, wenn Sie die selbst ins Lager zurückbringen«, schlug er vor, ließ die Zeitung auf dem Tresen liegen und ging zur Tür.

Waschsalon und Nagelstudio übersprang er, und der Herrenfrisör war geschlossen, weshalb er es beim Buchmacher versuchte. Dort waren nur einige wenige Kunden, und wieder wurde ihm bewusst, dass sich die Zeiten geändert hatten. Wie die Nachrichten, so hatte sich auch das Wettgeschäft ins Netz verlagert. Als Kind fand Rebus Wettbüros faszinierend und geheimnisvoll. Sein Vater traf sich mit seinen Kumpels dort und verbrachte manchmal halbe Samstage dort mit dem Studium der Rennzeitungen und lauschte den verzerrt übertragenen Berichten aus den Lautsprechern, dabei hatte er immer einen Bleistiftstummel in der einen Hand und eine Zigarette in der anderen. Rebus hatte den Eindruck, dass sich jetzt niemand mehr lange in diesen modernen Pendants der alten Wettbüros aufhielt. Es gab weder Tische noch Stühle und auch keine Heizung. Nur viele verschiedene Fernsehbildschirme und ein paar vereinzelte Spielautomaten, daneben eine lange Ablage zum Ausfüllen der Wettscheine.

Als er den wenigen Anwesenden Orams Foto zeigte, schüttelten diese misstrauisch die Köpfe. Niemand fragte ihn, warum er sich für ihn interessierte, niemand wollte es wissen. Die Kassiererin, noch keine zwanzig, war ähnlich abweisend, hob kaum den Blick von ihrem Handy. Als Rebus nach draußen trat, begriff er, dass ihm eigentlich nur noch eine Möglichkeit blieb. Bevor er das Moorfoot betreten konnte, hörte er schlurfende Schritte hinter sich. Ein kleiner gebückter Mann war ihm aus dem Wettbüro nach draußen gefolgt, seine Wangen waren eingefallen, und er hatte kaum noch Zähne in seinem weit aufgerissenen Mund.

»Kann sein, dass ich den gesehen hab«, sagte der Mann mit krächzender Stimme. »Aber jetzt schon einen ganzen Monat nicht mehr.« Er sah sich um, um sich zu vergewissern, dass sich niemand unangemessen für ihn oder den Fremden, mit dem er sprach, interessierte. »Heute nennt er sich aber nicht mehr Jack. Davie Loach ist sein neuer Name.«

»Und dieser Davie Loach ist Jack Oram – da sind Sie sicher?«

»Jedenfalls sieht er ihm sehr ähnlich, mehr sag ich nicht. Sie sind Rebus, oder?«

Allmählich kam der Mann Rebus auch bekannt vor. Er nickte langsam.

»Ich bin Ralph. Früher hab ich Nachtschichten in der Bäckerei in der Nicholson Street geschoben. Da sind Sie manchmal vorbei, wenn die Brötchen frisch aus dem Ofen kamen.«

Rebus musste bei der Erinnerung unwillkürlich lächeln. Er zog einen Fünfpfundschein aus der Tasche und drückte ihn dem Mann in die Hand.

»Nicht nötig«, sagte Ralph, machte aber keinerlei Anstalten, das Geld zurückzugeben.

Rebus zeigte auf das Wettbüro. »Die nächste Runde geht auf mich. Davie Loach, da sind Sie ganz sicher?«

Ralph nickte bestimmt.

»Haben Sie mit ihm geredet?«

»Der hat sich eher bedeckt gehalten.«

»Und wo haben Sie ihn zuletzt gesehen?«

Ralph zeigte erneut auf die Tür, durch die sie beide getreten waren. »Man muss einen Namen angeben, wenn man eine Wette abschließt. Ich hab Debs gefragt, wie er sich genannt hat.«

»Ist Debs die Kassiererin? Und die hat Ihnen das gerade verraten?«

»Sie ist meine Enkelin. Nehmen Sie's ihr nicht übel, dass sie nichts gesagt hat. Hier kommen alle möglichen Leute her. Normalerweise fängt's mit Schulden an und endet in einer Prügelei.«

Rebus nickte verständnisvoll. »Haben Sie ein Handy dabei?« Er diktierte dem Mann seine Nummer, und der gab ihm umgekehrt seine. »Wenn Ihnen noch was einfällt oder Sie ihn nochmal sehen, soll's Ihr Schaden nicht sein.«

Jetzt nickte Ralph, steckte sein Handy ein und kehrte ins Wettbüro zurück. Rebus konnte sich nicht an ihn erinnern, aber das war kaum verwunderlich. Das mit den heißen Brötchen mitten in der Nacht musste zwanzig oder dreißig Jahre her sein, und wahrscheinlich hatte er ordentlich einen in der Krone gehabt. Apropos, eine Bar wartete ja auch noch auf ihn. Ein kleines Bier vor der Heimfahrt konnte gewiss nicht schaden.

Das Moorfoot bestand aus einem langen, schmalen Raum. Rebus konnte sich nicht vorstellen, dass mehr als zwei, höchstens drei Billardtische hineinpassten. Der Tresen nahm fast gar keinen Raum ein, ihm gegenüber befanden sich zwei Wett-Terminals und ein Quizautomat. Statt Musik vom Band gab es einen ehrwürdigen Dansette-Plattenspieler hinter dem Tresen, daneben eine Sammlung von LPs und Singles.

»Schöne Sache«, sagte Rebus und zeigte darauf.

»Mott the Hoople funktionieren super als Rausschmeißer, wenn's auf den Feierabend zugeht«, erklärte der Barmann. Er war groß und breit, und Rebus konnte sich nicht vorstellen, dass er Probleme haben würde, renitente Kundschaft auf die Straße zu befördern – mit oder ohne Mott the Hoople.

Rebus bestellte ein kleines IPA, und der Mann drehte sich nach einem sauberen Glas um. Rebus fiel auf, dass sein Gürtel ein paar Löcher zu eng saß, wodurch die Rettungsringe um seinen Bauch umso besser zur Geltung kamen. Das Logo eines Wodka-Herstellers prangte auf seinem Poloshirt, und einige verblichene Tätowierungen zierten seine Arme. Sie sahen selbstgestochen aus, gingen vermutlich auf seine Teenagerzeit zurück. Es waren nur noch drei andere Gäste anwesend: ein junges Paar, das an einem der Automaten klebte, und ein älterer Mann an einem Tisch in der Ecke, der wie hypnotisiert auf das fast leere Glas vor sich starrte.

Rebus hatte eine Karte gezückt, aber der Barmann schüttelte den Kopf. »Nur Barzahlung.«

»Ist das Kartenlesegerät kaputt?«

»Was für ein Kartenlesegerät?«

Anscheinend war hier nicht nur die Musik altmodisch. Er gab dem Mann einen Zehnpfundschein. »Sind Sie schon lange hier?«

»Lange genug.«

»Dann sind Sie wohl Mr Crosbie?« Rebus hatte den Namen auf der kleinen Tafel draußen mit der Schanklizenz gelesen.

»Nein, ich arbeite für ihn.« Der Barmann reichte Rebus sein Wechselgeld – und zwar ziemlich viel. Als Rebus den ersten Schluck nahm, begriff er, warum. Eigentlich hätte man *ihn* dafür bezahlen müssen, dass er die Plörre trank.

»Ist das Bier in Ordnung?«, erkundigte sich der Barmann.

»Nektar. Haben Sie zufällig diesen Mann hier gesehen?« Er hielt ihm das Foto von Oram vor die Nase.

Der Blick des Barmanns aus seinen kleinen, tiefsitzenden Augen huschte von Rebus zum Foto und wieder zurück. »Kann ich nicht behaupten. Wer ist das?«

»Wundert mich, dass Sie ihn nicht erkennen. Dem hat mal der Laden hier gehört, als er noch Potter's Bar hieß.«

»Das war lange vor meiner Zeit.«

»Aber die Geschichte kennen Sie doch bestimmt.«

»Er hat sich Ärger angelacht und ist untergetaucht.«

»Nur dass er jetzt wohl wieder aufgetaucht ist und sich Davie Loach nennt.«

»Ach was?« Der Barmann schenkte sich Limonade aus einer Düse ein. Als das junge Paar an den Tresen trat, stellte er das Glas beiseite. Der junge Mann wollte einen Schein in Münzen gewechselt bekommen, für den Automaten.

»Jede Pechsträhne hat auch mal ein Ende«, erklärte der Barmann mitfühlend. Der Gast ließ die Zunge schnalzen, dann sah er das Foto, das Rebus ihm entgegenhielt, beschloss dann aber doch, das Bild und den Mann zu ignorieren.

»Noch zwei Cola-Rum«, sagte er. Seine Begleiterin streichelte seinen Nacken, und er drehte sich zu ihr um, wollte sie küssen. Als ihre Lippen schließlich aufeinandertrafen, schien es keiner der beiden mit dem Luftholen eilig zu haben, der Barmann schaute zu, als hätte er Plätze in der ersten Reihe für den neuesten Hollywood-Blockbuster ergattert. Rebus' Einschätzung nach blieben ihm zwei Möglichkeiten – austrinken oder zu dem Tisch in der Ecke gehen. Er entschied sich für Letzteres.

Der Mann dort blickte nicht auf, als Rebus an ihn herantrat, und auch nicht, als er ihm das Foto vorhielt. Er senkte es ein Stück, so dass es schließlich neben dem Bierglas lag.

»Klingelt was?«, versuchte er ein bisschen nachzuhelfen. »Oder ist die Klingel abgeschaltet?«

Jetzt blickte der Mann zu ihm auf, schien mit den Gedanken aber immer noch woanders zu sein. Na schön. Rebus hätte es genauso gemacht, hätte er sich in diesem seelenlosen Raum mit der Realität auseinandersetzen müssen. Anders als der Barmann behauptet hatte, wurde hier deutlich, dass Pechsträhnen auch ein Leben lang anhalten konnten.

»Ihr wart ein wunderbares Publikum«, schloss er und verstaute das Foto wieder in seiner Tasche.

»Sie werden uns fehlen«, rief der Barmann, als Rebus auf den Ausgang zusteuerte. »Bringen Sie das nächste Mal ein paar Platten mit.«

»Weiß nicht, ob ich was Passendes für eine Totenfeier habe«, gab Rebus zurück und warf noch einen letzten Blick auf die Kneipe und ihre Gäste.

4

Clarke war auf dem Weg zum Vernehmungsraum, als ihr Handy klingelte. Sie las Rebus' Namen und wäre beinahe nicht drangegangen, aber sie wusste ja, dass er nicht aufgeben würde.

»Alles in Ordnung?«, fragte sie.

»Spitzenmäßig, DI Clarke. Wie sieht es bei dir aus – ist der Blutdruck höher als sonst?«

»Wieso fragst du?«

»Du klingst wie ein gespanntes Gummiband kurz vor dem Zerreißen.«

»Stellst du jetzt in deiner Freizeit medizinische Ferndiagnosen?«

»Ich mache mir nur freundschaftlich Sorgen. Ich nehme an, du hast einen dringenden Termin?«

»Sozusagen. Ich arbeite an dem Fall Francis Haggard.«

Schweigen am anderen Ende der Leitung.

»Er ist Polizist in Tynecastle, aber vor allem schlägt er seine Frau – oder hat es getan.«

»Das ist nie gut.«

»Allerdings nicht.«

»Dann hast du jetzt also zu tun?«

Clarke blieb stehen und seufzte ins Telefon. »Du rufst natürlich nicht an, um einfach nur mal zu quatschen.«

»Na ja, doch, das natürlich auch.«

»Aber?« Am anderen Ende des Gangs öffnete sich eine Tür, und der Kopf von Christine Esson tauchte dahinter auf. Clarke gab ihr Zeichen, sie würde gleich kommen.

»Erinnerst du dich an einen Vermisstenfall vor vier Jahren?«, fragte Rebus. »Ein Mann namens Jack Oram, er hat in Craigmillar gewohnt und eine Billardkneipe geführt.«

»Das war einer von Big Ger Caffertys Leuten«, bestätigte Clarke. »Wir haben getan, was wir konnten, aber irgendwann sind wir nur noch gegen Mauern gerannt.«

»Ob ich mal einen Blick in die Akte werfen könnte?«

»Warum?« Sie rieb sich die Stirn. Nur John Rebus konnte einem so schnell Kopfschmerzen bereiten.

»Interessiert mich.«

»Du bist Zivilist – die Antwort lautet nein.«

»Dann erzähl mir, was drinsteht. Vielleicht bei einem Drink oder einem Essen. Ich bin dir noch was schuldig, für deine Hilfe während Corona.«

»Ich bin mit Brillo rausgegangen und hab für dich eingekauft. So wahnsinnig aufwendig war das nicht.« Als sie aufblickte, spähte nicht mehr Christine Esson aus der Tür des Vernehmungszimmers, sondern Anwalt Michael Leckie. »Ich muss jetzt wirklich Schluss machen, John.«

»Heißt das, du überlegst es dir?«

»Das heißt tschüss.«

»Warte mal, da ist noch was. Orams Sohn. Ich glaube, der ist bei Police Scotland nicht ganz unbekannt. Vielleicht kannst du noch ein Nachwort über ihn anhängen?«

»Wiederhören, John.«

Clarke beendete das Gespräch und ließ das Handy in ihre Tasche gleiten. Beim Eintritt in den Vernehmungsraum entschuldigte sie sich. Esson hatte das Aufnahmegerät vorbereitet.

Als Clarke Platz nahm und sich kurz sammelte, wanderte ihr Blick überallhin, nur nicht zu Francis Haggard. Der hing betont lässig auf seinem Stuhl, fast horizontal, die Ellbogen auf den Armlehnen.

»Mein Klient möchte sich dafür bedanken, dass Sie so kurzfristig Zeit für uns gefunden haben«, erklärte Michael Leckie.

»Wir stehen immer zur Verfügung, wenn jemand ein umfassendes Geständnis ablegen möchte«, erklärte Esson. Schließlich begegnete Clarke doch Haggards Blick.

»Die haben mit euch gesprochen, oder?«, fragte er. »Eure Vorgesetzten, meine ich?«

Clarke ließ sich weder an der Stimme noch am Gesichtsausdruck irgendwelche Emotionen anmerken. »Das spielt gar keine Rolle.«

»Wir wissen beide, dass das gelogen ist, DI Clarke. Und dass die so schnell reagieren, zeigt, wie nervös sie sind. Und zwar zu Recht. Wenn ich auspacke, stürzt das ganze Kartenhaus ein.«

»Offen gestanden glaube ich kaum, dass Sie so wichtig sind.«

»In gewisser Hinsicht haben Sie da natürlich recht. Ich bin ein sehr kleiner Teil vom Ganzen. Aber selbst das kleinste Rädchen im Getriebe kann entscheidend sein, besonders dann, wenn was schiefgeht. Und für mich fing es schon vor langer Zeit an schiefzugehen.« Er richtete sich auf, beugte sich vor, um sich der Aufmerksamkeit aller Anwesenden zu versichern. Die Breitbeinigkeit der vorangegangenen Vernehmung war verschwunden. »Gar nicht so leicht, die ersten Wochen in Tynie zu überstehen, das fängt schon mit dem Namen an. Ich heiße Francis, und mehr haben die nicht gebraucht. Natürlich ist das ein katholischer Name, also wurde ich St. Francis of Assisi, Hail Mary Haggard, Il Papa genannt. Zufällig bin ich tatsächlich katholisch, aber das spielte gar keine Rolle. Kam nur darauf an, dass die mich in eine bestimmte Schublade stecken konnten.«

»Wer sind *die*?«

»Darauf komme ich gleich.« Er hielt inne, bevor er fortfuhr. »Danach ging's mit Sticheleien weiter, ständig haben sie wunde Punkte gesucht. Das haben die mit allen so gemacht, und es hat nicht lange gedauert, dann gehörte ich zu denen, habe auch gestichelt und den jeweils jüngsten Neuzugängen blöde Spitznamen verpasst. Ist das Schikane? Indoktrinierung vielleicht? Wenn man bei den Flachsereien nicht mitgemacht hat, konnte man gleich kündigen.« Haggards Blick huschte von Clarke zu Esson und wieder zurück. »Frauen waren Schlampen und Fotzen, und wenn jemand anderer Ansicht war, wurde er als Schwächling oder Schwuler abgestempelt. Also ja, ich hab mir ein schönes dickes Fell zugelegt und manchmal auch das Rudel angeführt, weil ich es dem Chef recht machen wollte, das war damals Alan Fleck. Er war unser Sergeant, er hat uns nach seinem Gutdünken erzogen und immer eine schützende Hand über uns gehalten. Er war immer dabei, meist stand er hinten, hat nur zugesehen und manchmal den Whisky dabei getrunken, den er in seinem Schreibtisch gebunkert hatte.

Aber er war nicht der Einzige. Andere Beamte von anderen Wachen wussten genauso, was da los ist. Manchmal wurden sie herumgeführt und durften zugucken, wenn wir uns ausgetobt haben. Einen davon kennen Sie, glaube ich, DI Clarke. Inzwischen ist er natürlich im Ruhestand, so wie Fleck auch. Ich nenne gleich noch Namen, jede Menge. Aber Sie wissen schon, wen ich meine. Der Sarge hat ihn bewundert, fand's toll, dass er seine gesamte berufliche Laufbahn *mit allem durchgekommen ist*. Er hat uns die ganzen Geschichten erzählt – natürlich erst, nachdem wir irgendwann in den Kreis der Eingeweihten aufgestiegen waren. Aber danach waren wir bereit, alles zu tun, was er verlangt hat. Jemandem was anhängen? Beweise manipulieren? Zeugen einschüchtern? Das alles und noch viel mehr. Schmiergelder von Verbrechern kassieren, manchmal haben wir die Drecksarbeit für die erledigt. Falschaussagen vor Gericht gehörten zur Tagesordnung. Wir waren die bösen Cops, und einige sind es immer noch. Wir wissen, wo die Leichen vergraben liegen, und wenn die ausgebuddelt werden, wird das kein schöner Anblick sein. Und das nur, weil man uns das Gefühl gegeben hat, wir würden ungestraft davonkommen. Fragen Sie Ihren Freund – der hatte enormen Anteil dran. Er hat gemacht, was er wollte, so wie wir. Und wissen Sie was? So wie's inzwischen auf der Welt zugeht, ist das vielleicht auch das einzig Sinnvolle. *Hart durchgreifen*, hat der Sarge immer verlangt. Das ist die Kultur, in die ich reingewachsen bin. Deshalb bin ich …«, er suchte nach dem richtigen Begriff, »… gestört.«

Stille erfüllte den Raum, und Haggard lehnte sich zurück. Clarke wandte sich an den Anwalt.

»Gehen Sie damit vor Gericht?«

Haggard schlug fest mit den flachen Händen auf den Tisch. »Vor Gericht kommt gar nichts! Eure Vorgesetzten stopfen euch das Maul!«

Leckie legte seinem Klienten sachte eine Hand auf den Unterarm. »Francis, bitte.« Dann zu Clarke: »Mr Haggard nimmt regelmäßig Termine bei einem Therapeuten wahr, um sich mit diesen Themen auseinanderzusetzen. Es tut ihm aufrichtig leid, dass sein Temperament einmal gegenüber seiner Frau mit ihm durchgegangen ist.«

»Sehr viel häufiger als einmal«, korrigierte ihn Clarke.

»Dafür gibt es keine Beweise.«

»Die Nachbarn erzählen etwas anderes und sind bereit, dies auch im Zeugenstand zu tun.«

»Diese arschgesichtigen Veganer«, knurrte Haggard. »Die konnten mich von Anfang an nicht leiden.«

»Die Schwester Ihrer Frau hat alle SMS-Nachrichten aufgehoben, die diese hinsichtlich Ihres gewalttätigen Verhaltens bekommen hat.«

»Das ist alles Blödsinn.«

»Der Staatsanwalt ist anderer Meinung.« Clarke drehte sich zu dem Anwalt um. »Mr Leckie, das war Zeitverschwendung. Lassen Sie sich bitte etwas Besseres einfallen.« Sie erhob sich und signalisierte damit, dass die Besprechung beendet war. Esson unterbrach die Aufnahme, folgte Clarke zur Tür.

»DI Clarke … bitte …«

Clarke blieb stehen und drehte sich zu Haggard um. Plötzlich wirkte er eingeschüchtert und erschöpft.

»Fragen Sie sich doch mal, warum ich das mache, warum ich Brücken einreiße und mir meine Freunde zu Feinden mache.«

»Verraten Sie es mir.«

»Weil ich muss. Deshalb habe ich die Führungsetage vorgewarnt – ob vor Gericht oder inoffiziell, Tynecastle muss bezahlen. Dann kann ich ganz allmählich darüber nachdenken, mir selbst zu verzeihen. Das hat mein Therapeut gesagt. Ich hasse die Person, die ich geworden bin.« Sein Blick war jetzt von Clarke zu Esson gewandert. »Ich meine, was der Job aus mir gemacht hat und was ich Cheryl dadurch angetan habe. Ich hoffe einfach, es ist nicht zu spät.«

»Egal, was Sie diesem Therapeuten bezahlen«, sagte Clarke. »Es ist zu viel.« Sie versuchte, Blickkontakt zu ihrer Kollegin aufzunehmen, aber Esson schien völlig eingenommen von

Haggards Worten. Anstatt auf sie zu warten, verließ Clarke den Raum, schritt den Gang entlang und bog um die Ecke, wo sie abrupt stehen blieb und erst mal ihre Atmung unter Kontrolle brachte.

Einen davon kennen Sie, glaube ich …

»Verdammt nochmal, John Rebus«, sagte Clarke wütend. Sie blickte auf und sah Esson näher kommen, sie wirkte nachdenklich. »Verflucht nochmal, Christine.«

»Was?«

»Du fällst drauf rein.«

»Wer sagt das?«

»Konzentrier dich auf das, was er gemacht hat, nicht darauf, was er bereit ist, für einen Freispruch auszusagen.«

»Aber er hat recht. Mit dem, was der Job aus einem macht.«

»Das ist ein Missbrauchstäter, Christine, Ende aus. Die Schlauen kommen immer ungestraft davon, weil sie plausibles Zeug erzählen.«

»Ich bin nicht blöd, Siobhan.«

»Gut, das wäre nämlich das Letzte, was du jetzt gebrauchen könntest.«

Clarke unterbrach sich, als Haggard mit seinem Anwalt um die Ecke bog und auf den Ausgang zusteuerte. Haggard begegnete ihrem Blick, seiner Miene war keine Emotion anzusehen, und nicht zum ersten Mal wünschte sie, sie könnte anderen Menschen in den Kopf schauen.

Clarke und Gina Hendry hatten sich in einer Café Bar in der Corstorphine Road verabredet. Hendry hatte einen Caffè Latte vor sich, studierte aber das Weinangebot, als Clarke sich ihr gegenüber niederließ.

»Schade, dass es noch zu früh ist«, meinte sie.

Bei ihrem ersten gemeinsamen Treffen hatte Clarke ihr die naheliegende Frage gestellt: Wie machst du das? Als Verbindungsbeamtin, noch dazu auf häuslichen Missbrauch spezialisiert, musste man sich doch mit dem Opfer verbünden, aber gleichzeitig Objektivität wahren. Man war zu gleichen Teilen Polizistin, Psychologin und Sozialarbeiterin. Hendrys Haare waren seit ihrem letzten Treffen grau geworden, vermutlich infolge des Lockdowns, trotzdem sah sie jünger aus, als sie war, sie hatte lebendige Augen, ein faltenfreies Gesicht und von Natur aus rosige Wangen. Eine Kellnerin nahm Clarkes Bestellung eines doppelten Espresso entgegen und bellte diese über den Tresen. Hendry hatte einen Tisch in einer schummrig beleuchteten Ecke gewählt, nicht am Fenster. Wahrscheinlich, wie Clarke vermutete, weil die ehemaligen Partner der Frauen, denen sie half, teilweise nachtragend waren. Am besten machte man sich nicht allzu sichtbar.

»Dann hat er also seine Verteidigungsstrategie gefunden«, sagte Hendry ohne weitere Einleitung.

»Wir werden ihn von einer Kriminalpsychologin untersuchen lassen«, versicherte ihr Clarke. »Aber nur zur Klärung, Cheryl hat dir gegenüber nie von seiner PTBS gesprochen, oder?« Hendry schüttelte den Kopf. »Wär's okay, sie danach zu fragen? Ist sie dem gewachsen?«

»Sie ist ein bisschen angeschlagen – mental, meine ich –, aber ihre Schwester gibt ihr trotz der gegebenen Umstände wahnsinnig viel Halt.«

»Was für Umstände?« Clarke nickte dem Kellner dankend zu, als er ihren Kaffee brachte.

»Sie heißt Stephanie Pelham, Pelham ist der Name ihres Mannes. Sagt dir das was?« Clarke schüttelte den Kopf. »James Pelham ist Baulöwe. Kauft Brachland und baut teure Wohnungen und Häuser drauf. Außerdem ist er Sponsor.« Sie sah Clarkes fragenden Blick. »Das heißt, er steckt Geld in Start-ups, in der Hoffnung, später ordentlich abzukassieren, auf eine Goldgrube zu stoßen – von der Stephanie ihm einen schönen Anteil abnehmen wird.«

»Lassen die sich scheiden?«

»Nachdem sie spitzgekriegt hat, dass er sich aushäusig amüsiert. Sie hat eine Scheidung an der Backe und muss sich jetzt auch noch um ihre Schwester kümmern. Die beiden sind nur ein paar Jahre auseinander. Ich hab das Gefühl, dass sie sich immer schon sehr nahe waren.«

»Wohnt Stephanie hier ihn der Nähe?«

»Deshalb wollte ich mich in diesem Café treffen.«

»Du hast gesagt, Cheryl ist angeschlagen, aber geht's ihr sonst einigermaßen?«

»Sie wird nicht dran zugrunde gehen, falls du das meinst.«

»Aber wird sie es sich nicht nochmal anders überlegen? Mit der Verhandlung? Ich weiß, dass so was vorkommt.«

»Ständig«, pflichtete Hendry ihr bei. »Aber hier wohl nicht. Vielleicht wenn Stephanie nicht zu hundert Prozent hinter ihr stehen würde.« Sie sah Clarke direkt an. »Die kaufen ihm das mit der PTBS doch nicht ab, oder?«

»Ich weiß es nicht.«

»Und das geht alles zurück auf die Zeit, als er in Tynecastle stationiert war?«

»Wir haben ihn heute Morgen vernommen, Gina. So wie er redet …« Clarke unterbrach sich.

»O Gott, glaubst du, er hat eine Chance?«

»Na ja, wir kennen das doch beide. Inzwischen ist das vielleicht nicht mehr so verbreitet wie damals, aber solche Auswüchse gibt es immer noch, und viele Kollegen halten tunlichst die Klappe.« Sie stieß einen Seufzer aus. »Christine Esson denkt, dass der Job vielleicht wirklich sein Verhalten beeinflusst hat.«

»Ich kauf ihm das nicht ab«, sagte Hendry. »Der leidet unter zwanghafter Kontrollsucht, immer schon. Wenn er Pilot wäre oder Priester, wäre er genau derselbe.«

»So, und dann gibt's noch unsere Vorgesetzten«, ergänzte Clarke. »Die haben bereits Andeutungen gemacht, ihnen wäre es am liebsten, wenn sich dieser Fall in Wohlgefallen auflösen würde.«

»Dann sollten sie mit einem Flammenwerfer in Tynecastle vorbeischauen. Schon wäre der Fall erledigt.«

»Trotzdem hat er mit dem, was er sagt, den Finger auf eine offene Wunde gelegt – wenn er das wirklich als Verteidigungsstrategie benutzt, katapultiert er sich aus allem raus. Warum will er so eine Atombombe zünden? Warum geht er überhaupt so weit, wenn nicht, weil er glaubt, es tun zu müssen?«

»Du vergisst, dass es für ehemalige Polizisten im Gefängnis selten gemütlich ist. Dazu kommt, dass Frauenschläger auch bei den anderen Insassen meist nicht gut ankommen. An seiner Stelle würde ich alles in meiner Macht Stehende tun, um da nicht hinzukommen.«

»Wahrscheinlich hast du recht«, lenkte Clarke ein.

Hendry sah auf ihrem Handy nach der Zeit. »Ich hab gesagt halb vier.«

»Willst du bei mir mitfahren?«

Sie schüttelte den Kopf. »Mein Wagen steht um die Ecke. Wir nehmen beide – glaub mir, Parkplätze sind dort kein Problem.«

Stephanie Pelham wohnte in einem großen modernen Kasten mit elektrischem Tor und einer Auffahrt, die doppelt so groß war wie der ganze Parkplatz an der Wache am Gayfield Square. Vor einem doppelten Carport stand ein gelber Porsche, und bis Clarke und Hendry geparkt hatten, wartete Pelham schon an der Haustür, um sie zu begrüßen. Lockiges blondes Haar, lackierte Nägel, aber leger gekleidet und vermutlich deutlich weniger geschminkt als sonst, wenn sie ausging. Sie führte ihre Gäste in eine Diele mit viel hellem Holz und cremefarbenen Wänden, über eine Treppe ohne Geländer gelangte man in den ersten Stock. Sie stieg ihnen voraus nach oben, wobei sie erklärte, dass sich das Wohnzimmer dort befand, damit man von dort aus den besten Blick hatte.

»Wunderschön«, sagte Clarke und meinte es ernst. Das Haus lag erhöht in einer belaubten Straße am Corstorphine Hill, so dass man dank der gläsernen Schiebetür und der weitläufigen Terrasse, die sich über die gesamte Breite des Gebäudes zog, einen herrlichen Ausblick auf fast ganz Edinburgh hatte.

»Deshalb behalte ich das Haus, das kriegt er nicht. Das lass ich mir auf keinen Fall von dem Drecksack wegnehmen.«

»Soweit ich weiß, ist er so eine Art Baulöwe?«, erkundigte sich Clarke.

»Unter anderem. Er hat den Wohnblock gebaut, der schließlich Cheryls Gefängnis wurde – ehrlich gesagt, sonst hätten sie sich gar nichts leisten können.«

Pelham hob ihr Weinglas, zweieinhalb Zentimeter einer hellgelben Flüssigkeit waren noch drin. Sie zeigte damit auf Clarke.

»Gin-Tonic?«

»Lieber nicht im Dienst.«

»Ich weiß, dass Gina für Rotwein zu haben ist«, sagte Pelham und ignorierte Clarkes Einwand. Durch die Tür sah man in die Küche, wohin Pelham sich jetzt begab. Clarke sah Hendry an, deren Mundwinkel leicht zuckten, womit sie anscheinend sagen wollte: *Das gehört hier dazu.*

»Stephanie hat die ganze Inneneinrichtung gemacht«, erklärte sie. »Damit verdient sie ihr Geld.«

Clarke nickte, weil sie dachte, es würde von ihr erwartet. Tatsächlich hielt sich ihre Begeisterung für Stephanie Pelhams persönliche Note eher in Grenzen, für ihren Geschmack waren es zu viele Skulpturen und abstrakte Wandbehänge.

»Exotisch«, meinte sie. Hendrys Lächeln ließ vermuten, dass auch sie nicht unbedingt ein Fan davon war.

Als die Drinks gebracht wurden, setzten sie sich an einen großen Holztisch, stießen an und hörten leise Schritte auf der Treppe.

»Ah, da ist sie ja.« Pelham stand auf, um einen weiteren Drink zu holen, während Hendry das Vorstellen übernahm.

Cheryl Haggard hatte dunkle, schlaflose Augen, rotgerändert aufgrund jüngst vergossener Tränen. Ihre Haut war blass, die Haare strohig. Wahrscheinlich war sie zwei Zentimeter kleiner und vier Kilo leichter als ihre dralle Schwester.

»Danke, dass Sie bereit sind, mit mir zu sprechen«, sagte Clarke, als Haggard sich auf dem Stuhl ihr gegenüber niederließ.

»Schon in Ordnung«, lautete die automatisierte Antwort. Cheryl Haggard machte nicht den Eindruck, als wäre irgendetwas in Ordnung.

»Ich glaube, Sie haben bereits mit meiner Kollegin Christine Esson gesprochen«, sagte Clarke. »Ich bin relativ neu zu den Ermittlungen gestoßen, deshalb dachte ich, wir sollten vielleicht …«

Haggard nickte, ohne Blickkontakt aufzunehmen. Sie trug ein Oberteil, dessen lange Ärmel sie so weit runtergezogen hatte, dass ihre Hände darin verschwanden. Ihre rechte Hand erhielt ein Stück Freiheit zurück, als ihr Drink eintraf. Wie ihre Schwester trank auch sie Weißwein. Clarke hatte ihren Gin-Tonic gekostet und hoffte, sie würde danach noch fahren können.

»Wie laufen die Ermittlungen?«, fragte Pelham.

»Wir machen Fortschritte. Darf ich fragen, ob wir uns kurz mit Cheryl allein unterhalten könnten?«

»Fragen dürfen Sie, aber ich bleibe, wo ich bin.« Sie griff nach dem Handgelenk ihrer Schwester. Erneut signalisierte Hendrys Blick Clarke, dass sich daran nichts ändern ließ, weshalb Clarke verständnisvoll nickte.

»Verraten Sie mir doch bitte noch einmal, wie lange Sie Ihren Ehemann kennen, Cheryl.«

»Fast zehn Jahre.«

»Und verheiratet sind Sie seit sechs Jahren?« Wieder nickte Cheryl langsam.

»Gott sei Dank gibt's keine Kinder, kann ich da nur sagen«, ergänzte Pelham.

»Er wollte nie welche«, sagte ihre Schwester leise.

»Aus einem bestimmten Grund?«, fragte Clarke.

Haggard zuckte mit den Schultern. »So wie's um die Welt bestellt ist … er wollte nicht, dass unsere Kinder das mitmachen müssen.«

»Was für ein Unsinn«, brummte Pelham.

»Hat er schon immer so gedacht?«, hakte Clarke nach. »War er insgesamt eher pessimistisch?«

»Sein Beruf hat es wahrscheinlich nicht besser gemacht.«

»Hat er mit Ihnen über seinen Job gesprochen?«

»Eigentlich nicht. Ich meine, Sie machen das doch auch nicht, oder?« Sie schaute von Clarke zu Hendry und wieder zurück, als wollte sie es sich bestätigen lassen. »Hätte ihm vielleicht gutgetan, es rauszulassen, anstatt alles in sich reinzufressen ... ich weiß es nicht. Abends kam er meist spät nach Hause – nach der Arbeit ist er immer noch was mit den Jungs trinken gegangen. Das war seine Art, Dampf abzulassen.«

»Die Jungs sind seine Kollegen?«

»Andere Freunde hatten wir nicht. Wenn wir ausgegangen sind, dann immer mit den Kollegen, manchmal auch mit deren Frauen oder Freundinnen.«

»Meinen Sie, sein Job hat ihm zugesetzt, ihn vielleicht verändert?«

»Kann sein.«

»Ich glaube, ich höre nicht richtig«, fauchte Pelham und funkelte Clarke böse an. »Das klingt, als wollten Sie ihn verteidigen.« Dann an ihre Schwester gerichtet: »Ich hab dich gewarnt, dass es so kommen würde, Cheryl. Die fegen alles schön unter den Teppich.« Ihr Handy klingelte, und sie ging dran. »Ich ruf dich zurück, Melinda«, blaffte sie. »Bis später, Süße, mwah.« Dann knallte sie das Handy auf den Tisch. »Arbeit«, erklärte sie.

»Die Sache ist die«, drängte Clarke weiter und konzentrierte sich auf Haggard. »Francis schiebt es auf seine PTBS. Mit anderen Worten, auf seinen Beruf. Deshalb frage ich mich, ob Sie glauben, dass da etwas dran sein könnte. Hat sich sein Verhalten im Lauf der Jahre verändert? Hat er je versucht, seine Gewaltausbrüche zu erklären?«

»Der war immer schon ein Arschloch«, erwiderte Pelham, aber ihre Schwester schüttelte den Kopf.

»Mit der Zeit ist es schlimmer geworden, definitiv. Und PTBS – ich weiß, dass er das mal gegoogelt hat. Ich hab's in seiner Chronik auf dem Computer gefunden.« Sie verengte die

Augen, um besser nachdenken zu können. »Aber das war danach.«

»Wonach?«

»Nachdem die Nachbarn die Polizei gerufen hatten. Nicht dieses Mal, aber beim letzten Mal, da haben sie nur mit ihm geredet und sind dann weggefahren.«

»Du hättest ihn noch in derselben verfluchten Nacht verlassen sollen, Cheryl.«

Pelham drehte sich zu Clarke um, sah sie durchdringend an. »Ich hab's ihr gesagt, aber sie wollte ihm noch eine Chance geben. Wie viele Chancen hat ein Wichser wie der verdient?«

»Glauben Sie mir, ich bin auf Ihrer Seite.« Clarke lenkte ihre Aufmerksamkeit wieder auf Haggard. »Ist er mit den Jahren gewalttätiger geworden, Cheryl? Nur damit ich mir ein klareres Bild machen kann.«

»Am Anfang war er nur verbal aggressiv. Manchmal hat er dabei nicht mal die Stimme gehoben. Angeblich konnte ich nicht kochen, die Wohnung war ihm auch nicht sauber genug. Ich hatte ihn nicht verdient, wo er doch alles für mich tun würde. Meine Klamotten waren verkehrt, wenn wir ausgegangen sind, war ich ihm peinlich.« Sie hielt inne. »Ich hatte eigene Freunde, aber die konnte er nicht leiden, also wurden sie abgeschafft.«

»Kontrolle«, pflichtete Gina Hendry ihr nickend bei.

»Aber mich konnte er nicht rausdrängen«, sagte Pelham. »Irgendwann hat er's aufgegeben.« Sie stieß mit ihrem Glas an das ihrer Schwester.

»Das erste Mal geschlagen«, sagte Haggard in Erinnerungen versunken, »hat er mich nach einem Abendessen, so einer großen Feier, die einmal im Jahr bei der Polizei stattfindet. In Abendgarderobe. Er hatte eine Tapferkeitsmedaille bekommen, weil er einen Typen dran gehindert hat, von der North Bridge zu springen. Er fand, ich hätte mich nicht genug für ihn gefreut, nicht gelächelt oder geklatscht … er hatte sich schon halb ausgezogen und war im Schlafzimmer. Da kam er auf mich zu und schlug mir fest ins Gesicht. Den Rest der Nacht hab ich mich im Bad eingesperrt. Am nächsten Tag hat er mir Blumen mitgebracht. Kann sein, dass er sogar geweint hat.«

»Wie Krokodile das so machen«, sagte Pelham.

»Wie lange ist das her?«, fragte Clarke.

»Vier Jahre ungefähr.« Haggard sah sie an. »Als ich ihn kennenlernte, war er bereits Polizist, also weiß ich nicht, wie er vorher war. Er war jedenfalls sehr nett, wir haben uns verliebt und wurden ein Paar …«

Jetzt liefen ihr Tränen über die Wangen. Ihre Schwester drückte noch einmal ihre Hand, dann erhob sie sich.

»Noch einen?«, fragte sie. Clarke wurde bewusst, dass sie ihren Gin-Tonic getrunken hatte, ohne es überhaupt zu merken. Sie sah Ginas Rotweinglas an, von dem sie offensichtlich nur einen Schluck genommen hatte. Auch Cheryl Haggard stand auf und ging zur Treppe. Zu dritt sahen sie ihr nach. Dann stützte sich Pelham auf die Tischplatte, beugte sich vor, und wieder bohrte sich ihr Blick in Clarkes Augen.

»Er darf nicht ungeschoren davonkommen«, zischte sie.

»Wird er nicht«, erwiderte Clarke.

»Männer sind doch alle gleich. Ich spreche aus Erfahrung. Wissen Sie, wie mein Ex erwischt wurde? Auf einer Website erschien ein Foto, das ihn zeigt, wie er mit der Schnalle aus dem Hotel kommt, in dem er sie gefickt hat. Hätte seine Tochter sein können, so jung war die.«

»Was für eine Website war das?«, fragte Clarke.

»*Edinburgh Courant* nennt die sich. Kennen Sie die?«

»Hin und wieder wird da mal eine Polizeigeschichte aufgewärmt.« Clarke schob sich auf ihrem Stuhl zurecht. »Danke für das Angebot, aber wir lassen Sie jetzt lieber wieder mit Ihrem Tag weitermachen.«

»Wenn es sonst noch was gibt, wir sind hier – ich habe meine Arbeit erst mal auf Eis gelegt, solange Cheryl mich braucht. Ich kann Ihnen nicht sagen, wie sehr ich mich darauf freue, Francis vor Gericht zu erleben.« Pelham unterbrach sich, fuhr mit einem Finger an ihrem Weinglas herunter und sprach plötzlich mit voller Energie weiter. »Sie haben ja meine Kontaktdaten, oder?« Clarke nickte. »Ursprünglich hatten wir's mit zwei anderen Kollegen zu tun.«

»DC Esson arbeitet immer noch an dem Fall«, erklärte Clarke. »DC Ogilvie ist zurzeit nicht im Dienst. Deshalb bin ich eingesprungen.«

»Haben Sie ihn schon kennengelernt?«

Clarke wusste, von wem die Rede war, und nickte langsam.

»Fallen Sie nicht drauf rein«, riet ihr Pelham. »Das sind alles Schauspieler, die ganze verfluchte Bande.«

Clarke saß im Wagen, konnte sich nicht entscheiden, ob sie nochmal auf die Wache fahren oder Feierabend machen sollte, als Christine Esson sie anrief.

»Und was denkst du?«, wollte diese von ihr wissen.

»Sie hat Glück, dass sie ihre Schwester hat.«

»Stephanie ist auf jeden Fall Gold wert. Wollte sie dir auch ein Küsschen auf die Wange drücken, als du gegangen bist?«

»Nein.«

»Dann fühle ich mich geehrt.«

»Nur dich oder Ronnie auch?«

»Ronnie hat sogar zwei dicke Schmatzer bekommen – mwah mwah – auf beide Wangen.«

»Ein Glück, dass er sie nicht mit Corona angesteckt hat.«

»Ein Glück, dass er nicht uns alle mit Corona angesteckt hat.«

»Wie geht's ihm denn?«

»Mit Netflix ist er schon durch, jetzt fängt er mit Disney plus an. Bist du auf dem Weg hierher, oder fährst du nach Hause?«

»Wie lange bleibst du?«

»Eine Stunde vielleicht. In West Pilton wurden Pistolenschüsse gemeldet. Die brauchen Verstärkung, anscheinend ist aber niemand verletzt. Ich überprüfe Krankenhäuser und Arztpraxen, falls doch noch irgendwelche Verwundeten auftauchen.«

»Ich muss eine kurze Zwischenstation machen, dann bin ich auch da. Soll ich was zu essen mitbringen?«

»Kuchen wäre nicht verkehrt. Hat Francis mit Cheryl über seine PTBS gesprochen?«

»Erst als Polizisten vor seiner Haustür standen.«

»Das kann alles bedeuten oder nichts.«

»Sind Doughnuts okay, oder brauchst du härteren Stoff?«

»Doughnuts sind super. Bis gleich. Mwah.«

»Mwah«, erwiderte Clarke grinsend und beendete das Gespräch.

Stephanie Pelham schenkte sich gerade Wein nach, als es an der Tür klingelte.

»Diese verfluchten Bullen«, seufzte sie und ging zur Treppe. »Ich mach auf«, sagte sie, als sie Cheryls Zimmertür aufgehen hörte. Sie entriegelte das Schloss und drehte den Knauf. »Haben Sie was vergessen …«

Die Tür flog mit solcher Wucht auf, dass sie rückwärts stolperte und fiel.

»Ich will reden«, sagte Francis Haggard. »Wenn sie Zeit für den CID hat, hat sie auch welche für mich.«

Er stieg über Pelham. Cheryl hatte ihre Zimmertür oben mit einem Aufschrei zugeschlagen. Pelham rappelte sich auf und packte Haggard mit der Faust am Aufschlag seiner Lederjacke.

»Was zum Teufel soll das werden, Francis?« Sie roch Alkohol an ihm.

Er ignorierte sie und hämmerte mit der flachen Hand an die Zimmertür. »Cheryl, wir müssen darüber sprechen! Ich hab gesagt, es tut mir leid. Ich tu auch was, ich gehe zu einem Therapeuten.« Er presste seine Stirn an die Tür, kniff die Augen fest zu. »Ich mache alles, was nötig ist, Liebling. Du weißt das. Es kann alles wieder werden wie früher.«

»Francis«, warnte Pelham ihn, »bei Gott, ich schwör's, du musst jetzt sofort hier verschwinden.«

»Ich will mit meiner Frau sprechen.«

»Schau mich an, Francis. Schau mich an.«

Langsam drehte er den Kopf und öffnete die Augen. Pelham war einige Schritte zurückgewichen. Sie hatte ihr Handy in der Hand und hielt es vor sich.

»Ich hab längst Aufnahme gedrückt«, sagte sie. »Wenn du nicht in Untersuchungshaft zurückwillst, gehst du jetzt besser, und zwar sofort.«

»Cheryl«, sagte er zur Tür, seine Stimme wurde noch weicher, »du weißt, dass ich dich liebe. Das weißt du. Wir kriegen das wieder hin. Du und ich, wir beide, wir fangen neu an.«

»Später.« Die Tür war so dick, dass das einzelne Wort geschluckt wurde. Haggard neigte den Kopf, um besser zu hören.

»Was hast du gesagt, Cher?«

»Wir reden später. Gib mir Zeit.«

»Wir *werden* sprechen, ja?«

»Ich filme immer noch«, erklärte Pelham.

Haggard drehte sich zu ihr um. »Das schickst du nirgendwohin«, sagte er und nickte in Richtung ihres Handys. »Sonst …« Er fuchtelte ihr mit einem Zeigefinger entgegen, obwohl sie sich auf das Display konzentrierte. »Wirklich …?« Er stürzte sich auf sie, entriss ihr das Handy.

»Bist wohl stolz auf dich«, fauchte Pelham und rieb sich das Handgelenk.

Er steckte ihr Handy ein und zeigte wieder auf sie, hob warnend seinen Zeigefinger. Dann schob er sich an ihr vorbei zur Tür.

»Ruf mich an, wenn du so weit bist!«, brüllte er über seine Schulter zur Zimmertür. »Ich warte!«

Pelham folgte ihm durch die Diele, knallte die Haustür hinter Haggard zu und verriegelte jetzt beide Schlösser. Als Cheryl das Geräusch hörte, tauchte sie aus ihrem Zimmer auf.

»Alles klar?«, fragte sie.

»Das Arschloch hat mein Handy mitgenommen.«

Sie tappte barfuß zu ihrer Schwester und umarmte sie.

»Halt dich bloß fern von dem, Cheryl«, warnte Stephanie Pelham.

»Ich wollte nur, dass er geht. Hat ja auch funktioniert.«

Pelhams Kinn ruhte auf der Schulter ihrer Schwester, sie schaute in eine Ecke an der Zimmerdecke, aus der ihr eine Überwachungskamera entgegenstarrte. Pelham rang sich ein schmales und entschlossenes Lächeln ab.

5

Rebus hatte gerade Haggis aus der Mikrowelle zu Abend gegessen, als er es klingeln hörte. Brillo trottete mit ihm zur Tür. Siobhan Clarke stand davor.

»Sieh an«, sagte Rebus, während Brillos Begrüßung deutlich überschwänglicher ausfiel. »Komm rein.«

Rebus war jetzt schon eine ganze Weile in der neuen Wohnung, trotzdem standen noch unausgepackte Kisten herum. Clarke hatte ihm beim Umzug geholfen und sah sie jetzt immer noch aufgestapelt in dem schmalen Flur.

»Ich hab gesagt, ich kümmere mich noch drum, und das werde ich auch«, erklärte ihr Rebus. »Andererseits bin ich die ganze Zeit ohne die Sachen ausgekommen, vielleicht muss ich sie gar nicht auspacken.« Er ging ins Wohnzimmer, wo John Lee Hooker auf CD lief. Er drehte die Lautstärke runter. Clarke schnupperte in die Luft.

»Stovies?«, riet sie.

»Haggis«, korrigierte Rebus.

»Aber mit brauner Sauce, hab ich recht?«

»Genau«, bestätigte er. »Trinkst du ein Bier mit mir?« Auf dem Esstisch standen zwei leere Dosen, vier noch ungeöffnete reihten sich im Bücherregal aneinander.

»Ich sollte nicht.«

»Das heißt, *ja, gerne.*« Er zog den Ring und reichte ihr die Dose. »Ist wohl nicht dein erster Drink heute?«

»Deiner auch nicht, trotz der Empfehlungen der Ärzte.« Demonstrativ schnupperte sie in die Luft. »Wenigstens hast du nicht geraucht.«

Rebus setzte sich an den Tisch und bedeutete ihr, sie möge sich dazusetzen.

Sie hängte ihre Tasche über die Rückenlehne ihres Stuhls.

»Setzt dir der Fall Haggard zu?«, erkundigte er sich.

»Ein bisschen.« Sie nahm einen Schluck Bier. »Hast du vielleicht ein Glas?«

»Dann muss ich mehr abwaschen.«

»Wahrscheinlich hast du gar keine sauberen Gläser.«

»Auf frischer Tat ertappt«, sagte er, hob die Dose und prostete ihr zu.

»Ich erinnere mich, dass ich dir gegenüber Haggard erwähnt habe«, sagte Clarke. »Da klang es, als würdest du ihn nicht kennen.« Sie sah Rebus nicken, während er trank. »Er scheint dich aber zu kennen.«

Rebus ließ sich Zeit, den Mundvoll Bier herunterzuschlucken. »Ach was?«, sagte er schließlich.

»Jeder Polizist in Edinburgh weiß, dass Tynecastle eine Jauchegrube ist, wahrscheinlich immer gewesen.«

»Ich war nie dort stationiert.«

»Aber dein Freund – Alan Fleck.«

»Alan ist schon lange im Ruhestand.«

»Erst seit ungefähr drei Jahren. Du hast ihn öfter mal in Tynecastle besucht. Er hat seinen Gästen gerne das inoffizielle Trainingsprogramm vorgeführt, das er Neueinsteigern angedeihen ließ. Unterricht in Rassismus, Sexismus, Meineid und Konspiration mit Verbrechern …«

»Warte mal, Siobhan.«

»Das kommt jetzt alles raus, John, so oder so. Malcolm Fox

ist in der Stadt, und auch wenn er nicht mehr bei Complaints arbeitet, würde er nichts lieber tun, als die gesamte schmutzige Polizistenwäsche, von allen im aktiven Dienst und auch denen im Ruhestand, ans Licht der Öffentlichkeit zu zerren. Entweder packt Haggard vor den Geschworenen aus, oder er verkauft es an Fox im Gegenzug für die Zusicherung, dass er mindestens mildernde Umstände bekommt.«

»Ich hab doch gesagt, dass ich Francis Haggard nicht kenne.«

»Trotzdem ist er bereit, dich ohne Fallschirm aus dem Flieger zu schubsen.«

Das Schweigen zog sich, bis Clarke in ihre Tasche griff und einen großen gepolsterten Umschlag herauszog.

»Das sind die Ermittlungsunterlagen zum Fall Jack Oram«, sagte sie. »Alles, was ich ausgraben konnte. Rede mit mir, dann bekommst du sie.«

Sie trank und sah Rebus zu, wie dieser die Alternativen abwog. »Ach«, setzte sie noch hinzu, »ich habe außerdem Nachforschungen über Orams Sohn angestellt, über Tommy.«

»Muss ich dafür auch verhandeln?«

»Gibt nicht viel zu berichten. Die üblichen Ordnungswidrigkeiten, wie man sie von Teenagern kennt. Kürzlich war mal Diebstahl dabei, aber der Fall wurde nicht weiterverfolgt.«

»Was für eine Art von Diebstahl?«

»Er hat bei jemandem in der Wohnung an der Elektrik gearbeitet, und hinterher fehlte Geld.«

»Ist er Elektriker?«

Clarke schüttelte den Kopf. »Eher so was wie ein Allround-Handwerker. Er arbeitet für ein Maklerbüro. Wenn die irgendwo was zu reparieren haben, macht er das.«

Rebus' gesamter Körper wirkte jetzt angespannt. »Welche Firma?« Er sah Clarke mit den Schultern zucken. »QC Lettings?«

»Glaube, ja. Hab wohl einen Nerv getroffen.«

»Tommys Vater wurde bei denen im Büro zum letzten Mal gesehen.«

»Und warum interessiert *dich* das? Du bist mir am Telefon ausgewichen.«

Rebus hatte ausgetrunken. Er holte die beiden letzten Dosen, öffnete eine davon für sie und ließ ihr keine Alternative.

»Ich weiß nicht, was das mit Tynie ist«, sagte er, als er sich wieder hinsetzte. »Du hast recht, denen hing immer ein schlechter Geruch an. Ich weiß nicht, ob Alan Fleck schuld daran ist oder sonst jemand. Irgendwie scheint es fast am Gebäude zu liegen. Wenn man da nur reingeht, spürt man schon diese Atmosphäre. Ich halte nicht viel vom Übernatürlichen, aber wenn du mir erzählt hättest, die Wache sei auf einer alten indianischen Grabstätte errichtet, hätte ich dir vermutlich geglaubt.«

Clarke nahm ihre Dose, stellte fest, dass sie leer war, und griff nach dem bereitstehenden Nachschub. Bier auf Gin – sie würde einen heftigen Brummschädel bekommen.

»Ich weiß nicht«, fuhr Rebus fort, »was Haggard für Geschichten erzählen will. Ich möchte stark bezweifeln, dass seine Kollegen irgendeine davon bestätigen werden.«

»Bestätigt oder nicht, wenn sie pikant genug sind, wird die Presse sie aufgreifen.«

»Police Scotland hat wohl Malcolm Fox losgeschickt, damit er das Ganze vertuscht. Und das Erste, was Malcolm macht: Er bittet dich, die Ermittlungen einzustellen. Ich wette, das kam großartig an.«

»Wie du dir vorstellen kannst. Aber es bleibt trotzdem dabei, dass Haggard behaupten wird, seine gewalttätigen Ausbrüche seien auf eine PTBS zurückzuführen. Von den Sachen, die er bislang angeführt hat – Meineid, Unschuldigen etwas anhängen –, nichts davon scheint mir eine PTBS zu verursachen. Es muss noch mehr geben, und deshalb habe ich mich mal im Netz umgesehen. Erinnerst du dich an den Fall Kyle Weller? Er wurde nachts auf der Straße festgenommen und in Tynecastle in eine Zelle gesteckt. Er hat geklagt, er würde sich unwohl fühlen …«

»Und als am nächsten Morgen die Tür aufgeschlossen wurde, war er tot.« Rebus nickte langsam.

»Die Überwachungskameras waren in der Nacht ausgefallen. Ein Augenzeuge, der die Festnahme beobachtet hatte, hat seine Aussage zurückgezogen. Das ist einer von mehreren Fällen, an die ich mich erinnern sollte. Tynecastle hatte immer die Finger im Spiel, Francis Haggard vermutlich auch.«

»Und der wird alles ausplaudern, weil er seine Frau verprügelt hat und jetzt mildernde Umstände bekommen will.«

»Vielleicht will er ja was wiedergutmachen. Christine Esson scheint das zu glauben.«

»Du bist aber nicht davon überzeugt?«

»Christine sieht gerne das Gute im Menschen. Ich hab gegenteilige Erfahrungen gemacht.« Rebus begegnete ihrem Blick. »Wohl oder übel.«

Er streckte beide Arme zur Seite, die Handflächen nach oben. »Was soll ich sagen, Siobhan?«

»Ich muss wissen, ob die Chance besteht, dass er was davon durchbekommt. Ich habe heute mit seiner Frau gesprochen und bin noch entschlossener als vorher.«

»Fairplay deinerseits, aber ich schwöre, ich hab nichts zu verbergen.«

»Meiner Erfahrung nach wär's das erste Mal. Du verrätst mir ja auch nicht, warum du dich so für Jack Oram interessierst.« Sie wurde von ihrem Handy unterbrochen, das ihr eine neue Nachricht meldete. Sie riss die Augen auf, dann kniff sie sie zusammen und las, verzog den Mund zur Grimasse und zeigte dabei ihre untere Zahnreihe.

»Sieht nach Ärger aus«, meinte Rebus.

»Die Schwester von Cheryl Haggard. Francis ist vorhin ins Haus geplatzt, wollte sich an Cheryl ranmachen. Dann ist er mit einem Handy der Schwester weg, weil sie ihn damit gefilmt hat.«

»Hat sie mehrere?«

»Ein Diensthandy und ein privates, vermute ich.« Eine zweite Nachricht traf ein. »Im Haus gibt's außerdem Sicherheitskameras, und sie hat ihn auf Band.« Clarke stieß einen lauten Seufzer aus.

»Ich würde sagen, er hat gegen seine Kautionsauflagen verstoßen«, meinte Rebus.

»Absolut.« Clarke telefonierte, presste sich das Handy ans Ohr. Ihre rechte Hand zitterte, ihr Adrenalinspiegel stieg.

»Christine?«, sagte sie ins Handy. »Wir müssen Francis Haggard abholen. Er muss Stephanies Haus beobachtet haben. Wahrscheinlich hat er gesehen, wie Gina und ich weg sind, und das hat ihn in Rage gebracht. Er hat sich gewaltsam Zutritt verschafft.« Sie lauschte einen Augenblick lang. »Beide sind unversehrt, aber vermutlich stark mitgenommen. Könnt ihr mit ein paar Kollegen von der Streife zu Haggards Wohnung fahren? Wir treffen uns vor dem Haus.« Sie lauschte erneut. »Nein, ich bin in Marchmont, ich brauche ungefähr zwanzig Minuten.« Ihr Blick traf den von Rebus. »Ja, bei John. Privater Besuch. Zwanzig Minuten, okay?« Sie beendete das Gespräch und starrte auf die Bierdosen. »Du lieber Himmel, meinst du, ich bin noch unter dem Limit?«

»Ich kann dich fahren.«

»Du hast doch auch getrunken.«

»Aber ich bin Rentner und nicht Detective im aktiven Dienst – ich hab viel weniger zu verlieren.«

»Ich kann nicht fassen, dass er das gemacht hat. Ich kann's wirklich nicht mal im Ansatz …«

»Ich bring dich hin. Die von der Streife können dich nach Hause fahren oder wieder hierher.«

»Von seiner Wohnung kann ich fast nach Hause laufen.«

»Ich dachte, Haggard wohnt unten in Newhaven.«

Clarke sah ihn an. »Er ist nicht in seiner eigenen Wohnung, er hat was in der Constitution Street gemietet. Aber jetzt frage ich mich, wieso du weißt, wo jemand wohnt, den du angeblich nicht mal kennst.«

»Ups«, sagte Rebus, schob seine Arme in die Jackenärmel und nahm die Autoschlüssel. »Das heben wir uns vielleicht für später auf, hm?«

»Nur damit das klar ist, du setzt mich dort ab und fährst wieder nach Hause.«

»Pfadfinderehrenwort«, erwiderte Rebus und führte sie zur Tür. Als sie vor ihm herging, sich die Tasche über die Schulter hängte, schaute er noch einmal zum Esstisch zurück. Die Akte Oram lag noch da, Clarke hatte sie in dem ganzen Drama vergessen.

Er pfiff einen Blues, zog seinen Schlüssel aus der Tasche und schloss die Tür ab.

»Die Stadt ist eine Katastrophe«, meinte Rebus, als er erneut wegen Bauarbeiten über eine komplizierte Umleitung geschickt wurde.

»Dein Wagen aber auch«, sagte Clarke und betrachtete den Müll im Fußraum.

»Wenn du lieber läufst, kann ich dich hier absetzen.«

Sie deutete mit einer Reißverschlussbewegung an, ihre Lippen seien versiegelt, machte aber wenig später schon wieder den Mund auf, um etwas zu sagen. »Über die Easter Road wär's schneller gegangen.«

Rebus wandte den Blick lange genug von der Straße ab, um sie finster anzustieren.

»Du machst mir keine Angst mehr, so wie früher«, sagte sie.

»Bin bloß eingerostet, mehr nicht.«

»Hast du von der Schießerei gehört?«

»Nein.«

»Heute Mittag in Pilton. Verletzte wurden nicht gemeldet. Wie du gesagt hast – die Stadt ist eine Katastrophe.« Als sie über ein Schlagloch holperten, das Rebus nicht hatte kommen sehen, hopste sie auf ihrem Sitz. Er fluchte und konzentrierte sich wieder auf die Straße. »Also, Jack Oram«, sagte sie in die Stille hinein.

»Das ist nur so eine liegen gebliebene Angelegenheit, mehr nicht.«

»Es sei denn natürlich, er ist tot.«

Rebus gestand ihr den Punkt schulterzuckend zu. »Ich hab nicht gelogen wegen Francis Haggard«, sagte er schließlich. »Ich hab ihn kaum gekannt.«

»Aber du warst öfter in Tynecastle, hast die Einführungsrituale dort mitbekommen.«

»Das waren bloß blöde Späße. Von dummen Jungs.«

»Auch Späße können Folgen haben.«

»Du meinst, dass einer seine Frau verprügelt, weil er St. Francis genannt wurde?«

»Es ging nicht nur um Spitznamen, John. Es geht auch um alles, das danach passiert ist.« Sie schaute durch die Windschutzscheibe. »Du drehst hier besser und parkst im Wellington Place. Die Hauptstraße ist wegen der Bauarbeiten für die Straßenbahn gesperrt.«

»Du bist die Chefin«, sagte Rebus zwischen zusammengebissenen Zähnen.

Aber sie hatte recht, und wenige Minuten später hielt er mit seinem Saab so dicht wie möglich an der Verbindungsstraße. Clarke bedankte sich bei ihm und stieg aus, dann streckte sie ihren Kopf noch einmal ins Wageninnere.

»Schnell nach Hause«, ermahnte sie ihn.

»Ja, Mum.«

Dann war sie weg. Rebus ließ den Motor noch ein paar Minuten laufen, dann drehte er den Schlüssel im Zündschloss um und stieg aus. Der Abend war bitterkalt, als käme Schneeregen angeweht. Er zog seine Jacke fester um sich und pfiff leise, während er Clarke folgte.

Eine Seite des Gehwegs war vollkommen unbenutzbar, ebenso wie die Fahrbahn. Zwei Streifenpolizisten warteten mit Christine Esson an der Tür eines Wohnhauses. Rebus blieb zurück, bis sie sich Zugang zu dem Gebäude verschafft hatten. Als er die Tür erreichte, war sie längst wieder ins Schloss gefallen. An keiner der Klingeln standen Namen, nur die Nummern der Wohnungen. Zwei Schlüsselsafes waren am Türrahmen befestigt, was darauf schließen ließ, dass manche Wohnungen nur für kurze Zeit vermietet waren. Er versuchte es mit einer x-beliebigen Klingel.

»Scheiße, was ist denn jetzt schon wieder?«, knisterte eine heisere Männerstimme aus der Sprechanlage.

»Essenslieferung für Ihren Nachbarn. Da meldet sich keiner.«

Wieder wurde geflucht, aber die Tür ging auf und Rebus war drin. Von oben hörte er Geräusche, eine Faust hämmerte an eine Tür. Dann Clarkes Stimme: »Ist das auch bestimmt die richtige Wohnung?«

»Also entweder liegt er im Koma, oder er ist nicht zu Hause«, erwiderte eine Männerstimme. »Sollen wir warten oder was?«

»Der kann überall sein zwischen hier und Corstorphine«, sagte Esson. Rebus hörte das Klappern eines Briefschlitzes. Er vermutete, dass Clarke versuchte hindurchzuspähen. Immerhin war sie beim Besten in die Lehre gegangen. »Die Pubs sind noch eine ganze Weile geöffnet«, sagte Esson. »Wir könnten eine Personenbeschreibung rausgeben.«

Rebus hatte genug gehört. Leise ging er zur Haustür zurück, zog sie verstohlen auf und stand plötzlich vor Malcolm Fox, der seine behandschuhten Hände in die Manteltaschen schob.

»So sieht man sich wieder«, sagte er.

»Dasselbe könnte ich auch sagen«, entgegnete Rebus. »Aber euer Vogel ist ausgeflogen, den wirst du heute nicht mehr irgendwo sicher unterbringen, DI Fox.«

»Wieso wundert es mich nicht, dass du so ausgezeichnet informiert bist? Auch wenn dies natürlich die Frage aufwirft, wie du das hinbekommen hast. Hat Alan Fleck dich geschickt?«

»Nein.«

»Ist das nicht ein guter Freund von dir?« Fox lächelte ihn an, so kalt wie der Schneeregen, der beiden Männern jetzt ins Gesicht wehte. »Ich habe auch ein paar Erkundigungen eingezogen.«

Hinter ihnen ging die Tür auf, Clarkes Miene verfinsterte sich, als sie Rebus sah.

»Jetzt verstehe ich«, meinte Fox.

»Du wolltest doch schnell wieder nach Hause.« Clarkes Blick traf Rebus.

»Mich hat dann doch die Neugier gepackt.«

Clarke richtete ihre Aufmerksamkeit anschließend auf Fox. »Was führt dich zu dieser späten Stunde hierher?«

»Dasselbe wie dich, würde ich sagen.«

»Kann gar nicht sein«, entgegnete Clarke. »Haggard hat gegen seine Kautionsauflagen verstoßen, und jetzt sieht es ganz danach aus, als wäre er getürmt.«

»Einleuchtend«, sagte Rebus. »Er weiß garantiert, dass ihm Untersuchungshaft blüht.«

Fox schob sich zwischen Rebus und Clarke. »Gibt's einen Grund, weshalb wir das in Gegenwart eines Zivilisten besprechen müssen?«, fragte er, drehte sich aber um, als erneut die Tür aufging und Esson und die beiden Kollegen von der Streife aus dem Haus kamen. Esson beendete gerade einen Anruf.

»Die Fahndung ist raus«, bestätigte sie. Als sie die anderen beiden erkannte, sagte sie: »Hallo, John. Malcolm, lange nicht gesehen.«

»Brauchen Sie uns noch?«, wollte einer der Streifenpolizisten wissen, als sein Funkgerät krächzte.

Über ihnen ging klappernd ein Fenster auf. »Könnt ihr die Party vielleicht woanders feiern?«, brüllte eine Stimme, dann wurde das Fenster wieder zugeschoben. Rebus erkannte sie, es war dieselbe wie vorhin an der Sprechanlage.

Clarke zeigte auf die beiden Streifenpolizisten. »Ich will euch zu jeder vollen Stunde hier haben, bis eure Schicht zu Ende ist. Ihr klingelt bei Haggard, klopft an seine Tür. Sagt eurer Ablösung Bescheid, dass das so weiterläuft, bis ich was anderes sage. Verstanden?«

Die beiden jungen Beamten nickten zustimmend und kehrten zu ihrem einigermaßen warmen Streifenwagen zurück.

»Sind wir hier fertig?«, fragte Esson, die nach Hause wollte.

»Kannst du mich fahren?«, fragte Clarke.

»Gerne, wenn …« Clarke bedachte Rebus mit einem Blick, der ihn veranlasste, den Satz lieber unbeendet zu lassen. Sie wandte sich an Fox.

»Was machst du hier, Malcolm?«

»Wenn ich raten müsste«, schaltete Rebus sich ein, »würde ich sagen, Malky ist ein Ein-Mann-Greiftrupp.«

»Entscheidender ist doch die Frage, Siobhan«, entgegnete Fox, »was du hier mit einem Zivilisten machst, dessen Name im Zuge der Vernehmung eines Polizeibeamten gefallen ist, dem häusliche Gewalt vorgeworfen wird.«

»Der einzige Name, den ich während der Vernehmung gehört habe, war der eines Sergeants im Ruhestand namens Fleck.«

»Du weißt so gut wie ich, von wem die Rede war, ob der Name nun gefallen ist oder nicht.«

»Wie bist du denn an das Vernehmungsprotokoll gekommen?«

»Ich dachte, ich hätte es dir gesagt … ich arbeite direkt im Auftrag des Assistant Chief Constable. Das öffnet meist ein paar Türen.«

»Wäre aber besser, wenn du dir nicht ganz so viel darauf einbilden würdest«, riet Rebus ihm. »Andererseits bildest du dir ja sogar was darauf ein, wenn du dir die Zähne putzt oder scheißen gehst.«

Fox ignorierte ihn, konzentrierte sich stattdessen auf Clarke. »Er hat dich hergefahren, oder? Das heißt, dass du wahrscheinlich bei ihm in der Wohnung warst. Ich finde das alles ein bisschen zu kuschelig. Korrigier mich, falls ich mich irre.«

»Das ist mein Fall, nicht deiner«, betonte Clarke. Sie spürte, dass Christine Esson verspannte. »*Unser* Fall, meine ich.«

»Genau genommen ist es Christines Fall«, sagte Fox. »Wenn Corona nicht dazwischengekommen wäre, hättest du überhaupt nichts damit zu tun. Und ich möchte stark bezweifeln, dass Christine Informationen über polizeiliche Vernehmungen ausplaudern würde. Du lieber Himmel, das wird ein Fest für Haggards Verteidiger.«

»Wir haben nicht über den Fall gesprochen«, schaltete Rebus sich ein.

Fox starrte ihn an. »Hältst du mich für hohl im Hirn?«

»Dann könnten deine Vorgesetzten noch viel mehr Scheiße reinschaufeln.«

»Ich glaube, wir laufen hier Gefahr, das Wesentliche aus dem Blick zu verlieren«, sagte Esson und hob die Stimme. »Cheryl Haggard wurde Opfer häuslicher Gewalt. Vor ein oder zwei Stunden hat sich ihr Partner Zugang zu ihrem Zufluchtsort verschafft. Wir müssen sie schützen, und das bedeutet, wir müssen ihn aufspüren. Hier stehen und rumschreien ist der Sache nicht dienlich.«

»Christine hat recht«, sagte Clarke. »Alles andere kann warten.«

»Natürlich«, sagte Fox, den Kopf leicht gesenkt.

Clarke gab Esson ein Zeichen, und die beiden Frauen eilten davon. Esson schien sich über die ausgebliebene Lieferung von zuvor versprochenen Donuts zu beschweren.

»Hier in der Nähe sind jede Menge Kneipen«, sagte Fox zu Rebus und rieb sich die Hände. »Was meinst du, wie wär's mit einem Drink in aller Ruhe?«

»Was auch immer du glaubst, hier für dich herausreißen zu können, du irrst dich gewaltig.«

Fox sah ihn eindringlich an. »Wenn der Fall vor Gericht kommt und Haggard seine Geschichte erzählt, könnte das für Leute wie deinen guten Freund Alan Fleck sehr unangenehm werden – für ihn und alle anderen in seinem Umfeld. Vielleicht solltest du dir das mal überlegen, John. Nicht ausgeschlossen, dass da ein paar Haftstrafen verhängt werden.«

»Du würdest mich aber doch besuchen, oder?«

»Könnte sogar sein.« Ein Grinsen zog sich über Fox' Gesicht. »Man weiß ja nie, möglicherweise würde mir das sogar Spaß machen.«

Rebus trat einen Schritt auf ihn zu

»Vorsicht, John. Wir wollen nicht, dass sich deine Gesundheit plötzlich verschlechtert. Soweit ich gehört habe, hängt sie ohnehin am seidenen Faden.« Fox ging davon, stellte seinen Kragen auf. Rebus sah ihm nach, Blut pochte in seinen Ohren.

6

Fraser Mackenzie traf als Erster im Restaurant ein. Es gefiel ihm, weil das Essen super war und die Tische schön weit auseinanderstanden. Die Hintergrundmusik war leise, und der Oberkellner servierte vorneweg immer ein Glas Schampus aufs Haus. Er war noch keine fünf Minuten da, hatte sich kaum mit der Weinkarte beschäftigt, als James Pelham auf ihn zukam, seine ungewöhnlich langen Schritte schienen die Entfernung zu verschlingen. Er schmunzelte zur Begrüßung und streckte Fraser eine Hand hin.

»Wie geht's dir, mein Freund?«, fragte er, und seine freie Hand landete auf der Schulter seines Gegenübers.

»Gut, James. Und selbst?«

»Kann nicht klagen, die Geschäfte laufen gut.« Er zog seine Gesichtsmaske ab und steckte sie in seine Brusttasche. »Sind nicht gerade die besten Zeiten, wie du ja weißt, aber es geht rasch wieder bergauf.« Er wartete darauf, dass der Kellner seine Serviette entfaltete und sie ihm über den Schoß legte, dann entschied er sich für Mineralwasser mit Kohlensäure und gegen stilles, stützte die Ellbogen auf den Tisch und merkte, dass nur noch für eine weitere Person gedeckt war.

»Kommt Gaby nicht?«

»Finger weg, James. Ich weiß, wie du bist.«

»Heißblütig, so wie du. Wenn's nach Steph ginge, würde sie mich kastrieren.«

»Ganz schön furchtbar, das mit ihrer Schwester.«

»Grauenhaft. Ich konnte den Kerl nie leiden, wenn ich ehrlich bin. Ein typischer Polizist, hat einem immer das Gefühl gegeben, man hätte was verbrochen. Ist ständig drauf rumgeritten, dass Steph mich rausgeworfen hat. Kann nicht sagen, dass ich traurig bin, wenn er jetzt bekommt, was er verdient.« Er unterbrach sich, um einer schlanken Frau in einem hautengen Kleid hinterherzustarren, die sich gerade mit ihrem beleibten Begleiter an einen Tisch führen ließ.

»Du bist unverbesserlich«, sagte Fraser Mackenzie lächelnd.

»Bisschen dürr«, sagte Pelham, doch beim Blick über Mackenzies Schulter wurden seine Augen größer. »Ah, die ist schon besser.« Er erhob sich und breitete die Arme aus, um Elizabeth Mackenzie zu begrüßen. »Aber enge Kontakte sind ja heutzutage gar nicht mehr erlaubt«, beklagte er und ließ sie endlich los.

Elizabeths starres Lächeln erreichte ihre Augen nicht. Sie entfaltete ihre Serviette, bevor der Kellner dazu kam, und lehnte das ihr angebotene Wasser mit einer beiläufigen Handbewegung ab.

»Wir haben gerade über Francis Haggard gesprochen«, erklärte Fraser seiner Frau. Sie hob eine Augenbraue, sagte aber nichts.

»Du weißt, dass Steph mich aus ihrem Leben entfernt hat?«, fuhr Pelham fort. »Wahrscheinlich siehst du sie öfter als ich.«

»Ist schon eine Weile her, seit wir ihre Dienste in Anspruch genommen haben«, erklärte Elizabeth.

»Ich weiß, dass das für euch beide schwierig sein muss. Ihr seid meine Freunde, aber ihre Freunde seid ihr auch. Ich weiß es wirklich zu schätzen, dass ihr nicht Partei ergreifen wollt.«

Elizabeth sah ihn an. »Wer sagt, dass wir das nicht längst getan haben?« Dann an ihren Mann gewandt: »Gibt's nichts zu trinken?«

Wie auf ein Stichwort tauchte ein Tablett auf, und Champagner wurde auf den Tisch gestellt. Elizabeth hatte bereits einen guten Schluck getrunken, als James sein Glas erhob, um anzustoßen.

»Auf die Freundschaft.«

Sie sah ihn wieder an. »Freundschaft hat auch Grenzen, James. Geht's dir gut?«

»Wie meinst du das?«

»Deine Ehe ist kaputt, du wirst einen Haufen Geld an Stephanie verlieren, deine Investoren werden es zwangsläufig mit der Angst bekommen, wenn sie erfahren, was für ein Desaster der Geschäftsführer aus seinem Leben gemacht hat.«

Fraser griff nach ihrer Hand, aber sie zog sie weg. Das war eine Sache zwischen Pelham und ihr.

»Wir sind eine Gesellschaft mit beschränkter Haftung, Beth«, sagte Pelham. »Mein Privatleben hat nichts damit zu tun. Euer Geld ist zu hundert Prozent sicher.«

»Wäre schön, wenn's auch so bleibt.«

»Ich bin beinahe gekränkt, dass du so wenig Vertrauen zu mir hast. Habe ich dir je Anlass gegeben …«

»Vielleicht als wegen Steuerhinterziehung gegen dich und dein Unternehmen ermittelt wurde?«

Pelham schluckte schwer, sein Adamsapfel hob und senkte sich, dann trank er von seinem Champagner.

»Woher weißt du das?«

»Steht beim *Edinburgh Courant* – das ist derselbe Blogger, der dich neulich mit deiner jüngsten Eroberung vor dem Hotel abgelichtet hat.«

»Das sind haltlose Gerüchte.«

»Du meinst, es wird gar nicht gegen dich ermittelt?«

»Ich meine, da geht es schlicht um Buchhaltungsfehler. Das Geld wird nachgezahlt, und anschließend wird es keinerlei Konsequenzen geben.« Er sah Fraser Mackenzie an und versuchte es mit einem verschwörerischen Lächeln. »Ist ja schlimmer hier als damals im Büro vom Rektor – weißt du noch?«

Elizabeth ließ sich aber nicht so leicht ablenken. »Deine Buchhaltungsfehler könnten verdammt kostspielig werden, sowohl finanziell wie auch in Bezug auf dein Ansehen. Und dann noch die Scheidung …« Nachdem sie ihren Standpunkt deutlich gemacht hatte, nahm sie nun die Speisekarte und fing an zu lesen. Ihr Mann tat es ihr gleich, Pelham aber starrte die makellos weiße Tischdecke an.

»Verdammt, ich wünschte, ich wüsste, wer das war«, sagte er halblaut. »Dieser verdammte Troll im Internet, meine ich.«

»Ich dachte, das sei ein offenes Geheimnis«, sagte Elizabeth, ohne den Blick zu heben.

»Was?« Pelham sah Fraser an. »Wisst ihr's?«

»Ich habe nicht den blassesten Schimmer.« Er drehte sich zu seiner Frau um. »Du überraschst mich immer wieder.«

»Du dagegen bist für mich wie ein offenes Buch, mein Lieber. Austern, denke ich. Anschließend vielleicht das Wild. Dazu brauchen wir eine gute Flasche Roten.« Erst jetzt schien sie zu merken, dass Pelham sie immer noch anstarrte. »Du weißt wirklich nicht, wer der *Courant* ist?«

»Wenn ich's wüsste, würde ich ihm den Schädel einschlagen.«

»Sei nicht albern, James.«

»Dann würde ich eben jemanden dafür bezahlen, damit er ihn zur Strafe verprügelt.«

»Du würdest jemanden dafür bezahlen, dass er eine dir fremde Person verprügelt? Du lieber Himmel, hör dich doch mal reden.« Sie machte dem Kellner Zeichen, der mit Maske und Visier diskret in sicherer Entfernung bereitstand.

Als das Essen bestellt war, konsultierte Fraser den Sommelier wegen des Weins und einigte sich schließlich mit ihm auf einen Barolo.

»Ausgezeichnete Wahl, Sir.«

»Wir nehmen lieber gleich zwei Flaschen«, blaffte Pelham und zeigte mit dem Finger auf Elizabeth. »Ich will dir deine Zunge lösen.«

»Versuch's ruhig. Hauptsache, du begleichst nachher die Rechnung.«

»Fairer Deal.«

»Ich hoffe nur, die zerschneiden dir nicht die Kreditkarte.«

Pelham wandte sich an seinen alten Freund. »Was findest du nur an der, James? Ich mein's ernst – irgendwas muss sie doch haben.«

»Nicht etwas«, erwiderte Fraser und nahm die Hand seiner Frau und drückte sie. *»Alles …«*

Pelham hob erneut sein Champagnerglas. »Dann auf die Glücklichen unter uns, die alles haben.«

Als er trinken wollte, merkte er, dass sein Glas längst leer war.

Siobhan rief von ihrem gemütlichen Sofa zu Hause an. Laura Smith ging erst nach langem Klingeln dran.

»Du hast zu tun«, vermutete Clarke.

»Ehrlich gesagt, ich liege mit einem Roman von Maggie O'Farrell in der Wanne. Deshalb habe ich's mir zweimal überlegt, ob ich überhaupt drangehe. Aber dann dachte ich, du würdest nicht um diese Uhrzeit anrufen, wenn du nicht was für mich hättest.«

»Aber für welche deiner beiden beruflichen Identitäten?«

»Das ist mir gleich, sind beide wichtig.«

Smith war Gerichtsreporterin beim *Scotsman*, aber da die Nachrichtenredaktionen immer weiter schrumpften, hatte sie zusätzliche Aufgaben übernommen und weitere Optionen als Freiberuflerin in Erwägung ziehen müssen. Sie saß genau an der richtigen Stelle – in Hinblick auf Kontakte und Erfahrung –, um einen Blog über Edinburgh ins Leben zu rufen. Es hatte eine ganze Weile gedauert, bis er sich durchgesetzt hatte, aber sie war drangeblieben und konnte inzwischen durch Werbung sogar ein gewisses Einkommen damit generieren. *The Courant* war eine Zeitung aus dem achtzehnten Jahrhundert, deren Namen sie nun für ihre Website verwendete. Außerdem hatte sie sich für Anonymität entschieden, so dass sie nun Berichte veröffentlichen konnte, die ein übervorsichtiger Redakteur vielleicht nicht gebracht hätte.

»Ich habe vorhin mit Stephanie Pelham gesprochen«, sagte Clarke. »Sie hat mir gesagt, wie dankbar sie dem Blogger war, der ihren widerlichen Mann erwischt hatte.«

Sie überlegte, wann ihr eigentlich zum ersten Mal klar geworden war, dass bestimmte Details in einem Artikel auf *The Courant* nur aus einem vertraulichen Gespräch zwischen Laura Smith und ihr selbst stammen konnten. »Keine Angst, Batman«, hatte Smith sie beruhigt, »dein Geheimnis ist bei mir sicher …«

»Ich hatte nur gehofft«, erwiderte Smith jetzt, »dass du mir verraten willst, wer hinter diesen Anschlägen steckt – Säureattacken, Brandstiftung und jetzt Schießereien. Das kann nicht gut ausgehen.«

»Tut mir leid, wenn ich dich enttäusche.«

»Was ist dann mit dem Fall Haggard? Dir wird aufgefallen sein, dass ich mich bislang zurückgehalten habe.«

»Ich bin sicher, das Opfer ist dir dankbar dafür, dass du keine Namen genannt hast.«

»Du wirst aber zugeben müssen, dass es durchaus berechtigt gewesen wäre. Ein Polizist im aktiven Dienst hat seine Frau verprügelt. Die Öffentlichkeit hat das Recht, so was zu erfahren.«

»Wenn es zur Verhandlung kommt, wird das sowieso bekannt, aber jetzt braucht die Frau erst mal jede Hilfe, die sie bekommen kann.«

»Warum? Ist was passiert?«

Clarke schloss die Augen. »Nein«, sagte sie. »Ich meine einfach nur ganz allgemein.«

»Ich kann dir nichts versprechen, Siobhan. Meine Fans sind unersättlich.«

»Und brauchen jedes Mal spektakulärere Nachrichten?«

»Glaub es ruhig.«

Sie öffnete die Augen, starrte auf den Kamin und den ausgeschalteten Fernseher, in dessen Bildschirm sie sich spiegelte.

»Hat mich nur nachdenklich gemacht«, sagte sie. »Mit einer Kamera vor einem Hotel stehen und warten – das ist doch sonst nicht dein Stil. So was macht doch eher ein Privatdetektiv, der sich von einer Frau bezahlen lässt, die ihren Partner des Ehebruchs überführen will.«

»Du bist gut.«

»Hat Stephanie Pelham jemanden auf ihren Mann angesetzt?«

»Dazu kann ich unmöglich etwas sagen.« Clarke hörte Plätschergeräusche, als Smith sich in der Badewanne umsetzte.

»Aber warum sollte sie dir die Fotos geben?«

»Um das größtmögliche an Bestrafung herauszuholen, denke ich, sie wollte ihn beschämen. Aber um nochmal auf diese Anschläge zurückzukommen – da muss es doch einen Zusammenhang geben? Mr Big ist von der Bühne abgetreten, und jetzt glauben alle möglichen zweitklassigen Akteure, sie könnten groß rauskommen. Ich beneide dich nicht um die Aufgabe, das Theater zum Schluss durchfegen zu müssen.«

»Na, du machst mir Mut … Hast du mit Stephanie über ihre Schwester gesprochen?«

»Ich hab dir doch gesagt, ich halte mich da raus.«

»Dann kannst du mir nichts über die Beziehung erzählen?«

»Zwischen Cheryl und ihrem Mann?«

»Genau.«

»Nichts – gibt es was, das du mir nicht verrätst?«

»Nein.«

»Bist du sicher?«

»Absolut.«

»Dann sag ich dir jetzt erst mal tschüss und steige aus dem Wasser. Vergiss nur nicht, ihn festzunageln, Siobhan. Nagel ihn an die Wand.«

Clarke hörte, dass die Leitung unterbrochen wurde. Sie überlegte, ob sie noch einen Anruf machen und sich vergewissern sollte, ob Haggard inzwischen aufgetaucht war oder ob sie doch lieber selbst nochmal hinfuhr, im Wagen sitzen blieb und wartete.

»Du hättest das so gemacht, damals vor Urzeiten?«, fragte sie, als würde Rebus vor ihr stehen.

Sie brauchte mehrere Minuten, bis sie sich zu der Entscheidung durchrang, jetzt doch lieber ins Bett zu gehen.

Dritter Tag

7

Am nächsten Morgen, als er auf dem Weg zu QC Lettings an einer roten Ampel wartete, schrieb Rebus eine SMS an Clarke, um zu fragen, ob es etwas Neues über Haggard gäbe. Wenig später kam eine Nachricht, jedoch von einer ihm unbekannten Nummer.

Nix gewonnen gestern. Hab mit einem geredet, der Jack kannte. Er hat ihn vor seiner alten Wohnung stehen sehen, wollte ihm Hallo sagen, aber Jack hat ihn ignoriert und ist weg. Meinte, er hat bloß das Haus angestarrt. Lassen Sie sich Ihre Brötchen schmecken. Ralph

Der ehemalige Bäcker aus dem Wettbüro. Jetzt hatte er also zwei Personen, die Jack Oram lebend gesehen hatten. Als er in der Lasswade Road parkte, erhielt er eine sehr einsilbige Antwort von Clarke.

Nichts.

Von QC Lettings erhoffte er sich mehr.

Als er eintrat, läutete wieder die Glocke. Marion blickte von ihrem Computer auf. Rebus winkte kurz und zeigte auf die Tür zum Hinterzimmer. »Ich werde erwartet«, log er und drehte den Knauf.

Fraser Mackenzie stand hinter dem Schreibtisch und telefonierte. Er redete weiter, fuchtelte mit seiner freien Hand, um Rebus zu verstehen zu geben, er möge draußen warten. Stattdessen setzte Rebus sich, schlug ein Bein über das andere und lächelte Mackenzie an, der jetzt offenbar den Faden verlor.

»Hör Mal, Jimmy, ich ruf dich zurück. Geht das?« Mit einer weiteren genuschelten Entschuldigung beendete er das Gespräch und starrte Rebus lange und durchdringend an. Allerdings war das ein Kampf, den er niemals gewinnen würde, und so seufzte er schließlich theatralisch und ließ sich auf seinem Stuhl nieder.

»Jack Oram verwendet einen Decknamen«, erklärte Rebus. »Davie Loach.«

Nach weiterem Gestarre klappte Mackenzie seinen Computer auf und fing an zu tippen. »Taucht hier trotzdem nicht auf«, sagte er. »Ein Anruf hätte es auch getan. Marion hätte Ihnen das genauso gut sagen können.«

»Und wie sieht's mit Tommy Oram aus? Sie kennen doch bestimmt die Namen Ihrer Angestellten.«

Mackenzie zuckte mit den Schultern.

»Er führt Reparaturen in Ihren Immobilien durch, Instandhaltungsarbeiten. Ihm wurde vorgeworfen, er habe sich an jemandes Eigentum bedient.«

Mackenzie nickte langsam. »Tommy«, sagte er.

»Tommy Oram, Jacks Sohn.«

»Glaube nicht, dass ich je seinen Nachnamen gehört habe.«

»Nicht mal, als Sie ihn eingestellt haben.«

»Das war Beth. Sie hat gesagt, er ist ein Freund von Gaby.«

»Und Gaby ist …?«

»Unsere Tochter.« Mackenzie verlor allmählich das Interesse, spielte auf dem Trackpad seines Computers herum. »Dann haben Sie diesen Oram also noch nicht gefunden?«

»Geben Sie mir Zeit. Haben Sie eine Adresse von Tommy?«

»Marion wird das wissen.« Er blickte zu Rebus auf. »Sind wir jetzt hier fertig?« Rebus fiel kein Grund mehr ein, das Gespräch zu verlängern, was schade war, da es ihm großen Spaß machte, den Mann zu piesacken.

»Haben Sie jemals wieder vom alten Besitzer des Ladens hier gehört?«, fragte er und stand auf.

»Keinen Mucks.« Mackenzie blickte erneut auf. »Das sind unterschiedliche Sphären, Mr. Rebus.«

»Das heißt, Sie wissen, in welchem Ruf er steht, hatten aber keine Bedenken, seine Geschäfte hier zu übernehmen?«

Mackenzie lehnte sich zurück. »Wenn man Wohnungen und Häuser zu vermieten hat, halten einen alle gleich für den neuen Peter Rachman. Aus meiner Sicht aber helfe ich Menschen in Not. Viele haben Probleme und kein Geld, aber sie haben ein Dach über dem Kopf verdient, so wie Sie und ich.«

»Im Prinzip sind Sie also ein Samariter oder so was wie ein Schutzengel?« Rebus sah den Mann mit den Schultern zucken, was dieser vermutlich für eine Geste der Bescheidenheit hielt. »So wie schon Cafferty vor Ihnen?«

»Ich habe sein Unternehmen übernommen, nicht seine Moralvorstellungen.« Mackenzie beugte sich erneut vor, konzentrierte sich auf seinen Computer.

»Was haben Sie denn vorher gemacht?«

»Ein bisschen was von allem. Wenn Sie mich jetzt entschuldigen wollen? Und viel Glück bei der Suche.«

Wenig später baute Rebus sich vor der Empfangsdame auf. Marion notierte Einzelheiten, die ein potentieller Kunde telefonisch durchgab.

»Das ist eine sehr beliebte Gegend … Sie sollten sich darauf einstellen, eine Entscheidung zu treffen … ich denke da eher an Stunden als an Tage … nicht wenn das Ihre Obergrenze ist, nein. Piershill und Restalrig könnten da eher passen …«

Rebus hatte einen Ausdruck zusammengetackerter Immobilienangebote genommen. Er hatte gehört, dass es Mieter heutzutage nicht leicht hatten, und wenn er sich ansah, was da jeden Monat verlangt wurde, glaubte er es gern. Leute mit dicken Geldbeuteln kauften Immobilien als Investition und ekelten ihre weniger potenten Mieter heraus, die dann wieder auf einem sehr engen Markt miteinander konkurrierten. Seine Tochter Samantha hatte Glück gehabt. Er hatte ihr nicht viel helfen müssen, als sie in die Stadt gezogen war. Sie lebte jetzt in einer Maisonettewohnung in Currie, westlich von der Innenstadt. Rebus hatte Witze gemacht, sie hätte sich wohl absichtlich eine Wohnung mit Treppenstufen gesucht, damit er sie nicht besuchen kam.

Sechzehn Stufen von der Haustür bis in ihre Etage. Bislang hatte er's zweimal bis nach oben geschafft.

»Er hat Sie gar nicht erwartet, oder?«, fragte Marion, nachdem sie aufgelegt hatte.

»Schuldig im Sinne der Anklage. Aber er hat gesagt, ich soll mit Ihnen über Ihren Handwerker sprechen, über Tommy, Nachname Oram. Das ist der Sohn des Mannes, den ich suche.«

»Der Zusammenhang war mir nicht klar.«

»Sind Sie sicher?«

Ihre Miene verhärtete sich. »Wollen Sie sagen, ich hab gelogen?«

»Nein«, erwiderte Rebus, ohne sich darum zu kümmern, ob es aufrichtig klang. »Ihr Chef hat mir verraten, dass Tommy mit Gaby befreundet ist.«

»Ich denke, das stimmt.«

»Wie oft ist er denn hier?«

»Bin gar nicht sicher, ob er überhaupt jemals die Schwelle übertreten hat.«

»Wirklich?«

»Warum auch? Er hat kein Werkzeug hier.«

»Wenn es in einer der Wohnungen ein Problem gibt …«

»Sagen die Mieter uns Bescheid und wir verständigen Tommy.«

»Und wo bewahrt er sein Werkzeug auf?«

Der Seufzer, den sie ausstieß, war bühnenreif. »In einer Garage.«

»Kann ich vielleicht seine Handynummer bekommen?«

»Absolut nicht«, schnaubte Marion und richtete den Blick auf ihren Computerbildschirm.

»Er wohnt doch noch zu Hause bei seiner Mutter, oder? In Craigmillar.«

Er rechnete nicht mit einer Antwort, was aber auch egal war. Stattdessen erinnerte er sich an Ishbel Orams Reaktion: *Was hat er jetzt schon wieder ausgefressen?* Den Worten hörte man eine enge Bindung an; die Mutter klang, als würde sie ihren Sohn täglich sehen und mit ihm sprechen.

»Immer wieder ein Vergnügen, Marion«, sagte er und zog den Reißverschluss seiner Jacke hoch. »Ach, Fraser hat mich gebeten, noch was von Ihnen überprüfen zu lassen – er kann sich nicht an das genaue Datum erinnern, wann der vorangegangene Eigentümer dieses Unternehmens das letzte Mal hier reingeschaut hat.«

Sie sah ihn fragend an.

»Morris Gerald Cafferty? MGC Lettings?« Auch das führte zu nicht mehr als einem weiteren Schulterzucken. »Fraser hat mir gesagt, sie stehen sich ziemlich nah«, meinte Rebus und rieb sich das Kinn.

»Komisch, ich dachte, er hätte Ihnen das genaue Gegenteil gesagt.« Sie hielt inne, freute sich über seine Reaktion. »Ist nicht unbedingt sehr massiv die Tür, und Mr Mackenzies Stimme hat einiges Volumen. Auf Wiedersehen, Mr Rebus.«

Christine Esson hatte den Nachbarn ihre Nummer gegeben, deshalb riefen sie jetzt bei ihr an. Sie warteten im Gang vor Haggards Wohnung, als Esson und Clarke eintrafen. Anthony und Giselle Carrington waren beide im Finanzwesen tätig, Anfang dreißig, leger, aber nicht billig gekleidet. Clarke stellte sich vor, dass sie zusammen Yoga machten und Smoothies tranken. Sie sahen sich so ähnlich, dass sie auch Geschwister sein könnten. Giselle hatte die Arme verschränkt und trat von einem Fuß auf den anderen, offenbar ging ihr der Einbruch an die Nieren. Anthony zeigte auf die Tür seines Nachbarn. Sie war mit einer Art Werkzeug aufgehebelt worden.

»Ist einer von Ihnen beiden reingegangen?«, fragte Clarke. Sie schüttelten die Köpfe.

»Wir sind vom Einkaufen zurückgekommen, da haben wir's gesehen«, sagte Giselle.

Clarke blickte den Gang auf und ab. »Gibt's Überwachungskameras?«

»Nur an der Haustür unten«, erwiderte Anthony. »Wir haben alle Videomonitore und können sehen, wer draußen steht.«

»Und es gibt einen Concierge«, ergänzte Giselle. »Der passt auch auf.«

Clarke nickte und sah Esson an.

»Die Spurensicherung ist unterwegs«, bestätigte Esson, »aber es ist viel los heute.«

»Vielleicht können wir's riskieren.«

Clarke kramte die Latexhandschuhe heraus, die Esson ihr im Wagen gegeben hatte. Esson zog auch selbst ein Paar über. Sie stiegen aus ihren Schuhen, und Clarke stieß die Tür auf. Im

Flur war eine Vase mitsamt Ständer umgeworfen worden und lag in Scherben auf dem lackierten Holzfußboden. Die Scheiben zweier gerahmter Gemälde hatten einen Sprung. Clarke schob sich weiter in die offene Wohnküche. Das Geschirr im Küchenbereich war unangetastet geblieben, aber die Schubladen waren aufgezogen und ausgeleert, der Fußboden war zur heimtückischen Stolperfalle geworden, und ein hölzernes Beistelltischchen lag umgekippt im Raum. Die Jalousien vor den Glastüren zum Balkon waren heruntergezogen und die Blumentöpfe draußen umgestoßen, überall lagen Erde und Blumenzwiebeln verteilt. Clarke hielt einen Augenblick inne, um den Ausblick auf den Newhaven Harbour in Richtung Firth of Forth zu betrachten.

»Cheryl hat keinen Job, oder?«, fragte sie Esson.

»Ich denke, sie hätte gerne einen gehabt, aber Haggard wollte, dass sie zu Hause bleibt.«

»Stephanie hat angedeutet, ihr Mann habe den beiden ein gutes Angebot für die Wohnung gemacht. Wusstest du, dass das eins seiner Bauprojekte ist?« Sie sah Esson nicken. »Offenbar hatte sie auch an der Inneneinrichtung mitgewirkt. Meinst du, es fehlt was?«

»Schwer zu sagen.«

Sie gingen in das größere der beiden Zimmer. Auch hier waren sämtliche Schubladen ausgeleert, Bettdecke und Bettzeug lagen auf dem Boden, sämtliche Kleidung war aus dem Einbaukleiderschrank herausgezerrt, und der Inhalt der Nachttische lag auf der Matratze verteilt. Clarke fielen zwei Pässe und ein paar Schmuckstücke für Damen auf. Esson zeigte auf den Teppich, auf dem sie standen. Er war mit weißem Pulver bestäubt. Clarke leckte einen Finger ihres rechten Handschuhs an, tupfte darauf und führte ihn an die Lippen.

»Talkum ist das nicht«, bestätigte sie.

Das zweite Zimmer wurde als Büro genutzt. Der Computer lag jetzt auf dem Boden, neben dem Drucker. Noch mehr Pulver war auf den Bodendielen verstreut. Im Badezimmer türmte sich der gesamte Schrankinhalt im Waschbecken. Zwei große Pizzakartons lagen in der Wanne. Clarke klappte einen auf. Er war leer und unbenutzt. Sie wechselte einen Blick mit Esson.

»Willst du mit dem Concierge sprechen?«, schlug Esson vor.

Clarke nickte langsam. »Ob die damit gerechnet haben, dass jemand zu Hause ist? Und durchgedreht sind, weil keiner hier war?«

»Für mich sieht das eher nach einer Botschaft aus«, erwiderte Clarke. »Und zwar keiner besonders feinfühligen.«

»Tynecastle?«, spekulierte Esson.

»Tynecastle«, wiederholte Clarke.

High End Motors strafte seinen vornehmen Namen Lügen. Das Lagerhaus mit den Betonwänden und dem Wellblechdach hinter einem hohen Maschendrahtzaun war mit Stacheldraht und Bewegungsmeldern gesichert. Der Außenbereich war mit so vielen Schlaglöchern übersät, dass Rebus sich fragte, ob die Straßenbaubehörde der Bezirksverwaltung ihre Finger im Spiel gehabt hatte. Als er aus dem Saab stieg, tauchte ein Mann mittleren Alters in einem dreiviertellangen schwarzen Wollmantel mit rotem Schal auf.

»Den kann ich nicht mehr in Zahlung nehmen«, sagte er und musterte die Karosserie des Wagens. »Aber ich kenne einen guten Schrotthändler.« Dann grinste er breit und streckte seine Hand aus. »Schön, dich zu sehen, John. Oder besser gesagt, es wäre schön, wenn ich nicht wüsste, warum du hier bist. Francis hat's getan, oder? War schon immer so unbesonnen …«

Solange Rebus ihn kannte, hatte Alan Fleck die Aura eines selbstbewussten Geschäftsmanns verströmt. Jetzt ging er in den Ausstellungsraum voraus, schwang dabei die Arme, als würde er ein ganzes Polizeiaufgebot anführen. Der Boden hier war neu und eben, geschickt platzierte Scheinwerfer strahlten die Auswahl funkelnder Fahrzeuge an. Rebus identifizierte zwei Porsches, drei BMWs und noch einen tiefer liegenden Wagen. Fleck tippte im Vorbeigehen mit einem Finger darauf.

»Ferrari, geht ab wie sonst was, nur sollte man Fahrbahnschwellen meiden.«

Ganz hinten im Ausstellungsraum, hinter einer Glaswand, befand sich ein Büro, von dem aus sich der Bestand jederzeit im Blick behalten ließ. Fleck überlegte es sich jedoch auf halbem Wege anders und ging stattdessen zu einem der Wagen, öffnete die Fahrertür und machte Rebus Zeichen einzusteigen. Er streichelte das Lenkrad, während Rebus die Beifahrertür aufzog.

»Eine Schönheit ist das. Zehn Jahre alt, aber nur sechstausend Meilen auf der Uhr. Bei einem Mercedes heißt das, der ist noch nicht mal richtig eingefahren.« Er drehte den Kopf zu Rebus um. »Na, reizt dich so was?«

»Wer hat dir von Haggard erzählt?«

»Also, erstens steht's überall im Internet. Und zweitens hält mich meine alte Crew auf dem Laufenden. Wir treffen uns regelmäßig. Ich dachte, du stehst auch auf der Einladungsliste.«

Alan Fleck war noch keine sechzig und sah jünger aus. Rebus fragte sich, ob er was hatte machen lassen, ein bisschen straffen oder unterspritzen. Er hatte immer schon gerne gut ausgesehen, war schon, als Rebus damals mit ihm zu tun hatte, an keinem Spiegel vorbeigekommen, ohne reinzuschauen. Designerklamotten und dezente Uhren, aber immer nur vom

Feinsten. Dann seine Autos – zwei Audis (beides Sondermodelle) und ein Aston Martin. Niemand hatte sich gewundert, dass er nach seiner Pensionierung eine teure Gebrauchtwagenhandlung eröffnete.

»Wenn du doch mal Lust hast dazuzustoßen«, fuhr Fleck fort, »versprech ich dir, dass wir dich fürstlich verwöhnen.«

Rebus streckte die Hand aus und packte sein Gegenüber grob am Mantelaufschlag. »Ich hab einen Scheiß mit diesem ganzen Mist zu tun, Alan, hast du verstanden?«

Flecks geschäftsmännische Fassade fiel von ihm ab. Das Eis, an das Rebus sich erinnerte, lag jetzt wieder in seinem Blick und seiner Stimme. »Die vielen Flaschen Malt, John. Die am Ende eines Gelages zerrissenen Restaurant-Rechnungen. Erinnerst du dich nicht mehr?«

»Ich habe dir hin und wieder als Freund einen Gefallen getan. Das war's.«

»Na ja, offensichtlich nicht, sonst wärst du ja nicht hier.« Fleck machte sich los. »Die Crew ist nicht erfreut über Francis, das kann ich dir sagen. Sie haben versucht an ihn ranzukommen, sind aber abgeblitzt. In Tynie herrscht großer Unmut.«

»Mir bricht das Herz.«

»Ich vermute, er hat bereits ein paar Namen genannt, deinen zum Beispiel. Meinen zweifellos auch.« Fleck stieß geräuschvoll und lange Luft aus. »Und was machen wir jetzt, John?«

»Sag du's mir. Er wurde zur Fahndung ausgeschrieben und ist abgetaucht.«

»Andernfalls hätten wir eins unserer berühmten Gespräche unter vier Augen geführt.« Fleck lehnte sich zurück. »Wie geht's denn sonst so? Hast du dich bislang vom Virus ferngehalten? Gefällt dir der Ruhestand?«

»Kümmer dich darum, Alan«, sagte Rebus leise, aber bestimmt.

»Es sind noch jede Menge andere Akteure beteiligt, John, einige davon im Polizeidienst. Ich denke, du tauchst höchstens als Fußnote auf, wenn überhaupt.«

Rebus schüttelte den Kopf. »Ganz oben interessiert man sich bereits dafür. Die haben einen DI namens Fox aus Gartcosh drauf angesetzt.«

»Ich kenne Fox.«

»Hab ich mir gedacht. Na ja, er ist nicht mehr bei Complaints, führt deren Anliegen aber durchaus fort, das heißt, er tut nichts lieber, als Leute wie dich und mich mit Scheiße zu bewerfen. Police Scotland wollen die Kollateralschäden möglichst gering halten. Das gelingt ihnen am besten, wenn sie sich auf ein paar alte Krieger einschießen. Dann können sie behaupten, dass Lektionen erteilt wurden und man heutzutage anders arbeitet. Wir beide sind die Statuen, die sie vom Sockel holen, um den Mob zu beschwichtigen.«

»Verstehe.« Fleck fuhr sich mit den Fingern über sein glattrasiertes Gesicht, starrte durch die Windschutzscheibe wie auf einen Wegweiser mit zu vielen Richtungen. »Ich kann nochmal versuchen, ihn anzurufen – auch wenn er inzwischen nicht mehr drangeht. Bist du sicher, dass er nicht in der Wohnung ist?«

»Er hat was in der Constitution Street gemietet. Wir haben Leute drauf abgestellt.«

»In der Constitution Street? Wieso?«

»Das Heim der Familie ist tabu.«

Fleck dachte einen Augenblick nach. »Rob Driscoll ist sein bester Kumpel in Tynie. Vielleicht pennt er bei ihm auf dem Sofa. Ich kann fragen.«

»Jetzt?«

»Glaub bloß nicht, ich hab seine Nummer dabei. Ich kann sie aber ohne Weiteres rausfinden. Überlass das mir.« Er zog sein Handy aus der Tasche. »Gib mir deine, dann sag ich dir, wenn was dabei rausgekommen ist.«

»Ist dieselbe, die ich immer hatte.«

Rebus hielt sein Handy hoch. »Und auch noch dasselbe Telefon.« Er schnaubte, aber sein Lächeln verschwand rasch. »Die Crew versteht sich als genau das, John – als eine Crew. Zusammen sind wir stark und so weiter. Der Gedanke, dass Francis sie verpfeifen wollte … Das könnte noch sehr hässlich werden, mehr sag ich nicht.«

»Ich verlasse mich drauf, dass du das verhinderst.«

»Das sagst du so, aber ich muss mich schon fragen …«

»Was?«

»Du, ich und alle anderen – das Beste wäre doch, wenn Francis Haggard einfach den Mund hält. Vielleicht ließe sich das ja bewerkstelligen, wenn man ihm einen schönen Schrecken einjagt. Du weißt, dass ich recht habe, ich seh's dir an. Und ich schätze, wir sind auch nicht die Einzigen, die so denken. Ich hab's schon öfter erlebt, dass jemand der Crew an den Kragen wollte. Ist für die Gegenseite nie gut ausgegangen.« Fleck hielt inne. »Aber das muss ich dir ja alles gar nicht sagen, John.«

Statt zu antworten, stieg Rebus aus dem Mercedes, ließ die Beifahrertür offen und kehrte an der Reihe begehrenswerter Fahrzeuge vorbei in die relative Sicherheit seines alten Saab zurück.

8

Nachdem sie die beiden Detectives die Treppe hinaufgeführt hatte, hob Stephanie Pelham die offene Flasche Wein und wackelte kurz damit.

»Bisschen früh für mich«, sagte Siobhan Clarke mit bedeutungsvollem Blick Richtung Christine Esson.

»Wie wär's mit Tee?«, fragte Esson, die den Hinweis verstanden hatte. »Ich koche welchen.« Sie ging in die Küche, während Clarke auf Cheryl Haggard zuging, die die Knie unter das Kinn gezogen und die Arme um die Beine geschlungen hatte, als wollte sie sich selbst so klein wie möglich machen. Sie saß auf einem großen, weichen Sessel ohne Armlehnen in einer Ecke des Raums am Fenster, wobei sie die herrliche Aussicht nicht zu interessieren schien.

»Alles so weit in Ordnung?«, fragte Clarke und bekam ein langsames Nicken zur Antwort.

»Keine von uns beiden hat viel geschlafen«, sagte ihre Schwester. »Ich bin jede Stunde aufgewacht, hab die Türen und Fenster überprüft. Sie haben ihn noch nicht gefunden?«

»Ich wollte mir nochmal das Filmmaterial aus den Kameras ansehen. Vielleicht könnten Sie mir dabei erläutern, was wir nicht hören?«

»Ich schwöre bei Gott, ich werde das System mit einer Tonspur aufrüsten.« Pelham sah sich nach ihrem iPad um, entdeckte es schließlich unter einer Fernbedienung. »Dabei hab ich James noch erklärt, er würde sein Geld rausschmeißen, als er's bestellt hat.« Sie setzte sich an den Tisch und suchte die Aufnahme. Esson kam mit Tee auf einem Tablett zurück.

»Hab keinen Zucker gefunden«, sagte sie.

»Wir trinken beide ohne«, sagte Pelham.

»Wir auch.« Esson brachte Cheryl Haggard einen Becher und stellte ihn neben sie auf den Boden, als diese kein Interesse daran zeigte.

Am Tisch schob Pelham das iPad so zurecht, dass die beiden Detectives das Display sehen konnten.

»Das ist von der Kamera draußen. Er ist über das verfluchte Tor geklettert, als wir hier zu viert saßen, und hat sich hinter den Mülltonnen versteckt. Warten Sie mal, ich spule vor.« Das tat sie, aber zu weit, weshalb sie nochmal zurückmusste. »Das sind Sie, als Sie und Gina gegangen sind.« Sie schaute Clarke an. »Er geht zur Tür, will sie öffnen. Dann klingelt er. Ich dachte, Sie und Ihre Kollegin hätten was vergessen, deshalb habe ich nicht durch den Spion geguckt. Den Fehler mache ich nicht nochmal.«

Sie beschrieb den Ablauf seines Eindringens, ihr Kiefer verspannte, als sie die Ereignisse in Gedanken erneut durchlief.

»Er scheint an der Schlafzimmertür zu horchen«, sagte Clarke. »Hat Cheryl mit ihm gesprochen?«

»Sie hat ihm gesagt, dass er sich verziehen soll«, erwiderte Pelham. Aber Clarke fiel auf, dass Cheryl Haggard den Kopf leicht hob und ihre Schwester ansah.

»Sicher, Stephanie?«, vergewisserte sich Clarke.

»Natürlich.«

»Ich hab ihm gesagt, wir könnten reden – nicht jetzt gleich, aber irgendwann.« Alle drei drehten die Köpfe, als sie Cheryls Stimme vernahmen.

»Was ein riesengroßer Fehler wäre«, betonte Pelham.

Cheryl faltete sich auseinander, nahm ihren Becher und setzte sich zu den anderen an den Tisch. Sie wollte auf das iPad schauen.

»Bist du sicher?«, fragte ihre Schwester besorgt, woraufhin Cheryl nickte, aber es gab nicht mehr zu sehen. Das ganze Drama hatte nur wenige Minuten gedauert.

»Was passiert da jetzt?«, fragte Clarke, als Francis Haggard seiner Schwägerin gegenüber mit dem Zeigefinger fuchtelte.

»Er droht mir«, erklärte Pelham und griff sich mit einer Hand an den Hals. »Ich dachte, er würde auf mich losgehen. Mein Magen hat schon Purzelbäume geschlagen. Ich dachte, ich müsste mich auf der Stelle übergeben.« Sie sog tief Luft ein. Gemeinsam sahen sie, wie Haggard ihr das Handy entriss. Stephanie griff sich bei der Erinnerung ans Handgelenk. »Und dann ist er wieder abgehauen«, sagte sie. »Zurück über die Auffahrt und das Tor. So viel zu Sicherheitsvorkehrungen.«

»Haben Sie versucht, Ihr Handy anzurufen?«

»Die Mailbox springt sofort an.«

»Könnte er den Code knacken, wenn er wollte?«

»Funktioniert mit Gesichtserkennung, ich glaube kaum.«

»Lässt sich das Telefon tracken?«

»Das habe ich nie eingerichtet.« Sie sah, dass Clarke auf das Handy blickte, das auf dem Tisch neben dem iPad lag. »Das habe ich von meinem Ex gelernt – Geschäftliches und Privates sollte man strikt trennen.«

»Und mit welchem Handy ist Francis verschwunden?«

»Dem Geschäftshandy, was ein Glück ist, weil ich geschäftlich gerade pausiere.«

»Stephanie hat unsere Wohnung ganz wunderbar eingerichtet«, sagte Cheryl leise.

»Ach ja, wegen Ihrer Wohnung.« Clarke richtete sich gerade auf. »Da gibt's leider auch noch schlechte Nachrichten – die Nachbarn haben einen Einbruch gemeldet.« Cheryl blieb der Mund offen stehen. »Die haben wohl ein großes Durcheinander angerichtet, und ein bisschen was ist auch zu Bruch gegangen. Außerdem werden Sie die Schlösser austauschen müssen.«

»Was ist passiert?«, wollte Stephanie wissen.

»Die Überwachungskameras haben zwei Fahrer von Lieferdiensten aufgezeichnet, die ins Haus gekommen sind. Vermutlich haben sie einfach verschiedene Klingeln gedrückt, bis jemand aufgemacht hat. Sie hatten Pizzakartons dabei und trugen Motorradhelme mit offenen Visieren, Mund und Nase waren aber bedeckt.«

»Ich verstehe nicht«, sagte Cheryl mit bebender Stimme.

»Wie viel Schaden haben die angerichtet?«, wollte Stephanie wissen.

»Eine Vase ist zerbrochen«, berichtete Esson, »ein paar Bilder müssen neu gerahmt werden …«

»Diese Schweine.«

»Größtenteils muss aber einfach nur alles wieder in die Schubladen geräumt werden.«

»Eins noch«, ergänzte Clarke, »es wurde überall Pulver verstreut, bei dem es sich mit sehr hoher Wahrscheinlichkeit um Kokain handelt. Haben die das in der Wohnung gefunden, Cheryl?«

»Ich …« Sie sah ihre Schwester hilfesuchend an.

»Francis hat hin und wieder gekokst«, erwiderte Stephanie. »Meine Schwester allerdings nicht.«

»Und Sie selbst?«

Sie starrte Clarke an. »Ganz, ganz selten.«

»War Francis' Vorrat leicht zu finden?«, fragte Clarke jetzt Cheryl.

»Ich glaube nicht, dass er was zu Hause aufbewahrt hat. Das war nur zum Ausgehen, wenn er auf eine Party wollte.«

»Sind Sie sicher?«

Cheryl nickte.

Clarke gab Esson ein Zeichen, und sie erhoben sich. »Wenn Sie Bedenken wegen Ihrer Sicherheit haben«, sagte sie zu Stephanie, »können wir Ihnen vielleicht zwei Beamte schicken. Aber versprechen kann ich's nicht, wir sind verdammt dünn besetzt.«

»Das hat Gina Hendry auch schon gesagt. Sie kam gleich als Erste.« Stephanie konzentrierte sich jetzt wieder auf ihre Schwester, die ihren Becher mit beiden Händen hielt und hob. »Du darfst dich ihm auf keinen Fall nähern, Cheryl. Das weißt du, oder?«

»Natürlich«, sagte Cheryl Haggard leise, blies über ihren Tee und musterte die Wellen, die sie mit ihrem Atem schlug.

Clarke und Esson waren beinahe an der Haustür angelangt, als die Klingel ertönte. Stephanie Pelham schaute auf den Monitor an der Wand. Dort war ein Mann vor dem Tor zur Auffahrt zu sehen. Sie drückte auf den Knopf der Sprechanlage.

»James, was zum Teufel willst du?«

»Ich hab das mit Cheryl gehört. Wollte nur wissen, ob ich helfen kann.«

»Allerdings kannst du helfen – unterschreib endlich die verfluchten Scheidungspapiere, lass uns das Ganze hinter uns bringen. Und jetzt verzieh dich in das Loch, aus dem du gekrochen bist.« Sie nahm ihren Finger vom Knopf der Sprechanlage und drehte sich wieder zu den beiden Detectives um.

»Wenn ich Ihnen jetzt das Tor aufmache, wird er das als Einladung verstehen.«

»Wir werden es ihm schon erklären«, versicherte ihr Clarke, dann wandte sie sich an Esson. »Du steigst in den Wagen, ich gehe zu Fuß zum Tor.« Esson signalisierte ihr Einverständnis.

Stephanie Pelham schloss die Tür auf. Clarke nickte zum Abschied und ging schnellen Schrittes die Auffahrt hinunter, Esson holte sie erst ein, als sich das Tor bereits zu öffnen begann. James Pelham saß in einer weißen Limousine. Als er Clarke sah, stieg er aus. Sie hielt ihm ihren Dienstausweis vor die Nase.

»Sie sind hier unerwünscht, Mr Pelham«, erklärte sie.

»Das ist mein verfluchtes Zuhause!«

»Gewesen.«

Er guckte verärgert und fuhr sich mit den Fingern durchs Haar.

»Aber geht's Steph und Cheryl gut?«

»Es geht ihnen gut.«

»Sie will nicht mit mir telefonieren, sich auf keinen Drink treffen … ich versuche nur vernünftig zu sein.«

»Im Moment ist es das Vernünftigste, einfach zu gehen.«

Esson war Clarke mit dem Wagen gefolgt, hatte aber vor dem Tor gehalten und es gegen mögliche Eindringlinge blockiert. Clarke sah es jetzt langsam wieder zufallen.

»Sagen Sie mal«, fragte sie, »wie gut kennen Sie Francis Haggard?«

Pelham dachte kurz nach. »Die Mädels sind meist zusammen weg, da war unser Typ nicht verlangt. Wahrscheinlich bin ich ihm einmal im Monat begegnet, eher seltener.«

»Und haben Sie sich gut verstanden?«

Er begegnete ihrem Blick. »Nicht besonders. Eigentlich haben wir keine Gemeinsamkeiten.«

»Ist Ihnen aufgefallen, dass er leicht reizbar ist?« Clarke sah Pelham den Kopf schütteln. »Keine Anzeichen dafür, dass er Cheryl geschlagen hat?«

»Nein, erst neulich – aber da waren Steph und ich schon getrennt.«

Clarke sah, dass Esson mit den Fingern aufs Lenkrad trommelte, sich fragte, was sie wohl gerade verpasste. »Danke für Ihre Hilfe. Lassen Sie sich nicht von uns aufhalten.« Damit ging sie zum Wagen und stieg ein.

»Er ist älter, als er in der Zeitung wirkt«, meinte Esson. »*Abgewrackt* könnte man auch sagen.«

»Schon schade, oder?«, sagte Clarke und schnallte sich an.

»Ich breche gleich in Tränen aus. Zurück ins Büro?«

»Warte, mir schwebt noch was anderes vor, Christine, ich weiß bloß nicht, ob dir das gefällt …«

Malcolm Fox wartete auf dem Vorplatz, als Alan Fleck von einer Ausfahrt mit einem BMW zurückkehrte und auf das Gelände einbog. Er schloss den Wagen ab und musterte Fox' Mercedes.

»Neu gekauft?«

»Ich kaufe ausschließlich bei seriösen Händlern. Lange nicht gesehen, Mr Fleck.«

»So lange, dass Sie's von Complaints bis nach Gartcosh geschafft haben.«

»Wer flüstert Ihnen denn Ihre Informationen zu?«

»Was wollen Sie, Fox?«

»Was überfällig ist.«

Fleck verengte die Augen. »Und was soll das sein?«

»Ihren Kopf!«

»Das haben Sie ja bereits versucht, schon vergessen?«

»Ich erinnere mich deutlich daran, als Kyle Weller in Gewahrsam starb – bestimmt erinnern Sie sich auch noch daran.«

»Unfälle passieren nun mal.«

»Aber in Tynecastle immer schon öfter als anderswo.«

»Wenn ich mich recht entsinne, haben Sie alles versucht, und trotzdem ist nichts dabei herausgekommen.«

»Kyle war jedenfalls nicht der Einzige. Sie werden bestimmt auch Tony Barlow nicht vergessen haben – er lag einen Monat im Krankenhaus und musste ein Jahr lang zur Physio.«

Fleck verschränkte die Arme. »Sie konnten nie nachweisen, dass wir etwas damit zu tun hatten.«

Fox lächelte kalt und tat, als würde er sich umschauen.

»Hat Cafferty Ihnen hier finanziell unter die Arme gegriffen?«

»Wie aus den Bankunterlagen hervorgeht, habe ich alles von meinen eigenen Ersparnissen bezahlt.«

»Aber durch ihn sind Sie auf den Geschmack gekommen, auf schnelle Autos, meine ich. Als Sie ihm geholfen haben, gestohlene Fahrzeuge aufs europäische Festland zu verschiffen.«

»Warum traben Sie nicht einfach wieder zurück an Ihren Schreibtisch? Für was anderes sind Sie mit Ihrem fetten Arsch doch gar nicht zu gebrauchen.«

Fox schüttelte langsam den Kopf. »Ich bin hier, Fleck. Und ich gehe nirgendwohin, bis ich nicht gehört habe, was Francis Haggard zu sagen hat.«

»Sagen ist das eine …«

»Meiner Erfahrung nach muss nur mal einer anfangen, und schon macht sich Angst breit, dann ziehen die anderen ganz schnell mit.«

Fleck trat einen Schritt auf ihn zu. »Ich hab's kapiert, Fox, wirklich. Sie würden lieber einen alten Sack wie mich drankriegen, als jemanden im aktiven Dienst über die Klinge springen lassen.« Er hielt inne. »Gibt schon ein paar, auf die ich mit dem Finger zeigen könnte – sind nicht alle tot und begraben, wobei einer definitiv aus dem letzten Loch pfeift.«

»Sie meinen Rebus.«

»Ich erinnere mich nur an die Gefälligkeiten, die er Cafferty erwiesen hat.« Er hielt inne. »Sie sollten sich ein bisschen genauer mit dem Fall Tony Barlow beschäftigen und Francis Haggard danach fragen.«

»Soll ich ihn auch nach den Autos fragen, die Sie nach Zeebrugge verschifft haben?«

Fleck zuckte mit den Schultern. »Tun Sie sich keinen Zwang an, aber das wird Sie nicht weiterbringen. Versuchen Sie's lieber auf dem Weg, den ich vorgeschlagen habe.«

»Ich weiß nicht, ob ich Ihrem Navi traue. Sie wissen, wo Sie mich finden, wenn Sie was zu erzählen haben.« Fox drehte sich zu seinem Mercedes um.

»Darf ich fragen, was Sie dafür bezahlt haben?«, rief Fleck ihm nach. Fox klemmte sich hinters Lenkrad und blieb die Antwort schuldig. Als Fleck näher kam, ließ er die Scheibe runter. »Egal wie viel«, sagte Fleck und bleckte die Zähne, »ich hätte Ihnen einen Arsch voll mehr abgeknöpft.«

Fox fuhr vom Gelände, ließ den Motor laut aufheulen und ließ kein einziges Schlagloch aus, während er den winkenden Fleck mit seinem dreisten Grinsen im Rückspiegel beobachtete.

9

»Bist du absolut sicher?«, fragte Esson am Steuer von Clarkes Astra.

»Liegt praktisch auf dem Weg zum Basislager, Christine.«

»Was aber noch lange nicht heißt, dass es eine gute Idee ist.«

Von der Corstorphine Road kommend waren sie jetzt in der Gorgie Road und fuhren auf die Polizeiwache Tynecastle zu. Sie befand sich an einem Platz in der Nähe des Fußballstadions der Hearts und war umgeben von Wohnhäusern, Handwerksbetrieben und Kfz-Werkstätten. Sämtliche Parkmöglichkeiten auf der Straße waren bereits von Lieferwagen und Autos besetzt, weshalb Clarke schließlich auf einer doppelten gelben Linie auf der anderen Seite des Platzes hielt. Im Zentrum befand sich eine ungepflegte Rasenfläche, umgeben von einem niedrigen Zaun. Ein Tor führte zu ein paar Kinderschaukeln und den traurigen Überresten dessen, was vermutlich mal eine Wippe gewesen war. Die Polizeiwache war zwei Stockwerke hoch, die vergitterten Fenster starrten trübsinnig herunter. Die Fassade war grau wie ein Schlachtschiff, Graffiti war übermalt und dadurch unleserlich geworden. Außerdem hatte sich jemand mit einem dicken schwarzen Edding an der Eingangstür zu schaffen gemacht.

»Hat was von einer Reise in die Vergangenheit«, bemerkte Esson. Clarke nickte zustimmend. Sie selbst kannte einige solcher Wachen aus ihrer Anfangszeit im Polizeidienst. Normalerweise bekamen sie einen Spitznamen verpasst wie Fort Apache oder Precinct Thirteen. Die meisten waren inzwischen abgerissen und neu gebaut. Sie fragte sich, wie lange Tynecastle noch überleben würde.

Die Tür war verschlossen, und sie mussten per Summer eingelassen werden. Der Anmeldebereich war eng, die Wände dort tapeziert mit den üblichen Bekanntmachungen und Vermissten-Plakaten. Eine transparente Trennscheibe von der Wand bis zur Decke schützte den diensthabenden Beamten, wobei Clarke auffiel, dass sie mit eingekratzten Kraftausdrücken und Bandensymbolen verunstaltet war. Clarke hielt ebenso wie Esson ihren Dienstausweis hoch.

»Wir möchten mit jemandem über Francis Haggard sprechen«, sagte Clarke.

»O Schreck«, erwiderte der diensthabende Beamte matt lächelnd. Wahrscheinlich war er noch in seinen Zwanzigern, aber offenbar bereits erfahren genug. »Die vom CID sind zurzeit nicht da.«

»Müssen keine Führungskräfte sein. Wer gerade Zeit hat.«

»Lassen Sie mich mal nachsehen. Setzen Sie sich doch.«

Er verschwand durch die Tür hinter sich. Als Clarke sich umsah, stellte sie fest, dass es gar keine Sitzgelegenheiten gab, was sie eigentlich nicht mal wunderte.

»Wahrscheinlich hilft ein gewisser Sinn für Humor«, meinte Esson und musterte die Literatur an den Wänden.

»Ein Wischmopp und ein bisschen Scheuermittel wären nicht verkehrt«, ergänzte Clarke, deren Schuhsohlen fast an den schwarz-weißen Linoleumfliesen kleben blieben.

Seitlich des Empfangsschalters öffnete sich eine weitere Tür. Ein Beamter in Uniform stand dort und betrachtete die Besucher mit abschätzigem Blick. Er war Mitte bis Ende dreißig, groß und breit, die Haare kurz geschnitten und dunkel. Am Hals blühte Akne, die er voraussichtlich niemals loswerden würde.

»Dann kommen Sie mal rein«, sagte er und hielt die Tür auf.

»DI Clarke«, stellte Clarke sich vor, als sie an ihm vorbeiging.

»DC Esson«, ergänzte Esson.

Er nickte, dann zeigte er den Gang hinunter. »Hinten links.«

Sie betraten einen Vernehmungsraum, in dem praktisch kein Sauerstoff vorhanden war, wobei ihr Gastgeber immerhin den Anstand besaß, die Tür offen zu lassen. Er zeigte auf die Stühle auf beiden Seiten des Tischs.

»Wir bleiben gerne stehen«, sagte Clarke.

Er zuckte mit den Schultern und hockte sich auf die Tischkante. »Ich habe Ihre Namen nicht verstanden.«

Auf dem Tisch lag eine Zeitung vom Tag. Der Beamte drehte den Oberkörper, überflog demonstrativ die Titelseite, dann nahm er sie in die Hand und hielt sie vor sich. Die Schlagzeile lautete *UNSERE GESETZESFREIE HAUPTSTADT*.

»Brutale Jugendbanden kontrollieren polizeifreie Straßen«, zitierte er aus dem Gedächtnis. »Deshalb haben wir keine Leute. Deshalb pfeifen wir aus dem letzten Loch. Keiner hat mehr Angst vor uns, jedenfalls nicht mehr so wie früher. Was glauben Sie wohl, wie sich das für uns anfühlt, da draußen?« Er stocherte mit einem Finger in die Welt hinaus.

»Ist das ein Fall von *Angriff ist die beste Verteidigung*?«

»Ich will Ihnen nur die Umstände erklären, DI Clarke.« Er ließ die Zeitung sinken. »Ich bin Rob Driscoll. Ein Freund von Francis.«

»Dann wissen Sie ja vielleicht, wo wir ihn finden.«

»Ich habe gehört, Sie haben die Hunde auf ihn gehetzt. Er wollte doch nur mit Cheryl reden.«

»Hätte nicht gedacht, dass das öffentlich bekannt ist.«

»Öffentlich bekannt ist, dass Streifenpolizisten seit gestern Nacht viel Zeit mit Umwegen in die Constitution Street verschwendet haben.«

»Dann wissen Sie also, wo er wohnt.«

»Wie gesagt, wir sind Freunde.«

»Wann haben Sie zuletzt mit ihm gesprochen?«

»Vor ein paar Tagen.«

»Persönlich?«

»Am Telefon.« Driscoll rieb sich den Nasenrücken und kniff kurz die Augen zu. Entweder war er erschöpft, oder er tat recht überzeugend so.

»Hat Ihre Freundschaft darunter gelitten?«, fragte Esson. »Als Sie erfahren haben, dass er seine Frau verprügelt, meine ich?«

»Ich weiß nur, dass er absolut verrückt nach ihr ist.«

»Komische Art, das zu zeigen, finden Sie nicht?«

»Ich bin nicht hier, um Francis zu verteidigen, aber in einer Beziehung ist es ja immer ein Geben und ein Nehmen. Cheryl kann auch ganz schön heißblütig sein.«

»Blutergüsse und eine blutige Nase – die gehören dann wohl einfach dazu?«

»Wie gesagt, ich will ihn nicht verteidigen.«

»Da hab ich aber was anderes gehört, Rob.« Clarke verschränkte die Arme. »Hat er mit Ihnen darüber gesprochen, was er Cheryl angetan hat?«

»Nicht so richtig. Ich glaube kaum, dass er stolz drauf war.«

»Wäre auch ein bisschen seltsam.«

»Der Druck hat ihm zugesetzt – und da ist er nicht der Einzige.«

»Hat er je über seine Verteidigungsstrategie gesprochen?«

Driscoll schüttelte den Kopf. »Hat aber trotzdem die Runde gemacht.«

»Dann wisst ihr also, dass er euch alle reinreiten wird?«

»Er behauptet, der Job habe ihn verändert. Vielleicht ist da was dran. Ich wusste nicht, dass er Namen nennen will.«

»Glauben Sie mir, das wird er.«

»Er muss tun, was er nicht lassen kann.«

Clarke rang sich ein müdes Lächeln ab. »Sind Ihre Kollegen genauso phlegmatisch wie Sie?«

»Weiß nicht – ›phlegmatisch‹ muss ich erst mal nachschlagen.«

»Ach, ich glaube, Sie wissen, was das bedeutet. Ob ich mal seinen Spind sehen dürfte?«

»Wüsste nicht, was dagegenspricht.«

»Geöffnet meine ich.«

»Dafür brauchen Sie einen Durchsuchungsbefehl.«

»Er ist flüchtig, Rob.«

»Kann sein, kann aber auch nicht sein. Kommt drauf an, ob ihm bewusst ist, dass er gegen seine Kautionsauflagen verstoßen hat. Er befindet sich in einem höchst emotionalen Zustand und denkt nicht klar.«

»Sie scheinen ja eine ganze Menge darüber zu wissen.«

Driscolls Handy brummte, machte ihn auf einen ankommenden Anruf aufmerksam. Er schaute aufs Display.

»Gehen Sie ruhig dran, wenn's sein muss«, sagte Clarke, aber er schüttelte den Kopf und wartete, bis der Anrufer es aufgab.

»Ich kenne Francis«, sagte er. »Wie gesagt, er ist einer meiner besten Freunde. Er liebt Cheryl über alles, das kann ich Ihnen versichern.«

»Dann würden Sie ihm also helfen, ihn vielleicht sogar decken? Freunde machen so was doch, besonders in Tynecastle? Im Gegenzug lässt er Ihren Namen dann vielleicht aus dem

Spiel …« Sie hatte versucht, nicht an ihre eigene Beziehung zu Rebus zu denken – vergeblich.

»Ich habe nichts zu verbergen.« Driscoll blickte von Clarke zu Esson und wieder zurück.

»Ihrem Akzent nach stammen Sie nicht hier aus der Gegend«, meinte Clarke.

»Sie auch nicht.«

»Ich bin südlich der Grenze aufgewachsen.«

»Und ich nördlich der Grenze – aber einer anderen.«

»Nordirland.« Clarke nickte verständnisvoll. »Driscoll ist ein katholischer Name, stimmt's?«

»Und?«

»Welchen Spitznamen haben Sie bekommen?«

»Das ist alles vollkommen harmlos, DI Clarke.«

»Nur Flachs?«, schaltete Esson sich ein.

»Genau.«

»Wenn Sie was von Francis hören, sagen Sie ihm, es wäre schlau, zu uns zu kommen«, erklärte Clarke. »Mit wem können wir bis dahin noch reden?«

»Niemand wird was sagen.«

»Halten wohl alle zusammen, hm? Aber das hilft euch heutzutage nicht mehr so gut wie früher. Versuchen Sie, Kontakt zu ihm aufzunehmen, und machen Sie ihm klar, dass er sich stellen muss.«

»Wenn Sie meinen.«

»Wir waren bei ihm zu Hause«, sagte Esson. »Jemand hat die Tür eingetreten, ein Riesenchaos angerichtet.«

»Unsere gesetzesfreie Hauptstadt«, ließ Driscoll die Zeitungsschlagzeile erneut anklingen.

»Anstatt etwas mitzunehmen, haben die Täter etwas dagelassen.«

»Was denn?«

»Kokain, überall auf dem Boden verteilt.«

»Was für eine Verschwendung – und ich höre immer wieder, das Koks sei knapp.«

»Komisches Verhalten von Freunden, oder?«, fragte Clarke.

Driscoll starrte sie an. »Sie meinen, *wir* waren das?« Er schnaubte. »Wieso?«

»Als Schuss vor den Bug?«, spekulierte Clarke.

»Träumen Sie weiter.« Driscoll stieß sich vom Tisch ab. »Also wenn Sie nichts dagegen haben, ich habe, offenbar anders als Sie, noch echte Polizeiarbeit zu erledigen …« Er zeigte auf die Tür.

»Wir finden allein raus«, erklärte Clarke.

Esson folgte ihr durch den Gang zurück, Clarke betätigte den Türöffner. Drei Streifenpolizisten befanden sich jetzt im Anmeldebereich, einer davon etwas älter als die anderen beiden, aber keiner der drei machte ein besonders ansprechendes Gesicht. Sie sagten nichts und traten auch nicht beiseite, so dass Clarke und Esson sich an ihnen vorbeizwängen mussten. Einer schniefte lange und laut, als wollte er Witterung aufnehmen.

»Da musst du schon ganz schön verzweifelt sein«, hörte Clarke einen von ihnen sagen.

»Ich würd's lieber dir besorgen als einer von denen«, erwiderte eine zweite Stimme in demselben lauten Flüsterton.

Kurz überlegte sie, ob sie die Kollegen zur Rede stellen und sich ihre Dienstnummern notieren sollte, aber sie wusste, sie würden dies als Sieg verbuchen.

Stattdessen zog sie die Tür zur Außenwelt auf und drehte sich halb zu Esson um.

»Ich kann mir einfach nie merken«, sagte sie laut genug, so

dass es alle hörten, »ob die hier wegen ihrer Hirne oder ihrer Schwänze Tynie genannt werden.«

»Das eine schließt das andere ja nicht aus«, erwiderte Esson und zog die Tür hinter sich zu.

Gerade trafen zwei Streifenwagen ein, die darin sitzenden Beamten stiegen einer nach dem anderen aus. »Mist, anscheinend haben wir die Stripperinnen verpasst«, sagte einer in Uniform.

»Gott sei Dank«, erwiderte sein Kollege.

Sie waren zu sechst, ausschließlich Männer, alle Mitte zwanzig oder Anfang dreißig. Sie wussten genau, wer Clarke und Esson waren, zweifellos hatte sie der Beamte am Empfang vorgewarnt. Außerdem wussten sie, warum sie hier waren.

»Hatte jemand von Ihnen ein besonders enges Verhältnis zu Francis Haggard?«, fragte Clarke.

»Wenn ich einen Kuss dafür bekomme, verrat ich's dir.«

Aus dem Schwall an Gelächter hörte Clarke ein »Der war gut, Chris« heraus. Sie fixierte den Mann. »Wir werden uns ja später noch ausführlich unterhalten, Chris. Mal sehen, wie lustig ihr seid, wenn eure Betreuer nicht aufpassen.«

Wieder wurde gelacht, und jemand klopfte dem Polizisten namens Chris auf die Schulter, anschließend verschwanden sie einer nach dem anderen im Gebäude, warfen Clarke und Esson dabei letzte abschätzige Blicke zu.

»In welchem Jahrhundert befinden wir uns?«, brummte Esson und folgte Clarke zu deren Astra.

»Die könnten gefährlich werden, wenn sie jemals lernen, wie man Feuer macht«, pflichtete Clarke ihr bei.

Driscoll zitierte sie in den Raum mit den Spinden, wo sie sich mit Limodosen und Schokoriegeln bewaffnet einfanden.

»Was wollten die denn?«, platzten sie heraus.

»Es ist so, wie wir gehört haben«, erklärte er. »Francis ist abtrünnig geworden. Er treibt sich irgendwo da draußen rum, keiner weiß, wo. Aber ewig kann er sich nicht verstecken, und wenn die ihn zuerst finden, packt er aus. Also haltet Ausschau nach einer Spur, am besten bevor wir uns nachher alle im Pub treffen. Und noch was.« Er hielt inne und sah jeden einzeln an. »Jemand hat Haggards Wohnung in Newhaven auf den Kopf gestellt, überall Koks auf dem Boden verteilt.«

»Wir wollten ihm nur unsere Aufwartung machen, Rob.«

Driscoll starrte den an, der das gesagt hatte. »War das wirklich so schlau, Chris?«

»Er soll wissen, dass wir mindestens so viel gegen ihn in der Hand haben wie er gegen uns.«

»Na ja, der Schuss ging ja wohl nach hinten los. Er darf sich dem Heim der Familie nicht mal auf eine halbe Meile nähern, eher unwahrscheinlich, dass er euer Szenario überhaupt zu sehen bekommt. Stattdessen wurde der Einbruch gemeldet, und deshalb waren die vom CID hier, haben ihre Nasen in unsere Angelegenheiten gesteckt. Und das Sahnehäubchen ist, dass sie jetzt noch mehr gegen Francis in der Hand haben, weil ihr sie drauf aufmerksam gemacht habt, dass er hin und wieder mal eine Line zieht. Und jetzt hat er noch einen weiteren Grund, uns zu verpfeifen, damit kann er nämlich seinen eigenen Hals retten.« Driscoll hatte die Stimme immer weiter angehoben, Chris schien dabei zu schrumpfen.

»Und was machen wir jetzt?«, fragte jemand in die Stille hinein.

»Wir überlegen uns eine Taktik, vielleicht zusammen mit einem klügeren Kopf, als ich unter den Anwesenden entdecken kann. Verzieht euch und lasst mich in Ruhe nachdenken.«

Als er sie gehen sah, fiel ihm auf, dass Chris sich an seinem Handy zu schaffen machte. Driscoll riss es ihm aus der Hand. Die Nachricht war noch nicht fertig geschrieben, bislang stand dort nur *Wie geht's?*. Chris schnappte es sich zurück.

»Ich frage gar nicht erst«, sagte Driscoll.

»Gut so«, sagte Chris und ging.

Driscoll ließ sich schwer auf eine der Bänke fallen, starrte kurz unter sich, dann kramte er sein eigenes Handy aus der Tasche und rief den Anrufer von vorhin zurück.

»Hast du zu tun?«, hörte er Alan Fleck fragen.

»Ich hatte Besuch.«

»Wegen Francis?«

Driscoll presste die flache Hand an Haggards Spind.

»Waren die auch bei dir?«

»Noch nicht, aber John Rebus ist vorbeigekommen, dicht gefolgt von einem aus Gartcosh. Anscheinend sind noch mehr hinter Francis her. Aber dich haben sie ja nicht, Rob. Wenn Francis auf jemanden hört, dann …«

»Ich versuch's. Hast du gewusst, dass er die Wohnung in Newhaven gar nicht betreten darf?«

»Klar.«

»Er hat was in der Constitution Street gemietet.«

»Hat mir Rebus erzählt.«

»Aber hat er auch gesagt, in welchem Haus?«

Das Schweigen am anderen Ende zog sich in die Länge. »Du machst wohl Witze«, erwiderte Fleck schließlich.

»Und wenn ich dir die Wohnungsnummer sage?«

»Würde ich sagen, ›Wahnsinn, was für ein Zufall‹.«

»Du könntest sogar sagen, wir sollten nicht am Telefon darüber sprechen.«

»Guter Einwand. Steht das Treffen mit der Crew später?«

»Ab vier. Du hast nicht zufällig Rebus eingeladen?«

»Weißt du was, ich hab's mir überlegt.«

»Zum Glück hast du's gelassen. Wir müssen Kriegsrat halten.«

»Ist nicht das erste Mal, Rob. Punkt vier bin ich da. Hab immer noch keinen M4 für dich gefunden, aber ich strecke weiter meine Fühler aus. Bist du sicher, dass du nicht doch einen Hybriden haben willst? Benziner werden früher oder später sowieso in der Innenstadt verboten.«

»Halt einfach weiter Ausschau, Alan. Wir sehen uns um vier.«

Driscoll beendete das Gespräch und wählte eine weitere Nummer, aber die Mailbox sprang sofort an. »Ich will dir nur helfen«, sagte er und hielt das Handy vor sich, seine Augen spiegelten sich im Display. »Und ich *kann* dir helfen. Aber nicht, wenn du mir aus dem Weg gehst, Francis. Das Treffen mit der Crew findet wie immer statt, aber ab sechs hab ich Zeit. Also, lass uns treffen – du sagst, wann und wo. Nur wir beide, ich schwör's bei Gott. Ich würde dich wirklich gern sehen. Ich will dir helfen.« Er überlegte, was er noch sagen konnte, beendete aber das Gespräch, da ihm nichts mehr einfiel. Ob es sich lohnte, in der Constitution Street die Augen und Ohren offen zu halten? Vielleicht auch in Newhaven, trotz allem? Wo zum Teufel sollte Francis hin, wenn er alle Brücken niederriss? Er zog das kleine Tütchen mit Pulver aus der Tasche und schniefte ein bisschen was von seinem Handrücken.

Constitution Street … ich würde sagen, Wahnsinn, was für ein Zufall. War aber keiner. Konnte ja gar nicht sein …

10

Als Rebus bei den Orams ankam, war niemand zu Hause. Er ging ums Haus zur Hintertür und spähte durchs Küchenfenster: Die Spüle war halbvoll mit Geschirr, und eine Katze starrte ihn über einen Teller gebeugt an, offenbar hatte sie ihn gerade auf dem ausklappbaren Tisch leergeschleckt.

Der Garten war einigermaßen gepflegt, und ein offensichtlich neuer Grill stand abgedeckt auf der Terrasse. Die Garage war abgeschlossen und fensterlos, so dass er nirgendwo hineinspähen konnte. Er war gerade wieder zurück ums Haus herumgegangen, als er Ishbel Oram mit ihrem unverwechselbar orangefarbenen Haar und zwei schweren Einkaufstüten auf sich zukommen sah.

»Sie schon wieder«, sagte sie.

»Ich kann's nicht lassen.«

»Immer noch auf Geisterjagd?«

»Nur solange der Geist noch willig ist.« Sie machte Anstalten, sich an ihm vorbeizuschieben. Er folgte ihr auf dem Weg zur Haustür, fragte sich, wie anders ihr Leben wohl verlaufen wäre, hätte ihr Mann nicht untertauchen müssen. »Ich hab Tommy gesucht«, sagte er zu ihrem Rücken.

»Er ist bei der Arbeit.«

»Wann ist er fertig?«

»Können Sie uns nicht einfach in Ruhe lassen?«

»Jack wurde gesehen, Mrs Oram. Von mehr als einer Person.

Er wurde sogar hier vor dem Haus gesehen. Wollen Sie mir sagen, dass Sie nichts davon wissen?«

»Ich sage Ihnen, Sie irren sich. Und wenn ich Sie hier nochmal sehe, werfe ich eine Münze. Bei Kopf rufe ich die Bullen, bei Zahl hole ich den Hammer aus der Küchenschublade – war das klar genug für Sie?«

»Warum sollte er das Haus beobachten, aber nicht reinkommen?«

Sie hatte ihren Schlüssel gefunden und aufgeschlossen. Wortlos zog sie die Tür hinter sich zu. Rebus nahm sein Handy und rief QC Lettings an. Schließlich ging Marion dran.

»Marion, hier ist nochmal John Rebus. Sie haben doch von einer Garage gesprochen, in der Tommy sein Werkzeug aufbewahrt. Wenn ich hoch und heilig verspreche, dass Sie jetzt das letzte Mal von mir hören, wären Sie dann so freundlich, mir die Adresse zu geben?«

Die Garage befand sich in Burnhill, nicht weit von der Calder Road, in einem Labyrinth heruntergekommener Wohnhäuser, größtenteils in den Sechziger- und Siebzigerjahren erbaut. Farblose dreistöckige Wohnblocks, die Straßen voller plattgefahrenem Müll. Rebus kannte die Gegend von früher. Hier hielten die Bewohner zusammen, schützten ihresgleichen. Wenn man in Burnhill oder einem der Nachbarviertel wohnte, war man Teil einer sich ständig weiterentwickelnden Sippschaft mit eigenen ungeschriebenen Gesetzen, an die man sich tunlichst hielt.

Die Reihe von sechs Garagen lag in einer Sackgasse. Rebus gefiel das Ganze nicht, und er blieb erst mal gute zehn Minuten im Wagen sitzen, um ein Gefühl für das Territorium zu bekommen. Er wünschte, er hätte Brillo dabei, nicht zur Abschreckung, sondern weil sich niemand etwas dabei dachte, wenn ein Mann mit seinem Hund spazieren ging.

»Bist ein alter Sack«, sagte er sich. »Dich guckt sowieso niemand zweimal an.«

Als er ausstieg, verriegelte er den Saab.

Eine der Garagen hatte weder Schloss noch Tor. Sie stand offen und war zum Schrottplatz geworden, außerdem diente sie, dem Gestank nach zu urteilen, als öffentliche Toilette. An den anderen Garagen waren schwere Vorhängeschlösser angebracht. Dellen und Kratzer zeigten die Stellen, an denen jemand versucht hatte, sie aufzubrechen. Unmöglich für Rebus festzustellen, welche die von Tommy Oram war. Er kehrte zum Wagen zurück und schickte Clarke eine Nachricht, schon weil ihm nichts Besseres einfiel:

Nichts?

Er hatte die Vermisstenakten dabei und griff unter den Beifahrersitz, zog sie heraus. Darin waren die Protokolle der Vernehmungen mit Freunden und Bekannten von Oram. Rebus wusste, dass er versuchen konnte, sie selbst noch einmal zu befragen, aber er hatte nicht den Eindruck, Oram hätte so was wie einen engen Vertrauten oder besten Freund. Laut Aussage seiner Frau hatte er früher feste Gewohnheiten – von mittags bis neun oder zehn Uhr abends war er in Potter's Bar gewesen, an fünf oder sechs Tagen die Woche, die restlichen Stunden hatte er seinen vier Angestellten überlassen. Diese waren ebenfalls bereits befragt worden, sie hatten sich aber wohl ähnlich entgegenkommend gezeigt wie eine Betonmauer.

Er schaltete das Radio beim Lesen ein, fand aber nichts, das er gerne hörte. Stattdessen schob er eine CD in den Player. In letzter Zeit machte er Zicken, sprang oder verweigerte vollkommen den Dienst, heute aber schien er durchaus gnädig gestimmt. Fleetwood Mac aus der Zeit mit Peter Green, das kam Rebus gerade recht. Er lehnte sich auf dem Fahrersitz zurück, behielt weiter die Welt draußen im Blick. Es gab Tage im Winter, an denen die Sonne kaum über die Dächer gestiegen war und schon alle Kraft verloren zu haben schien. An solchen Tagen brannte in seiner Wohnung von morgens, wenn er aufstand, bis abends, wenn er ins Bett ging, das Licht – auch die Heizung blieb nonstop eingeschaltet. In den Nachrichten hieß es, die Stromkosten würden steigen. Rebus dachte, dass er wohl klarkäme, aber andere nicht. Politiker redeten den üblichen Mist und rangen die Hände. Das ganze verfluchte Land wirkte wie ausgelaugt und seine Bewohner genauso. Er fragte sich, wo Jack Oram die letzten vier Jahre verbracht hatte.

Auch warum er überhaupt zurückgekommen war.

Ein schwarzer Transporter, vielleicht ein Citroen Berlingo, näherte sich langsam. Rebus hatte ein paar Meter von der Straßenmündung entfernt geparkt. Sein Auto war immer noch das einzige in der gesamten Gegend, und er spürte den Blick des Fahrers. Schließlich hielt der Wagen. Rebus hatte ihn nicht direkt im Blick, aber er hörte, wie die Handbremse gezogen wurde. Er stieg erneut aus dem Saab und schloss die Tür so leise wie möglich. Ein junger Mann war aus dem Transporter gestiegen und stand jetzt vor einer der Garagen, in der Hand einen Schlüsselbund, aber den Blick auf die Gestalt gerichtet, die jetzt auf ihn zu schlenderte.

»Schließt du nicht auf?«, fragte Rebus.

»Wer sind Sie?«

»Rebus heiße ich. Deine Mutter hat meinen Namen vielleicht schon mal erwähnt?«

»Glaube nicht.«

»Vermutlich will sie keine Erinnerungen wachrufen.«

»Was für Erinnerungen?«

»An deinen Vater. Ich suche ihn.«

Tommy Oram – Rebus war sicher, dass er's war – senkte den Kopf, interessierte sich plötzlich sehr für die Kontur jedes einzelnen Schlüssels an seinem Schlüsselbund. Er hatte einen dunklen Lockenschopf und ein langes, scharfkantiges Gesicht mit ausgeprägten Wangenknochen. Rebus konnte ihn sich als Frontmann einer Band vorstellen. Genug Präsenz hatte er jedenfalls.

»Mein Vater ist tot«, sagte der junge Mann und bekam einen roten Hals.

»Hör mal, Tommy – du heißt doch Tommy? –, er steckt nicht in Schwierigkeiten, falls du das denkst. Ich muss nur mal in Ruhe mit ihm sprechen.«

»Ich hab doch gesagt, er ist tot.«

»Und ich sage dir, er lebt.« Rebus schob die Hände in die Taschen und zuckte mit den Schultern. »Wir sind uns schon mal begegnet, im Moorfoot, da hab ich allen ein Foto von ihm gezeigt. Du hast ziemlich überzeugend den Ahnungslosen gespielt.«

»Was hätte ich denn sonst tun sollen?«

»Wer war das Mädchen bei dir?«

»Nur eine Freundin.«

»Gaby Mackenzie?«

»Nein.« Tommy Oram hielt inne. »Woher wissen Sie von Gaby?«

»Ich bin ganz gut in meinem Job.«

»Ich hab Ihnen nichts zu sagen.«

»Bist du sicher?«

»Wer zum Teufel sind Sie?«

»Hab ich doch schon gesagt, ich heiße John Rebus.«

Plötzlich ging Tommy Oram ein Licht auf. »Er hat von Ihnen gesprochen. Ich hab nach der Schule Pool gespielt, und ich weiß noch, dass Ihr Name an den Tischen fiel. Cafferty hatte ein paar Cops auf seiner Gehaltsliste, und Sie waren einer davon.« Er unterbrach sich und musterte Rebus. »Aber Sie sehen alt aus.«

»Ich bin schon eine Weile nicht mehr im Dienst. Und ich stand nie auf Caffertys Gehaltsliste.«

»Der hat meinen Dad umgelegt – wussten Sie das?«

Rebus brauchte einen Augenblick für die Antwort. »Cafferty hat mich gebeten, deinen Dad zu finden, weil er sich entschuldigen will.«

»Ach ja?« Der junge Mann klang skeptisch. »Als ob das Sinn machen würde.« Rebus war beinahe bereit, ihm zuzustimmen, auch wenn er das nicht zugab.

»Was glaubst du, wer deiner Mutter den Umschlag mit dem Geld geschickt hat?«

»Mein Dad war's nicht, das steht fest.«

»Cafferty?«

»Das hat Mum behauptet. Hat sie nicht davon abgehalten, es auszugeben.«

»Wenn du deinen Dad siehst …«

»Ich sage doch …« Der junge Mann hatte die Stimme jetzt so weit erhoben, dass sich ein Hund in der Nähe bellend beschwerte.

»Ganz ruhig.«

Tommy Oram hatte glasige Augen bekommen, als sei er den Tränen nah. »Sie sagen, Sie haben sich nicht von Cafferty bezahlen lassen, aber jetzt arbeiten Sie trotzdem für ihn.« Seine Gesichtszüge verzerrten sich. »*Entschuldigen* will er sich bei meinem Dad? Er hat ihn umgebracht, nur weil er ein paar läppische Tausender unterschlagen hatte. So einer ist Ihr Chef, und jetzt bin ich fertig hier.« Er öffnete den Transporter und stieg ein, knallte die Tür hinter sich zu, steckte den Schlüssel ins Zündschloss, ließ den Wagen aber nicht an. Stattdessen zog er sein Handy aus der Tasche, checkte Nachrichten oder schickte welche.

Da der Klügere nachgibt, zog Rebus sich in seinen Wagen zurück. Da er davon ausging, dass Oram danach Ausschau halten würde, schaltete er oben an der Straße seine Scheinwerfer ein. Sobald er konnte, bog er aber rechts ab, dann nochmal, bis er schließlich einen Bogen gefahren war. Dieses Mal parkte er hundert Meter vor den Garagen und schloss die Tür wieder so leise wie möglich. Er ging nicht direkt auf Zehenspitzen, trat aber so leicht wie möglich auf.

Die Garage neben dem Transporter war offen. Rebus hörte Geräusche; es klang, als würde jemand Kisten mit Schrauben oder Nägeln durchwühlen. Das Licht war eingeschaltet, und auch Musik lief – ein stumpfes, monotones Wummern, wie er es dutzendmal am Tag in der Stadt aus anderen Autos hörte. Tommy Oram machte sich an einem Regal mit allen möglichen Boxen zu schaffen, in denen er alles aufbewahrte, was er für seinen Job brauchte.

Rebus sah aber auch, dass die Garage nicht nur als Lagerraum genutzt wurde. Ein Feldbett stand dort aufgeklappt, darüber lag eine Bettdecke auf einer dünnen Matratze. Daneben standen eine Lampe und ein Bluetooth-Lautsprecher, beide an ein Stromkabel angeschlossen, das von der Wand dorthin reichte.

Oram spürte die Bewegung in seinem Rücken und drehte sich abrupt um.

»Raus hier!«, bellte er.

»Sofort«, sagte Rebus, setzte sich aufs Bett und schaltete die Musik aus. »Schläft er hier?«

»*Ich* schlafe hier.«

»Nein, Tommy, du schläfst in deinem eigenen Bett bei deiner Mutter.«

Rebus neigte den Kopf. Unter dem Bett lagen weggeworfene Fastfood-Kartons und eine leere Flasche Whisky. »Kommt er bald wieder?«

Der Widerstand war jetzt aus der Stimme des jungen Mannes gewichen.

»Ich hab's Ihnen gesagt, er ist weg. Er war hier, aber jetzt nicht mehr.«

»Was ist passiert?«

»Er ist einfach weg. Konnte sich nicht überwinden …« Seine Stimme brach. Er räusperte sich und schluckte. Rebus sah alles in einem einzigen Moment: wie schwer es war, als Teenager seinen Vater zu verlieren – und dann plötzlich mit seiner Rückkehr klarzukommen.

»Wozu?«, fragte er.

»Er wollte, dass Mum es weiß, ohne dass wir's ihr sagen müssen. Fragen Sie mich nicht, wieso – ich glaube, er hat gedacht, das nimmt ein bisschen die Wucht raus.«

»Könnte erklären, warum er sich in Craigmillar hat blicken lassen. Wie lange weißt du's schon?«

»Er hat mich letztes Jahr angerufen und gesagt, dass er uns vermisst. Er wollte mal hören, wie's uns geht.«

»Und bis dahin dachtest du, er wäre …?«

Tommy nickte.

»Das muss schwer gewesen sein.«

»Allerdings.«

»Warum hast du's deiner Mutter nicht erzählt?«

»Ich musste es ihm versprechen. Er wollte erst mal wieder richtig er selbst sein.«

»Das heißt vom Alkohol runterkommen?«

»Genau. In den letzten Jahren hat er's ziemlich übertrieben.«

»Alles bezahlt von dem Geld, das er Cafferty abgeknöpft hat?« Rebus stieß mit der Schuhspitze an eine Kiste mit leeren Schnapsflaschen. »So wie's aussieht, hatte er da aber noch ganz schön was vor sich.«

»Das Geld, von dem Sie sprechen – Dad war pleite, als er zurückgekommen ist. Sogar mich hat er angepumpt, obwohl ich gemerkt habe, wie peinlich ihm das war.«

»Siehst du deine Tante manchmal?«

»Welche?«

»Die Paul geheiratet hat, den Bruder von deinem Dad.«

»Auntie Joanne? Seit Jahren nicht. Uncle Paul und mein Dad haben sich vor zig Jahren verkracht. Dad hat uns nicht mal zur Beerdigung gehen lassen.«

Rebus verengte die Augen. »Ich hab gehört, dein Dad hat ihr nach Pauls Tod eine Menge Geld gegeben.«

Tommy Oram schnaubte. »Das möchte ich stark bezweifeln.«

Plötzlich bewegte sich etwas am Garageneingang. Zwei Jungs, noch nicht ganz Teenager, hatten auf ihren Fahrrädern gehalten und stützten sich mit den Fußspitzen auf dem Boden ab. Sie hatten die Kapuzen ihrer Jacken übergezogen, und einer hatte eine Hand in der Tasche, als wollte er gleich etwas herausziehen.

»Schon okay«, versicherte Tommy ihnen. »Kein Grund, sich aufzuregen.«

Mehr wurde nicht gesagt. Als die Jungs wegradelten, tauchte ein Monster von einem Hund auf und leckte sich die Lippen.

»Hi, Buster«, säuselte Tommy. Der Hund knurrte kurz und lief dann seinem Herrchen hinterher. »Die halten hier alles im Blick«, erklärte er.

»Gegen ein gewisses Honorar, würde ich wetten.«

»Nicht nötig. Was lohnt sich hier schon zu klauen?«

»Alles hat seinen Preis.« Rebus presste die Hände auf die Matratze. »Warum hier und nicht in einer Wohnung oder einer Pension?«

»Hier kostet's nichts, und das Bett stand schon da. Da drüben steht sogar noch eins zusammengeklappt. Falls so was mal in einer der Wohnungen gebraucht wird.«

»Dann gefällt dir dein Job also?« Rebus stand auf und ging zur Werkbank. Auf den Regalen darüber standen lauter Fünf- und Zehn-Liter-Farbeimer.

»Besser als nichts.«

»Und dein Arbeitgeber ist okay? Muss er wohl sein, wenn er dich behält, obwohl man dir Diebstahl vorgeworfen hat.«

»Das war ein Mieter, der rausgeflogen ist, weil er nicht bezahlt hat. Der wollte bloß Ärger machen.«

Rebus tat demonstrativ, als würde ihm gerade wieder etwas einfallen. »Ich weiß, du kennst ja seine Tochter. Ich hab gehört, sie hat dir zu dem Job verholfen. Dabei hätte ich gar nicht gedacht, dass du in ihrer Liga spielst …«

»Auf der Tanzfläche ist egal, auf welche Schule man gegangen ist.«

»Habt ihr euch da auch kennengelernt?«

»Ich hab mir immer wieder was gewünscht – abseitigen Kram, hab ihr gezeigt, dass ich weiß, wovon ich rede. Und schließlich hat sie was davon aufgelegt.«

»Dann ist sie DJ?«

»Ist inzwischen erlaubt, wissen Sie?«

»Wenn du's sagst …« Rebus legte eine Hand auf die Arbeitsfläche.

»Vorsicht«, sagte Oram.

Er hob seine Hand und entdeckte hellblaue Farbflecken an seinen Fingerspitzen. Oram gab ihm einen Lappen, der ein Stück weiter hinten in einem Haufen anderer auf der Bank lag.

»Hab auch Lackentferner, wenn Sie welchen brauchen.«

Rebus schüttelte den Kopf. »Geht schon. Außerdem steht's mir irgendwie.«

»Ist vornehme Farbe für die besseren Wohnungen.«

Er legte den Lappen wieder auf die Arbeitsfläche und zog eine Karte mit seiner Nummer heraus. »Wenn du das nächste Mal mit deinem Dad sprichst, sag ihm, er soll mich anrufen.« Er legte die Karte auf den schmutzigen Lappen. »Ach, wie lange ist das überhaupt her, dass du ihn gesehen hast?«

»Drei Wochen, mehr oder weniger.«

»Ich weiß, er will vom Alkohol loskommen, aber bist du jemals mit ihm ins Moorfoot?« Oram schüttelte den Kopf. »Nicht mal aus nostalgischen Gründen?«

»Er hat's gehasst, weil's nicht mehr seine Billardkneipe war.«

»Aber dir gefällt der Laden, oder?«

Oram zuckte mit den Schultern. »Ist halt um die Ecke von zu Hause.«

Er sah an ihm vorbei. »Ich muss mit der Arbeit weitermachen.«

»Klar, ich auch.«

»Was werden Sie Cafferty sagen?«

»So viel oder wenig, wie er wissen sollte. Und Tommy … würde ich glauben, dass Cafferty deinem Dad was tun will, würde ich das hier nicht machen. Sag Jack, er ist sicher – ich pass auf.«

Oram nahm die Karte und steckte sie ein. »Ich sag's ihm«, erwiderte er. Rebus wollte es ihm abnehmen, doch so ganz gelang es ihm nicht.

Wieder im Wagen, dachte er weiter über Tommy Oram nach und womit dieser in seinem jungen Leben schon hatte fertigwerden müssen. Vielleicht sah seine Zukunft ja besser aus. Die beiden Jungs radelten jetzt wie wild über das zerfurchte Spielfeld der eigenen Zukunft entgegen, der Hund immer hinter ihnen her. Rebus hupte zum Abschied, als er an ihnen vorbeifuhr.

Jack Oram hatte kein enges Verhältnis zu seinem Bruder gehabt und auch dessen Beerdigung nicht besucht. Eher unwahrscheinlich, dass er seiner Witwe Geld geschickt hatte, vermutlich hatte er es einkassiert und sich damit auf der Flucht über Wasser gehalten.

»Was zum Teufel ist da bloß los?«, brummte Rebus am Steuer.

11

Caffertys Assistent wartete an der Tür.

»Andrew, richtig?«, vergewisserte sich Rebus.

»Keine Hunde«, sagte Andrew mit Blick auf Brillo.

»Der ist stubenrein, anders als dein Chef.«

»Die Viecher verbreiten Krankheiten.«

»Okay, so gesehen ist er vielleicht doch wie dein Chef, aber wenn ich ihn hier draußen lasse, wird er jaulen, so dass es das ganze Haus hört.«

Andrew starrte Rebus an, dann verschwand er in der Wohnung, die Tür klickte hinter ihm ins Schloss. Rebus wollte sie öffnen, aber sie war verschlossen.

»Schlauer Junge«, knurrte er. Brillo sah ihn erwartungsvoll an. »Ja, du auch.«

Wenig später ging die Tür wieder auf, Andrew trat beiseite, um Hund und Herrchen einzulassen. »Ich muss Sie noch abtasten«, kündigte er an.

»Nur mich oder auch den Hund?«

»Nur Sie.«

Rebus streckte beide Arme zur Seite. »Ich war bei der Armee, wissen Sie. Da wurde uns gezeigt, wie man jemandem mit einer zusammengerollten Zeitschrift das Genick bricht. Vielleicht sollten Sie lieber das ganze Apartment nach potentiellen Waffen absuchen.«

Andrew klopfte ihn wortlos ab. Als er fertig war, sah er

Rebus direkt in die Augen. »Wahrscheinlich waren Sie ein echtes Arschloch.«

»Ich konnte mich gegen Ihren Arbeitgeber behaupten, falls Sie das meinen.«

»Zeiten ändern sich.«

»Wie ein gewisser Dylan einst sang.«

»Wer?«

Rebus seufzte theatralisch und setzte sich den Flur entlang in Bewegung.

»Der Hund muss an der Leine bleiben«, warnte Cafferty. Er saß am Fenster. Vor ihm stand ein Servierwagen, eine aufgeschlagene Zeitung, ein Kaffeebecher und ein Handy lagen darauf. »Gibt wohl Neuigkeiten«, sagte er mit Blick auf die Schlagzeilen des Tages.

»Oram wurde gesehen«, berichtete Rebus, »wenn auch schon vor ein paar Wochen. Sein Sohn denkt, er hat mitbekommen, dass du ihn suchst, und sich wieder aus dem Staub gemacht. Deshalb frage ich mich, ob ich der Erste bin, den du auf ihn angesetzt hast.«

»Wie sehr würde es dich in deinem Stolz verletzen, wenn nicht?« Cafferty hielt inne, seine Hände ruhten auf der Zeitung. »Was macht dich so sicher, dass dir der Sohn keine Märchen auftischt?«

»Er wäre nicht der Einzige?«

»Wie meinst du das?«

»Oram und sein Bruder waren sich nicht grün. Der Sohn ist sicher, dass sein Vater ihm auf keinen Fall Geld gegeben hat.«

Cafferty stieß ein kehliges Geräusch aus, faltete die Zeitung zusammen und konzentrierte sich auf Rebus. »Du warst ganz schön umtriebig, das muss ich dir lassen.«

»Ich war sogar bei QC Lettings, deinem alten Revier. Dort scheint niemand was mit Jack Oram zu tun zu haben, obwohl ein anderer Oram dort sehr wohl bekannt ist – der Sohn arbeitet für die Mackenzies.«

»Das ist mir neu.« Cafferty legte die Stirn in Falten. »Hat er der Familie das Geld nicht gegeben?«

»Wer hat behauptet, dass er's getan hätte?«

Cafferty hatte nicht vor, die Frage zu beantworten. Brillo war inzwischen fertig damit, seine unmittelbare Umgebung zu beschnuppern, und beschwerte sich nun leise wimmernd.

»Was dagegen, wenn ich ihm Wasser gebe?«

Cafferty brauchte einen Augenblick für die Entscheidung. »Nimm eine von den gelben Schüsseln im Schrank über der Spüle. Die benutze ich nie.«

»Wird wohl nur noch vornehm gespeist?«

Cafferty studierte jetzt die Rückseite der Zeitung mit der Sportberichterstattung. »Ist Siobhan immer noch Hibs-Fan?«, fragte er.

»Soweit ich weiß.«

Auf dem Weg zur Spüle kam Rebus am Wohnzimmertisch vorbei. Darauf lag die Post, ein etwas größerer Umschlag ganz unten. In der Ecke oben erkannte er den Absender: *MGC Lettings*. Er drehte sich leicht zu Cafferty um, aber dieser war noch am Lesen – oder tat recht überzeugend so. Rebus ließ Leitungswasser in die Schüssel laufen und stellte sie auf den Fußboden neben dem Wohnzimmertisch. Brillos Schlabbergeräusche übertönten alle anderen, als er die Briefe von dem Umschlag unten nahm. Der Umschlag war bis auf ein einzelnes Blatt leer – ein unscharfes Foto, kein Schreiben. Darauf zu sehen war das Profil eines Mannes in einem Wohnzimmer vor einer Wand mit altmodisch gemusterter Tapete, offenbar war es vom Eingang aus aufgenommen, die Türkante ragte ins Bild hinein.

»Nervige Töle«, knurrte Cafferty und wollte seinen Rollstuhl wenden. Der Servierwagen machte es ihm nicht leicht, und er musste erst mal ein Stück zurück, so dass Rebus genug Zeit blieb, sich von dem Tisch und der Post zu entfernen und sich wieder Brillo zu widmen.

»Also, was steht als Nächstes auf dem Plan?«, wollte Cafferty wissen.

Rebus zuckte mit den Schultern. »Wenn er weg ist, ist er weg.«

»Aber du hast selbst gesagt – der Sohn arbeitet für den Makler. Das wäre doch ein guter Grund für den Vater, da mal hinzugehen, hat ihn wirklich niemand dort gesehen? Erzähl mir nicht, dass du das nicht auch fadenscheinig findest.«

»Du hast mich nicht engagiert, damit ich den Makler unter die Lupe nehme.«

»Aber der Sohn weiß garantiert mehr, als er zugibt«, beharrte Cafferty.

»Ich bin an der Gallery of Modern Art vorbeigefahren. Dort hängt ein riesiges Neonschild mit der Aufschrift *Hier werden keine Wunder vollbracht*. Könnte Kunst sein, aber das heißt ja nicht, dass es nicht stimmt.«

»Ich verlange keine Wunder von dir, nur ein bis zwei Tage deiner Zeit. Seine alten Verbündeten, seine alten Anlaufstationen …«

»In Potter's Bar war ich schon.«

»Und?«

»Auch Fehlanzeige. Um wie viel hat er dich überhaupt erleichtert?«

»Schwer zu sagen. Fünfzehn, vielleicht zwanzigtausend.«

Rebus war in die Hocke gegangen, um Brillo zu tätscheln.

»Dich treibt doch noch was anderes um«, sagte Cafferty und schob seinen Rollstuhl näher heran. Die Bewegung erschreckte Brillo. Rebus nahm den Hund auf die Arme, drückte ihn an sich. »Hast du gemalert?« Cafferty hatte die blauen Farbflecken an Rebus' Fingern entdeckt.

»Der Mensch braucht ein Hobby«, sagte Rebus. »Und mich treibt tatsächlich noch was anderes um – Tynecastle.«

»Du meinst wahrscheinlich die Polizeiwache, nicht das Stadion.«

»Dort werden demnächst Leichen aus dem Keller gehoben.«

»Ungünstig für so manchen.«

»Anwesende eingeschlossen.«

»Wir sind alt. Wir stehen bestimmt ganz unten auf der Liste.«

»Da wäre ich mir nicht so sicher. Malcolm Fox ist in der Stadt.«

»Den konnte ich noch nie leiden.«

»Was dich nicht davon abgehalten hat, ihn kaufen zu wollen.«

»Hab ich bei dir ja auch versucht, wenn ich mich recht entsinne.«

»Viele denken, du hättest es geschafft.«

»Was mehr oder weniger auf dasselbe hinausläuft, nur dass ich dadurch einen Haufen Geld gespart habe.« Caffertys Grinsen war so eisig wie der höchste Gipfel der Pentlands.

»Fox steht auch nicht unbedingt auf der Liste meiner Sargträger«, sagte Rebus, »er tut nichts lieber, als korrupten Cops zu Leibe rücken. Und davon gibt's in Tynie mehr als genug, einige mit Verbindungen zu dir – das reicht von gestohlenen Autos bis hin zu Tony Barlow.«

Cafferty setzte sich erneut in Bewegung, kehrte zu seinem Servierwagen und der Zeitung zurück. »Und das alles nur, weil dieser Polizist seine Frau verprügelt hat?«

»Du hast davon gehört?«

»In der Zeitung stand nicht viel, aber Andrew liest die Nachrichten im Netz. Das Ganze ist umso pikanter, weil der Schwager des Opfers eine bekannte Persönlichkeit ist, James Pelham nämlich.« Cafferty hielt inne, verlor sich kurz in Gedanken. »Dieser Haggard hat's auf einen Deal abgesehen, darum geht's doch. Und du bist schon nervös geworden, was bedeutet, dass Alan Fleck es wahrscheinlich auch ist.«

»Hoffentlich bringe ich dich nicht auf Ideen.«

»Ideen sind das Einzige, was mir geblieben ist.« Sein Blick traf den von Rebus.

»Noch ein, zwei Tage, bisschen weiter nachforschen, mehr verlange ich nicht. Sonst ist eine Teilrückzahlung fällig, würde ich sagen. Was hattest du bislang an Auslagen – ein paar Bier und einen Vierteltank Benzin? Verbündete und Kneipen von früher, John – mir zuliebe.« Er spähte in seinen Becher. »Andrew!«, brüllte er. »Ich brauche Nachschub!«

»Der Boden könnte auch mal wieder gewischt werden«, meinte Rebus. »Brillo hat einiges verschlabbert.«

»Tony Barlow«, sinnierte Cafferty. »Den Namen hab ich lange nicht gehört.«

»Vielleicht sollten wir ihn auch auf deine Entschuldigungsliste setzen?«

»Sag bloß, das macht dir immer noch zu schaffen?«

»Francis Haggard hat damals in Tynecastle gearbeitet, Cafferty. Wahrscheinlich ist sein Gedächtnis gut in Schuss.«

»Stress kann ein Leben um Jahre verkürzen, weißt du? Man muss lernen, auch mal abzuschalten.« Cafferty sah Andrew unschlüssig in der Tür stehen. »Mr Rebus und sein Köter wollten gerade gehen. Ich trinke meinen Tee, wenn sie weg sind.«

Kaum hatte Andrew Rebus zur Tür gebracht, kam er mit einem frischen Becher Tee zu Cafferty, der jetzt am Fenster saß, ein Auge am Fernrohr.

»Du bist ja krankhaft besessen von dem Typen«, meinte Andrew. Cafferty drehte sich um und sah Andrew in seiner Jacke.

»Willst du weg?«

»Kennst mich gut. Aber ich hab mein Handy dabei, und du hast deinen Panikalarm.«

»Ich habe nie Panik.«

»Okay, dann eben deinen Notfallknopf.«

»Nachtclub oder was?«

»Dafür ist es noch ein bisschen früh. Vielleicht fahre ich erst mal durch die Gegend, mal sehen, was los ist in der Stadt.«

»Schick mir Fotos, wenn du was Besonderes siehst.«

»Mach ich doch immer.«

Cafferty spähte durch das Fernrohr. »Da geht er dahin«, sagte er. »Noch nicht k.o., aber kurz davor.«

»Dann läuft alles nach Plan?«

»Läuft alles nach Plan«, bestätigte Cafferty nickend und wartete, bis Andrew gegangen war, dann hob er den Becher. Er wollte nicht, dass andere das leichte Zittern seiner Hände sahen.

Christine Esson war auf der Fahrt nach Hause, als Ronnie Ogilvie anrief.

»Wie geht's?«, fragte sie.

»Minimal unwohl.«

»Soll ich dir was vorbeibringen?«

»Ich glaube, für heute Abend hab ich alles. Mir ist nur langweilig.«

»Deshalb gehst du deine Kontakte durch und bist jetzt bei E angekommen?«

»Hast du jetzt Feierabend?«

»Gott sei Dank.«

»Harter Tag?«

»Dank unzähliger Kollegen, die alle so wie du die Füße hochlegen.«

»Was hast du denn gemacht?«

»Bin durch die Gegend gefahren und habe Haggard gesucht.«

»Ist er abgetaucht?«

»Scheint so.«

»Edinburgh ist eine kleine Stadt. So viele Möglichkeiten hat er nicht.«

»Danke für den Tipp, Sherlock.«

»Wobei sich manche Kollegen kein Bein ausreißen werden, um einen der ihren zu jagen – Anwesende natürlich ausgeschlossen.«

»Natürlich.«

»Wie läuft es mit Siobhan?«

Esson stieß einen Seufzer aus, von dem sie wusste, dass er ihn hören würde. »Wir sind aus verschiedenem Holz geschnitzt, Ronnie. Früher hätte ich das nicht gedacht, aber jetzt schon.«

»Du übst einen Beruf aus, Christine. Siobhan begibt sich mit jedem neuen Fall auf einen Kreuzzug.«

Esson nickte und blinkte, um rechts abzubiegen. »Wir waren in Tynecastle, da wäre eine Ritterrüstung nicht verkehrt gewesen.«

»Die halten bestimmt alle dicht, oder? War ja klar.«

»Wir haben die im Verdacht, dass sie bei Francis Haggard in die Wohnung eingebrochen sind und sie verwüstet haben.«

»Weil er seine Frau verprügelt hat?«

»Weil er zu seiner Verteidigung behaupten wird, dass ihn die Arbeit in Tynecastle dazu getrieben hat. Und jetzt hat er sich verdünnisiert, er könnte überall sein.«

»Hat er Angst, dass die's auf ihn abgesehen haben?«

»Möglich.«

»Die Arbeit ist getan, Christine. Fahr nach Hause und vergiss sie für ein paar Stunden, guck einen Film oder so.«

»Ich schätze, du kannst mir einen empfehlen.« Sie blinkte links. Noch fünf Minuten, dann war sie zu Hause. Ronnie hatte recht: Ihr Job war für sie genau das, ein Job. Es gab mal eine Zeit, da hatte er ihr vielleicht mehr bedeutet, aber heutzutage nicht mehr. Die Kollegen in Tynecastle mochten Dreckschweine sein, aber sie glaubten, einen Auftrag zu erfüllen, während sie selbst allmählich ins Zweifeln geriet und leer lief.

»Wenn die Quarantäne vorbei ist«, sagte Ogilvie, »werde ich als Allererstes in eine Wine Bar gehen.«

»Hoffentlich bin ich eingeladen.«

»Natürlich. Vielleicht ist Haggard bis dahin ja Geschichte.«

»Darauf würde ich nicht wetten.«

»Meinst du, Siobhan gibt mir den Fall zurück?«

»Auch darauf würde ich nicht wetten.«

»Ist sie schon wieder auf einem Kreuzzug?«

»So ungefähr. Tschüss, Ronnie.«

»Unser Abend in der Bar kommt, Christine. Halt durch.«

Sie beendete den Anruf und fuhr die letzten hundert Meter schweigend, Ogilvies Worte hallten ihr durch den Kopf.

Halt durch … halt durch … halt durch …

12

Wie üblich traf sich die Crew in einem Pub in Fountainbridge, das Hinterzimmer war für sie reserviert, ein Schild an der Tür mit der Aufschrift »geschlossene Gesellschaft« wies Fremde darauf hin. Rob Driscoll hatte sein Bestes getan, um alles möglichst übersichtlich zu halten, aber seine Kollegen hatten es ihm nicht leicht gemacht. Chris Agnew hatte alle neben ihm Stehenden mit Bierschaum bespritzt, und diese hatten es ihm mit gleicher Münze heimgezahlt. Dann war der erste Bierdeckel geflogen, und binnen Sekunden hatte sich der Raum in einen Pausenhof verwandelt – bis Alan Fleck eintrat. Danach waren alle sofort still. Er war schon seit über drei Jahren nicht mehr im Dienst, trotzdem hatte er etwas an sich, das sie alle dazu brachte, sich zu benehmen. Die darauffolgende Stunde über waren sie alle zahm wie Lämmer.

Driscoll ging als Erster raus, da er dringend eine Zigarette brauchte. Vor der Tür zündete er sich eine an, neigte den Kopf, blies Rauch in den Himmel, spürte die Verspannung im Genick und den Schultern. Der Berufsverkehr ebbte ein bisschen ab, auch wenn immer noch ein Bus nach dem anderen geräuschvoll über die Straße kroch. Die Menschen, die auf dem Weg nach Hause an ihm vorbeieilten, hielten die Köpfe gesenkt, waren nicht in Stimmung zu grüßen. Er wünschte nur, dass sie endlich mal alle diese beschissenen Masken abnehmen würden. Er sah lieber Gesichter. Die waren wie die Seiten eines

Buchs, auf denen ganze Lebensgeschichten geschrieben standen. Auf dem Männerklo hatte er eine halbe Stunde lang sein eigenes Bild im Spiegel betrachtet. Er sah nicht schlecht aus, auch wenn sich das Alter allmählich bemerkbar machte. »Single, bei Kasse und ungebunden«, wie seine Mutter neulich meinte. Sie hatte seine Ex sowieso nie leiden können, hatte ihn am Tag der Scheidung angerufen und »Congratulations« von Cliff Richard in den Hörer geträllert. Er stieß noch mehr Rauch aus und griff nach seinem Handy in der Jackentasche, als plötzlich eine schwere Hand auf seiner Schulter landete.

»Du weißt, dass Rauchen deine Krankenkassenprämien gefährdet?«, fragte Alan Fleck.

»Deshalb behaupte ich ja auch immer, dass ich noch nie geraucht habe, wenn mich jemand fragt. Tut mir leid wegen heute Abend.«

»Ist deine Aufgabe, die Trottel im Zaum zu halten. Der kleine Auftritt da in Newhaven war leichtsinnig.«

»Hatte nichts mit mir zu tun.«

»Chris Agnew hat nicht halb so viel im Schädel wie du. Auf den musst du aufpassen.«

»Ich tue, was ich kann, Sarge. Ist nicht einfach, in deine Fußstapfen zu treten.« Driscoll zog erneut an seiner Zigarette.

»Du musst weiter nachforschen.« Fleck pikte seinem Gegenüber mit einem spitzen Finger in die Brust.

Driscoll nickte langsam. »Aber meinst du, die können uns was?«

»Wie ich schon da drin gesagt habe, ihr müsst alle eure Handys und Computer säubern. Nachrichten schicken ist wahrscheinlich okay, aber achtet darauf, dass ihr sie hinterher gleich löscht.«

»Ganz schön krass.«

»Malcolm Fox ist ein super Arschloch, aber auch ein guter Spürhund. Wenn es was zu finden gibt, findet er's.«

Driscoll studierte das Display seines Handys, als wollte er prüfen, ob es sich möglicherweise in eine Granate verwandeln könnte. »Hat er sich immer noch nicht bei dir gemeldet?«, fragte er.

»Wollte gerade nachsehen.«

»Lass dich nicht von mir abhalten.«

Wenig später erschien ein breites Lächeln auf Driscolls Gesicht. »Hat geklappt«, sagte er und hielt Fleck das Display hin.

»Ort und Zeit hat er aber noch nicht genannt«, meinte Fleck, nachdem er die kurze Nachricht gelesen hatte.

»Ich schätze, er wird mir nicht viel Vorlauf lassen – damit ich bloß keine Chance habe, mit einem ganzen Trupp aufzutauchen.«

»Trotzdem gut gemacht. Ich würde dir ja einen ausgeben, wenn ich nicht schon randvoll wäre.« Ein Taxi näherte sich mit eingeschaltetem orangefarbenem Licht. Fleck winkte es sich heran. »Kann ich dich irgendwohin mitnehmen?«

»Mein Wagen steht um die Ecke.«

»Trotz allem, was du intus hast?«

»Ich trinke nie – kannst du auf allen meinen Versicherungsformularen nachlesen.«

Fleck zeigte auf Driscolls Handy. »So schnell wie möglich, Rob, ja? Und wenn er die Karotte verschmäht, die du ihm vor die Nase hältst …«

»Keine Angst, ich weiß, wie man mit einem Schlagstock umgeht.«

Driscoll sah Alan Fleck hinten in das schwarze Taxi einsteigen und mit dem Fahrer plaudern, während sich das Fahrzeug elegant in den fließenden Verkehr einfädelte – ein ganz normaler Geschäftsmann, der nach Dienstschluss nach Hause fuhr. Er fragte sich, ob das auch seine Zukunft sein könnte. Jung genug raus aus dem Job, und zwar bei vollen Rentenbezügen, dann würden neue Ausblicke und Erfahrungen warten. Fleck hatte sogar schon mal eine Andeutung über eine mögliche Beteiligung als Partner gemacht. Wieder schaute er auf sein Handy und überlegte, was er seinem alten Freund Francis Haggard antworten wollte. Erneut machte sich ein Grinsen auf seinem Gesicht breit, auch wenn in seinem Blick keine Spur von Humor zu entdecken war.

Fox lebte in Edinburgh, pendelte aber täglich in den Westen, wo sich in einem Gewerbegebiet unweit der Ortschaft Gartcosh der Scottish Crime Campus befand. Dabei handelte es sich um eine moderne Festung, die an ein Collegegebäude erinnerte, in dem alle möglichen Abteilungen untergebracht waren, angefangen von forensischen Labors bis hin zu Steuerfahndung, Verbrechensbekämpfung und Anti-Terror-Einheiten. Fox war Specialist Crime zugeteilt, wodurch er Zugang zu sämtlichen Datenbanken hatte, einschließlich der Internal Affairs, die zu seiner Zeit dort noch Complaints geheißen hatten.

Das Gebäude leerte sich bereits, während Fox in seinem Glaskasten von einem Büro noch am Computer saß. Er hatte sein Jackett ausgezogen und über die Stuhllehne gehängt. Ein halb gegessenes Schinken-Käse-Baguette lag vergessen neben zwei leeren Kaffeebechern. Francis Haggard und Alan Fleck hatte er längst überprüft, die Suche anschließend auf weitere Beamte ausgedehnt, die aktuell ebenfalls in Tynecastle stationiert oder in den letzten zehn Jahren in den Ruhestand getreten waren. Und dann war da noch John Rebus, über den es so umfangreiches Aktenmaterial gab, dass Fox bei der Aussicht, es durcharbeiten zu müssen, beinahe den Mut verlor.

Beinahe.

Als die Nacht den Tag ablöste, las er aber erst mal nach, was er über den Fall Tony Barlow fand. Barlow war vor acht Jahren in einem Park in der Nähe seines Hauses Opfer andauernder und brutaler Prügel geworden. Er sei nach einem Kneipenbesuch zu Fuß nach Hause unterwegs gewesen, hatte er zu Protokoll gegeben, da seien plötzlich schätzungsweise vier oder fünf Männer bewaffnet mit Knüppeln und Eisenstangen »aus dem Nichts aufgetaucht«.

»Polizisten«, hatte er gesagt. »Das könnte ich schwören.«

»Wobei sie keine Uniformen trugen, sondern dunkle Kapuzenjacken ohne Logos, dazu Jeans und Sportschuhe.« Tony Barlow hatte häufig genug mit Gesetzeshütern zu tun gehabt, um zu merken, wenn er welche vor sich hatte, auch wenn sie Freizeitkleidung trugen. Er war ein Kleinkrimineller mit einem langen Vorstrafenregister, weshalb die ermittelnden Beamten seinen Anschuldigungen zunächst mit einer Zurückhaltung begegneten, die man vielleicht als »gesunde Skepsis« umschreiben könnte. Wahrscheinlich ging es um einen Streit unter Dieben, Barlow war zu schlau, um seine wahren Angreifer zu verpetzen, aber gerne bereit, Polizisten ihresgleichen auf den Hals zu hetzen.

»Die haben gesagt, ich soll mich von Kindern fernhalten«, erklärte er den Ermittlern am Krankenhausbett. »Sonst würde mir noch Schlimmeres blühen. Ich habe erklärt, dass ich keine Kinder habe. ›Du weißt schon, was wir meinen‹, haben sie da geantwortet.«

Ein CID-Detective namens Bobby Wilson glaubte, es könnte sich um eine Verwechslung gehandelt haben. Zu der Zeit war in der Altstadt von Edinburgh ein Ring Pädophiler aktiv. Die Polizei war ihnen auf der Spur, aber noch waren keine Festnahmen erfolgt, da die der Staatsanwaltschaft vorgelegten Beweise nicht ausreichten. Man erwog die Möglichkeit, die Beamten könnten das Gesetz selbst in die Hand genommen haben, aber auch diese Theorie führte zu nichts.

Jetzt aber hatte Alan Fleck angedeutet, dass Rebus etwas damit zu tun gehabt haben könnte, und das interessierte Fox ungeheuer.

Tony Barlow hatte wochenlang im Krankenhaus gelegen und sich mehrere Monate lang physiotherapeutisch behandeln lassen, um wieder einigermaßen schmerzfrei gehen zu können. Schließlich war er in seinen alten Beruf zurückgekehrt, mehrfach verhaftet und verurteilt worden. Auf die Frage, warum er glaubte, seine Peiniger seien Polizisten gewesen, hatte er geantwortet: »Weil sie wie Bullen geredet und nach Bullen gestunken haben.«

Fox konnte nachvollziehen, warum sich niemand ein Bein ausgerissen hatte, um seine Anschuldigungen zu überprüfen. Er hatte eine Telefonnummer von Bobby Wilson gefunden – der inzwischen selbst pensioniert war – und mit ihm über den Fall gesprochen. Wilson war der Ansicht, sollte es sich um eine Bestrafungsmaßnahme gehandelt haben, dann waren die Übeltäter höchstwahrscheinlich in Tynecastle zu suchen.

»Alan Fleck hätte der Gedanke, dass Kinderschänder ungestraft davonkommen, nicht gefallen«, erklärte er Fox.

Im Verlauf von Fox' Gespräch mit Wilson war ein weiterer Name gefallen – Josephine Kilgour. Er hatte eine ganze Weile schon nicht mehr an sie gedacht und sich gefragt, ob sie immer noch unter derselben Adresse lebte. Er notierte sich ihren Namen, dann starrte er auf seinen Bildschirm und tippte mit dem

Stift – einem klobigen Montegrappa, den er sich jüngst gegönnt hatte – auf das Mousepad. Er konnte sich gut vorstellen, dass Kollegen aus Tynecastle an dem Überfall auf Barlow beteiligt gewesen waren, aber was hatte Rebus damit zu tun? Wollte Fleck ihn in die Irre führen? Die Zeit, die Fox mit falschen Hinweisen verbrachte, konnte er Fleck und der Crew nicht widmen.

Er schaute auf seine Omega-Armbanduhr, dann streckte er sich, straffte die Schultern. Hoffentlich tauchte Francis Haggard bald wieder auf. Wenn er in Stimmung war, Geschichten zu erzählen, könnte Tony Barlow ein nicht unbedeutendes Kapitel darin sein.

Fox klappte seinen Computer zu und zog das Jackett wieder an. Er war schon halb die Treppe hinuntergegangen, als ihm ein bekanntes Gesicht entgegenkam. Colette Newman arbeitete für die Steuer- und Zollbehörde, war auf Betrugsdelikte spezialisiert.

»Hast du heute Spätschicht?«, fragte er.

»Das Verbrechen ruht nicht, Malcolm«, erwiderte sie lächelnd. Unter dem Arm hielt sie eine Mappe und klopfte mit ihrer freien Hand darauf. »Steuerbetrug«, erklärte sie.

»Du pickst dir aber auch immer die Rosinen heraus«, meinte er. »Wir sollten mal wieder was trinken gehen.«

»Weil's in Gartcosh so viele wunderbare Kneipen gibt – was schwebt dir vor? Cappuccino am Kiosk?«

»Ich hätte getippt, dass eine Wine Bar im West End eher deinem Stil entspricht. Vor oder nach einem Essen?«

»Ich melde mich bei dir, Malcolm.«

»Wir könnten es ja als Arbeitsessen deklarieren und mit öffentlichen Mitteln finanzieren«, scherzte er.

»Das Finanzamt würde das kaum witzig finden.« Ihr Grinsen wurde breiter, als sie an ihm vorbei die Treppe hinaufging.

Anstatt direkt nach Hause zu fahren, folgte Fox den Wegweisern nach Edinburgh Nord und Ost. Newhaven lag direkt an der Küste mit Blick auf den Firth of Forth. Der Hafen war auf einer Seite von Restaurants gesäumt, auch wenn nur einige wenige Hartgesottene jetzt noch dort unterwegs waren. Im Prinzip lag es direkt neben Leith, nur ohne dessen Atmosphäre. Wahrscheinlich war die einzigartige Aussicht das Verkaufsargument für die hier von James Pelham gebauten Wohnungen. Aus einigen hatte man einen unverbaubaren Blick auf die drei Brücken über den Forth, andere waren nach Inchkeith und die Inseln draußen auf dem Meer ausgerichtet.

Fox stieg lange genug aus dem Wagen, um die Luft zu schnuppern. Auf einem der Balkons wurde eine Party gefeiert, drei oder vier Leute lachten ausgelassen, während Jazzmusik aus der Wohnung drang. Das war der Sound von Sicherheit und Wohlstand. Er dachte an seinen eigenen bescheidenen Bungalow in Oxgangs. Dabei hätte er sowas hier haben können. Er spähte durch die Glastür ins Erdgeschoss, wo ein Concierge die Füße auf den Tisch gelegt hatte und vor einer Reihe von Bildschirmen saß, sich aber deutlich mehr für sein Handy zu interessieren schien. Sinatra sang etwas von einem Flug zum Mond. Wenn da oben ein Mond war, dann konnte Malcolm Fox ihn nicht sehen.

Als Clarke an dem Abend bei Rebus vor der Tür stand, ging diese schon auf, bevor sie sich bemerkbar machen konnte. Rebus wollte gerade in Begleitung seiner Tochter und Enkeltochter zu einem Spaziergang mit Brillo auf den Meadows aufbrechen. Wie sich herausstellte, besuchte Carrie einen Tanzkurs für Kinder ganz in der Nähe, und manchmal kamen die beiden danach bei Rebus auf einen Happen vorbei.

»Ich hab Fischstäbchen gegessen«, erklärte Carrie.

»Hat Grandad dir die gebraten?«

Das Mädchen bedachte Clarke daraufhin mit einem Blick, als hätte sie diese im Verdacht, geisteskrank zu sein.

»Komm doch mit«, sagte Samantha und hakte sich bei Clarke unter. »Schon wieder ewig her, dass wir uns unterhalten haben.«

Sie redeten im Gehen, das Gespräch blieb unbeschwert. Clarke deutete kurz an, wie viel Arbeit sich in letzter Zeit bei ihr aufgetürmt hatte, während Rebus erleichtert zu sein schien, dass sie keine Gelegenheit fand, ihn weiter über Francis Haggard und die Polizeiwache Tynecastle auszuhorchen. Als Brillo ihr seinen Ball vor die Füße legte, holte Clarke aus und warf ihn sehr viel weiter als erwartet.

»Du kompensierst wohl deinen Stress?«, fragte Rebus.

»Du kommst in die Nationalmannschaft!«, behauptete Carrie aufgeregt.

Clarke grinste, dann fiel ihr auf, dass Rebus zu Caffertys Penthouse hinschielte. Der Hauptraum war dunkel.

»Kannst es nicht lassen, oder?«, meinte sie.

»Keine Ahnung, wovon du sprichst«, erwiderte Rebus.

»Gut, na schön.«

»Dads Lieblingsausdruck«, schaltete sich Samantha ein, nahm seine Hand und drückte sie. »Doppelte Bejahung und trotzdem bedeutet es das genaue Gegenteil. Das ist *sehr* schottisch.«

»Wahrscheinlich hab ich das von ihm«, sagte Clarke.

Samantha sah sie an. »Hab ich mich überhaupt schon dafür bedankt, dass du Dad im Lockdown geholfen hast?«

»Mehr als einmal.«

»Ich weiß nicht, ob er dich überhaupt verdient hat.«

»Er macht es einem nicht immer leicht«, erwiderte Clarke, und ihre Stimme verebbte, als sie sah, dass Rebus beinahe das Gleichgewicht verloren hätte. Er trat einen kleinen Schritt seitwärts, um sich wieder zu fangen.

»Ist wohl was mit dem Innenohr«, erklärte er, weil er merkte, dass sie's mitbekommen hatte. »Der Arzt sagt, geht von allein wieder weg.«

»Wobei er aber gar nicht beim Arzt war«, erklärte Samantha. »Versuch du's, ich hab's aufgegeben. Schmerzen in der Brust hat er außerdem.«

»Das sind bloß Verdauungsstörungen«, brummte Rebus. »Ein paar Rennies und ich bin so gut wie neu.«

»Bist du nicht«, schimpfte Samantha.

Clarke sah auf ihrem Handy nach der Zeit. »Ich geh lieber los.«

»Was Neues?«, wollte Rebus noch wissen.

Sie schüttelte den Kopf. »Nur müde«, behauptete sie.

»Kaum zu glauben, dass er nirgendwo aufgetaucht ist.«

»Wir haben überall nachgesehen. Ich möchte seine Verbindungsnachweise vom Handy einsehen, aber mein DCI meint, es reicht noch nicht für eine Genehmigung. Wie sieht's bei dir aus – bist du bei der Suche nach Jack Oram weitergekommen?«

»Wahrscheinlich sitzt er mit deinem Abgetauchten in einem verqualmten Hinterzimmer und spielt eine Runde Poker nach der nächsten.«

»Das werte ich als ›Nein‹.«

Rebus trat einen Schritt näher. »Ich will dir noch was sagen. Du wirst lachen, weil's von mir kommt, aber ich sag's trotzdem.« Er schaute zu seiner Tochter und Enkeltochter. »Es gibt auch noch ein Leben außerhalb des Jobs, Siobhan. Wenn ich mir überlege, wie viel Energie ich in meinen Beruf investiert habe, und das meist auf Kosten der Menschen, die mir wichtig waren …«

»Dann wär's doch schade, wenn sie dich jetzt verlieren«, erwiderte Clarke. »Geh zum Arzt, John.«

»Komm her, Schatz«, sagte Samantha zu ihrer Tochter. »Wird Zeit, Grandpa wieder in seine Freiheit zu entlassen.«

»Ich geh ja noch«, behauptete Rebus an Clarke gewandt. Ausnahmsweise hätte sie ihm beinahe geglaubt.

Auf der Heimfahrt hielt sie kurz an einer Pizzeria, sie hatte keine Lust zu kochen. Die Parkplatzgötter waren gnädig gestimmt, und sie fand eine Lücke ein Stück die Straße rauf. Halb rechnete sie damit, Fox' Mercedes zu sehen, aber er war nicht da.

In ihrer Wohnung angekommen, ließ sie Mantel und Tasche fallen und stellte den Pizzakarton auf die Anrichte, schob ein paar köstlich duftende Stücke auf einen Teller. Der Einbruch in Newhaven fiel ihr wieder ein. Niemand dachte sich was bei Essenslieferanten. Ein Nachbar konnte aufgemacht haben, vielleicht hatte er sogar vorher nachgesehen. Sie schaltete den Fernseher ein, nur um Gesellschaft zu haben, und machte es sich auf dem Sofa bequem. Das Gute an Pizza war, dass immer noch was fürs Frühstück übrig blieb. Morgen würde sie den Einsatz erhöhen und Haggards Verschwinden öffentlich machen, ob das ihrer Chefin gefiel oder nicht. Obwohl seine Beschreibung an sämtliche Streifenpolizisten rausgegangen war, fragte sie sich, wie viel Mühe diese sich bei der Suche geben würden. Christine Esson hatte vermutlich nicht unrecht: Er war einer von ihnen, egal was er getan hatte. Nicht alle würden so denken, aber einige ganz bestimmt. Dieselben, die damals bei Rebus und seinesgleichen ein Auge zugedrückt hatten. Sollte sie sich selbst dazuzählen? Vermutlich. Man hatte sie immer wieder vor Rebus gewarnt, gleich vom ersten Tag ihrer Zusammenarbeit an.

»Aber er bringt Ergebnisse«, lautete immer wieder die Entschuldigung.

Wenn ihn die Sünden der Vergangenheit jetzt einholten, wie sollte sie sich dabei verhalten? Malcolm Fox würde mit Argusaugen darüber wachen, dass nur ja nichts vertuscht wurde. Und konnte sie Rebus überhaupt schützen, vorausgesetzt, sie würde es wollen?

Nachdem sie ein oder zwei Stunden lang geistlos in die Glotze geschaut hatte, überlegte sie, ob sie nicht einfach die Augen schließen und auf dem Sofa pennen sollte, wusste aber, dass sie mitten in der Nacht aufwachen und sich furchtbar fühlen würde.

»Du schaffst das«, sagte sie sich und setzte die Füße auf den Boden.

Sie lag längst im Bett und hatte die Welt um sich herum vergessen, als ihr Handy klingelte.

Esson guckte ebenso beunruhigt wie Clarke, hatte aber immerhin zwei Becher Kaffee auftreiben können. Clarke nahm einen davon dankbar nickend entgegen. Uniformierte Kollegen sperrten den Tatort mit blau-weißem Band ab. Ein Fahrzeug der Spurensicherung war eingetroffen, hatte sich durch die Baustelle geschlängelt und auf den allmählich fertig verlegten Straßenbahnschienen geparkt. Clarke kannte den verantwortlichen Leiter, es war Haj Atwal, weshalb sie wusste, dass alles seinen korrekten Gang gehen würde. An den Fenstern des Wohnblocks auf der anderen Straßenseite waren Schaulustige aufgetaucht. In Haggards Haus wurden die Nachbarn in ihre Wohnungen zurückgescheucht.

»Wissen wir, wer's gemeldet hat?«, fragte Clarke, als sie mit Esson die Treppe hinaufstieg.

»War ein anonymer Anruf.«

»Wie anonym?«

»Nicht sehr anonym.« Was bedeutete, dass die Nummer in der Zentrale aufgezeichnet worden war.

Einer von Hajs Mitarbeitern hielt auf dem Treppenabsatz im zweiten Stock Wache. Clarke und Esson unterschrieben, schlüpften in Schutzanzüge und Überzieher für die Schuhe.

»War der Arzt da?«, fragte Clarke und erhielt ein Nicken als Antwort. Dann an Esson gewandt: »Wollen wir?«

»Nach dir, Chefin«, sagte Christine Esson.

Clarke blieb in der Diele stehen. Alle Oberflächen waren abgepudert und mit einem UV-Scanner auf Blutspuren untersucht worden. Aus dem Wohnzimmer drangen gedämpfte Stimmen. Anstatt einfach hereinzuplatzen, warteten Clarke und Esson an der Tür. Clarke drehte sich zu einem Geräusch hinter sich um, dort stand Haj Atwal.

»Was kannst du uns sagen?«, fragte Clarke.

»Der Arzt schätzt den Todeszeitpunkt auf zwischen sieben und elf Uhr. Der Anruf ging um elf Uhr zwanzig ein. Er wurde erstochen. Zweimal in den Rücken und einmal in den Bauch. Anscheinend ist er an der Stelle verblutet, wo er jetzt liegt.«

Clarke zwang sich, dem toten Francis Haggard ins Gesicht zu sehen. Seine Augen und der Mund standen offen, die Zunge war zu sehen. Die Szene wurde von den frei stehenden Lampen der Spurensicherung hell erleuchtet. Ein Fotograf hockte vor ihm, machte Nahaufnahmen, verstellte Clarke damit die Sicht. Um ihn herum hatte sich eine Blutlache gebildet.

»Gab es einen Kampf?«

»Keine Anzeichen von Verteidigungswunden an den Händen oder Armen. Wie du siehst, stehen auch die Möbel mehr oder weniger dort, wo man sie erwarten würde. Wir haben nichts verändert, nur die Jalousien heruntergelassen. Es gibt keine Vorhänge, und wir wollten nicht, dass jemand von gegenüber hereinschaut.«

»Das bedeutet aber, dass jemand von da drüben was gesehen haben könnte«, meinte Esson. »Brannte hier Licht, als er gefunden wurde?«

»Ja.«

»Haben die Nachbarn Schreie gehört?«, fragte Clarke.

»Das fällt in deinen Aufgabenbereich, Siobhan. Wir haben noch keine Mordwaffe gefunden. Ich schlage vor, wir bilden einen Suchtrupp.«

»Ein Messer?«

»Der Arzt denkt, vermutlich eher eine kleine Klinge. Anderthalb Zentimeter breit, mindestens acht Zentimeter lang. Die Autopsie wird uns hoffentlich mehr verraten.«

»Wenn du ein Messer verschwinden lassen wolltest«, schaltete Esson sich ein, »wäre die Straßenbahnbaustelle nicht die schlechteste Lösung. Lauter schöne tiefe Löcher.«

»Betrachtet es mal von der positiven Seite«, meinte Atwal. »Das MIT-Büro ist gleich um die Ecke. Könnte kaum praktischer sein.«

MIT, das Major Incident Team, kam immer bei Schwerverbrechen zum Einsatz. Im Gebäude der Polizeiwache Leith wurden Räume freigehalten und dem MIT zur Verfügung gestellt, sobald dieses welche brauchte, und sie befand sich keine fünf Minuten zu Fuß entfernt. Noch war aber gar nicht klar, ob Clarke und Esson in das Team berufen würden. Esson schien Clarkes Gedanken zu lesen.

»Die wären bescheuert, wenn nicht.«

Clarke nickte langsam und unsicher, musterte erneut das Wohnzimmer. »Haben wir das Handy und den Computer des Opfers?«

»Haben wir«, meldete sich eine Mitarbeiterin der Spurensicherung hinter ihrer Maske und dem Visier. »Sogar noch ein zweites Handy.«

»Wahrscheinlich das von Stephanie Pelham, das er ihr abgenommen hat«, meinte Esson.

»Sonst noch was von Interesse?«, fragte Clarke.

»Im Schlafzimmer steht eine Reisetasche«, erwiderte Atwal. »Halb voll mit Klamotten. Ich vermute, er hat nicht lange hier gewohnt. Seine Uniform hängt neben ein paar ganz schönen Anzügen im Kleiderschrank. In der Küche steht eine Plastiktüte mit ein paar Flaschen Wodka und Tequila, außerdem Fast-Food-Kartons im Kühlschrank und im Müll.« Er hielt inne. »Ach, und ein bisschen Cannabis und Kokain haben wir auch gefunden.«

»Wo?«, fragte Clarke.

»Das Cannabis in der Nachttischschublade, das Koks auf dem Wohnzimmertisch und dem Waschbecken im Bad.«

»Gehen wir gleich zu den Nachbarn, oder warten wir auf weitere Anweisungen?«, fragte Esson Clarke.

»Wir müssen bestimmt nicht lange warten. Da werden alle möglichen Alarmglocken schrillen …« Clarke brach den Satz ab, starrte über Essons Schulter hinweg. »Wenn man vom Teufel spricht …«

Esson drehte sich um und sah Malcolm Fox in die Wohnung marschieren, er trug wie alle anderen einen Schutzanzug, richtete den Blick unverwandt auf die Personen am Eingang. Er nickte Haj Atwal zur Begrüßung zu, woraufhin dieser mit ihm ins Wohnzimmer ging. Fox' Blick wanderte zu dem Toten auf dem kahlen Holzboden.

»Das macht's nicht unbedingt besser«, kommentierte er. »Da draußen steht übrigens schon mindestens ein Journalist und filmt.«

»Und wir haben hier ein Mordopfer, jetzt ist er wohl unser Klient«, entgegnete Clarke und stichelte: »Du hast aber schnell hergefunden.«

»Der ACC hat mich angerufen. Als ich die Adresse bekam, wusste ich schon, wer es war.« Er atmete geräuschvoll aus.

»Christine und ich wissen mehr über Francis Haggard als sonst jemand, Malcolm. Bitte mach das deiner Chefin klar.«

Fox fixierte sie mit einem Blick. »Das T in MIT steht für Team, Siobhan. Egos werden an der Garderobe abgegeben, und für Hintergedanken ist kein Platz.« Als er sah, dass sie kurz davor war zu explodieren, hielt er inne. »Außerdem ist jetzt weder die Zeit noch der Ort …«

»Du kannst unmöglich wollen, dass ich außen vor bleibe, Malcolm«, warnte ihn Clarke und stampfte durch die Diele davon.

»Wenn du gehst, vergiss bloß nicht, dein Ego an der Garderobe wieder abzuholen«, setzte Esson hinzu und folgte Clarke die Treppe hinunter.

Von ihren Schutzanzügen befreit, traten sie auf den vor Menschen nur so wimmelnden Gehweg. Eine beachtliche Zuschauermenge hatte sich gebildet, und es kamen immer noch weitere dazu. Einige hielten Handykameras hoch. Andere traten von einem Fuß auf den anderen, um sich warm zu halten. Die Jalousien am Fenster von Haggards Wohnung waren heruntergelassen, und durch die Ritzen fiel nur wenig Licht.

»Die vom MIT werden sich nicht bedanken, wenn wir ihnen über ihre schönen neuen Ermittlungen trampeln«, behauptete

Esson. »Das heißt dann wohl, wir warten erst mal bis morgen ab.« Sie hatte die beiden Becher vom Fuß der Treppe genommen, und Clarke nahm jetzt noch einen Schluck aus ihrem.

»Meinst du, du kannst jetzt schlafen?«, fragte sie.

»Hab eine Walgesang-App auf dem Handy – funktioniert immer.« Esson sah, dass Clarke nicht zu beschwichtigen war. »Egal, wie's ausgeht, Siobhan, Fox kann nicht einfach so tun, als wäre nichts gewesen, jetzt nicht mehr.«

»Da wäre ich nicht so sicher. Deshalb ja auch meine spitze Bemerkung, der soll nur zusehen, dass er uns ins Team holt. Vielleicht versteht er sie als Drohung und will mich im Auge behalten.«

»Dich? Nicht uns?«

»Kommt drauf an. Bist du auf meiner Seite oder auf seiner?« Clarke sah, wie sich Essons Miene verdüsterte. »Das war dein Fall, bevor es meiner wurde, Christine«, sagte sie in versöhnlichem Tonfall. »Und Fox weiß das.«

»Dann sind wir morgen früh wohl beide im MIT.«

»Wenn Malcolm sich durchsetzt.«

»Schafft er das?«

Clarke betrachtete sie über ihren Becherrand hinweg. »Typen wie der bekommen immer, was sie wollen.«

Vierter Tag

13

Die Nachricht kam um 6:53 Uhr.

Polizeiwache Leith, Punkt 8. Geschickt von Malcolm Fox. Clarke vergewisserte sich, dass Christine Esson dieselbe Aufforderung erhalten hatte.

Jepp. Wir sehen uns.

Clarke parkte ihren Astra um Viertel vor acht an Leith Links und ging von dort zu Fuß zur Queen Charlotte Street. Ihr wurde bewusst, dass sie keine Ahnung hatte, wer Queen Charlotte war oder warum eine Straße in Leith nach ihr benannt worden war. Die Polizeiwache befand sich im ehemaligen Rathaus- und Gerichtsgebäude. Es war ein paar Hundert Jahre alt, und man sah es ihm an. Eine imposante Treppe führte vom Erdgeschoss nach oben, aber Clarke wunderte sich nicht, als sie Plastikeimer zum Auffangen des Regens entdeckte, der offenbar durch das undichte Dach drang. Sie kannte das Büro des MIT bereits, hatte dort schon mehrfach an Fällen gearbeitet und einmal sogar was mit ihrem Chef angefangen. Der war allerdings wenig später in den Norden, nach Inverness, gezogen und hatte den Kontakt abgebrochen. Sie fragte sich, wer heute wohl die Leitung übernehmen würde.

»Alle, bloß nicht Fox«, betete sie leise, als sie oben an der Treppe ankam.

Sie sah ihn sofort, er stand hinten im Gang und unterhielt sich leise mit einer unbekannten Frau. Er winkte sie heran.

»Das ist DI Siobhan Clarke«, stellte er sie vor. »Siobhan, das ist DCI Katherine Trask.«

»Kathy genügt vollkommen«, sagte Trask und schüttelte Clarke die Hand.

Clarke hatte von ihr gehört. »Aus Stirling?«

»Genau.«

Trask war so groß wie Clarke und ein paar Jahre älter. Ihr Haar war schwarz und schulterlang, die Fältchen an ihren Augen waren das Einzige, das ihr wahres Alter verriet.

»Sie haben gegen Mr Haggard wegen des Vorwurfs der häuslichen Gewalt ermittelt«, fuhr Trask fort. »Das macht Sie zu einer wertvollen Ergänzung des Teams.«

»DC Christine Esson und ich, wir beide«, korrigierte Clarke sie.

»Wenn eine von Ihnen beiden denkt, das Team sollte etwas Bestimmtes wissen, dann üben Sie bitte keine falsche Zurückhaltung.«

»Verstanden.«

»Und der plötzliche Rollentausch macht Ihnen nichts aus? Vom Täter zum Mordopfer, meine ich?«

»Ich denke, damit komme ich klar. Wir dürfen nur nicht vergessen, dass er ein Gewalttäter war.«

»Wobei es zahlreiche Belege dafür gibt«, fiel Fox ein, »dass er seine vergangenen Tagen bereute und wiedergutmachen wollte.«

»Er war verzweifelt, Malcolm«, fuhr Clarke ihn an. »Ein korrupter und brutaler Polizist, der auspacken wollte, um sich selbst vor dem Gefängnis zu drücken.«

Trask hob abwehrend eine Hand. »Können wir uns vielleicht wieder auf *unseren* Job konzentrieren, das heißt darauf, seinen Mörder zu überführen?« Ihr Blick ruhte auf Clarke, möglicherweise bereute sie bereits, sie ins Team berufen zu haben.

»Selbstverständlich«, erwiderte Clarke möglichst zerknirscht.

»Die anderen müssten jeden Augenblick hier sein«, sagte Trask. »Keiner von denen ist neu beim MIT, die kennen sich alle aus. Die Autopsie wurde auf elf Uhr dreißig angesetzt. Wir müssen Kollegen vom Streifendienst abziehen, um die Tatwaffe zu suchen.«

»Was ist mit dem Handy und dem Computer des Opfers?«, fragte Clarke.

»Beides bei der Spurensicherung.«

»Stephanie Pelham kann das zweite am Tatort gefundene Handy höchstwahrscheinlich identifizieren. Francis Haggard hat es ihr gewaltsam abgenommen.«

»Dazu kommen wir, wenn wir so weit sind, Siobhan«, erklärte Trask.

»Sollten sich Telefon und Computer des Opfers in Howdenhall befinden«, meinte Fox, »macht euch darauf gefasst, dass die manchmal mehr versprechen, als sie halten.«

»Dann haben Sie jetzt den Auftrag, denen Dampf zu machen, Malcolm.«

Trask verstummte, als sie Schritte auf der Treppe hörten. Christine Esson führte zwei weitere Detectives in das MIT-Büro. Man hätte sie für eine Touristengruppe halten können, die beiden neuen Gesichter bewunderten das prächtige Interieur.

»Sieht aus, als könnten wir loslegen«, sagte Trask, zupfte am Saum ihres zugeknöpften Jacketts und schien bereit.

»Eigentlich müsste es ausreichend Schreibtische und Computer geben«, rief sie beim Eintreten und ging weiter voraus, ließ Clarke und Fox in ihrem Fahrwasser folgen.

»Ich lasse euch jetzt allein, damit ihr euch kennenlernen und häuslich niederlassen könnt. Ein paar weitere Kollegen werden noch dazustoßen, aber zurzeit stecken sie noch im Verkehr fest.« Sie ging zu einer Tür am anderen Ende des Raums und riss sie auf. »Immerhin nicht das Schreibwarenlager und offensichtlich ganz für mich allein – so ein Glück. Die Tür wird meistens offen stehen. Wenn sie geschlossen ist, hat das einen zwingenden Grund.«

Sie sah Esson am Wasserkocher stehen und Vorräte aus einer Tüte holen. »Ausgezeichnete Initiative. So was wollen wir in den nächsten Tagen und Wochen noch häufig sehen. DI Fox aus Gartcosh steht uns unterstützend zur Seite und wird die verschiedenen Aufgaben verteilen – sobald ich ihm erklärt habe, worin diese bestehen.« Sie krümmte einen Finger und gab Fox zu verstehen, er möge ihr in ihr beengtes Büro folgen.

Clarke ging zu Christine Esson. »Hat Malcolm dich bearbeitet?«

Esson pulte die Zellophanhülle von der Teebeutelpackung. »Wie meinst du das?«

»Manches von dem, was er über Haggard sagt, könnte auch direkt von dir stammen.«

Esson schüttelte den Wasserkocher, linste ins Innere, als wollte sie einschätzen, wie lange das Wasser schon darin stand.

»Hat er oder nicht?«, fragte Clarke erneut.

»Was spielt das für eine Rolle?«

»Ich hab's dir gestern Abend gesagt, wir müssen beide auf derselben Seite sein, Christine, das ist mir wichtig.«

»Sind wir doch, falls dir das noch nicht aufgefallen ist.« Esson machte eine ausladende Bewegung, die auf das gesamte Büro verweisen sollte.

»Und wenn es auf eine Konfrontation zwischen mir und Fox hinausläuft …?«

Esson blieb die Antwort dank der Ankunft zweier weiterer Personen erspart, beides bekannte Gesichter. Clarke stellte erstaunt fest, dass DS George Gamble sich doch noch nicht komplett in den Ruhestand verabschiedet hatte. Er war so stämmig und rot im Gesicht wie eh und je und atmete schwer, nachdem er sich die Treppe hinaufgeschleppt hatte. DS Tess Leighton war das genaue Gegenteil, blass, groß und drahtig, als würde sie sowohl Sonne wie auch Essen scheuen. Beide winkten kurz und gingen dann zum Büro des DCI, um sich bei Trask zu melden. In der Zwischenzeit zog es die beiden Clarke noch unbekannten Neuzugänge zum Wasserkocher. Sie stellten sich als DC Colin King und DC Jason Ritchie vor.

»Das ist Jasons erster Mordfall«, erklärte King. »Er freut sich wie ein Kind an Weihnachten.«

Beide hatten sandfarbenes Haar, waren vermutlich eher Anfang als Mitte zwanzig. Ritchies Wangen hatten einen rosigen Glanz, der ihn noch jünger wirken ließ. Im Vergleich zu King war er drahtig, Letzterer stämmiger gebaut, sein Hemd spannte über dem Bauch. King war wahrscheinlich nur zwei oder drei Jahre älter als Ritchie, verströmte aber die Aura eines älteren, klügeren Bruders und übernahm diese Rolle offenbar gerne. Clarke und Esson stellten sich ihrerseits vor.

»Haben Sie gesehen, was im *Courant* steht?«, fragte King und wackelte mit seinem Handy. »Da wird der Mord schon erwähnt und sogar der Name des Opfers genannt.«

»Hat wohl jemand was ausgeplaudert«, vermutete Christine Esson.

»Auf Twitter steht es auch schon«, ergänzte Ritchie.

»Überrascht mich nicht«, sagte King. »Ich meine, da ist doch alles dran, was dazugehört, oder?«

»Ich weiß nicht, ist das so?«, entgegnete Clarke unterkühlt.

King zählte an den Fingern ab. »Ein Polizist, der zum Täter wird … eine Polizeistation mit einem gewissen Ruf … das

Opfer war verwandt mit einem Baulöwen, der gerade eine sehr unschöne und sehr öffentliche Scheidung durchmacht …« Er verstummte, als er Clarkes Blick sah.

»Wir sind nicht zur Unterhaltung der Öffentlichkeit hier, Colin. Vergessen Sie das nicht. Und wenn Journalisten hier herumschnüffeln – Amateure oder Profis –, schicken Sie die direkt zu unserer Presseabteilung.«

»Verstanden«, sagte King und lief leicht rot an.

»Müssten die Becher mal gespült werden?«, platzte Ritchie um einen Themawechsel bemüht dazwischen.

»Die Spüle ist auf dem Herrenklo, am Ende vom Gang«, beschied ihm Esson, woraufhin Ritchie nickte und das angeschlagene und fleckige Geschirr mitnahm.

Als er weg war, konzentrierte Clarke sich auf King. »Wo waren Sie vorher stationiert, Colin?«

»St. Leonard's.«

»Aber das ist nicht Ihr erster Fall beim MIT?«

Er schüttelte den Kopf, fasste sich allmählich wieder. »DCI Trask muss wohl beim letzten Mal ganz zufrieden mit mir gewesen sein.«

»Haben Sie schon mal mit ihr gearbeitet?« Clarke versuchte nicht allzu interessiert zu wirken. »Wie ist sie denn so?«

»Super.«

Clarke nickte offensichtlich zustimmend. »Ist sie schon lange DCI?«

»Fünf Jahre, vielleicht ein bisschen länger.« King schaute von Clarke zu Esson, fragte sich, worauf das Ganze wohl hinauslief. Clarke wusste, dass Esson dasselbe dachte.

»Meinen Sie, dass sie hängengeblieben ist?«

»Wie denn hängengeblieben?«

»Müsste sie nicht weiter aufsteigen?«

»Siobhan macht nur Spaß«, sagte Esson und bohrte King einen Finger in die Schulter. »Wir bringen Ihnen den Tee, wenn er fertig ist.« Er kehrte sichtlich verwirrt an seinen Schreibtisch zurück. Esson sah Clarke böse an.

»Verstehst du, Christine, es ist doch so: Die hat sich längst bei Fox eingeschleimt. Wenn sie befördert werden möchte, braucht sie Leute von weiter oben, die sie unterstützen, und sie weiß genau, wem Fox unterstellt ist. Deshalb wird sie höchstwahrscheinlich seinen Theorien folgen und sich an seiner Version der Ereignisse orientieren.«

»Wir sind noch keine ganze Stunde dabei, Siobhan. Du wolltest ins Team, und du bist drin. Was hältst du davon, wenn wir einfach versuchen, unseren Job so gut wie möglich zu machen?«

Ritchie kam mit den Bechern zurück. »Sauberer ging's nicht«, entschuldigte er sich.

»Dann müssen wir damit leben«, erklärte Esson, den Blick unverwandt auf Clarke gerichtet.

King kam erneut auf sie zu, hielt ihnen sein Handy entgegen. »Gibt schon wieder was Neues bei *The Courant*«, sagte er.

Clarke nahm ihm das Handy ab und achtete darauf, dass Esson das Display ebenfalls sehen konnte. Ein verschwommenes Schwarzweißbild, aufgenommen auf einer gut beleuchteten Innenstadtstraße, füllte es fast vollständig aus. Sie erkannte Rob Driscoll, nicht aber den Mann, mit dem er sprach.

»Kurz vor dem kaltblütigen Mord an ihrem verstoßenen Kollegen gönnten sich die Beamten aus Tynecastle einen feuchtfröhlichen Abend in ihrem angestammten Clubhaus. Ein Schild an der Tür des Hinterzimmers hielt Außenstehende fern, doch was dahinter getuschelt wurde, klang keinesfalls nach guter Laune – was mag die Crew so beunruhigt haben? Und was hatten sie vor?«

Sie gab King das Handy zurück.

»Soll ich damit zur Chefin gehen?«, fragte er.

»Wenn's Ihnen was bedeutet, dass sie Ihnen zärtlich über den Kopf streicht«, erwiderte Clarke. »Ansonsten ist das eher ein Nebenschauplatz.«

Er dachte einen Augenblick nach, dann stampfte er an seinen Schreibtisch zurück.

»Man sollte den beiden unbedingt ihre jugendliche Begeisterung austreiben«, meinte Christine Esson. Dann an den wartenden Ritchie gewandt: »Der Wasserkocher muss aufgefüllt werden.«

Clarke verließ den Raum, ging die Treppe nach unten und raus in die Kälte an die frische Luft, sie tippte auf ihr Handy und presste es sich ans Ohr.

»Hab mir schon gedacht, dass ich von dir höre«, antwortete Laura Smith.

»Ich bin kein Fan von Einbahnstraßen, Laura. Woher hast du gewusst, wo und wann sich die Crew trifft?«

»Ist es ein Schock für dich, wenn ich dir verrate, dass du nicht meine einzige Ansprechpartnerin bei Police Scotland bist? Abgesehen davon, ich dachte, das sei längst bekannt. Die treffen sich so regelmäßig, danach kannst du die Uhr stellen.«

»Wer war der andere Mann bei Rob Driscoll?«

»Willst du sagen, du hast noch nie ein Auto bei Alan Fleck gekauft? Kollegen im aktiven Dienst bekommen ordentlich Rabatt bei ihm.«

»Warum war er da?«

»Sag du's mir.«

»Du musst mir alles sagen, was du herausfindest.«

»Ich nehme an, du wurdest ins Team berufen? Wer leitet es? Jemand, den ich kenne?«

»Von der Presseabteilung bekommst du alles, was du brauchst.«

»Soll das jetzt so laufen?«

»Sofern du mir keinen guten Grund lieferst, es anders zu handhaben.«

»Ich hab's dir schon gesagt, Siobhan, meine Einnahmen steigen mit jedem Klick.«

»Damit wirst du dir keine Freunde in Tynecastle machen – pass auf, Laura.«

Clarke beendete den Anruf und blieb einen Augenblick lang schwer atmend stehen. Als sie zu den Fenstern im ersten Stock aufblickte, starrte ihr Malcolm Fox entgegen. Sie ließ sich nichts anmerken, wusste aber, dass Fox sich fragen würde, was das sollte. Sie ließ ihr Handy in der Tasche verschwinden und ging wieder hinein.

Rebus erfuhr die Neuigkeit von einem anderen Hundebesitzer, der wusste, dass er früher beim CID gewesen war.

»In Leith ist was passiert«, sagte der Mann, während sein Dackel Brillo begrüßte. »Die haben die Constitution Street abgesperrt.«

Rebus nickte scheinbar gelassen, doch seine Gedanken rasten. Er nahm Brillo wieder an die Leine und brachte ihn nach Hause, schnappte sich die Schlüssel vom Saab und fuhr los. Als er am Rand von Leith Links parkte, erkannte er Clarkes Astra, der ein halbes Dutzend Autos weiter stand. Er wusste nicht, was er ihr sagen wollte, machte sich aber trotzdem zur Constitution Street auf. Und tatsächlich, der Gehweg war abgesperrt, *Polizei* stand auf dem Band. Ein offensichtlich frierender Streifenpolizist sollte Schaulustige abwehren. Rebus lächelte zur Begrüßung, hängte sich sein Ausweisband um den Hals.

»Termin mit DI Clarke«, erklärte er. Der Beamte sah auf seiner Liste nach.

»Die ist nicht hier«, sagte er.

Das hieß, sie musste in der Queen Charlotte Street sein, und das wiederum bedeutete, dass man sie ins Major Incident Team berufen hatte.

»Ich schau trotzdem mal nach«, sagte Rebus und fuhr mit den Fingern über das Band um seinen Hals.

»Auf dem Ausweis steht nur, dass Sie von der Maskenpflicht befreit sind. Netter Versuch.«

Rebus starrte zu der Tür, an der er erst zwei Tage zuvor Fox begegnet war. Anscheinend war die Spurensicherung noch nicht fertig. Zwei Mitarbeiter in Schutzanzügen und mit Masken unterhielten sich.

»Haj!«, rief Rebus und winkte. Haj Atwal erkannte ihn und kam zu ihm an die Absperrung.

»Hallo, John«, sagte er.

»Ob ich dich mal kurz sprechen dürfte? Vielleicht weiß ich was, das dir hilft.«

Atwal bedachte ihn mit einem langen prüfenden Blick, winkte ihn aber schließlich durch. Der uniformierte Kollege hob sichtlich widerwillig das Absperrband, damit Rebus sich darunter durchducken konnte.

»Wie ist es dir ergangen, John?«, fragte Atwal.

»Spielt keine Rolle. Es ist Francis Haggard, oder?«

»Richtig.«

»Ich war vor ein paar Tagen mit Siobhan Clarke hier. Da war er nicht zu Hause.«

»Wäre besser für ihn gewesen, wenn er's weiter so gehalten hätte.«

»Angeblich sollte die Wohnung überwacht werden.«

»Die haben getan, was sie konnten.«

»Viel zu tun, hm?«

»Schon eine Weile her, dass ich's mit so vielen Tatorten auf einmal zu tun bekommen habe. Ich sehne mich fast ein bisschen nach dem Lockdown zurück.«

Rebus nickte zustimmend. »Verrate mir doch, wie er ermordet wurde.«

Atwal sah ihn an. »Hast du nicht gesagt, du weißt was, das mir hilft?«

»Hab ich nur gesagt, damit du mich durch die Absperrung lässt«, erwiderte Rebus zwinkernd. Die Haustür stand offen, ein Keil verhinderte, dass sie zufiel. Rebus trat dicht gefolgt von Atwal ein.

»Das ist ein Tatort, John. Zivilisten haben hier nichts verloren.«

»Dann gib mir einen Overall.« Rebus stieg bereits die Treppe hinauf, hielt sich am Geländer fest. Auf dem ersten Absatz machte er Pause, drehte sich zu Atwal um.

»Wenn ich dir einen guten Rat geben darf, Haj – lach dir bloß keine COPD an.«

»Komm erst mal wieder zu Atem. Eine zweite Leiche kann ich nicht gebrauchen.« Atwal ging in den zweiten Stock und kam mit einem weißen Anzug für Rebus zurück. »Und was hast du mit dem Opfer zu tun?«

»Er hat seine Frau verprügelt, oder wie auch immer man das heutzutage juristisch korrekt nennt.« Rebus zwängte sich in den Overall, Atwal half ihm dabei. »Siobhan war fest entschlossen, ihn vor Gericht zu bringen.«

»Was aber keine Antwort auf meine Frage ist.«

Rebus sah ihn an. »Hast du denn eine erwartet? Okay, wie sehe ich aus?« Er zog den Reißverschluss hoch.

»Nicht bücken und nicht atmen.«

»Ich könnte dich wegen Body-shaming anzeigen.«

»Wieso habe ich das Gefühl, dass ich das hier noch bereuen werde?«

Sie stiegen ins nächste Stockwerk hinauf, Rebus blieb an der Tür zur Tatortwohnung stehen. »Die Tür wurde nicht aufgebrochen«, meinte er.

»Als die Ersthelfer eintrafen, stand sie ein paar Zentimeter weit offen.«

»Hat's ein Nachbar gemeldet?« Er sah Atwal mit den Schultern zucken. »Wie ist er gestorben?«

»Er wurde erstochen und ist dann verblutet.«

»Das muss doch jemand gehört haben.«

»Das sind hier größtenteils Mietwohnungen, und nicht alle sind bewohnt. Die Wände sind auch ziemlich massiv.«

Rebus trat ein, machte mitten in der Diele halt.

»Hast du ihn gekannt, John?«

»Wenn es so wäre, hättest du mich wirklich nicht reinlassen dürfen.«

»Willst du mir damit sagen, es ist besser, wenn ich's nicht weiß?«

Rebus stand im Eingang zum Wohnzimmer. Es gab nicht viel zu sehen. Wenn Haggard auf dem Teppich gelegen hatte, dann war er inzwischen abtransportiert worden. Der Blutfleck auf dem Holzboden darunter war dunkel und groß, aber nicht so schlimm, dass eine Schleifmaschine und eine frische Lackschicht den Schaden nicht beheben könnten. Rebus schien sich jedoch vor allem für die Tapete zu interessieren. Sie befand sich nur an einer Wand – abstrakte Schnörkel und Spiralen vor einem silbernen Hintergrund –, die anderen Wände waren hellrosa gestrichen. Er schluckte, plötzlich hatte er einen trockenen Mund.

»Wurde die Tatwaffe schon gefunden?«, fragte er, ohne sich für die Antwort zu interessieren.

»Die Teams sind draußen und suchen.«

»Wer leitet das MIT?«

»Keine Ahnung.«

»Siobhan?«

»Gibt's einen Grund, warum du mich das fragst und nicht Siobhan?«

»Du bist so viel charmanter und zugänglicher als sie. Verschlägt es dich immer noch hin und wieder ins Stadion nach Anfield?«

»Ich muss wirklich wieder an die Arbeit, John.«

»Ich versteh den Wink mit dem Zaunpfahl, danke für die Tour.« Rebus spähte in die anderen Räume: eine lange, enge Küche, ein Bad, drei Zimmer. »Bisschen übertrieben für eine Person, oder?«

»Hab ich auch gedacht. Außerdem sind die Einbauten und Einrichtungsgegenstände durchaus gehoben. Merkwürdig finde ich nur die Tapete im Wohnzimmer. Ist dir auch aufgefallen, das hab ich gesehen. Ganz schön altmodisch, würde ich sagen.«

»War schon jemand vom Maklerbüro da und hat sich umgesehen?«

»Meines Wissens nicht.«

»Die kommen noch.« Rebus zwinkerte und gab Atwal die Hand. »Vielen Dank«, sagte er und machte kehrt.

Aber Atwal bestand darauf, ihn ins Erdgeschoss zu begleiten und ihm beim Ausziehen des Schutzanzugs zu helfen.

»Ich gehe wirklich«, versicherte Rebus ihm.

»Im Prinzip vertraue ich dir ja, John«, erwiderte Atwal, »trotzdem …«

Als sie aus dem Haus traten, sahen sie, dass es am Absperrband einen aufgeregten Schlagabtausch gab. Rebus zwinkerte Atwal noch einmal zu. »Hab ich doch gesagt«, behauptete er.

Fraser Mackenzie erkannte ihn und hörte auf, mit dem diensthabenden Beamten zu streiten, der den Eingang bewachte, und zeigte stattdessen mit dem Finger auf Rebus.

»Wie kommen *Sie* denn auf die andere Seite der Absperrung? Das ist meine verfluchte Immobilie!«

»Gehört Ihnen das ganze Haus?«, erkundigte sich Rebus.

»Zwei Wohnungen, aber zwei meiner besten.«

»Vermutlich stark nachgefragt?« Er tat, als würde er nachdenken.

»Immer.«

»Francis Haggard scheint den Zuschlag trotzdem recht kurzfristig bekommen zu haben.«

»Sie war frei.«

»Ganz schön viel Platz für einen einzigen Bewohner. Wussten Sie, dass er Polizist ist?«

»Was spielt das für eine Rolle?«

»Nicht nur Polizist, sondern auch vom Dienst suspendiert, weil er seine Frau verprügelt hat.«

Mackenzie rang um Fassung. »Ich hatte keine Ahnung. Aber Sie haben meine Frage noch nicht beantwortet.« Jetzt sah er Haj Atwal an. »Der Eigentümer der Immobilie ist doch gewiss zugangsberechtigt? Ich muss feststellen, welche Instandsetzungsarbeiten notwendig sind.«

»Sie kommen billig davon, Mr Mackenzie«, erwiderte Rebus. »Wahrscheinlich braucht es nicht mehr als Tommy Oram und ein bisschen Arbeit.« Er hob das Absperrband und trat auf Mackenzies Seite, sah dabei aber weiter Atwal an. »Deine Entscheidung, ob du ihn durchlässt oder nicht, Haj, ich würd's nicht tun.«

Er ging in Richtung Leith Links davon zu seinem Wagen. Er war noch nicht weit gekommen, als er Mackenzie hinter sich hörte.

»Was wollen Sie hier? Was hat das alles mit Jack Oram zu tun?«

Rebus blieb stehen und sah ihn direkt an. »Verraten Sie's mir.«

»Was gibt's da zu verraten?«

»Sind Sie der Polizei öfter mal gefällig, Mr Mackenzie? Oder nur den Kollegen in Tynecastle? Haben Sie die auch von Cafferty übernommen?«

»Ich habe keine Ahnung, wovon Sie sprechen.«

»Die Wohnung, in die Sie Haggard gesteckt haben, gehörte vorher Cafferty, hab ich recht?«

»Sie war Teil des ursprünglichen Bestands«, räumte Mackenzie ein.

Rebus hatte über Mackenzies Schulter hinweg jemanden in der Ferne entdeckt. Der Mann bog um die Ecke und war schon verschwunden, bevor Rebus ihn richtig erkannte. Er hatte dieselbe Statur und Frisur wie Caffertys Helfer Andrew. Rebus schob sich an Mackenzie vorbei und lief ans Ende der Straße, doch wer es auch gewesen sein mochte, er war verschwunden. Mackenzie kam hinter ihm her.

»Vielleicht komme ich ja nach einem Anruf bei meinem Anwalt durch die Absperrung«, sagte er. Er hielt sein Handy hoch und tippte bereits eine Nummer ein.

»Interessante Gestaltung«, sagte Rebus. »Die Tapete im Wohnzimmer, meine ich.«

»Das ist Beths Abteilung«, meinte Mackenzie.

»Dem Zustand Ihres Büros nach zu urteilen«, meinte Rebus, »vermutlich keine schlechte Sache.«

Er war schon fast wieder am Saab, als er es sich anders überlegte und stattdessen zu Fuß weiter zur Polizeiwache Leith ging. Er blieb auf der Straßenseite gegenüber stehen und nahm sein Handy, überlegte kurz, wie viel er Siobhan erzählen sollte. Sein Anruf blieb unbeantwortet, aber dreißig Sekunden später kam eine Nachricht.

Viel zu tun. Wahrscheinlich hast du's gehört.

Das stellt alles auf den Kopf, schrieb Rebus zurück. *Bitte sag, dass Fox nicht das MIT leitet.*

Er musste kurz auf ihre Antwort warten.

Nicht ganz.

Er wusste nicht so genau, ob ihm die Antwort gefiel. Er beschloss, später noch einmal mit ihr zu sprechen. Jetzt ging er erst mal zu seinem Wagen zurück und rief Cafferty an.

»Was Neues?«, bellte Cafferty, als er sich meldete.

»Eine Frage«, sagte Rebus.

»Schieß los.«

»Das Foto bei dir auf dem Tisch, das von dem Mann im Wohnzimmer …«

»Hast du wieder hinter meinem Rücken rumgeschnüffelt, du Pfeife?«

Pfeife – Cafferty nannte ihn hin und wieder so, und wenn, dann bedeutete das meistens, dass Rebus einen Nerv getroffen hatte.

»Befand sich in einem deiner alten Umschläge – MGC Lettings. Die Firma hast du ja inzwischen an Fraser Mackenzie verkauft, die Wohnung auf dem Bild auch. Sehr auffällige Tapete.«

»Und?«

»Wieso hat er dir das geschickt?«

»Weiß der Kuckuck.«

»Hast du gefragt?«

»Was soll das alles?«

»Hast du nicht von dem Mord in der Constitution Street gehört? In einer von QC Lettings verwalteten Wohnung? Vermietet an das Opfer, das zufällig auch noch Polizist war?«

»Jemand, den wir kennen?«

»Sozusagen. Er gehörte zur Crew, wenigstens bis er vom Dienst suspendiert wurde.«

»Der prügelnde Ehemann?«

»Mir scheint, jemand hat dir ein Bild von ihm geschickt und jetzt liegt er im Leichenschauhaus.«

»Bist du sicher, dass er das war auf dem Bild?«

»Ich wage zu behaupten, die Ermittler werden das überprüfen.«

»Was zum Teufel willst du? Alte Scheiße aufkochen?«

»Bei dir muss man nicht lange suchen, bis man welche findet.«

»Das hat absolut *nada* mit mir zu tun.«

»Vielleicht willst du das den Ermittlern verklickern.« Rebus hielt inne. »Und was hast du damit gemacht?«

»Mit dem Foto? Gar nichts.«

»Darf ich fragen, warum?«

»Nein, darfst du nicht. Du bist nicht mehr beim CID, du Strohpuppe. Ich glaube, manchmal vergisst du das.«

Rebus brauchte einen Augenblick, um zu begreifen, dass Cafferty aufgelegt hatte. Er saß in seinem Saab und schrieb eine neue Nachricht an Clarke.

Die Tatortwohnung gehört QC Lettings. Ich hatte wegen Jack Oram mit denen zu tun. Gibt es einen Zusammenhang?

Sie rief ihn praktisch sofort zurück.

»Was für einen Zusammenhang?«, wollte sie wissen.

»Im Moment habe ich keine Ahnung. Aber da ist noch was.«

Er hörte sie seufzen. »Was?«

»Das geht nur persönlich, Siobhan.«

»Warum?«

»Darum.«

Sie dachte kurz nach. »Ich kann heute Abend bei dir vorbeikommen.«

»Könntest du. Andererseits kann ich auch praktisch sofort bei dir sein. Damals, als ich noch an Fällen gearbeitet habe, haben wir keine Geschenke ausgeschlagen.«

Sie brauchte kurz, um es sich zu überlegen. »Ich hol dich unten an der Anmeldung ab«, sagte sie.

14

Wie versprochen wartete sie am Eingang zur Polizeiwache auf ihn.

»Die vom MIT wären schön blöd, wenn sie dich nicht mit an Bord geholt hätten«, sagte Rebus. Er zeigte nach hinten in die Station, aber Clarke blieb wie angewurzelt stehen.

»Etwas, das du mir nur persönlich sagen kannst?«, drängte sie.

»Warum glauben alle, sie müssten ihr Territorium verteidigen?«

»Wie meinst du das?« Als der Groschen fiel, verdrehte sie die Augen.

»Du warst am Tatort. Natürlich warst du da.«

»Und deshalb ist heute dein Glückstag. Nur deshalb habe ich nämlich was für dich.«

»Das kannst du nicht bringen, John. War schon schlimm genug, als du noch im Dienst warst. Wie oft hab ich für dich lügen müssen ...«

»Hast du ein schlechtes Gewissen, Siobhan?« Er klang nicht frei von Mitgefühl.

»Spuck's einfach aus.«

»Würde ich ja, wenn ich nicht so einen trockenen Hals hätte. Liegt bestimmt an den Medikamenten.«

Sie fixierte ihn mit einem Blick, dann drehte sie sich um hundertachtzig Grad, Rebus folgte ihr, als sie die Innentür aufschloss.

»Immer noch alles beim Alten in Leith«, sagte er, als er ihr über die Treppe nach oben folgte.

»Meine Chefin ist gerade nicht da, verhalte dich trotzdem möglichst unauffällig, ja?«

»Deine Chefin ist …?«

»DCI Katherine Trask.«

»Kann nicht behaupten, dass ich den Namen kenne. Wo ist sie hin?«

»Zur Autopsie. Mit Fox. Danach wollten sie noch zur Staatsanwaltschaft und die dort auf den aktuellen Stand bringen.«

»Wobei wir für Fox' Abwesenheit wahrhaftig dankbar sind.« Rebus verstummte, als er merkte, dass Clarke an der Tür zum MIT-Büro vorbeigegangen war und ihn zu einem der beiden Vernehmungsräume führte. »Ist das dein Ernst?«, fragte er.

»Ist mein Ernst«, bestätigte sie und schob ihn hinein. »Vergiss nicht, dass du schon eine ganze Weile nicht mehr beim CID bist.«

»Wahrscheinlich hast du recht.« Er zog einen Stuhl heran und ließ sich darauf nieder. »Ist es okay, wenn ich meinen Mantel ausziehe?«

»Kein Problem.«

»Und der Tee?«

»Ich dachte, das war nur ein Trick?« Sie sah Rebus einen Streifen Tabletten aus der Tasche ziehen. »Milch, kein Zucker?«, fragte sie.

»Wenn's nicht zu viel Mühe macht.« Er sah müde aus, klang auch so und ließ die Schultern hängen.

»Bin gleich wieder da.«

Rebus nickte langsam und hielt die Tabletten mit beiden Händen. Kaum war sie draußen, zählte er bis fünf, zog die Tür auf und spähte den Gang entlang. Clarke marschierte mit dem leeren Wasserkocher aus dem MIT-Büro zu den Toiletten. Er steckte die Medikamente wieder ein, schnappte sich seine Jacke und entwischte aus dem Vernehmungsraum.

»Da ist ja wieder die ganze Gang versammelt«, sagte er beim Eintreten in das MIT-Büro. »Christine, George, Tess …«

»Was für eine Überraschung, John«, sagte Esson und winkte ihm von ihrem Schreibtisch zu. »Wir haben uns schon gefragt, wer der geheimnisvolle Besucher ist.«

»Wer fehlt?«, fragte Rebus und zeigte auf die unbesetzten Arbeitsplätze.

»Zwei junge Typen namens King und Ritchie«, erwiderte Tess Leighton. »Die sind in Howdenhall. Die Chefin ist mit DI Fox ins …«

»Leichenschauhaus«, sagte Rebus und nickte. »Gibt sich Professor Quant die Ehre?«

»Seid ihr noch zusammen?«, fragte George Gamble und grinste anzüglich.

Rebus konzentrierte sich auf Leighton. »Wie sieht's aus mit dir und Fox?«

Sie schüttelte den Kopf, Farbe stieg ihren Hals hinauf.

»Sei froh, dass du ihn los bist«, sagte Rebus. »Ich sehe, die Diät hat funktioniert, George.«

Gamble fuhr mit beiden Händen über seinen aufgeblähten Bauch. »Hab halt einen gesunden Appetit. *Du* hast aber wirklich abgenommen. Wird doch nicht Krebs sein?«

»Deine Besorgnis rührt mich.«

Rebus hatte sich während des Gesprächs im Raum umgesehen, insgeheim Akten auf den Tischen, Notizen und Fotos registriert, die nach und nach an die Wand gepinnt worden waren.

»Gibt's ein Foto vom Opfer am Tatort?«, fragte er.

»Meinst du, Siobhan wäre einverstanden, wenn wir dir eins zeigen?«, gab Esson die Frage zurück.

»Wem was zeigen?«, fragte Clarke, als sie mit dem vollen Wasserkocher zurückkam. Sie erstarrte, und ein gedehntes Knurren sammelte sich in ihrer Kehle, als sie Rebus sah.

»Das ganze Team soll hören, was ich zu sagen habe«, erklärte Rebus. »Aber vorher muss ich das Gesicht des Opfers sehen.«

»Aus welchem Grund?«

Jetzt stand er an ihrem Schreibtisch, betrachtete ihren Computerbildschirm. Sie schaltete den Wasserkocher ein, schob Rebus beiseite und ließ sich auf ihrem Stuhl nieder. Rebus durchquerte den Raum und machte es sich an einem Schreibtisch neben einer geschlossenen Tür bequem.

»Ist das Trasks Büro?«, spekulierte er. »Dann ist das hier wohl Fox' Wirkungsbereich?«

»Wie hast du das nur erraten?«, wollte Leighton wissen.

»Malky sitzt am liebsten so dicht wie's geht am Arsch seiner Vorgesetzten.«

»Milch, kein Zucker?«, fragte Esson und hantierte mit Bechern und Teebeuteln.

»Dein Gedächtnis ist topp«, erwiderte Rebus.

Ein Telefon klingelte, und Leighton ging dran.

»DS Leighton.« Sie lauschte einen Augenblick, dann verdrehte sie die Augen. »Bitte wenden Sie sich an unsere Presseabteilung. Es wird heute noch eine Pressekonferenz geben. Wenn Sie auf der Liste stehen, dürfen Sie gerne daran teilnehmen.« Sie legte auf. »Wieder so ein verfluchter Amateur-Journalist«, schimpfte sie. »Inzwischen hält sich jeder mit einem Laptop für Woodward und Bernstein.«

»Daran sieht man, wie alt du bist, Tess«, sagte Rebus.

»Zwei Worte, John – Robert und Redford.«

»Selbst richtige Journalisten – sofern es sie noch gibt – lassen sich von Gerüchten leiten«, sagte Esson und beschäftigte sich weiter mit der Teezubereitung. »Online gibt's ein oder zwei Stimmen, die den Standpunkt vertreten, Polizisten wie die Kollegen in Tynecastle würden wenigstens ihren Job machen, also wo ist eigentlich das Problem?«

»Du warst der Vorreiter, John«, sagte Gamble schmunzelnd.

»Warum vertreibst du uns nicht die Zeit mit einer Geschichte, solange der Tee zieht und wir warten«, schaltete sich Clarke mit steinerner Stimme an Rebus gewandt ein.

»Wenn du darauf bestehst.« Rebus beugte sich vor, die Ellbogen auf den Schreibtisch gestützt. »Zufällig habe ich gestern unseren alten Freund Morris Gerald Cafferty besucht und einen Brief gesehen, den jemand an ihn geschickt hatte. Eigentlich war's eher ein Foto, ein Schreiben war nicht dabei. Aber es kam in einem Umschlag mit Logo an, der Absender links oben in der Ecke war MGC Lettings.«

»Caffertys alte Firma«, sagte Clarke.

Rebus nickte. »Das Foto sah aus wie mit dem Handy aufgenommen. Es zeigte das Profil eines Mannes. Er stand in einem Raum vor einer Wand mit relativ auffälliger Tapete. Derselben, die ich am Tatort gesehen habe.«

»Du warst am Tatort?«, fragte Leighton.

»Lass uns gar nicht erst anfangen«, ermahnte Clarke sie. Dann zu Rebus: »Willst du sagen, auf dem Foto war Francis Haggard?«

»Ich bin nicht sicher, Siobhan. Du hast ihn in letzter Zeit gesehen, ich nicht.«

Clarke verstand die Anspielung und winkte ihn zu sich. Esson reichte ihm einen Becher Tee, während Leighton zwei weitere holte, einen für sich und einen für Gamble. Auf Clarkes

Bildschirm war ein Foto vom Tatort zu sehen. Rebus sah es kurz über ihre Schulter hinweg, schließlich fand sie eins nur vom Opfer und zoomte auf das Gesicht. Rebus betrachtete es, obwohl das eigentlich schon nicht mehr nötig war.

»Okay, jetzt bin ich sehr sicher«, sagte er.

»Warum bekam Cafferty ein Foto von Francis Haggard geschickt?«, fragte Esson.

»Und *wer* hat es ihm geschickt?«, ergänzte Leighton.

»Wären doch nur Detectives unter den Anwesenden, die diese hervorragenden Fragen zu beantworten wüssten«, sagte Rebus, nahm einen kräftigen Schluck Tee und verzog sich wieder an Fox' Schreibtisch.

»Was wolltest du bei Cafferty?«, fragte Esson.

»Ich hole seine Rente von der Post und bringe sie ihm.«

»Jetzt wirklich?«, beharrte sie.

Rebus sah zu Clarke, die sich nicht im Geringsten darüber zu wundern schien, und zuckte nur mit den Schultern.

»Weiß Cafferty, dass du das weißt?«, fragte sie.

»Könnte mir beiläufig herausgerutscht sein«, gestand Rebus.

»Womit jedes Überraschungsmoment futsch ist.« Sie hielt inne. »Er war das, oder? Cafferty hat dich auf Jack Oram angesetzt?«

»Der laut Cafferty bei QC Lettings gesehen wurde, wo zufällig sein Sohn arbeitet«, sagte Rebus.

»Moment mal«, schaltete Gamble sich ein. »Den Namen kenne ich – den hat Cafferty doch schon vor vier oder fünf Jahren über die Klinge springen lassen.«

»Wie sich herausstellt, stimmte das nicht«, klärte Rebus ihn auf. »Vor drei Wochen hat Jack Oram noch hier in Edinburgh gelebt. Übrigens hat ein gewisser Fraser Mackenzie, dem QC Lettings gehört, vorhin versucht, an der Absperrung vorbeizukommen, um sich seine Immobilie anzusehen. Haggard hatte eine der besten Wohnungen gemietet, die die Firma im Angebot hat.«

»Ganz schön viel Stoff zum Nachdenken«, fasste George Gamble zusammen und trommelte mit den Fingern auf seinem Bauch.

Clarke las eine Nachricht, die sie gerade erhalten hatte. »Die sind auf dem Rückweg von der Staatsanwaltschaft«, rief sie in den Raum und fixierte Rebus.

»Wird wohl Zeit, dass ich mich verdünnisiere, hm?«, sagte er. »Danke für den Tee, Christine. Üb weiter.« Er erhob sich, Clarke folgte ihm nach draußen.

»Was meinst du, hat das alles zu bedeuten?«, fragte sie ihn, als sie außer Hörweite waren. Er spitzte die Lippen und schüttelte den Kopf. »Jack Oram«, beharrte sie. »Was genau will Cafferty von ihm?«

»Ich dachte, ich hätte eine ungefähre Vorstellung, aber jetzt bin ich mir nicht mehr so sicher«, räumte Rebus ein.

»Was hast du denn gedacht?«

»Er hat behauptet, er will sich dafür entschuldigen, dass er ihm das Leben zur Hölle gemacht hat.«

»Klingt nicht nach Cafferty.«

»Wohl nur pro forma, damit er dem heiligen Petrus weismachen kann, er hat's versucht.«

»Das ist die Version, die er dir verkaufen will – nimmst du sie ihm ab?«

»Ich denke, da steckt mehr dahinter.«

»Also bleibst du dran, weil du Oram finden willst oder weil du herausbekommen willst, warum Cafferty dich mit der Suche beauftragt hat?«

»Du bist gar nicht so doof, wie du aussiehst.«

»Ich hab meine lichten Momente. Über den Sohn gibt es also eine Verbindung zwischen Jack Oram und QC Lettings – und deshalb sollte ich ihn überprüfen?«

»So ungefähr.«

»Wie passt Francis Haggard dazu?«

»Im Moment bin ich gar nicht sicher, dass er's tut.«

Sie blieb direkt vor ihm stehen. »Du weißt, was ich als Nächstes sagen werde?«

»Dass ich den Profis die Arbeit überlassen und mich nicht einmischen soll? Und nicht in Wespennestern herumstochern?«

»Ich wusste, dass ich's mir sparen kann, genauso wie ich weiß, dass du dich sowieso nicht daran halten wirst. Aber John – sei vorsichtig, ja?«

»Was glaubst du wohl, wie ich's geschafft habe, so alt zu werden?«

»Manchmal denke ich, das war pures Glück.« Sie kramte ihr Handy aus der Tasche, öffnete etwas auf dem Display und hielt es ihm hin. »Gestern Abend aufgenommen, vor einer Bar in Fountainbridge. Das ist ein Grund, warum wir bei so vielen Personen anklopfen. Ich nehme an, du kennst beide Gesichter.«

»Allerdings«, sagte Rebus und überflog den Absatz daneben. »Lass uns nachher noch was trinken gehen, wenn du Zeit hast.«

»Das hat alles Grenzen, John, vergiss das nicht. Ich bin im Polizeidienst, du nicht.«

»Keine Ahnung, warum alle immer glauben, mir das sagen zu müssen.«

»Wirklich nicht?«

Er salutierte und ging zur Treppe.

Als Elizabeth Mackenzie in ihre Straße in Cramond abbog, griff sie in den Hohlraum unter der Mittelkonsole und tastete nach der kleinen schwarzen Fernbedienung, mit der sie das Tor öffnen wollte. Als sie wieder aufblickte, parkte jedoch ein Wagen quer vor der Einfahrt und versperrte ihr den Weg. Sie hütete sich, ihren Wagen zu verlassen, sah stattdessen einen großen jungen Mann auf der Fahrerseite des anderen Autos aussteigen. Vom Gebaren und der legeren Kleidung her wirkte er nicht bedrohlich und kam auf sie zu, als wäre es das Natürlichste der Welt, ihr hier auf diese Weise zu begegnen. Er beugte sich runter, so dass sich sein Gesicht auf ihrer Höhe befand, und versuchte, die Tür zu öffnen, doch sie hatte sie bereits verriegelt. Daraufhin signalisierte er ihr, sie möge das Fenster herunterlassen, und schließlich öffnete sie es einige wenige Zentimeter, aber auf keinen Fall so weit, dass er einen Arm hätte hindurchstecken und sie packen können.

»Mrs Mackenzie?«, erkundigte er sich höflich.

»Was wollen Sie?«

»Mr Cafferty würde sich gerne mit Ihnen unterhalten.«

Sie entspannte sich ein bisschen. »Das kann er gerne. Ich weiß nur nicht, ob er hören will, was ich zu sagen habe.«

»Sie werden verstehen, dass er nicht mehr so gut zu Fuß ist wie früher, deshalb habe ich ihm versprochen, Sie zu ihm zu bringen.«

»Und wie wollen Sie das anstellen?«

»Indem ich Sie höflich bitte?« Das Lächeln verschwand aus seinem Gesicht. »Zumindest erst mal.«

Elizabeth Mackenzie verengte ihren Blick. »Jetzt weiß ich, wer Sie sind. Sie haben für Darryl Christie gearbeitet. Und als der verurteilt wurde, haben Sie sich an den Mann verkauft, den er gehasst hat.« Sie schob ihr Gesicht dichter an die Scheibe. »Weiß Darryl, dass Sie zu Cafferty übergelaufen sind? Ich habe gehört, für einen, der sein Leben hinter Gittern verbringt, ist er recht gut informiert. Andy – so heißen Sie doch, oder?«

»Andrew«, korrigierte er sie.

»Weil Sie inzwischen total erwachsen geworden sind?« Sie verzog ihren Lippenstiftmund zur Schnute.

»Mr Cafferty benötigt nur fünf Minuten Ihrer Zeit«, beharrte Andrew.

»Dann sagen Sie ihm, er soll mich anrufen.«

»Ein Treffen ist ihm lieber.«

»Fahren Sie die Schrottlaube jetzt weg oder nicht?« Sie gestikulierte in Richtung des Wagens, der das Tor blockierte.

»Erst wenn Sie auf dem Beifahrersitz Platz genommen haben.«

»Dann wird das hier wohl noch eine Weile dauern.« Sie hörte ein Fahrzeug näher kommen und schaute in ihren Rückspiegel. »Oder vielleicht auch nicht«, sagte sie lächelnd.

Hinter ihr hielt ein Range Rover, ihre Tochter stieg auf der Beifahrerseite aus. Wenige Sekunden später tauchte auch der Fahrer mit breiten Schultern und rasiertem Schädel auf. Er musterte den Mann vor sich wie ein Raubtier seine Beute, als bliebe ihm keine Schwäche verborgen.

»Was ist hier los?«, fragte Gaby Mackenzie. Sie war einen guten Kopf kleiner als der Mann, der sich jetzt vom Wagen ihrer Mutter entfernte, den Blick weiter auf ihren Begleiter gerichtet, der sich wiederum unendlich langsam auf diesen zubewegte, wobei er die Hände immer wieder zu Fäusten ballte und löste. Elizabeth Mackenzie entriegelte ihre Tür und stieg aus.

»Schon gut, C«, sagte sie, woraufhin der Glatzkopf innehielt. Alle drei sahen Andrew zu seinem Wagen zurückkehren und rückwärts auf der Straße wenden. Er raste davon, ohne sich noch einmal umzusehen.

»Mum?«, fragte Gaby mit gerunzelter Stirn.

»Schon gut«, erwiderte Elizabeth Mackenzie.

»Nein, ist es nicht.«

Sie fasste ihrer Tochter sachte an die Wange. »Lass uns das erst mal für uns behalten, ja? Das sagen wir deinem Vater lieber nicht.« Sie stieg wieder in den Wagen, drückte auf den Knopf und wartete, bis sich die Tore in Bewegung setzten.

»Den kenne ich«, sagte der Mann namens C zu Gaby Mackenzie und starrte ihm auf der Straße hinterher. »Den hab ich schon öfter gesehen.«

»Wer ist das?«

»Ich weiß es nicht.«

»Kannst du's rausfinden?« Sie sah ihn eindringlich an, während er langsam nickte.

»Gut«, sagte sie, ging zum Wagen und stieg ein.

Rebus hatte den Saab auf dem Parkplatz vom Leichenschauhaus zwischen zwei anonymen grauen Transportern geparkt. Die Mitarbeiter scherzten häufig, das Gebäude befände sich mitten im toten Zentrum von Edinburgh, womit sie nicht ganz unrecht hatten. Cowgate war zentral gelegen und trotzdem leicht zu übersehen, eine Art Schlucht, sowohl die South Bridge wie auch die George IV führten darüber, und das Leichenschauhaus dort war ein anonymer, von Clubs und Pubs flankierter, moderner Betonklotz. Niemand, der hier spät in der Nacht aus einem der Etablissements torkelte, ahnte, in welch unmittelbarer Nähe Leichen gekühlt wurden. Je älter Rebus wurde, umso weniger hielt er sich gerne hier auf. Gerade als er dachte, vielleicht doch reingehen zu müssen, öffnete sich die

Tür für Mitarbeiter und Deborah Quant kramte in ihrer Tasche nach dem Schlüssel für ihren Lexus.

Bingo.

»Na so was, dass ich dich hier treffe«, sagte er und stieg aus dem Wagen. Seit ihrer letzten Begegnung auf einen Drink in einer Wine Bar, wo sie ihm erklärt hatte, es gäbe noch einen anderen in ihrem Leben, hatte sie sich die roten Haare kurz geschnitten. »Steht dir«, sagte er und nickte ihr zu.

»Neustart in jeder Hinsicht«, erwiderte sie und sah auf ihrem Handy nach der Uhrzeit. »Ich muss noch unterrichten, John.«

»Dann komme ich zum Punkt: Ich vermisse dich.« Er hielt inne. »Und ich frage mich, was die Autopsie an Francis Haggard ergeben hat.«

Sie starrte ihn schweigend an, während Autofahrer über die Cowgate krochen, nur um gleich festzustellen, dass der Zugang zum Grassmarket gesperrt war, damit Richard Branson ein neues Hotel bauen konnte.

»Du bist unglaublich«, stellte sie schließlich fest. »Wie viele Jahre bist du jetzt schon nicht mehr im Dienst?«

»Inzwischen bin ich Privatdetektiv.«

»Privatdetektiv?« Sie verkniff sich ein Grinsen. »Für wen arbeitest du? Für die Witwe?« Er schüttelte den Kopf. »Du weißt, dass ich dir nichts verraten darf, John. Das wäre unprofessionell.«

»Ich weiß, dass er erstochen wurde, die Todesursache steht also fest, aber hat sich sonst noch was ergeben? Hat er sich verteidigt? Gab es Blutergüsse? War er überhaupt bei Bewusstsein, als es passiert ist?«

Sie brauchte einen Augenblick, um sich dazu durchzuringen, ihm einen Brocken zum Fraß vorzuwerfen. »Er hatte sehr viel Alkohol im Blut, hauptsächlich Lager und Tequila. Soweit ich weiß, wurden in der Wohnung keine leeren Dosen oder Bierflaschen gefunden. Da war eine Tequilaflasche, aber die war fast leer, darauf waren keine anderen Fingerabdrücke außer denen des Opfers. Aber er war nicht ganz kulturlos – sowohl in seinem Magen wie auch im Kühlschrank haben wir Orangensaft gefunden.«

»Dann hat er das Bier also woanders getrunken? In einem Pub vielleicht?«

»Oder bei einem Freund oder einer Freundin. Er hatte allerdings den ganzen Tag nichts gegessen.«

»Gar nichts?«

Quant schüttelte den Kopf. »Außerdem hatte er Drogen im Blut – Kokain und Haschisch.«

»Was hältst du von den Stichwunden?«

»Werd nicht unverschämt, John.« Sie öffnete die Wagentür und warf ihre Handtasche hinein.

»Ich mein's ernst, weißt du? Ich vermisse dich wirklich.«

»Wir telefonieren ja noch.«

»Aber nur damit du dir einreden kannst, ich wäre noch nicht bereit, um hierher abtransportiert zu werden.«

»Würde mich freuen, wenn es so bliebe. Wiedersehen, John.« Sie beugte sich zu ihm vor, drückte ihm ein Küsschen auf die Wange.

»Wiedersehen, Debs«, sagte er und sah sie rückwärts aus der Parklücke stoßen und davonfahren.

15

Driscoll and Agnew kannten den Kollegen am Absperrband. Auf dem Gehweg gegenüber hatten sich ein paar Gaffer eingefunden, und Driscoll bedachte jeden einzelnen mit einem durchdringend scharfen Blick, als wollte er sich das Gesicht einprägen. Niemand versuchte, Fotos zu schießen. Besser so, sonst hätte er sich auf denjenigen gestürzt. Der Streifenpolizist, der Wache stand, zückte sein Klemmbrett mit der Liste der Besucher. Agnew pflanzte seine fleischige Pranke darauf.

»Das muss uns nicht scheren«, sagte er.

»Ist aber Vorschrift«, brachte der Beamte heraus.

»Trotzdem unnötig, okay?«

Driscoll nahm dem Beamten das Klemmbrett aus der Hand und las die Namen. »Ist jetzt gerade jemand drin?«, erkundigte er sich und erhielt ein Kopfschütteln als Antwort. »Wie sieht es mit der Wohnung aus – ist sie abgeschlossen?«

Der Beamte kramte Schlüssel aus der Tasche und übergab sie.

»Gut gemacht«, sagte Driscoll. »Welches ist deine Stammkneipe?«

»The Starbank.«

»Schöner Laden. Wenn du das nächste Mal hingehst, haben die ein paar Bier für dich. Bist eingeladen.« Er wandte sich ab, hielt dann aber inne. »Das Starbanks ist nicht weit von dort, wo Francis gewohnt hat – war er auch manchmal da?«

»Nicht dass ich wüsste.«

»Gut«, sagte Driscoll und speicherte die Information ab. Er ging zur Haustür des Wohnhauses, schloss auf und ließ Agnew zuerst eintreten.

»Was machen wir hier nochmal?«, fragte Agnew mit gesenkter Stimme.

»Sag bloß, das interessiert dich nicht?«

»Kommt mir nur ein bisschen unheimlich vor.«

»Hast du Schiss, dass er plötzlich durch die Wand auf dich zugeflogen kommt und ›Buh‹ macht?«

Driscoll stieg die Treppe hinauf, Agnew war nur wenige Stufen hinter ihm. Bis sie Haggards Etage erreichten, waren beide außer Puste. Driscoll schloss die Wohnungstür auf und trat ein. »Hereinspaziert«, sagte er.

»Ist das so eine Art Bestrafung, Rob? Für Newhaven, meine ich?«

»Keine Angst, Chris.« Driscoll ging ins Wohnzimmer und starrte zu Boden. »Wir erweisen nur einem Kollegen die letzte Ehre.«

Er spürte, dass hier jemand gestorben war. Die gesamte Atmosphäre hatte sich verändert, auch draußen im Treppenhaus. Er vermutete, einige Eigentümer würden ihre Wohnungen demnächst verkaufen. Nachbarn freuten sich selten darüber, ihre Häuser in Zeitungsartikeln wiederzufinden. Im Zimmer war es eiskalt, die Heizung runtergedreht – wahrscheinlich war der Vermieter dafür verantwortlich, weil er unbedingt ein paar Pfund sparen wollte. Die Bodendielen knarzten unter Driscolls Gewicht, und er dachte an die Nachbarn unten. Ob sie was gehört hatten? Vielleicht, dass jemand zu Boden ging? Na ja, das war hier Edinburgh, wo niemand gerne Aufhebens um irgendetwas machte. Die Jalousie vor dem Fenster war heruntergelassen worden, wodurch der Raum noch düsterer wirkte. War sie in der Nacht, in der Francis starb, offen gewesen? Das Gebäude auf der anderen Straßenseite sah bewohnt aus, auch dort könnten potentielle Zeugen zu finden sein. Er hatte sich bislang noch nicht die Mühe gemacht, Einsicht in die Protokolle zu bekommen, weil er wusste, wie das beim MIT aussehen würde, wenn er dahingehend tätig wurde.

Natürlich würde man zu gegebener Zeit auch die Kollegen von der Crew vernehmen, sie mussten ihre Versionen davor noch aufeinander abstimmen.

Sein Handy vibrierte, er hob es ans Ohr.

»Ich muss drangehen«, sagte er, ging raus auf den Treppenabsatz. »Bleib du hier, vielleicht sagst du ein paar Worte.«

»Zum Beispiel?«

Driscoll machte die Tür hinter sich zu, presste sich das Handy ans Ohr und ging eine halbe Treppe tiefer. Er stellte sich so hin, dass er es mitbekommen würde, wenn Agnew aus der Wohnung kam.

»Was gibt's, Alan?«, fragte er.

»Das wüsste ich gerne von dir, mein Lieber. Was zum Teufel hast du da gemacht?«

»Nichts, verdammte Scheiße. Und du?«

»Pass auf, dass du dich nicht im Ton vergreifst, Rob. Ich war's nicht, an den Francis kurz vor seinem Ableben noch eine Nachricht geschickt hat – meinst du, die vom MIT gehen dem nicht nach?«

»Ich hab alles gelöscht, wie du gesagt hast.«

»Nur weil du's nicht mehr auf dem Handy hast, heißt das ja nicht, dass es nicht bei Francis auftaucht. Wir brauchen noch eine Lagebesprechung.«

»Nachdem über die letzte gleich im Netz berichtet wurde?«

»Wenn ich denjenigen in die Finger bekomme, der das war …« Driscoll hörte Fleck geräuschvoll ausatmen.

»Lass uns nochmal einen Tag länger warten, mal sehen, ob sie bei uns anklopfen.«

»Die werden bei euch anklopfen.«

»Nicht bei ›euch‹, Alan, bei *uns*. Das musst du begreifen.«

»Deshalb brauchen wir ja eine Besprechung. Muss aber an einem neuen Ort stattfinden.«

»Warum? Ich dachte, die Katze ist sowieso aus dem Sack. Noch ein Foto wäre keine Neuigkeit mehr. Außerdem haben wir nichts zu verbergen, oder?«

»Ich nicht, das weiß ich.«

»Anders als der anonyme Blogger.«

»Können wir rauskriegen, wer das ist?«

»Ich arbeite dran.«

Fleck schien sich zu beruhigen. »Bist du bei der Arbeit?«

»Im Büro, ja.« Driscoll vergewisserte sich, dass Agnew noch außer Hörweite war.

»Dann treffen wir uns morgen?«

»Gleiche Zeit, gleicher Ort. Vielleicht schicke ich dem *Courant* eine Einladung. Stell ihm eine Falle, dann wissen wir, wer's ist.«

»Nicht die schlechteste Idee, die du je hattest.«

»Als ob du das beurteilen könntest.« Driscoll gelang der Anflug eines Lächelns. Unten ertönte der Türsummer, offenbar hatte jemand im Haus für eine andere Person draußen den Öffner betätigt. Die Tür ging knackend auf, dann fiel sie geräuschvoll ins Schloss.

»Bist du sicher …«

Driscoll beendete das Gespräch und lauschte, als schwere Schritte die Stufen hinaufkamen. Auf dem Geländer sah er die

Hand eines Mannes, aber sonst nichts, bis Malcolm Fox den Absatz darunter erreichte. Als er Driscoll entdeckte, nickte er kurz.

»Schon komisch«, sagte er, stieg dabei weiter die Treppe hinauf. »Der Kollege draußen hatte Sie gar nicht auf seiner Liste. Und einen Schlüssel hat er auch nicht mehr, obwohl er eigentlich einen haben müsste. Er musste bei einem Nachbarn klingeln, damit der mich reinlässt. Erinnern Sie sich noch an mich, Rob?«

»Leider.«

Fox war ein paar Stufen unterhalb von Driscoll stehen geblieben. »Ich würde ja fragen, was Sie hier machen, aber Sie würden mir ja doch nur irgendeinen Blödsinn auftischen. Außerdem wissen wir's ja beide.«

»Was Sie nicht sagen …«

»Also, ich an Ihrer Stelle würde mir ja wahrscheinlich schon Sorgen machen.«

»Sie arbeiten doch gar nicht mehr bei Complaints.«

»Bin die Karriereleiter raufgefallen zum SCD und wurde jetzt den Ermittlungen im Fall Francis Haggard zugeteilt – warum, muss ich Ihnen wohl nicht erklären.« Fox stieg eine Stufe höher. »Polizeikorruption, Rob. Das wirft einen Schatten auf uns alle. Die große Mehrheit der Kollegen möchte, dass ausgemistet wird, auch wenn sie vielleicht Angst haben, es laut zu sagen. Deshalb stehe ich jetzt hier mit Schippe und Eimer. Aber die Sache ist die – meine Vorgesetzten denken, dass Ihr Kumpel umgebracht wurde, weil er uns etwas verraten wollte. Und dadurch gerät die gesamte Station unter Verdacht. Skandale müssen sorgfältig gehandhabt werden – und das ist meine Aufgabe hier.«

Weiter oben öffnete sich eine Tür, Chris Agnew schaute nach unten.

»Kommen Sie doch zu uns«, rief Fox ihm zu, dann wandte er sich wieder an Driscoll. »Die ganze Scheiße wird in meinem Eimer landen, Rob – vielleicht nicht restlos alles, aber genug, so dass meine Chefs zufrieden sind. Und es könnte auch Beamte wie Sie beide treffen«, er zeigte auf Agnew, der jetzt hinter Driscolls Schulter stand, »kann auch eine frühere Generation erwischen. Ehrlich gesagt, ich bin nicht wählerisch, aber Sie sollten vielleicht vorsichtig sein. Eine kleine Unterhaltung zwischen uns und Ihr Gewissen wäre rein. Wenn Sie wollen, ich bin telefonisch zu erreichen. Jetzt mache ich mich nur noch kurz mit dem Tatort vertraut. Wenn Sie mir also die Schlüssel aushändigen würden, ich schließe dann später ab.« Er streckte die Hand aus, und Driscoll ließ die Schlüssel in seine Hand fallen.

»In Tynie gibt's keine Verräter«, behauptete Driscoll mit vorgeschobenem Unterkiefer. Fox zwängte sich an ihm und Agnew vorbei.

»Herzliches Beileid, übrigens«, sagte er.

Sie sahen die Wohnungstür hinter ihm ins Schloss fallen.

»Noch mehr Ärger?«, wollte Chris Agnew wissen.

»Noch mehr Ärger«, pflichtete ihm Rob Driscoll wohl oder übel bei.

Auf den Meadows war es fast dunkel, besonders abseits der Laternen, die die verschiedenen Fußwege säumten. Als Brillo auf eine dunkle Gestalt zustürmte, brauchte Rebus ein paar Sekunden, bis er begriff, dass es Siobhan Clarke war.

»Ich hab's bei dir zu Hause versucht«, sagte sie. »Früher wäre ich danach erst mal in die Oxford Bar gegangen.«

»Mit einem Hund kann man sich sein gesamtes soziales Leben ruinieren.« Rebus sah, wie Siobhan Brillo den Rücken kraulte. »Aber mit dem CID ja auch.«

»Ich hoffe, wir bleiben außerhalb der Arbeit Freunde«, sagte Clarke. »Aber jetzt muss ich professionell werden, sonst bin ich gar nichts.«

»Das verstehe ich. Tut mir leid, dass ich mich einfach so ins Büro des MIT geschlichen habe.«

»Glaube ich dir nicht.«

»Stimmt auch nicht«, bestätigte Rebus.

Clarke holte tief Luft und stieß sie wieder aus. »Fox hat eine Liste aller Personen angelegt, die gewusst haben könnten, wo sich Francis Haggard versteckt.«

»Das ist dann wahrscheinlich auch wieder ein Zirkel, der um meinen Namen kreist. Andererseits hat Fox es ja auch gewusst – haben wir eine Ahnung, wie's dazu kam?«

»Als Haggard sich beim ACC gemeldet hat, musste er seine Adresse angeben.«

Rebus nickte. »Das Maklerbüro steht natürlich auch auf der Liste. Ich frage mich, wer sonst.«

»Wir werden all dem nachgehen, John.«

»Ist die Mordwaffe schon aufgetaucht?«

»Die Teams waren heute den ganzen Tag unterwegs – die sind die Constitution Street rauf und runter, außerdem waren sie in Leith Links. Die Baufirmen, die die Straßen aufgerissen haben, sagen ihren Arbeitern Bescheid, dass sie darauf achten sollen.«

»Hat die Obduktion was ergeben?«

»Er hat ordentlich getrunken, aber nichts gegessen.«

»Und jede Menge Vitamin C im System.«

Sie bedachte ihn mit einem Blick. »Hätte ich mir ja denken können, dass du direkt zu Deborah Quant rennst.«

»Die hat genauso rumgedruckst wie du. Er hat noch woanders getrunken – in einem Pub oder bei einem Kumpel.«

»Ich habe nicht den Eindruck, dass er außerhalb der Polizei viele Freunde hatte.«

»Und ich würde stark bezweifeln, dass er bei der Crew willkommen gewesen wäre. Eher unwahrscheinlich, dass er in einem Pub oder einem Club war.«

»Wir werden uns umhören.«

»Was ist mit seinem Handy und seinem Computer?«

»Die Ergebnisse wurden uns für morgen versprochen. Ich hab übrigens Cafferty angerufen. Deshalb bin ich hier.«

»Und?«

»Er streitet ab, jemals ein Foto oder dergleichen bekommen zu haben, und vermutet, dass du unter beginnender Demenz leidest. Außerdem behauptet er, dich seit Wochen nicht gesehen zu haben, was sein persönlicher Assistent gerne bestätigen wird.«

»So eine Überraschung.«

»Für QC Lettings schien er allerdings nicht viel übrig zu haben. Er glaubt, die würden allen und jedem was vermieten, sogar korrupten Polizisten. Und wenn besagte Mieter mal in Rückstand geraten, scheuen sie sich nicht davor, handgreiflich zu werden.«

»Als hätte Cafferty es selbst zu seiner Zeit nicht genauso gehalten.«

»Hat mir aber zu denken gegeben, deshalb habe ich ein bisschen nachgeforscht. Wie sich herausstellt, war er mal eine Weile mit Mrs Mackenzie zusammen, bevor ihr aktueller Ehemann sie ihm weggeschnappt hat.«

Rebus legte den Kopf in den Nacken und blickte gen Himmel. »Dachte ich's mir doch, dass ich die von irgendwoher kenne. Sie hing an Caffertys Arm.«

»Das ist über zwanzig Jahre her, könnte aber den Groll erklären.«

Rebus dachte kurz nach. Er wusste, warum Clarke hin und wieder bei ihm auftauchte: Sie brauchte einen Resonanzboden für ihre eigenen Theorien und jemanden, dem auffallen würde, was sie bisher übersehen hatte. Dann warf sie ihm einen Brocken hin wie Elizabeth Mackenzie. »Wie macht sich denn DCI Trask?«, fragte er und füllte die Stille, während seine Synapsen die Arbeit aufnahmen.

»Bislang hab ich nichts zu meckern.«

»Du meinst, sie lässt sich nicht auf ungebührliche Weise von Malcolm Fox beeinflussen?«

»Eigentlich nicht, auch wenn sie wie eine Klette an ihm hängt. Ach übrigens, das hast du super gemacht.«

»Was?«

»Fox' Notizbuch – die versauten Zeichnungen, die du in sein Notizbuch gekritzelt hast, als du an seinem Schreibtisch gesessen hast. Er denkt natürlich, das war einer von uns. Und die Wahrheit können wir ihm nicht sagen, sonst müssten wir ja zugeben, dass wir dich ins MIT-Büro gelassen haben.«

»Oft sind es die kleinen Dinge, die einem großes Vergnügen bereiten, Siobhan. Hat sich schon jemand den Notruf angehört?«

»Eine Frauenstimme, ziemlich aufgeregt. Als sie danach gefragt wurde, wollte sie ihren Namen nicht nennen. Sie hat nur beschrieben, was sie gesehen hat, und dann die Adresse durchgegeben, dann hat sie aufgelegt.«

»Aber wurde die Nummer erfasst, von der aus sie angerufen hat?«

»Wir haben es versucht. Ist keiner drangegangen, aber eine Männerstimme hat den Anrufer aufgefordert, eine Nachricht zu hinterlassen. Name und Adresse bekommen wir noch raus, dauert aber.«

»Bislang klingt das alles wie aus dem Lehrbuch, Siobhan. Ich schätze, wir müssen die Witwe noch einmal vernehmen. Soweit wir wissen, sind ihre Schwester und sie die beiden Letzten, die ihn gesehen haben.«

»Ich habe die Stimme der Anruferin nicht erkannt, falls das deine Frage ist.«

Rebus nickte. »Benimmt sich die Presse?«

»Geht so. Online nerven sie. Heute Nachmittag gab's eine Pressekonferenz. Meine Chefin hat das gut gemacht.«

»Wann fängst du an, dir Haggards Kollegen persönlich vorzuknöpfen?«

»Wahrscheinlich morgen. Ich nehme an, du wirst deinen alten Kumpel Fleck vorwarnen?«

»Der weiß sowieso, was auf ihn zukommt.«

»Das wird nicht einfach verschwinden, John. Egal, was für Geschichten Haggard bei seiner Verhandlung auspacken wollte, sie kommen so oder so raus.«

»Nicht unbedingt. Manche Leute nehmen ihre Geheimnisse auch mit ins Grab.« Er blieb stehen und nahm Brillo an die Leine. »Kommst du noch mit auf einen Tee?«

Sie schüttelte den Kopf und stopfte die Hände in die Manteltaschen.

»Ich sollte zurück ins Büro. Vielleicht kann ich noch ein paar Stunden arbeiten.« Sie sah ihm fest in die Augen. »Bist du bereit für das, was da kommen mag, John?«

»Mir geht's wie Billy Joel, Siobhan – ich bin unschuldig, ein Innocent Man.«

»Haggard hat angedeutet, dass so einige von dieser Sorte unter seiner Aufsicht ins Gefängnis gewandert sind.«

»Unter *seiner* Aufsicht, Siobhan, nicht unter meiner. Hast du bei mir geparkt?«

»Mehr oder weniger.«

»Dann kannst du ja noch mit uns zurückgehen. Hier, du nimmst Brillo.«

»Wieso?«

»Detectives und Hunde wollen doch dasselbe, oder? Spuren verfolgen …«

Clarke stöhnte laut auf, musste aber unwillkürlich grinsen. Ihr kam es wie das erste Mal an diesem Tag vor, dass sie etwas aufrichtig lustig fand.

»Mr Cafferty befindet sich auf der Dachterrasse«, erklärte Andrew Rebus, als er diesem die Tür aufmachte. Rebus nickte, breitete demonstrativ Arme und Beine aus, aber Andrew schüttelte den Kopf. »Sie werden nicht länger als Bedrohung betrachtet.«

»Das solltet ihr euch nochmal überlegen«, erwiderte Rebus. Und dann: »Was wolltest du denn in der Constitution Street?«

»Wie meinen Sie das?«

Rebus zuckte mit den Schultern. »Ich dachte, ich hätte dich da gesehen. War bloß nicht sicher, ob du dich für Fraser Mackenzie oder für mich interessiert hast.«

»Ich habe nicht den blassesten Schimmer, wovon Sie reden.«

»Muss eine Verwechslung sein.« Rebus schaute seinem größeren Gegenüber in die Augen. »Aber wenn du es doch warst und nicht gesehen werden wolltest, dann musst du noch ein bisschen üben. Dasselbe gilt auch für die Nummer, die du mit deinem Chef gegenüber DI Clarke und ihrem Team abgezogen hast. Seit Wochen habt ihr mich nicht mehr gesehen, und ihr glaubt, ich sei senil? Ich denke, die Sicherheitskameras unten beim Pförtner zeigen was anderes. Wenn ihr schon bei Mordermittlungen lügen wollt, dann seht zu, dass die Geschichten wasserdicht sind. Nur ein kleiner Tipp.« Er klopfte Andrew auf die Schulter. »Und jetzt will ich zu dem alten Krüppel, bevor er sich noch in Jack Nicholson am Ende von *The Shining* verwandelt.«

Die Dachterrasse reichte über die gesamte Länge und Breite des Gebäudes, war von hüfthohen Glaspaneelen eingefasst. Der Zugang erfolgte über eine ebenfalls verglaste Treppe, die mit einem Treppenlift ausgestattet war.

»Mr Cafferty sagt, wenn Sie möchten, dürfen Sie ihn benutzen«, meinte Andrew, als sie an dem Lift vorbeikamen.

Rebus unternahm jeden Schritt mit umso mehr Entschlossenheit. Er klopfte seine Jackentaschen ab, um sich zu vergewissern, dass er seinen Inhalator dabeihatte, dann stieg er hoch aufs Dach, über das gerade ein nicht ganz ausgewachsener Sturm fegte. Ein paar moderne Skulpturen und unzählige Topfpflanzen standen hier, allerdings wirkten die Pflanzen leblos, abgeschlafft bis zum nächsten Frühjahr. Rebus geriet in Versuchung, es ihnen gleichzutun, zog stattdessen aber seinen Reißverschluss bis ans Kinn und schob seine Hände die Ärmel hinauf.

Cafferty saß in einem zusammenklappbaren Rollstuhl, nicht seinem elektrischen, in der Mitte. Rebus drehte sich einmal langsam um die eigene Achse, ringsum die Dächer der Stadt.

»Beeindruckend, oder?«, fragte Cafferty. Seine Hände steckten in Fausthandschuhen, die er auf die karierte Reisedecke auf seinen Beinen presste, damit sie nicht davonflog. Er trug eine schlichte braune Mütze auf dem Kopf und einen Schal in derselben Farbe um den Hals. Das einzige Licht leuchtete auf Bodenhöhe, so dass sein Gesicht größtenteils im Dunkeln blieb.

»Wie viele Tage im Jahr kommst du überhaupt hier rauf?«, erkundigte sich Rebus. »Ohne eine Unterkühlung fürchten zu müssen, meine ich.«

»Ich hab gesagt, dass es kein Bild gibt«, erklärte Cafferty, den Blick fest auf die Aussicht gen Osten gerichtet, auf die Universität und den dunklen Buckel, der Arthur's Seat war.

»Ich hab Andrew gerade schon erklärt, wie dumm das war.«

»Mag sein, aber ich behalte meine Angelegenheiten lieber für mich.«

»Dann bist du also dahintergekommen, was das Foto zu bedeuten hat?«

»Die Ermittlungen laufen noch, wie du sagen würdest.« Caffertys Blick wanderte kurz zu Andrew. Auch Rebus sah ihn an. Andrew hatte sich oben an der Treppe platziert. Er stand ein gutes Stück entfernt, aber Rebus vermutete, dass er jedes Wort mitverfolgte. Cafferty wandte sich wieder zu Rebus um. »Also, was bringt dich so in Rage, dass wir uns sehen müssen?«

»Abgesehen von meiner Verärgerung darüber, dass du behauptet hast, ich sei dement?«

»Altern ist ein grausamer Prozess, muss dir nicht peinlich sein, dass du manchmal was vergisst.«

»Ich hab tatsächlich was vergessen – aber jetzt ist es mir wieder eingefallen. Du warst mal mit Elizabeth Mackenzie zusammen.«

»Ungefähr fünf Minuten lang.«

»Ich glaube, ein bisschen länger ging das schon. Bis der kühne Fraser kam und es um sie geschehen war.«

»Ist lange her.«

»Zwanzig Jahre.«

»Kommst du jetzt endlich zum Punkt?«

»Die Immobilienagentur hast du ihm trotzdem verkauft.«

»Ich lasse niemals zu, dass das Private dem Geschäftlichen in die Quere kommt. Und ich verstehe nicht, was das mit dem kleinen Auftrag zu tun hat, den ich dir gegeben habe.«

»Nein? Obwohl du mich als Erstes zu QC Lettings geschickt hast?«

Rebus tat erneut, als würde er die Aussicht bewundern. »In so einer Stadt«, sagte er, »hängt ja doch immer alles irgendwie zusammen, ob man's sieht oder nicht. Du hattest was mit Elizabeth Mackenzie, ihre Tochter kennt den Sohn von Jack Oram, und Jack Oram hat Geschäfte mit dir gemacht.«

Cafferty starrte ihn an. »Wirst du Jack Oram suchen oder nicht? Mir kommt's vor, als würdest du deine Nase in alles Mögliche stecken, nur nicht da hinein.«

»Wenn er nicht wieder abgehauen ist, werde ich ihn finden. Sein Sohn glaubt das offenbar.« Er hielt inne. »Ich bin nur gar nicht sicher, ob ich ihn dir dann ausliefere.«

Cafferty streckte ihm eine geöffnete Hand entgegen. »Dann gib mir mein Geld zurück.«

»Wieso hast du das Foto geschickt bekommen, Cafferty? Und was wirst du unternehmen?« Er sah Cafferty den Kopf schütteln. »Ein Polizist wurde kaltblütig ermordet in einer Wohnung, die früher dir gehört hat – ein Foto des Opfers wird an dich geschickt, entweder um dich zu verhöhnen oder um dich auf seinen Aufenthaltsort aufmerksam zu machen. Einzelheiten werden keine genannt, aber die Tapete im Hintergrund würdest du ganz bestimmt wiedererkennen. Du hattest Dutzende, vielleicht sogar Hunderte von Wohnungen. Unwahrscheinlich, dass du dich noch an alle erinnerst, aber aus irgendeinem Grund ist jemand davon ausgegangen, dass du diese noch im Kopf hast. Und wie ist es mit Francis Haggard selbst? Sag nicht, dass ihr beiden euch damals nie begegnet seid, als du noch wöchentlich braune Papierumschläge in Tynecastle abgeliefert hast.«

Caffertys Miene versteinerte zusehends, er presste kurz die Zähne aufeinander, entspannte dann aber wieder so weit, dass er den Kopf drehen und Blickkontakt zu Andrew aufnehmen konnte.

»Geh mit diesem Drecksack hier runter – und behalt ihn im Auge, bis er aus der Tür ist. Dann schiebst du deinen Arsch schleunigst wieder zu mir hier rauf, ich will wieder rein und auftauen.«

Rebus starrte ihn noch einen Augenblick länger an, wusste aber, dass das Gespräch beendet war. »Das Geld kriegst du nicht wieder«, sagte er. »Und ich forsche weiter – nach den Antworten, die *mich* interessieren, nicht denen, auf die du es abgesehen hast.« Er spürte Andrew hinter sich. »Noch ein, zwei Stunden länger hier oben und du hättest der Welt einen großen Gefallen getan«, ergänzte er.

Statt zu antworten, nahm Andrew Rebus am Arm und führte ihn zur Treppe. Beim Durchqueren des Wohnzimmers machte Rebus sich los und sprang zu dem Tisch, den er drei Sekunden vor seinem Aufpasser erreichte. Dieser packte ihn jetzt noch fester am Arm und schob ihn zur Wohnungstür. Rebus ließ es zu. Er hatte gesehen, womit er gerechnet hatte.

Sowohl Foto wie auch Umschlag waren verschwunden.

Fünfter Tag

16

Als Clarke ins MIT-Büro kam, sah sie Trask an ihrem Tisch. Als diese Clarke entdeckte, kam sie energisch auf sie zu und zog sie zurück in den Gang.

»Sie sind zu spät.«

»Fünf Minuten vielleicht – ich war gestern Abend bis fast zehn Uhr hier.« Clarke begriff, dass sie auf die beiden Vernehmungszimmer zusteuerten. »Was ist los?«

»In meinem Büro ist kein Platz«, sagte Trask, zog die Tür zum Vernehmungsraum zwei auf, wo bereits zwei Männer saßen. Clarke erkannte Fox, den anderen nicht. Allerdings schienen sie aus demselben Holz geschnitzt. Sie wusste, wenn sie jemanden aus Gartcosh vor sich hatte. Der ihr unbekannte Mann stand auf und bot ihr seinen Stuhl an, da es nur drei in dem Raum gab. Trask winkte ab und gab Clarke mit einem Nicken zu verstehen, sie möge auf dem einzigen noch freien Stuhl Platz nehmen, während sie selbst stehen blieb.

»Ich bin Geoff Dickinson«, stellte der Mann sich Clarke vor. Er war Mitte vierzig, gut genährt, seine Haare waren graumeliert. Clarke fand, er sah aus wie ein leitender Angestellter oder ein Politiker.

»Von der Abteilung für Schwerverbrechen und organisierte Kriminalität.«

Clarke wünschte, sie hätte sich unterwegs noch schnell einen Kaffee geholt. Sie hatte fast zu tief geschlafen und fühlte sich bleischwer. »Da haben Sie zurzeit wohl einiges zu tun?«, fragte sie Dickinson.

»Hundertzwölf kriminelle Banden mit an die zweieinhalbtausend Mitgliedern sind aktuell in Schottland aktiv – was glauben Sie wohl?«

Ich glaube, dass Sie Ihren Sinn für Humor an der Garderobe abgegeben haben, sagte es aber nicht laut.

»Malcolm hat ACC Lyon bezüglich des Falls auf dem Laufenden gehalten, und sie hielt es für angebracht, Geoff zu unterrichten«, erklärte Trask, ohne darüber erfreut zu wirken.

»Worüber zu unterrichten …?«

Dickinson sah Clarke jetzt wieder direkt an, wobei ähnlich viel Wärme in seinem Blick lag wie in Deborah Quants Kühlschränken. »Mackenzie«, sagte er.

»Von QC Lettings?«

»Wie sich herausstellt«, sagte Trask und verschränkte die Arme, »vermietet Fraser Mackenzie nicht nur Wohnungen.«

»Er handelt mit Drogen«, ergänzte Fox, schon weil er auf keinen Fall ins Hintertreffen geraten wollte.

Dickinson neigte den Kopf seitlich. »Bislang liegen uns noch keine eindeutigen Beweise vor, aber wir kommen der Sache immer näher.«

Clarke tippte sich mit dem Daumen ans Kinn. »Ich vermute, durch Caffertys gesundheitliche Probleme ist ein Vakuum entstanden, das gefüllt werden musste. Ich habe gestern mit ihm gesprochen, und so wie es klang, ist er kein Fan von QC.«

»Worüber hast du mit ihm gesprochen?«, fragte Fox und setzte sich auf seinem Stuhl zurecht.

»Wir haben einen Hinweis bekommen«, improvisierte Clarke. »Cafferty hatte ein Foto geschickt bekommen, auf dem Francis Haggard zu sehen war.«

»Warum?«

Clarke zuckte mit den Schultern. »Es zeigt Haggard einige Zeit vor seinem Tod am Tatort.« Sie hielt inne. »Cafferty hat allerdings abgestritten, es überhaupt erhalten zu haben.«

»Aber Sie haben es gesehen?«, fragte Dickinson.

»Nein«, gestand Clarke.

Fox' Blick bohrte sich in ihren. »Von wem stammte der Hinweis?«

Clarke fokussierte ihre Aufmerksamkeit weiter auf den Besucher. »QC Lettings hat früher Cafferty gehört. Vermuten Sie, dass er auch sein Drogenimperium an Mackenzie veräußert hat?«

»Das ist nicht bewiesen.« Dickinson überprüfte die makellose Bügelfalte an seinem linken Hosenbein.

»Wird das Auswirkungen auf die Mordermittlungen haben?« Clarke sah Trask ratsuchend an. Trask wiederum sah zu Dickinson.

»Könnte durchaus sein, dass Sie im Zuge Ihrer Ermittlungen auf etwas stoßen. Wenn es so sein sollte, möchten wir davon in Kenntnis gesetzt werden. Wir haben in den vergangenen Monaten einiges an Informationen gesammelt und möchten das künftige Vorgehen nicht gefährdet sehen.«

Er spricht wie im Lehrbuch, dachte Clarke, schenkte ihm aber ihre volle Aufmerksamkeit.

»Es ist uns gelungen, mehrere große Lieferungen nach Großbritannien abzufangen«, fuhr Dickinson fort. »Durch den Brexit und die Corona-Bestimmungen ist es ohnehin enorm viel schwieriger geworden, Ware zu versenden. Was zu Engpässen geführt hat. Wir glauben, es steht eine große Lieferung vom europäischen Festland bevor, zum gegenwärtigen Zeitpunkt ist es aber schwierig, harte Drogen aufzutreiben.«

»Daher auch der plötzliche Anstieg antisozialen Verhaltens«, erklärte Trask und nickte. »Apotheken werden überfallen, Gewaltausbrüche auf der Royal Mile und andernorts …«

»Selbstverständlich«, sagte Dickinson und räusperte sich, »gibt es keinerlei Anzeichen dafür, dass Recht und Ordnung allgemein versagt hätten.«

»Falls uns jemand danach fragt, meinen Sie?«, erkundigte sich Clarke.

»Falls jemand fragt«, bestätigte er.

Sie dachte kurz nach. »Aber wie funktioniert Mackenzies Unternehmen?«

»Viele seiner Immobilien sind an ›beschädigte‹ Personen vermietet. Ich würde sagen, dadurch hat er bereits einen gewissen Markt erschlossen. Hauptsächlich geht es um Mephedron, MDMA und Speed – die üblichen ›Partydrogen‹ –, auch noch ein bisschen Crystal Meth.«

»Plus Koks und Haschisch?«, wollte Clarke wissen.

»Plus Koks und Haschisch«, stimmte Dickinson ihr zu.

»Wir wissen, dass Haggard beides konsumiert hat – macht ihn das zu einem von Mackenzies Kunden?«

»Das weiß ich nicht, interessant ist aber schon, dass sich ein Polizist ganz selbstverständlich an QC Lettings wendet, oder?«

»Und sofort eine der besten Immobilien angeboten bekommt«, ergänzte Fox und kassierte einen anerkennenden Blick von Dickinson.

»Ist das so?«, fragte er.

»Würde sich definitiv lohnen, mal nachzusehen, ob Haggard den gängigen Marktpreis gezahlt hat.«

»Wir wollen keine voreiligen Schlüsse ziehen«, fiel Trask ein. »Zurzeit wissen wir noch gar nicht, ob das Konsequenzen für unseren Fall haben wird.«

»Ich möchte außerdem darauf hinweisen, dass wir hier streng vertraulich sprechen«, ergänzte Dickinson. »Je weniger Personen wissen, dass wir Mackenzie im Visier haben, umso besser.«

»Aber bislang können Sie ihm keine Verbindung zur Polizeiwache Tynecastle und den Kollegen dort nachweisen, richtig?«, fragte Clarke. »Haggards Name ist dort nicht gefallen.«

Dickinson dachte einen Augenblick nach, dann schüttelte er den Kopf. »Aber da ist noch was. Ein gewisser James Pelham gehört zu Mackenzies ältesten Freunden.«

»Ich bin ihm begegnet«, erklärte Clarke. »Bis zu seiner Scheidung war er Francis Haggards Schwager.«

»Gegen ihn wurde wegen des Verdachts der Steuerhinterziehung ermittelt«, sagte Dickinson. »Er sagt, es habe sich lediglich um einen Buchhaltungsfehler gehandelt, aber ich wage zu behaupten, das Finanzamt wird nach Ablauf einer gewissen Frist eigene Ansichten dazu entwickeln. Was Mackenzie nicht davon abgehalten hat, in einige jüngere Projekte Pelhams zu investieren.«

»Sie meinen, er lässt sich sein Geld von Pelham waschen?«

»Mit sehr hoher Wahrscheinlichkeit.« Wieder strich er über seine Hose. »Vielen Dank, dass Sie sich aus Gartcosh herbemüht haben«, sagte Trask und setzte an, die Besprechung zu beenden. »Ich bin sicher, Malcolm wird Sie über die weiteren Entwicklungen auf dem Laufenden halten.« Fast klang es nach einem Vorwurf, wobei Fox aber gar nicht zuhörte, denn er war damit beschäftigt, Dickinson eifrig nickend zu versichern, dass er ihm nur allzu gerne behilflich sei. Clarke fragte sich derweil, ob es etwas zu bedeuten hatte, dass Dickinson ihre Frage über Tynecastle und Haggard stumm und kopfschüttelnd beantwortet, aber nicht ausdrücklich verneint hatte.

Als sie Vernehmungsraum zwei verließen, fiel Clarke auf, dass von irgendwoher aus dem Gebäude weitere Stühle aufgetaucht waren. Vor Vernehmungsraum eins saßen jetzt Stephanie Pelham und Gina Hendry. Letztere erklärte Trask und Fox, sie würde ihnen gleich berichten, sah dann aber Fox hinterher, der Dickinson die Treppe hinunter begleitete, ihn offenbar noch nicht gehen lassen wollte.

»Cheryl macht ihre Aussage«, erklärte Hendry und nickte in Richtung Vernehmungsraum. Stephanie Pelham wirkte blass und müde.

»Alles in Ordnung?«, fragte Clarke sie.

»Ist einfach ein Wahnsinnsschock.«

»Und Cheryl?«

Pelham blies die Wangen auf und stieß Luft aus.

»Cheryl tut ihr Bestes«, erwiderte Hendry. »Aber es wird Zeit brauchen.«

»Sie wissen, dass sie die Leiche identifizieren musste?«, fragte Pelham. »Ich bin mit ihr hin, hab dann aber gekniffen. Die Arme musste es ganz allein machen. Ich denke die ganze Zeit«, zitternd hob sich jetzt ihre Stimme, »vielleicht hätten wir ein bisschen … ich meine, wenn wir ihn hätten übernachten lassen, ihn beruhigt hätten …«

Hendry nahm eine ihrer Hände und drückte sie.

»Das ist nicht Ihre Schuld, Stephanie«, sagte Clarke leise. »Genauso wenig wie die von Cheryl.«

»Warum schleppen die uns dann hierher?«

»Das ist eine reine Formalität. Sie schaffen das, Sie beide zusammen. Gina passt auf.«

Hendry beugte sich leicht vor, neigte den Kopf, um Pelhams Aufmerksamkeit zu bekommen. »Sagen Sie DI Clarke, was Sie mir erzählt haben, Stephanie.«

»Ach, das war nichts.«

Hendry drehte sich zu Clarke um. »Vor ein paar Tagen haben wir uns bei einem Glas Wein über Stoffe und Inneneinrichtungen unterhalten, da hat Stephanie erwähnt, dass sie auch für QC Lettings gearbeitet hat. Das ist doch der Makler, von dem Francis die Wohnung gemietet hatte.«

»Ich habe mich nur um ein paar der gehobeneren Immobilien dort gekümmert«, präzisierte Pelham.

»Aber dann kennen Sie die Mackenzies?«, fragte Clarke und schaute dorthin, wo Dickinson und Fox gestanden hatten.

»Mein Ex und Fraser kennen sich schon seit Urzeiten«, räumte Pelham ein. »Wir sind zusammen essen gegangen, waren auf Partys und Wohltätigkeitsbällen – Sie kennen das ja.« Clarke nickte, nur damit sie weiterredete. »Beth hat mich ein bisschen an ihrem Haus arbeiten lassen. Das ist alles gut gelaufen, und dann kam sie auf die Idee, ein paar der Wohnungen aufzuwerten.«

»Darunter auch die, in der Francis …«

Sie schüttelte entschieden den Kopf. »Da hatte ich bereits woanders zu tun.«

»Francis kannte aber die Mackenzies, oder?«, drängte Clarke weiter.

»Ich denke schon, vom Sehen. Für Abendveranstaltungen war er aber eher nicht zu haben – auch nicht für Essenseinladungen, es sei denn, ein halbes Dutzend seiner Kumpels aus Tynecastle waren dabei. Cheryl war häufig allein gekommen – das waren die seltenen Gelegenheiten, zu denen er sie aus seinem Blickfeld ließ.« Pelham starrte auf die Tür des Vernehmungsraums. »Was machen die da drin?«

»Ich bin sicher, dass sich jemand kümmert«, sagte Clarke und gab Hendry Zeichen, sie müsse zurück an die Arbeit.

Hendry lächelte, während Pelham auf das dunkle Display ihres Handys starrte, das sie wie ein Gebetbuch mit beiden Händen umklammerte. »Wir haben übrigens Ihr anderes Handy gefunden«, teilte Clarke ihr mit. »Wir werden es Ihnen bald zurückgeben.«

»Du lieber Himmel, nein, danke«, sagte Pelham schaudernd. »Ich kann alles, was ich brauche, aus der Cloud runterladen.«

»Ich weiß, dass Sie gesagt haben, es sei mit Gesichtserkennung gesichert, aber ich nehme an, es gibt auch einen Ziffern-code.«

»Cheryls Geburtstag.« Pelham musterte Clarke. »Warum?«

»Wegen der Aufnahmen von dem Hausfriedensbruch«, erklärte Clarke. »Da muss anders als bei den Aufnahmen der Überwachungskameras doch auch eine Tonspur mit drauf sein.«

»Bedienen Sie sich.«

Clarke nickte knapp und ging den kurzen Weg zurück ins MIT-Büro. Als sie sich dort umsah, stellte sie fest, dass Tess Leighton und Christine Esson in Vernehmungsraum eins beordert worden waren.

»Nur noch Männer da drin, hm?«, sagte sie mit Blick durch die Tür, wo ihre Chefin am Schreibtisch saß und telefonierte. Jason Ritchie kochte Tee und winkte ihr mit einem Becher zu. Sie belohnte ihn mit einem hochgestreckten Daumen. Colin King telefonierte und fingerte gleichzeitig auf dem Trackpad seines Computers herum. George Gamble schlappte auf den gemeinschaftlich genutzten Drucker zu, fischte ein Blatt heraus und zog damit wedelnd zu Clarke an den Schreibtisch.

»Ich habe einen Namen und eine Adresse der Anruferin«, krächzte er. »Ist aber keine Frau.«

Clarke kombinierte, dass er von der Person sprach, die den Notruf abgesetzt hatte. Sie nahm ihm das Blatt ab.

»Kenneth Lloyd«, las sie vor. »Aus einer Wohnung auf der Canongate.« Sie sah Gamble an.

»Wahrscheinlich aus dem obersten Stock«, erwiderte er. Beim bloßen Gedanken an den Aufstieg traten Falten auf seine Stirn.

Malcolm Fox kam herein und wirkte sehr zufrieden mit sich, weil er ein bisschen private Zeit mit Dickinson ergattert hatte.

»Hier ist echte Polizeiarbeit für uns«, sagte Clarke und reichte ihm die Adresse, dann an Ritchie gewandt: »Meinen Tee trinke ich, wenn wir wieder da sind.«

Als Clarke den Schlüssel im Zündschloss drehte, verband sich ihr Handy automatisch mit der Anlage, so dass Musik aus den Lautsprechern dröhnte. Schnell schaltete sie diese wieder aus.

»Was in Gottes Namen war das?«, fragte Fox.

»Manics.« Er sah sie ratlos an. »Street Preachers.« Sie schüttelte den Kopf, als ihm auch das offenbar nichts sagte.

Ein paar Minuten lang fuhren sie schweigend weiter. »Schalt das ruhig wieder ein, wenn du willst«, bot Fox schließlich an. »Ich dachte, vielleicht willst du mich dabeihaben, um mich unterwegs auszuhorchen.«

»Warum sollte ich?«

»Weil du denkst, dass ich auf zwei Hochzeiten tanze – hier und in Gartcosh.«

»Und? Tanzt du?«

»Meine Chefin interessiert sich für den Fall.«

»Und da bist du ihr natürlich gerne behilflich.«

Er versuchte sich zu Clarke umzudrehen, was in dem engen Wagen gar nicht so ohne Weiteres möglich war. »Ich denke, wir sind auf dasselbe Resultat aus, Siobhan.«

»Davon bin ich nicht überzeugt.«

»Solltest du mich widerlegen, fände ich das schrecklich.«

Sie wandte den Blick für eine Sekunde von der Straße ab, um seinem durchdringenden Blick zu begegnen.

»Wie meinst du das?«

»Deine kleine Plauderei mit Cafferty. Ich hab zum ersten Mal im Vernehmungsraum davon erfahren.«

»Tut mir leid, dass ich dich nicht persönlich über alle meine Schritte informiere, Malcolm. Genügen dir tägliche Zwischenberichte, oder muss es doch stündlich sein?«

Ihr Ton riet ihm zunächst nachzugeben. Er drehte sich wieder um und starrte auf die vorbeiziehende Stadt. »Geoff ist ein guter Typ. Es war sehr anständig von ihm, uns auf den aktuellen Stand zu bringen.«

»Auf Anweisung von ACC Lyon, nehme ich an?« Fox dachte über seine Antwort nach, dann nickte er kurz. »Das mit Mackenzie und Pelham war interessant«, lenkte sie ein, während Fox auf eine Mitteilung seines Handys reagierte. Er kramte es aus der Tasche und betrachtete das Display.

»Irgendeine Nachrichtenseite von den Rechten«, erklärte er ihr. »Die haben sich den *Courant* vorgeknöpft. *Vielleicht sind die Helden ja wirklich die Bösen*«, las er vor.

»Was soll das heißen?«

Er las weiter. »*Hält man sich stur an die Gesetze, treiben Kriminelle ungestraft ihr Unwesen. Wir brauchen mehr Gene Hunts und wenig Sam Tylers.*«

»*Weniger* Sam Tylers muss das heißen«, sagte Clarke, »und vielleicht auch mehr Korrekturleser.«

»Ich verstehe die Anspielung nicht.«

»Es geht um eine Fernsehserie, die vor ein paar Jahren lief, *Life on Mars.*«

»Nie gesehen.«

»Ein Polizist reist durch die Zeit zurück in die Vergangenheit und ist plötzlich vom Personal aus *The Sweeney* umgeben – ich denke, *das* hast du aber gesehen.«

»Als Kind, na klar. Hat mir nie gefallen, wie die da vorgegangen sind.«

»Du bist einfach wie für Complaints geschaffen, Malcolm.«

»Manchmal denke ich das wirklich. Polizisten, die sich nicht an die Gesetze halten, sind in meinen Augen alles andere als Helden.«

»Das sieht in den sozialen Medien aber anders aus.«

»Die sozialen Medien sind eine Bärengrube, wie du sehr wohl weißt.«

»Bekommst du deshalb jedes Mal eine Mitteilung, wenn auf einer Website von den Rechten was Neues veröffentlicht wird?«

»Man muss den Feind kennen, Siobhan.«

»Ich werd nicht schlau aus dir, Malcolm.« Er sah sie an. »Die Hälfte der Zeit bist du ein Riesenarsch und die andere bin ich ganz und gar deiner Meinung und kann dich fast leiden.«

»Ich frage mich, an welcher Hälfte ich noch arbeiten muss.« Er dachte kurz nach. »Dieses Foto, das Cafferty geschickt bekommen hat – worum geht's da?«

»Keine Ahnung.«

»Wo war ich, als der Hinweis kam?«

»Hast dich bei der Chefin eingeschleimt.«

»Und Cafferty behauptet, es war gar nicht so?«

»Was bedeutet, dass es ganz bestimmt so war.«

Die Northbridge war in nördlicher Richtung gesperrt – aufgrund langwieriger Instandsetzungsarbeiten –, aber zum Glück waren sie Richtung Süden unterwegs. Als sie links blinken und auf die Canongate abbiegen wollte, fiel Clarke wieder ein, dass diese an der Kreuzung zur St. Mary's Street ebenfalls gesperrt war. Fluchend bog sie stattdessen in die Blackfriars ab, dann links auf die Cowgate und wieder links, so dass sie schließlich doch auf die Canongate kam, aber hinter der Baustelle.

»Zum Glück fährst du«, sagte Fox und machte sich an seinem Handy zu schaffen.

Ein paar hartgesottene Touristen waren unterwegs, Geschenkeläden hatten wieder geöffnet und hießen sie willkommen. Als der Wagen über die Pflasterstraße holperte, wurde es im Astra so laut, dass Clarke und Fox einen Vorwand fanden, ihr Gespräch zu pausieren. Sie waren schon fast am Parlamentsgebäude angelangt, als Clarke hielt und unter den Sitz nach dem Schild mit der Aufschrift »Polizeieinsatz« griff.

»Hier wohnt er?«, wollte Fox wissen.

»Allerdings.«

»Er arbeitet beim Parlament.« Er hielt ihr sein Handy hin, zeigte ihr das Ergebnis seiner Google-Suche.

»Sag nicht, dass er auch noch Abgeordneter ist«, brummte Clarke.

»Berater«, erwiderte Fox. Sie blieben im Wagen sitzen, und Clarke rief beim Parlament an.

»Mr Lloyd?«, vergewisserte sie sich, als der Anruf beantwortet wurde. »Ich bin Detective Inspector Siobhan Clarke. Ich wäre Ihnen sehr verbunden, wenn Sie ein paar Minuten für mich hätten. Wenn möglich persönlich.« Sie lauschte kurz. »Wir sind nicht weit entfernt, wenn das hilft. Können wir uns draußen vor dem Haupteingang treffen? Das erspart uns die Sicherheitskontrolle …«

Neben dem Palace of Holyroodhouse befand sich ein Parkplatz, dort ließen sie den Astra stehen. Ausnahmsweise wurde nicht vor dem Parlament demonstriert, und nur einige wenige Leute waren unterwegs. Die Sicherheitskräfte am Eingang wirkten gelangweilt, was ihnen Clarke kaum verdenken konnte. Der junge Mann, der durch die Tür kam, hatte einen gepflegten Vollbart, eine Brille mit schwarzem Rand und ein kariertes Hemd. Verschiedene Ausweisbänder baumelten um seinen Hals, an jedem hing ein laminierter Pass.

»Mr Lloyd?« Clarke hielt ihren Dienstausweis hoch.

»Worum geht es denn?«

»Vor zwei Tagen wurde ein Notruf von Ihrem Handy aus getätigt. Dieses Telefon ist seither verschwunden, ist das korrekt?«

»Nicht verschwunden in dem Sinne, aber sie hat es mir nicht zurückgegeben.«

»*Sie* ist die Person, die den Notruf getätigt hat?«

Lloyd nickte. »Es geht um den Mord, stimmt's? Sie müssen gar nichts sagen, ich hab's in den Nachrichten gesehen.«

»Können wir nochmal zurückspulen?«, schaltete Fox sich ein. »Wer ist diese Frau?«

»Ich hab ihren Namen nicht verstanden. Sie hat ihn mir wohl gesagt, aber ich hatte ordentlich getankt.«

»Dann sprechen wir also nicht von einer Bekannten?«

»Das war bei einer Party in einer Wohnung auf The Shore in Leith.«

»Wir wissen, wo The Shore ist.«

»Da ging es ziemlich wild zu. Als hätten wir die Apokalypse überlebt oder so. Ich hab mit ihr getanzt, dann haben wir noch was in der Küche getrunken, und dann waren wir … na ja …«

»Sie haben sie nicht mit zu sich nach Hause genommen, dann sind Sie vermutlich zu ihr gegangen?«

»Sozusagen. Ich weiß es nicht.« Er sah, dass die beiden Detectives geduldig und schweigend auf seine weiteren Ausführungen warteten. »Sie hat gesagt, sie kennt eine Wohnung, da könnten wir hin und zwar zu Fuß, also sind wir los.«

»In die Constitution Street?«

Lloyd nickte. »Als wir dort angekommen sind, hat sie so einen dieser Schlüsselsafes geöffnet, die Schlüssel rausgenommen, und schon waren wir drin. Ich hab geredet – wahrscheinlich viel zu viel, so wie ich mich kenne –, und dann hab ich gemerkt, dass sie gar nicht mehr da ist. Sie war in eine der Wohnungen verschwunden. Ich wollte ihr hinterher, aber da kam sie auch schon wieder rausgerannt, hat sich mein Handy geschnappt, den Code verlangt und ist dann die Treppe runter, als wäre der Teufel hinter ihr her.«

»Sie haben nicht zufällig in die Wohnung geschaut?« Lloyd schüttelte den Kopf. »Und nur, um Missverständnisse auszuschließen: Die Wohnung, aus der sie kam, war nicht die, in die Sie ursprünglich wollten?«

Lloyd blinzelte ein paarmal, als er über Clarkes Frage nachdachte. »Ich glaube nicht. Ich bin ziemlich sicher, dass wir noch ein Stockwerk höher gemusst hätten.«

»Okay, dann sind Sie ihr also auf die Straße gefolgt?«

»Ja.«

»Und?«

»Sie ist weggerannt. Ich hab kurz gebraucht, um zu kapieren, was da los war. Die Haustür war ins Schloss gefallen, ich konnte also nicht wieder rein. Und sie ist mit meinem verfluchten Handy verschwunden.«

»An Ihrer Stelle wäre ich ihr vermutlich hinterher«, sagte Fox. »Nicht zuletzt, weil ich mir vorstellen kann, dass es da auch gewisse Sicherheitsbedenken gibt, wo Sie doch Berater am Parlament sind.«

Lloyd guckte gequält. »Vielleicht, wenn ich nicht so betrunken gewesen wäre …« Er fing sich wieder. »Ich dachte, ich könnte ja mit den Gastgebern der Party reden, mir von denen die Kontaktdaten geben lassen. Aber ich musste erst mal ein Ersatzhandy auftreiben, weil ich ja heute arbeiten musste …«

»Sie hätten mit *uns* sprechen sollen«, rügte ihn Clarke.

»Ich dachte nicht, dass ich echte Informationen hätte.«

»Das zu entscheiden ist nicht Ihre Aufgabe, Sir«, sagte Fox kühl. »Sie haben uns gerade erklärt, dass Ihnen durchaus klar geworden ist, dass Sie sich am Tatort eines Mordes befunden haben.«

Sie sahen Lloyd leicht schaudern. »Wir brauchen eine Beschreibung«, ergänzte Clarke.

»Von meinem Handy?« Lloyd wirkte verdattert.

»Von der Frau, mit der Sie anonymen Sex haben wollten«, korrigierte Clarke ihn.

»Du lieber Himmel, ja, natürlich.« Er schloss kurz die Augen. »Klein, schlank, dunkle stachlige Haare. Roter Lederrock, schwarzes Top, schwarze Lederjacke, Stiefel.«

»Alter?«

»Mitte zwanzig, vielleicht ein bisschen älter.«

»Akzent hier aus der Gegend?«

»Aus der Gegend und aus gutem Hause, würde ich sagen.«

»Sonst noch was?«

Er schüttelte den Kopf. Clarke reichte ihm ihre Karte. »Falls sie sich meldet«, sagte sie.

»Warum sollte sie?« Er sah in ihre Gesichter und schlug sich demonstrativ an den Kopf. »Sie hat mein Handy und meinen Code«, erwiderte er und guckte dabei wie der Klassenbeste, der plötzlich eine Sechs kassiert.

Rebus brauchte einen einzigen Anruf, um die Adresse zu bekommen, die er brauchte. Laura Smith war früher Gerichtsreporterin gewesen, doch jetzt kümmerte sie sich, wie sie ihm erklärte, auch noch um allgemeine und lokale Nachrichten. »Überall wird gekürzt«, seufzte sie, wurde aber munter, als Rebus sie bat, ihm die private Anschrift von Fraser Mackenzie zu beschaffen.

»Ist da was im Busch, John?«

»Wenn, dann bist du die Erste, die's erfährt.«

Ihre Nachricht traf zehn Minuten später ein. Eine Adresse in Cramond. Rebus nahm Brillo mit, um sich bei Bedarf als Spaziergänger mit Hund tarnen zu können.

Cramond Village verfügte über einen Hafen und eine Küstenpromenade, aber der Ort selbst ging in das benachbarte Barnton über. Die Mackenzies lebten in einer breiten Straße mit großen edwardianischen Häusern, der Inbegriff einer guten Wohnlage. Als Rebus sich näherte, fiel ihm ein kleiner roter Sportwagen auf, der aus einer Auffahrt weiter vorne stieß, zwei Frauen saßen vorne. Eine erkannte er als Elizabeth Mackenzie und schätzte, dass die jüngere auf dem Beifahrersitz ihre Tochter war. Er wendete in drei Zügen und folgte ihnen in Richtung Ferry Road, wo sie schon bald blinkten, um auf den Parkplatz eines Fitnessstudios einzubiegen. Als er am Straßenrand hielt, sah er beide Frauen mit knallbunten Rucksäcken und zusammengerollten Yogamatten aussteigen. Nach einem kurzen Wortwechsel ging die Tochter hinein, die Mutter blieb stehen und zündete sich eine Zigarette an. Trotz des schiefergrauen Himmels trug sie eine große Sonnenbrille und eine kurze Jacke, womit sie eindeutig modischen Aspekten vor praktischen den Vorzug gab. Rebus ließ Brillo im Wagen sitzen und aus dem Fenster schauen, stieg aus und ging auf sie zu.

»Mrs Mackenzie?«, fragte er. »Ich heiße John Rebus.«

»Ich weiß, wer Sie sind. Ich hab Sie neulich im Büro gesehen und Fraser später nach Ihnen gefragt, als er nach Hause kam.« Sie blies Rauchschwaden aus und verengte den Blick.

»Und ich kenne *Sie* von früher, als Sie noch mit Big Ger Cafferty zusammen waren. Damals war ich beim CID.«

»Er hat sie hin und wieder erwähnt – nie besonders schmeichelhaft.«

»Das verstehe ich als Kompliment.«

»Fraser hat gesagt, Sie suchen jemanden.«

»Jack Oram. Auch ein Bekannter von Cafferty.«

»Lange nach meiner Zeit.«

»Aber Sie wissen, wer das ist?«

»Tommys Vater. Gaby hat es mir erzählt.«

»Ihre Tochter?« Rebus zeigte auf die Tür des Fitnessstudios.

»Sie wird schon in der Umkleide auf mich warten.« Sie betrachtete ihren Zigarettenstummel.

»Tommy und sie sind wohl befreundet.«

»Nicht so, wie Sie sich das offenbar vorstellen.«

»Muss komisch gewesen sein, ihm den Job zu geben.«

»Wieso?«

»Big Ger hat seinen Dad um die Ecke gebracht – jedenfalls denken das viele. Und QC war ja mal Big Gers Unternehmen.«

Rebus hielt inne, falls sie noch etwas zu sagen hatte, aber es gelang ihr, eine zunehmend gelangweilte Miene aufzusetzen. »Sehen Sie ihn noch manchmal?«

»Big Ger? Schon seit Jahren nicht mehr.«

»Dann hatten Sie auch kürzlich keinen Kontakt zu ihm? Haben ihm nichts geschickt?«

Sie schüttelte den Kopf.

»Nicht mal eine Karte mit Wünschen zur guten Besserung, nachdem auf ihn geschossen wurde?«

Sie schob ihre Sonnenbrille die Nase runter und sah ihn über den Brillenrand an, ihre Augen strahlten durchdringend blau. »Denken Sie, Jack Oram lebt?«, fragte sie.

»Zeugen haben ihn gesehen.«

»Ich verstehe, dass Sie deshalb mit Tommy sprechen wollen, aber ich verstehe nicht, was meine Familie damit zu tun hat.«

»Jack wurde gesehen, wie er Ihr Büro entweder betreten oder verlassen hat.«

»Aber sowohl Fraser wie auch Marion haben Ihnen erklärt, dass das eine Fehlinformation war.« Sie schenkte ihm ein Lächeln, dem jegliche Wärme fehlte. »Big Ger hatte immer gesagt, dass Sie ein Sturkopf sind. Er meinte, selbst wenn Sie sich geirrt haben, haben Sie weiter gebohrt.«

»Sie würden sich wundern, was dabei so alles zum Vorschein kommt.« Das Lächeln verschwand, als sie ihren Zigarettenstummel mit der Schuhspitze austrat. »Wird Zeit, dass ich meine Gelenke schmiere. Man sollte einfach besser auf sich achten, finden Sie nicht?« Sie musterte ihn von oben bis unten. Die Sonnenbrille wieder fest auf der Nase, stieß sie die Tür auf und ging hinein. Kurz bevor sie wieder zufiel, bekam Rebus noch einen Schwall Eukalyptusduft ab. Ihm wurde bewusst, dass er während der gesamten Begegnung den Bauch eingezogen hatte.

»Wirklich, John? In deinem Alter?«, schimpfte er auf dem Weg zurück zum Wagen.

Da Brillo den versprochenen Spaziergang immer noch nicht bekommen hatte, ging Rebus mit ihm über Bruntsfield Links und brachte ihn anschließend nach Hause. Danach stieg er wieder in den Saab und fuhr in die Lasswade Road. Er parkte in der Nähe des Büros von QC Lettings und wartete. Um Punkt 12:40 Uhr sah er Marion herauskommen und die Tür hinter sich abschließen. Auf der anderen Straßenseite befand sich eine Reihe von Geschäften, und sie ging direkt darauf zu. Einige Arbeiter lungerten auf dem Gehweg neben ihrem Transporter herum, aßen heiße Pasteten aus Papiertüten. Marion zwängte sich zwischen dem Transporter und einem weißen Wagen mit getönten Scheiben durch, wenige Minuten später kam sie mit einem Becher Suppe und einer eigenen Papiertüte aus der Bäckerei. Als sie die Straße überquerte, stieg Rebus aus dem Saab. Sie sah ihn, und ihre Züge verhärteten sich.

»Nur eine kurze Frage«, sagte er an ihren Rücken gewandt, während sie die Büroschlüssel aus ihrer Handtasche fischte.

»Sie haben mir versprochen, dass Sie mich in Ruhe lassen.«

»Die Umstände haben sich geändert.«

»Trotzdem.«

»Ich verspreche, dass ich mich bessern werde.«

»Ich hab Mittagspause.«

»Ich auch, deshalb mach ich's kurz.«

Sie seufzte laut und drehte sich abrupt zu ihm um.

»Also?«, fauchte sie.

»Im Büro gibt's doch einen Fotokopierer, oder? Ich vermute, den benutzen mehrere?«

»So ist es.«

»Wissen Sie noch, ob Ihr Chef – oder sonst jemand – ein Foto kopiert hat? Von einem Mann aufgenommen im Profil, in einem Wohnzimmer?«

»Nein. Also, wenn Sie nichts dagegen haben …« Sie hatte sich von ihm abgewandt und schob den Schlüssel ins Schloss.

»Das Foto zeigte Francis Haggard. Er hatte gerade eine Wohnung in der Constitution Street gemietet. Vor ein paar Tagen wurde er dort ermordet.«

»Ich weiß. Wir sind alle geschockt.«

»Jemand hat ein Foto von ihm gemacht und in einem Umschlag von MGC Lettings verschickt.«

»Die haben wir schon vor Jahren weggeworfen.«

»Alle?«

»Alle. Ich wage zu behaupten, dass der alte Eigentümer ein paar behalten hat …« Sie öffnete die Tür.

»Francis Haggard muss doch hier gewesen sein, oder? Sie überprüfen doch bestimmt jeden neuen Mieter?«

Sie nickte.

»Dann sind Sie ihm also begegnet?«

»Nur einmal, sehr kurz.«

»Er war hier und wollte Fraser Mackenzie sprechen?«

Wieder nickte sie.

»Eine Frage, haben Sie gesagt – meine Suppe wird kalt.«

»Hat Fraser ihm selbst die Wohnung gezeigt? Jemand muss es gemacht haben.«

»Ich glaube, das war Gaby. Gaby oder Beth. Aber nicht zur Besichtigung, er hatte sich schon entschieden, sie zu nehmen, und eine Monatsmiete plus Kaution bezahlt. Eigentlich war das reine Höflichkeit bei der Schlüsselübergabe.«

»Arbeitet Gaby auch für die Makleragentur?«

»Wenn sonst niemand zur Verfügung steht, um einem potentiellen Mieter die Wohnung zu zeigen.«

»Übernimmt Tommy jemals diese Aufgabe?«

»Tommy?« Sie klang beinahe bestürzt. »Reparaturen und Instandhaltung, mehr macht er nicht.«

»Musste in der Constitution Street irgendwas repariert werden?«

»In dem Haus ist immer was zu tun. Aber das war eine der besseren Wohnungen, Einbauten und Anschlüsse alles in schönster Ordnung. Wenn Sie mich jetzt entschuldigen wollen …« Sie stieß die Tür auf und achtete darauf, hinter sich abzuschließen. Rebus klopfte an die Scheibe, gewann dadurch noch einmal ihre Aufmerksamkeit und formte ein Danke mit den Lippen. Dann überquerte er die Straße. Er fand, er habe einen Bridie verdient, und noch einen extra als Belohnung für Brillo. Die Arbeiter und ihr Transporter waren noch da, aber der weiße Wagen war jetzt verschwunden.

17

Das Absperrband wurde immer noch von einem Beamten mit reflektierender Schutzweste bewacht. Er notierte Clarkes Namen auf seinem Klemmbrett, Fox dagegen schien er bereits zu kennen. Die beiden Männer wechselten einen Blick, den Clarke nicht so richtig zu deuten wusste. Schutzanzüge wurden jetzt nicht mehr benötigt, die Spurensicherung war fertig und hatte den Tatort verlassen. In Gorgie hatte es eine Messerstecherei gegeben, und Clarke vermutete, dass sie jetzt dort sein würden. Sie betrachtete die Schlüsselsafes am Türrahmen. Nur zwei, beide fest verschlossen. Sie entriegelte die Tür mit dem Schlüssel des Kollegen in der Weste und stieg die Treppe hinauf, Fox direkt hinter ihr. Ein Briefträger kam ihnen entgegen.

»Nichts für die Wohnung, für die Sie sich interessieren«, meinte er. Clarke hielt eine Hand hoch, um ihn zu stoppen.

»Haben Sie den Bewohner jemals gesehen?«

»Nein.«

»Hat er viel Post bekommen?«

»Rechnungen und Flyer, so wie alle anderen auch.« Er zuckte mit den Schultern und ging weiter.

Anstatt auf dem Treppenabsatz vor dem Tatort Halt zu machen, quälten sich Clarke und Fox ein weiteres Stockwerk bis ganz nach oben. Dort war es dank eines großen Oberlichts heller. Nur zwei Türen gab es hier, eine dunkelblau, die andere gelb. Clarke klingelte an der ersten, dann bückte sie sich, um durch den Briefschlitz zu spähen. Soweit sie sehen konnte, waren die Räume möbliert, machten aber nicht den Eindruck, dass dort jemand wohnte. Die gelbe Tür weiter hinten hatte keine Klingel, nur einen altmodischen Klopfer. Sie versuchte es damit und trat zurück. Eine Frau um die siebzig oder achtzig öffnete die Tür, auf ihrer Schulter saß eine Katze. Ein leichter Hauch Katzenklo-Aroma waberte auf den Treppenabsatz hinaus. Die Haustierhalterin hatte am Morgen nicht mit Make-up gespart und es mit mehr Enthusiasmus als Geschick aufgetragen, dazu hatte sie sich mit mehreren Schichten bunter Rüschenkleidung in Schale geworfen.

»Ich hab meine Aussage schon gemacht«, sagte sie mit vornehmem Edinburgher Akzent. Vor Clarkes geistigem Auge tauchte urplötzlich eine Mädchenschule mit einer Riege alter Jungfern als Lehrerinnen auf.

»Ich wollte mich nur nach der Wohnung nebenan erkundigen«, sagte Clarke. »Wird die nicht auch vermietet?«

»Denke schon. Da bleibt aber keiner sehr lange. Die letzten, die ich da gesehen habe, waren Touristen.«

»Haben Sie mal mitbekommen, dass eine junge Frau sie benutzt?«

»Nicht groß«, sagte Fox. »Schlank, dunkle stachlige Haare.«

»Klingt nach der Tochter.« Dann wurde ihr bewusst, dass sie auf Unverständnis stieß. »Die Tochter vom Eigentümer.«

»Und Eigentümer …«

»… sind die Mackenzies – QC Lettings. Diese unverschämte Bande hat mir neulich einen Brief unter der Tür durchgeschoben und mich zum Verkauf gedrängt. Uns gefällt es hier aber gut, nicht wahr, Horatio?« Sie streichelte der Katze über die Stirn. »Jedenfalls war das so, bis die Straßenbahn gebaut wurde.«

»Woher kennen Sie denn die Tochter der Mackenzies, wenn ich fragen darf?«

»Sie führt die Mieter herum.« Sie spitzte die Lippen, und Clarke merkte, dass da noch etwas war.

»Und?«, versuchte sie ihr auf die Sprünge zu helfen. Eine weitere Aufforderung brauchte sie nicht.

»Also, ich bin ja keine Tratschtante, aber manchmal benutzt sie die Wohnung«, sie nickte zur Nachbartür, »oder auch die unten, wissen Sie, die, wo's passiert ist – wenn Sie … sagen wir mal, über die Stränge schlagen möchte.« Sie holte tief Luft. »Ich habe mich nie beschwert, aber Mr Arbuthnot aus dem ersten Stock. Andererseits hat der sowieso immer was zu meckern.«

»Seine Beschwerde lautete in diesem Fall …«

»Dass zu allen möglichen Tages- und Nachtzeiten mit der Wohnungstür geknallt wurde. Laute Musik, Geheul und Geschrei. Sie wissen schon, wenn junge Leute Spaß haben. Wir waren ja auch mal so, nicht wahr?«

Clarke bemühte sich, Fox nicht anzuschauen. »Das waren wir«, bestätigte sie.

»Kannten Sie das Opfer überhaupt?«, fragte Fox und trat von einem Fuß auf den anderen.

»Ich habe ihn nie gesehen. Kann auch nicht behaupten, dass ich was gehört hätte. Schreckliche Sache. Man hört ja so manches, aber man denkt doch nicht, dass so was … also …« Die Frau nahm eine Hand an die Kehle, als wollte sie sich an eine unsichtbare Perlenkette klammern. »Der Polizist, der mir die Fragen gestellt hat, meinte, er könnte jemanden bestellen, der mit mir über Sicherheit in den eigenen vier Wänden spricht.«

»Das ist richtig«, bestätigte Clarke. »Ich gebe Ihnen eine Nummer, da können Sie anrufen.«

»Ihr Kollege hat mir schon eine gegeben. Vielleicht sollte ich da mal was unternehmen. Ich bekomme heutzutage ja nicht mehr viel Besuch, aber wir haben immer ein paar Kekse im Haus, stimmt's, Horatio?«

DCI Trask hatte sie alle für ein Update ins Büro des MIT bestellt. Im Labor in Howdenhall hatte man sich sowohl in Haggards Computer wie auch sein Telefon gehackt. Der Provider hatte versprochen, noch vor Tagesablauf eine Liste aller aus- und eingehenden Telefonate zu schicken.

»Auch wenn er sie gelöscht hat«, ergänzte Fox, »werden sie dort auftauchen.«

»Gut, dass du uns das nochmal erklärst, Malcolm«, flötete Esson.

»Wir überprüfen außerdem, wie viele Schlüssel es für die Wohnung gab. Abgesehen von dem, den wir in der Tasche des Opfers gefunden haben, lautet die Antwort mindestens zwei – beide wurden in einem Wandschrank in Fraser Mackenzies Privatbüro aufbewahrt. Beide wurden nicht entfernt, was bedeutet, der Mörder muss sich ohne Schlüssel Zutritt verschafft haben.«

»Schlüssel kann man aber auch benutzen und wieder zurückbringen, Ma'am«, meldete Jason Ritchie sich zu Wort und trug sich mit seiner Bemerkung einen ungerührten Blick ein.

»Trotzdem«, fuhr Trask fort, »ist das wahrscheinlichste Szenario, und zwar mit Abstand, dass Haggard seinen Mörder selbst hereingelassen hat, entweder indem er ihn mit dem Summer hineinließ oder gleich mit ihm nach Hause gekommen ist. Wir wissen immer noch nicht, mit wem er trinken war, und ich möchte sehr viel mehr Klarheit in den zeitlichen Ablauf bringen. Ich hoffe, Sie besuchen alle gerne Bars und Clubs. Aber lasst euch nicht zu oft von der Presse erwischen.«

»Apropos«, sagte King, »die Online-Medien werden ganz schön unruhig.«

»Malcolm hat euch ja schon auf den Artikel heute Morgen aufmerksam gemacht«, fuhr Trask nickend fort. »Ich wage zu behaupten, da werden weitere kommen. Die Sache ist nur die – wir sind nicht die Met, wir sind ganz anders als die Met. Wir machen Dinge anders. Die Ermittlungen sind eine Gelegenheit, dies unter Beweis zu stellen.«

»Das heißt, schlechte Nachrichten sollten wir lieber nicht unter den Tisch kehren?«, fragte Clarke, wobei sie sich Mühe gab, die Frage möglichst unschuldig klingen zu lassen und Fox dabei nicht anzuschauen.

»Korrekt«, erwiderte Trask. »Wenn Tynecastle und die Kollegen dort auf den Prüfstand kommen – was demnächst passieren wird –, könnte das auch etwas zum Guten verändern. Wir müssen nur die bevorstehende Aufgabe im Blick behalten.« Sie sah sich im Raum um, sah viele zustimmend nickende Köpfe.

»Was denken wir über die Mordwaffe?«, fragte Tess Leighton, hörte dabei auf, in ihr Notizbuch zu schreiben.

»Ich würde sagen, die Spur ist kalt, das würde aber voraussetzen, dass es überhaupt eine gab. Kein Blut im Treppenhaus oder an der Haustür. Das Messer wurde vermutlich eingesteckt, das bedeutet, blutverschmierte Kleidung könnte ein Anhaltspunkt sein, wenn schon nichts anderes. Wir überprüfen die Mülltonnen in der Gegend.«

»Vielleicht lohnt es sich, Taucher in die Docks zu schicken?«, fragte Gamble.

»Meldest du dich freiwillig, George?«, gab Trask zurück und erntete Schmunzeln seitens der Anwesenden.

»Mal ehrlich, Ma'am, Sie wollen mich doch nur in meinen Liebeskillern sehen.«

»Liebestötern, George«, korrigierte ihn Leighton.

»Ich weiß, wovon ich spreche.« Gamble schien hocherfreut, dass jemand angebissen hatte, und ringsum wurde leise gestöhnt. Die unbeschwerte Stimmung schien Trask nicht zu stören – manchmal war so etwas nötig, besonders wenn ein Team zusammenwachsen sollte.

»Um zum Ernst der Sache zurückzukehren«, fuhr sie fort. »Siobhan und Malcolm glauben, Sie haben die Person ausfindig gemacht, die den Notruf abgesetzt hat.« Sie gab Clarke ein Zeichen, sie möge übernehmen. Fox bestand darauf, ebenfalls einen Schritt nach vorne zu treten, so dass sie nun Trask flankierten.

»Gaby Mackenzie«, begann Clarke, »eigentlich Gabrielle. Sie ist die Tochter der Inhaber der Immobilienagentur. Auf einer Party in Leith hat sie einen Finanzberater kennengelernt, mit dem sie in eine leerstehende Wohnung des Unternehmens ihrer Eltern verschwinden wollte.«

»Wir denken«, schaltete Fox sich ein, »dass ihr die offen stehende Tür zur Tatortwohnung auffiel, und da sie wusste, dass es sich ebenfalls um eine Wohnung aus dem Bestand ihres Vaters handelte, hat sie dort nachgesehen. Als sie den Toten entdeckt hatte, schnappte sie sich das Handy ihres Begleiters und wählte die Notrufnummer. Dann suchte sie das Weite, nahm das Telefon mit.«

»Wir haben eine Personenbeschreibung bekommen«, übernahm jetzt wieder Clarke, »und auch, wenn sie relativ vage scheint, passt sie auf Gaby Mackenzie, von der man weiß, dass sie hin und wieder das Haus aufgesucht hat.«

»Habt ihr sie vorgeladen?«, hakte Trask nach.

»Sie müsste jeden Augenblick hier sein«, bestätigte Clarke mit Blick auf ihr Handy.

»Das ist doch ein Fortschritt«, sagte Trask, »und von daher definitiv zu begrüßen. Aber wir wollen auch alles andere nicht aus dem Blick verlieren. Wir haben einen vom Dienst suspendierten Polizisten, dem häusliche Gewalt vorgeworfen wurde; er war in Tynecastle stationiert und hat gedroht, aus dem Nähkästchen zu plaudern; außerdem hat er wohl regelmäßig Drogen konsumiert. Es gibt jede Menge mögliche Routen zu verfolgen und hoffentlich nicht zu viele Sackgassen.«

»Laden wir seine Kollegen vor?«, wollte Gamble wissen.

»Unbedingt«, bestätigte Trask.

»Alle?«

»Alle. Handys und Computer werden überprüft – wer sich weigert, wird als potentiell verdächtig behandelt. Wir müssen wissen, mit wem Haggard in Kontakt stand, uns sämtliche Online-Communities ansehen, denen er angehörte. Aber wir dürfen uns nicht nur auf sein Handy und seinen Computer verlassen. Ich weiß, es wird nicht leicht sein, seine Freunde und Kollegen zu überzeugen, ihre Anrufe und Nachrichten an ihn offenzulegen, aber wir müssen es trotzdem versuchen. Er war auf Facebook, Twitter und Instagram aktiv, aber ich würde gerne wissen, ob er noch andere soziale Medien benutzt hat.«

»Außerdem ist da noch der Einbruch in die Wohnung des Opfers in Newhaven«, ergänzte Christine Esson. »Wir haben den dringenden Verdacht, dass es sich bei den Tätern um Kollegen aus Tynecastle handelt, die ihn warnen wollten, mit uns zu sprechen.«

Aus dem Augenwinkel sah Clarke jemanden in der Tür stehen. Es war der Beamte von der Anmeldung. Er nickte ihr zu.

»Die Tochter ist eingetroffen«, sagte sie zu Trask. »Würden Sie uns entschuldigen, Ma'am?«

Trasks Geste ließ keinen Zweifel daran, dass Clarke und Fox gehen durften. Beide Vernehmungsräume waren frei, und sie entschieden sich für den ersten.

»Brauche ich einen Anwalt?«, waren die ersten Worte, die Gaby Mackenzie sprach, als sie von dem an der Anmeldung diensthabenden Beamten hereingeführt wurde.

»Wir sammeln nur Informationen«, sagte Clarke. »Sie stecken nicht in Schwierigkeiten.«

»Nun ja«, unterbrach Fox, »abgesehen von dem möglichen Vorwurf des Handydiebstahls …«

Sie zuckte zusammen, als sie sich setzte. »Ich hab ein schlechtes Gewissen deshalb. Wenn Sie seine Adresse haben, dann bring ich's ihm zurück.« Sie war sehr zierlich und schlank, Ellbogen und Knie stachen hervor. Zum kurzen karierten Rock trug sie Netzstrümpfe und klobige Stiefel mit überflüssigen Riemen und verchromten Schnallen. Die Augenbrauen hatte sie schmal gezupft und kräftig Lidschatten aufgetragen. Ihre Frisur war zerzaust und wahrscheinlich teuer gewesen. Clarke vermutete, dass sie die Lederjacke trug, die Kenneth Lloyd beschrieben hatte.

»Tut mir leid, dass ich nicht …« Sie ließ den Rest der Entschuldigung unausgesprochen.

»Warum haben Sie anonym angerufen?«, fragte Clarke.

»Ich wollte nicht, dass meine Alten was mitbekommen.«

»Sie meinen Ihre Eltern?«

»Genau.«

»Sie wollten nicht, dass Ihre Eltern mitbekommen, dass Sie manchmal Freunde in leerstehenden Wohnungen empfangen?«

Die junge Frau zuckte mit den Schultern. Eine Geste, die wegen der großen Kopfhörer um ihren Hals unbequem wirkte. »Wahrscheinlich wäre es ihnen egal gewesen, aber sie hätten kapiert, dass ihre Tochter ein bewegteres Sexualleben hat, als ihnen vielleicht lieb ist.«

»Sie arbeiten für das Familienunternehmen?«, fragte Fox.

»Nicht so richtig.«

»Aber Sie führen hin und wieder potentielle Mieter durch die Wohnungen, wenn niemand sonst zur Verfügung steht?«, setzte Fox den Gedanken fort.

»Als Gefallen, ja. Ich bekomme kein Geld dafür.«

»Und was machen Sie sonst?«

»Ich bin DJ.« Hätte sie auf einem Drehstuhl gesessen, hätte sie sich ununterbrochen hin und her gedreht. Clarke kam sie vor, als könnte sie ihre Energie und Lebenskraft kaum bändigen. Eine Tätowierung lugte knapp unter ihrer Jackenmanschette hervor. Clarke hätte darauf gewettet, dass es nicht ihre einzige war. »Ziehen Sie manchmal durch die Clubs?«, fragte die junge Frau.

»Ob Sie's glauben oder nicht, manchmal mache ich das«, erwiderte Clarke. »Was man von DI Fox allerdings nicht behaupten kann.«

»Wo gehen Sie hin?«

»Hauptsächlich auf die Cowgate.«

»Dann haben Sie vielleicht schon mal zu einem meiner Sets getanzt. Ich nenne mich Gabz – mit z. DJ Gabz.«

»Das nächste Mal halte ich nach Ihnen Ausschau.«

»Ich spiele heute Abend ein Set. Im Elemental in der Blair Street.«

Fox räusperte sich, da er sich offenkundig ausgeschlossen fühlte. »Haben Sie Kenneth Lloyds Handy aus demselben

Grund entwendet, aus dem Sie der Notrufzentrale Ihren Namen verschwiegen haben – mit anderen Worten, um anonym zu bleiben?«

»Kann sein. Aber eigentlich habe ich nur gedacht, es ist das nächste.«

»Und dann sind Sie damit abgehauen, weil …«

Sie starrte ihn an. »Ich bin ausgeflippt. Ich hatte gerade eine Leiche gefunden.«

»Eine Leiche, die Sie wiedererkannt haben?«, beharrte Fox.

Sie schüttelte den Kopf.

»Und vorher waren Sie nicht in der Wohnung? Haben Sie sie nicht dem Opfer gezeigt?« Wieder Kopfschütteln, obwohl sie jetzt den Blickkontakt mied und sich mit dem Reißverschluss ihrer Jacke beschäftigte.

»Sie wussten aber, dass die Wohnung Ihren Eltern gehört?«, erkundigte sich Clarke leise und bekam ein zustimmendes Nicken als Antwort.

Dann klopfte es an der Tür. Clarke stand auf. Der Beamte von der Anmeldung stand davor, er war nicht allein. Clarke erkannte Michael Leckie, Francis Haggards Anwalt.

»Meines Wissens ist Gabrielle Mackenzie hier«, sagte er. »Ich wurde beauftragt, sie zu vertreten. Darf ich bitte mit ihr sprechen?«

»Wir sammeln nur Informationen, Mr Leckie.«

»Trotzdem.«

Mehrere Sekunden lang starrten sie sich gegenseitig nieder. Schließlich gab Clarke nach: »Na dann, nur zu.«

Leckie vermied es, ihr in die Augen zu sehen, als er sich an ihr vorbeischob. Der Beamte von der Anmeldung zuckte nur mit den Schultern und ging zur Treppe zurück. Als Clarke in den Raum zurückkehrte, war Mackenzie längst aufgesprungen.

»Wie?«, schrie sie. »Ich glaub's verdammt nochmal nicht! Woher hat sie das gewusst?« Sie sah die beiden Detectives an. »Haben Sie's ihr gesagt?«

»Wem haben wir was gesagt?«, fragte Clarke.

»Meiner verfluchten Mutter natürlich – die hat ihn hergeschickt. Und da ich niemandem verraten habe, dass ich komme …« Sie unterbrach sich und nahm ihr Telefon vom Tisch. »Bestimmt hat sie mich getrackt – das war's, oder?«

»Ihre Eltern«, erklärte der Anwalt mit bemüht ruhiger Stimme, »möchten Sie davor bewahren, in bestimmte Fallen zu tappen, indem sie Ihnen eine angemessene juristische Vertretung zur Seite stellen.«

»Hier gibt's keine Fallen, Mr Leckie«, sagte Clarke.

»Es sei denn, wir haben übersehen, worin sie bestehen könnten«, ergänzte Fox. »Vielleicht würden Sie uns aufklären?«

»Reine Vorsichtsmaßnahmen«, sagte Leckie.

»Wir sind ohnehin fertig«, sagte Clarke. »Miss Mackenzie wollte gerade gehen. Sie haben den Weg umsonst auf sich genommen, Mr Leckie.«

»Vermutlich dennoch kostspielig für Ihre Klienten?«, stichelte Fox. »Lassen Sie sich bloß nicht von ihm nach Hause fahren«, riet er Mackenzie. »Da sind Touristen-Rikschas billiger.«

»Was mache ich mit dem Handy?«, fragte Mackenzie, die sich allmählich wieder gefasst hatte.

»Geben Sie's hier ab«, riet ihr Clarke. »Wir sehen zu, dass der Besitzer es zurückbekommt.«

Mackenzie nickte, sah sich um, ob sie auch nichts vergessen hatte.

»Was ist mit Fingerabdrücken und DNA?«, fragte Fox Clarke. »Auch wenn Gaby behauptet, nichts am Tatort angefasst zu haben.«

»Stimmt«, sagte Clarke und behielt die junge Frau im Blick. »Könnte trotzdem unwissentlich ein Haar auf dem Boden gelandet sein oder vielleicht sogar ein bisschen Speichel. Ich würde sagen, dass man definitiv nach Luft schnappt, wenn man unverhofft eine Leiche findet. Mit einem kurzen Abstrich können wir Sie ausschließen.«

»Jetzt sofort?«

Sie schüttelte den Kopf. »Wir schicken Ihnen jemanden vorbei.«

»Das müssen wir erst besprechen«, sagte der Anwalt und hob die Hand.

»Am besten sagen Sie Gabys Eltern, dass wir auch von ihnen Speichel- und Haarproben brauchen, schließlich ist davon auszugehen, dass sie ebenfalls mal in der Wohnung waren. Das gilt übrigens für alle Mitarbeiter der Agentur.«

Leckie starrte die Tischplatte an, lauschte aufmerksam, als wollte er sich ihre Worte auswendig einprägen. »Sind wir fertig?«, erkundigte er sich.

»Danke, dass Sie hier waren, Gaby«, sagte Clarke und streckte der jungen Frau eine Hand entgegen. »*Boards of Canada* wäre super, wenn Sie mich auf der Tanzfläche erleben wollen.«

»Gar nicht einfach, dazu zu tanzen«, sagte Mackenzie und ließ ein Lächeln aufblitzen. »Glauben Sie mir, ich kenne mich aus …«

Fünf Minuten später war der Beamte von der Anmeldung wieder da.

»So bleiben Sie wenigstens fit«, meinte Clarke.

»Er will Sie unten sprechen.«

Ihr erster Gedanke war Rebus, doch als sie in den Empfangsbereich ging, sah sie Michael Leckie dort warten. Er zeigte nach draußen, und sie trat zu ihm hinaus auf den Gehweg.

»Was sollte das denn?«, fragte sie.

»Übermäßig behütende Eltern?«, wagte er eine Vermutung.

»Da gab es keine Fallen.«

Er nahm es schulterzuckend hin. Clarke fiel auf, dass er sich ständig umschaute, als fürchtete er, gesehen zu werden.

»Was ist los, Michael?«

»Sie wissen, dass ich mit Ihnen nicht über Francis Haggard sprechen darf – das fällt unter meine Schweigepflicht. Sie arbeiten an dem Mord, oder?«

»Das ist richtig.«

»Dann ist er wohl nicht mehr mein Klient. Das darf nicht offiziell werden, Siobhan – diese Unterhaltung zwischen Ihnen und mir, meine ich.«

»Verstanden. Wir könnten aber doch was trinken gehen, oder? Uns im Vertrauen austauschen?«

»Das könnten wir.«

»Natürlich nur vorausgesetzt, keiner von uns beiden hat heute Abend was Besseres vor.«

»Könnte ja auch eine Zufallsbegegnung sein.«

»Könnte. Irgendwo, wo's ruhig ist und die Leute unter sich bleiben. Wie wär's mit der Oxford Bar?«

»Da war ich immer nur zum Rugby gucken, wenn Six Nations lief.«

»Also heute Abend ist kein Rugby, und so lange hat das Pub noch nicht wieder auf – ich denke, wir könnten bestimmt eine Ecke finden, in der wir ungestört sind. Wenn nicht, gehen wir woanders hin.«

»Passt Ihnen sieben Uhr?«

»Acht wäre besser.«

»Ich hab hinterher noch was vor.«

»Dann eben um sieben.«

Clarke drehte sich um und wollte wieder rein, blieb aber noch einmal stehen. »Haben Sie sie in ein Taxi gesetzt?«

Der Anwalt schüttelte den Kopf. »Der Range Rover hat gehupt, und sie ist eingestiegen. Ich hab noch gehört, wie sie mit dem Fahrer gestritten hat, als er losgefahren ist.«

»War das die Mutter am Steuer?«

»Eher der Vater, glaube ich. Großer Typ, rasierter Schädel.«

»Wir sehen uns um sieben, Michael.«

»Ich freu mich drauf, Siobhan.«

Im Büro ging es jetzt lebhafter zu als vorher. Fox teilte Clarke die Neuigkeiten als Erster mit.

»Im Labor haben sie das Handy des Opfers geknackt«, verkündete er und ging mit ihr zum Drucker, der gerade Kopien für alle ausspuckte. »Die letzte Nachricht, die er geschickt hat, ging an Rob Driscoll.«

»Seinen Kumpel in Tynecastle.«

»Driscoll wollte sich mit ihm treffen, und Haggard war einverstanden.«

Clarke betrachtete den Kommunikationsverlauf. Ziemlich einseitig, Driscoll hatte Haggard acht- bis neunmal um ein Gespräch gebeten, bis dieser schließlich eine knappe Antwort rausgeschickt hatte:

Ich melde mich bei dir, wenn ich mir überlegt habe, wo.

Uhrzeit 18:40 am letzten Tag, den Francis Haggard noch zu leben hatte.

»Danach nichts mehr?«, vergewisserte sie sich.

»Driscoll hat nochmal gedrängelt.« Fox zeigte ihr die Nachricht. »Kurz nach Mitternacht abgeschickt.«

»Aber da war Haggard schon tot?«

Er nickte.

»Sonst noch was?«

»Eine Reihe unbeantwortete Anrufe und Nachrichten an seine Frau, manche davon unmittelbar nachdem er ins Haus der Schwester geplatzt war.«

»Können wir rausfinden, wo er war, als er telefoniert hat?«

»Die von der Telefongesellschaft denken, sie können den Standort vielleicht auf einen Bezirk einschränken.«

»Könnte trotzdem helfen, die Anzahl von Pubs zu reduzieren, die wir sonst abklappern müssten.«

Wieder nickte Fox. »Wenn wir die Kollegen von der Crew zur Vernehmung herbestellen, sollte wohl hauptsächlich Rob Driscoll im Fokus stehen.«

Clarke sah ihm fest in die Augen. »Du hast mir erzählt, bei Complaints hättet ihr Tynecastle seit Jahren auf dem Schirm gehabt – wir müssen Zugang zu diesen Akten bekommen.«

Er blies die Wangen auf. »Meine ehemaligen Kollegen sind eher zurückhaltend, wenn's darum geht, Unterlagen offenzulegen.«

»Verständlicherweise, aber eine Weisung durch ACC Lyon könnte die Schatzkammern öffnen.«

»Ich kann es ihr ja vorschlagen.«

»Ein rasches Ergebnis läge auch in ihrem Interesse; mach ihr das klar.«

»Okay, aber im Gegenzug musst du mir auch einen Gefallen tun.«

»Was denn?«

»Irgendwie habe ich das Gefühl, dass du heute Abend ausgehst.«

Clarke stutzte, fragte sich, woher er das wusste, begriff dann aber, dass er nicht Michael Leckie meinte. Zur Verdeutlichung legte er einen kleinen Tanzschritt hin, wackelte mit der Hüfte und stach die Ellbogen zur Seite.

»So tanzt kein Mensch«, erklärte sie ihm.

»Aber ich hab recht, oder? Du willst dir DJ Gabz in ihrem natürlichen Lebensraum ansehen.«

»Der meilenweit entfernt ist von *deinem* natürlichen Lebensraum, Malcolm.«

»Ich bin sicher, irgendwo im Schrank hab ich noch ein Partyhemd. An welche Uhrzeit hast du gedacht?«

»Ich glaube kaum, dass da vor zehn schon was los ist.« Sie sah, dass ihn Zweifel beschlichen. »Vielleicht gehe ich sogar erst um elf«, ergänzte sie in der Hoffnung, ihn abzuschrecken, doch er nahm es schulterzuckend hin.

»Wir brauchen diese Akten heute noch«, ermahnte sie ihn.

»Ich kümmere mich darum«, versprach Fox und kehrte an seinen Schreibtisch zurück.

Clarke setzte sich an ihren und merkte, dass Christine Esson sie finster anstarrte.

»Was?«

»Der nimmt dich ganz schön in Beschlag.« Esson blickte in Fox' Richtung, um zu verdeutlichen, wen sie meinte.

»Du hast genug zu tun, Christine – und demnächst wird noch ein weiterer Riesenberg bei uns landen.« Clarke hielt ihr einen Ausdruck der Handynachrichten hin. »Was hältst du davon?«

»Driscoll wirkte ja recht offen, als wir mit ihm gesprochen haben, jedenfalls vergleichsweise. Aber das muss definitiv erklärt werden. Der DCI hat Jason und Colin bereits gebeten, mit den Leuten zu sprechen, mit denen er zuletzt telefoniert hat.«

»Gab es auch Kontakt zu der Immobilienagentur?«

»Hätte es welchen geben sollen?« Clarke zuckte mit den Schultern. »Der Typ im Anzug, der heute Morgen hier reingeschneit ist, wer war das?«

»Aus Gartcosh. Hatte wohl ein paar Hintergrundinformationen.«

»Irgendwas, das dein Interesse an QC Lettings angefacht hat?«

»Die Tochter der Inhaber hat den Toten entdeckt – meinst du nicht, dass das ein komischer Zufall ist?«

»Ich hab das Gefühl, da ist noch mehr.«

»Ich bin zur Verschwiegenheit verpflichtet.«

»Also gibt es was.«

»Sobald ich kann, sage ich's dir, versprochen.«

»Und ausgerechnet du hast *mir* vorgeworfen, ich würde zu sehr mit Malcolm Fox unter einer Decke kuscheln.«

Clarke wollte den Mund aufmachen, um etwas zu erwidern, aber Esson hatte schon den Kopf gesenkt, konzentrierte sich wieder auf ihre Tastatur.

Tess Leighton hatte mitbekommen, dass schlechte Stimmung herrschte, doch das hielt sie nicht davon ab, den Blick auf ihr Handy gerichtet, näher zu kommen. »Der *Courant* zitiert eine namentlich nicht genannte Quelle aus Tynecastle«, erklärte sie. »Offenbar treiben wir eine *Hexenjagd* voran, die letztlich *Polizeiarbeit und alles, was dazugehört, hinfällig macht und die Gesellschaft in Anarchie verfallen lässt.* Ende.« Sie blickte auf. »Sieht fast so aus, als wüssten die, dass wir sie im Visier haben.«

»Den Anschein hat es.« Clarkes Blick wanderte zu King und Ritchie, die inzwischen ihre Jacketts ausgezogen hatten, sich ihre Handys an die Ohren pressten und über ihre Schreibtische beugten. Als Colin King merkte, dass Clarke herübersah, legte er eine Hand über sein Handy und formte mit den Lippen Worte, die weder Clarke noch Leighton verstanden, woraufhin er einen A4-Block heranzog, etwas draufschrieb und so hochhielt, dass sie die in großen Druckbuchstaben verfasste Botschaft lesen konnten:

ALLE AUS TYNECASTLE!

Was heißen sollte, alle Anrufe und Nachrichten auf Haggards Handy.

»Da hat er sie wohl ganz schön aus dem Konzept gebracht, oder?«, meinte Leighton.

»Allerdings«, pflichtete Clarke ihr bei.

Leighton schaute auf Clarkes Bildschirm. »Was ist das?«

»Ich hab endlich kapiert, wie ich Dateien vom Handy weiterleite.« Clarke startete das Video. »Das ist Haggard, der sich gewaltsam Zugang zum Haus seiner Schwägerin verschafft.« Sie drehte es lauter. Die beiden Detectives sahen sich die Auseinandersetzung an.

»Und wegen diesem Typen machen wir jetzt Überstunden?«, fragte Leighton.

Malcolm Fox schlängelte sich an verschiedenen Schreibtischen vorbei und gesellte sich zu ihnen.

»In ein paar Stunden hast du die Complaints-Akten«, versprach er Clarke.

»Das ging ja flott, Malcolm.«

»Manches wird auch an meinen Computer geschickt – und *nur* an meinen Computer. Aber es gibt auch jede Menge Akten, die verschlossen aufbewahrt werden müssen, und sie dürfen dieses Büro nicht verlassen.«

»Verstanden. Danke nochmal.«

»Ich werde mein Hemd noch frisch bügeln.« Er ging an seinen Schreibtisch zurück.

»Frisch bügeln?«, wiederholte Leighton.

»Fang gar nicht erst an«, seufzte Clarke, als Leighton schon weiterging. Sie ignorierte die noch immer stinksaure Esson, tippte den Namen Fraser Mackenzie bei Google ein und erhielt einen Bildschirm voller Bilder. Sie fing oben an und ging sie alle langsam nach unten durch. Sofern er keine drastische Verwandlung durchgemacht hatte, passte er nicht im Geringsten auf die Beschreibung des Mannes, der Gaby Mackenzie chauffiert hatte.

»Soll ich dir die Sachen von Stephanies Handy schicken?«, fragte sie Esson.

»Wenn du's erträgst, deine Informationen mit mir zu teilen.«

»Ich denke, ich könnte mich überwinden.«

Mit einigen wenigen Klicks war es erledigt. Manches war einfach, anderes nicht.

»Danke«, sagte Esson, etwas weniger geladen, als Clarke erwartet hatte.

»Immer wieder gern«, erwiderte Clarke, ihre Blicke trafen sich über ihrer beider Schreibtische hinweg. Sie wollte noch etwas anfügen, aber Esson hatte ihre Kopfhörer aufgesetzt, um sich das Filmmaterial besser anhören zu können.

»Immer gern«, wiederholte sie noch einmal leise für sich.

18

Gaby Mackenzie war dort, wo sie sich am sichersten und wohlsten fühlte, im Elemental Club. Während die Tresenmitarbeiter unterhalb ihres DJ-Podests die Bar auffüllten, bereitete sie alles für ihr Set am Abend vor. Anscheinend hatte jemand gedacht, Cellomusik von Bach würde zur Stimmung passen, und ließ diese jetzt leise über Lautsprecher laufen. Gaby hatte nichts dagegen. Sie hatte sich häufig an klassischer Musik bedient und hörte auch jetzt mit einem Ohr hin, überlegte, ob etwas dabei war, das zu sampeln sich lohnen würde. Als ihr Handy klingelte, wäre sie fast nicht drangegangen, aber es war ihre Mutter, die sie endlich zurückrief. Sie nahm ihre Kopfhörer ab und hob das Telefon ans Ohr.

»Ich habe dir hundert Nachrichten geschrieben«, beschwerte sie sich.

»Das sehe ich«, flötete ihre Mutter. »Ist denn alles in Ordnung? C hat gesagt, du warst ganz schön fertig. Wahrscheinlich können wir Beschwerde einreichen.«

»Ich bin nicht genervt von der Polizei. Du hast irgendwas an meinem Handy gedreht. Ich will, dass du das heute noch rückgängig machst, sonst fliegt es in den Müll, und ich werde aufpassen, dass du das nächste nicht in die Finger bekommst.«

»Was wollte die Polizei von dir, Gaby?« Der Tonfall ihrer Mutter hatte sich verändert, war um einige Grad härter geworden. »Du warst da, oder? In der Wohnung von Francis Haggard, meine ich?«

»Das weißt du doch, du hast ja mein Handy angezapft.«

»Was war da los, hast du dich mit jemandem getroffen?«

»Wie's der Zufall will, wollte ich in die Wohnung obendrüber, um besinnungslosen Sex mit einem Mann zu haben, dessen Namen ich nicht mal kenne.« Einen Augenblick lang herrschte Stille in der Leitung.

»Und mehr hast du mir nicht zu sagen?«

»Nein.«

»Dann hast du Francis Haggard gar nicht gekannt?«

»Wie kommst du darauf, dass ich ihn gekannt habe?«

»Er hat in Tynecastle gearbeitet.«

»Na und?«

»Seine Kollegen gehen doch ins Elemental, oder nicht?«

»Ich habe Francis Haggard nicht gekannt.« Gaby hielt inne. »Aber du, oder, du und Dad? Einer von euch beiden muss ihm doch die Wohnung gezeigt haben.«

»Wahrscheinlich schon.« Ihre Mutter stieß einen deutlich hörbaren Seufzer aus. »Leichtsinn ist nicht gut fürs Geschäft, Gabrielle.«

»Ich bin nicht leichtsinnig, ich bin jung – das ist ein Unterschied.«

»Aber wieso ausgerechnet diese Wohnung?«

»War die nächste. Wenn du nichts dagegen hast, ich muss jetzt mein Set für nachher vorbereiten.«

»Isst du vorher noch mit uns?«

»Nur wenn du versprichst, dass du nicht mehr mein Handy ortest.«

»Ich will nur, dass du in Sicherheit bist, Darling. Wir müssen alle vorsichtig sein.«

Gaby ließ die Schultern hängen. »Ich weiß.«

»Dann sehen wir uns später?«

»Pass auf, dass es was Vegetarisches ist. Und vergiss nicht – Hühnchen ist kein Gemüse.«

»Aber fast.«

»Nur fast«, lenkte Gaby gequält lächelnd ein. Dann legte sie ihr Handy neben sich, setzte die Kopfhörer wieder auf und konzentrierte sich auf ihre Musik.

James Pelham stand auf, wollte gerade gehen, als Fox in dem Restaurant eintraf. Er hatte sich Zeit gelassen, sich eigentlich gar nicht mit dem Mann treffen wollen. Als er ACC Lyon wegen der Complaints-Akten angerufen hatte, erklärte ihm diese, sein Timing sei perfekt, es gebe jemanden, mit dem sie ihn gerne bekannt machen würde. Sie sei noch an diesem Nachmittag in der Peacock Alley mit demjenigen auf einen Drink verabredet.

»Im Waldorf Astoria«, hatte sie Fox mitgeteilt.

»In Edinburgh sprechen die Einheimischen noch vom Caledonian«, hatte Fox entgegnet.

»Schön, aber ich bin nicht aus Edinburgh, Malcolm …«

Der Mann, mit dem sie ihn zusammenbringen wollte, war ihr alter Freund James Pelham und gleichzeitig der Grund, weshalb Fox sich nicht unbedingt beeilt hatte, am verabredeten Ort aufzutauchen. Nach seiner Ankunft hatte er sich erst mal in der Lobby herumgedrückt, heimlich beobachtet, wie Lyon auf die Uhr sah, auf ihr Handy schaute und sich den Hals nach ihm verrenkte. Schließlich war Pelham aufgestanden und hatte ihr die Hand gedrückt, was Fox als Zeichen für seinen Einsatz verstand.

»Malcolm, na endlich«, sagte Jennifer Lyon kühl. »Darf ich Ihnen James vorstellen?«

Fox schüttelte die ihm angebotene Hand und bewegte den Kopf auf eine Weise, dass man es als Begrüßung verstehen konnte. Pelham dagegen machte sich nicht einmal die Mühe, Blickkontakt aufzunehmen. Er hatte zwei frische Zwanzigpfundscheine aus der Brieftasche gezogen und trotz Lyons Protest neben sein Glas gelegt.

»Ein anderes Mal«, sagte er. »Ich muss noch zu einer Besprechung.« Und damit war er verschwunden. Lyon fixierte Fox mit einem bösen Blick, als er auf dem Stuhl Platz nahm, den Pelham gerade verlassen hatte.

»Hätte nützlich sein können, ihn kennenzulernen«, sagte sie und kippte sich die letzten Tropfen ihres Getränks in den Mund. Ein Kellner kam, aber Fox schüttelte den Kopf, woraufhin er sich auf die Geldscheine schielend wieder zurückzog.

»Nützlich für mich oder für ihn?«, hakte Fox nach. Ihm fiel auf, dass Lyon strahlte und neue blonde Strähnchen in den kurzen Haaren hatte. Er begriff, dass es hier eine Vorgeschichte gab, die über eine unverfängliche alte Freundschaft hinausging.

»James macht sich Sorgen«, sagte Lyon. »Einigermaßen berechtigt, denkt er.«

»Ach?«

»Sie wissen, dass seine Frau – demnächst Ex – mit Francis Haggard verwandt war?«

»Das ist meiner Aufmerksamkeit nicht entgangen.«

»Da James nun mal James ist, fürchtet er, die Presse könnte versuchen, ihn in den Fokus der Berichterstattung zu stellen.«

»Was glaubt er, können wir dagegen tun?«

»Ihnen keine zusätzliche Munition liefern, das wäre schon ein Anfang«, schlug Lyon vor.

»Bei allem Respekt, Sie müssen zu Ihrem alten Freund auf Abstand gehen.«

»Malcolm, das gefällt mir nicht.«

»James Pelham ist eng mit Fraser Mackenzie befreundet – und ich nehme an, Ihnen ist bekannt, dass sich der SOCD für ihn interessiert? Dazu kommt, dass gegen Pelhams Unternehmen wegen Steuerhinterziehung ermittelt wird und er gerade eine sehr öffentliche und unschöne Scheidung durchmacht.«

Lyon nahm all das zur Kenntnis, ohne sich eine Gefühlsregung anmerken zu lassen. Schließlich starrte sie an Fox' linker Schulter vorbei auf die ausgezeichnet bestückte Bar. Er glaubte nicht, dass sie irgendetwas Bestimmtes im Blick hatte; ganz im Gegenteil. Sie versank in Erinnerungen.

»James hatte immer schon ein Faible für Frauen – das würde er mehr oder weniger wörtlich genau so ausdrücken. Ein Romantiker der alten Schule, mit viel Charme und Geschick, außerdem Rosen, Champagner und Durchsetzungsvermögen. Ich fühlte mich verpflichtet, ihn zu treffen, obwohl ich wusste, dass er mich um eine Gefälligkeit bitten würde.« Ihr Blick ruhte auf seinem. »Die Unterlagen, die Sie angefordert haben, sind unterwegs. Keine Angst, so kleinkariert bin ich nicht.«

»Das habe ich auch nicht befürchtet.«

»Und Siobhan Clarke?«

»Der richtige Zeitpunkt ist noch nicht gekommen.«

Sie gab sich jetzt sachlicher. »Wie viel Ärger kommt da noch auf uns zu, Malcolm?«

»Auf Police Scotland, meinen Sie? Ich tue mein Möglichstes.«

»Aber?«

»Man hätte schon vor zig Jahren gegen Tynecastle vorgehen müssen.«

»Und wenn wir eine Handvoll der Schlimmsten ans Tageslicht zerren …«

Er nickte nachdenklich. »Kann sein«, sagte er schließlich.

Lyon beugte sich über den kleinen runden Tisch zu ihm vor. »Ich würde es als persönlichen Gefallen mir gegenüber verstehen, sollten Sie trotz Ihrer Bedenken für James tun, was Sie können.« Sie hielt inne. »Sie wissen, dass Sie als möglicher Kandidat für eine Führungsposition gehandelt werden? Noch über einem DCI. Demnächst werden Stellen frei, und Ihr Name ist gefallen.«

Fox konnte es sich gerade so verkneifen, sich die Lippen zu lecken. »Habe die Botschaft verstanden, Ma'am«, sagte er.

»Sagen Sie ruhig Jennifer, Malcolm«, schnurrte Assistant Chief Constable Lyon.

Rebus hatte seinen Saab absichtlich an einer auffälligen Stelle geparkt. Er ging nicht sofort zu Tommy Orams Garage, sondern blieb zunächst unschlüssig an seinem Wagen stehen. Als er dann schließlich doch davorstand, rüttelte er am Griff. Das große Metalltor bebte leicht, machte aber nicht den Eindruck, als ließe es sich ohne größere Kraftanstrengung, zu der Rebus nicht in der Lage war, öffnen. Oben an der Straße fuhren zwei Fahrräder vorbei. Zwei Minuten später wieder. Rebus wusste, dass man ihn im Auge hatte. Ein paar Minuten später trafen zwei weitere Fahrräder ein. Er kannte beide Gesichter noch von seinem letzten Besuch. Obwohl sie das Teenageralter noch nicht erreicht hatten, wussten die Jungs bereits, wie man älter und gemeiner wirkt.

»Ziehen Sie Leine«, beschied ihm der Anführer, die Füße auf dem Boden, die Hände am Lenker.

»Habt ihr heute keinen Hund dabei?«, fragte Rebus. »Erinnert ihr euch nicht an mich? Tommy wird enttäuscht sein – er bezahlt euch, damit ihr auf Zack seid.«

»Sie waren vor ein paar Tagen schon mal da«, sagte der zweite Junge.

»Hab meinen alten Freund Tommy besucht.« Rebus hob einen Fuß und trat gegen das Tor. »Wisst ihr, dass Tommys Vater bis vor Kurzem hier übernachtet hat?« Die Jungs starrten ihn wortlos an. Rebus zog einen Zwanzigpfundschein aus der Tasche und hielt ihn hoch, dann trat er einen Schritt näher an den Anführer heran. Der Schein wurde ihm aus den Fingern geschnappt und verschwand in einer Tasche. »Habt ihr seinen Dad gekannt?«, fragte er erneut.

»Klar.«

»Auch mit ihm gesprochen?«

»Hat sich von uns Sachen aus dem Laden holen lassen«, sagte der zweite Junge.

»Das war sehr nett von euch, Tommy hat sich bestimmt gefreut.« Rebus hielt inne. »Habt ihr eine Ahnung, warum sein Dad weg ist?« Sie schüttelten die Köpfe. »Und seitdem ist er nicht nochmal aufgetaucht?«

»Das wüssten wir«, behauptete der Anführer.

»Zweifellos.« Fast hätte er gefragt, warum sie nicht in der Schule waren, aber das wäre eine blöde Frage gewesen. Entweder hatten sie die Schule längst aufgegeben, oder die Schule hatte sie aufgegeben. »War Tommy heute da?«

Wieder schüttelten sie die Köpfe. »Hat er sich gut mit seinem Dad verstanden?« Aus dem Kopfschütteln wurde jetzt Schulterzucken. Keinem der Jungs schien besonders warm zu sein, trotz der dicken schwarzen Hoodies. Ihre knorrigen Finger waren rund und pink, ihre Jeans billig und unförmig, die

Sportschuhe abgelatscht. Die Haaren trugen sie hinten und an den Seiten kurzgeschoren, nur vorne waren sie länger. In der Stadt gab es Hunderte, wenn nicht Tausende wie sie. Rebus nickte zu dem Graffiti an den Wänden.

»Welches sind eure Tags?« Aber diese Frage wollten sie ihm nicht beantworten. »Viel bekommt man hier ja nicht für einen Zwanziger.«

»Dafür hat niemand Ihren Wagen angerührt«, korrigierte ihn der Anführer.

»Immerhin etwas.«

Er sah sie kehrtmachen und denselben Weg zurückradeln, den sie gekommen waren, dann ging er zu seinem Saab zurück, schloss auf und stieg ein. Einen Augenblick lang blieb er sitzen, dann ließ er ihn an, schaltete die Heizung ein und fuhr los. Wenig später kam er an einem Kombi mit Rennstreifen und frisiertem Auspuff vorbei. Er hielt mit laufendem Motor am Bordstein, machte einen Haufen Krach. Rebus' kleine Freunde standen am offenen Fenster auf der Fahrerseite. Offensichtlich fand irgendein Handel statt. Ein paar Straßen weiter hatte ein anderes Fahrrad vor einem der Reihenhäuser gehalten, der Bewohner öffnete die Tür gerade weit genug für einen Tausch.

»Lieferdienst«, sagte Rebus zu sich selbst. Warum nicht? Zu seiner Zeit beim CID hatten auch schon Schulkinder Kurierdienste übernommen, aber so jung wie diese hier waren sie nicht gewesen. Eigentlich sollten sie zu Hause bei liebenden Eltern an ihren Spielekonsolen sitzen. Einst hatte Cafferty den Großteil solcher Geschäfte in der Stadt kontrolliert, aber Kinder hatte er nicht für sich arbeiten lassen, nicht soweit Rebus wusste. Aber das heute war eine andere Welt, eine viel weniger verstohlene Kultur. Heutzutage konnte man kaum durch die Straßen gehen, ohne dass einem Haschisch entgegenwaberte.

Schlafzimmer und Dachböden wurden in Gewächshäuser für den Anbau umfunktioniert. Vor einiger Zeit war so ein Haus mal in Flammen aufgegangen, und man hatte die Nachbarn gewarnt, sie sollten möglichst ihre Fenster verschlossen halten, um nicht high zu werden. Konsumenten und Dealer fürchteten die Gesetzeshüter nicht mehr, und diese rissen sich wegen ein bisschen Gras, ein paar Pillen oder einer Prise Koks kein Bein mehr aus.

Als sein Handy klingelte, sah er, dass der Anruf von Alan Fleck kam. Er ließ es klingeln, ging nicht dran. Fleck versuchte es wenig später noch einmal, aber Rebus war immer noch nicht in Stimmung. Stattdessen fuhr er die relativ kurze Strecke zur Wache in Tynecastle. Er musste in zweiter Reihe parken, aber das war okay, er hatte ohnehin nicht vor auszusteigen. Das Gebäude verströmte noch dieselbe niederdrückende Atmosphäre wie eh und je. Die Mitarbeiter dort hatten sich unter der Leitung von Fleck und seinesgleichen benommen wie Prinzen und Soldaten eines hochherrschaftlichen Lehensguts. Rebus hatte man behandelt wie einen angesehenen Abgesandten, hatte ihm Whisky und Preisnachlässe in den besten Restaurants der Stadt in Aussicht gestellt.

»Du musst nur meinen Namen sagen«, hatte Fleck ihm erklärt, dabei verschwörerisch ein Auge zugekniffen, sich an die Nase getippt, Rebus' Arm oder Schulter getätschelt, und irgendwann fand Letzterer dann ein Geldbündel in seiner Manteltasche.

Er hatte nie Nein gesagt, denn das hätte Anstoß erregt. Ein bisschen war das so wie auf dem Schild, das man früher in vielen Geschäften sah: *Bitte bitten Sie nicht um Kredit, Ablehnung führt zu Unmut.* Außerdem war Fleck ein guter Polizist, einer, der Resultate brachte. Geliebt von seinen Untergebenen, bewundert von seinen Vorgesetzten. Nachdem Rebus einmal einen über den Durst getrunken hatte, hatte er Fleck gefragt, warum er es nie weiter gebracht hatte als bis zum Sergeant.

»Ich lehne alle Angebote ab«, hatte Fleck erwidert. »Nichts ist besser, als was ich gerade mache, John. Du und deine Freunde vom CID, nicht mal für einen Haufen Diamanten würde ich mit euch tauschen.«

Machte es ihm einfach Spaß, an vorderster Front zu stehen? Rebus hatte häufig darüber nachgedacht. Jetzt glaubte er, dass es eher mit den Fäden zu tun hatte, die er dort ziehen, und mit der Macht, die er dort ausüben konnte. Wenn Alan Fleck durch die Straßen ging, kannten ihn alle, und wer ihn nicht kannte, wollte ihn kennenlernen. Was er sagte und tat, hatte Gewicht. Als plötzlich unweit der Polizeiwache ein Graffiti in meterhohen Großbuchstaben verkündete SGT ALAN FLECK = ARSCHLOCH, bestand Fleck darauf, sich daneben fotografieren zu lassen. Anschließend ließ er das Foto vervielfältigen, rahmen und verschenkte es als Weihnachtsgeschenk an alle, Polizisten und nicht Polizisten, die in Tynecastle arbeiteten. Auch Rebus hatte eins bekommen, obwohl er nicht mehr wusste, was er damit gemacht hatte.

Und na klar: Rebus hatte Fleck und seiner Crew im Lauf der Jahre den ein oder anderen Gefallen getan, natürlich. Wer Nein sagte, wurde zum Außenseiter und vielleicht sogar zum Feind, das Vertrauen wurde einem entzogen, und man gehörte nicht mehr zum inneren Kreis.

Whisky und Zigaretten, Restaurantbesuche und Schmiergelder – Rebus vermutete, dass sich so mancher auch schon für weniger verkauft hatte, und wenn, dann lieber an Alan Fleck als an einen wie Big Ger Cafferty. Fleck hatte es immer so dargestellt, als sei das eine Entscheidung zwischen uns, den Guten, und den anderen, den Bösen. Als würden zwei Mannschaften gegeneinander antreten.

»Pass auf die Torpfosten auf, John«, hatte er gesagt. »Manchmal verschieben sich die verflixten Dinger, bevor du dich versiehst, das kann blitzschnell gehen.«

Die Initiationsriten mochten schwierig und erniedrigend gewesen sein, aber das war in vielen Institutionen nicht anders. Rebus erinnerte sich an Demütigungen aus seiner Zeit als Rekrut bei der Armee. Beschimpfungen, manipulierte Ausrüstung, grausame Streiche, all das wurde häufig als Methode zur Charakterfestigung verkauft. Außerdem waren die Zeiten definitiv vorbei. Inzwischen war jeder ein potentieller Whistleblower, alle hatten Handys, mit denen sich Beweise sammeln ließen. Hätte es den *Courant* und ähnliche Blogger zu Rebus' Zeit schon gegeben … oh, er schauderte beim bloßen Gedanken. Aber tatsächlich glaubte er, egal welches Maß an Fehlverhalten auch aufgedeckt würde, die allgemeine Öffentlichkeit würde es akzeptieren, sofern die Polizei sie nur entschlossen vor den Bösen bewahrte.

Als ein Hund, der mit seinem Herrchen unterwegs war, an einem Laternenpfahl stehen blieb und ein Bein hob, fiel Rebus wieder ein, dass Brillo zu Hause auf ihn wartete. Er legte einen Gang ein und war gerade angefahren, als ein Streifenpolizist aus der Wache trat, ein Handy hob und ein Foto von Rebus in seinem Wagen machte. Er kannte den Mann nicht.

Er wusste nur, dass seine Anwesenheit nicht unbemerkt geblieben war.

Clarke kam zehn Minuten zu früh in die Oxford Bar, aber Leckie wartete bereits im Hinterzimmer. Er stand auf, wollte ihr einen Drink holen, aber sie winkte ab, kam ein paar Minuten später mit einem Gin-Tonic an den Tisch. In der Kneipe war mehr los, als sie gehofft hatte, dennoch blieb genug Abstand zwischen den Tischen. Außerdem schienen alle ringsum viel zu vertieft in ihre eigenen Gespräche, um mitzuhören. Sie hatte darum gebeten, die Fernseher einzuschalten, und Kirsty, die Inhaberin, hatte ihr den Gefallen mit der Fernbedienung getan. Internationaler Fußball – der unaufdringliche Kommentar übertönte, was an den Tischen besprochen wurde. Clarke nickte, um Kirsty zu signalisieren, dass die Lautstärke super war.

»Ist das Ihre Stammkneipe?«, fragte Leckie und hob sein Bierglas, um anzustoßen.

»War es früher mal.«

»Ich weiß, dass John Rebus hier ein und aus gegangen ist – vielleicht tut er's ja immer noch, keine Ahnung. Natürlich weiß ich, dass Sie mit ihm zusammengearbeitet haben.«

»Haben Sie Nachforschungen über mich angestellt?«

»Anwälte wissen ganz gerne, mit wem sie's zu tun haben, und bei der ein oder anderen Gelegenheit ist Ihr Name und auch seiner gefallen.«

»Ich bin nicht ganz sicher, ob ich das gerne höre. Prost.« Sie stieß sachte mit ihm an und nahm einen Schluck.

»Wie laufen die Ermittlungen? Darf ich das fragen?«

»Natürlich dürfen Sie.«

»Und?«

»Ist vertraulich.« Er brauchte einen Augenblick, aber dann lächelte er. »Vielleicht darf ich *Sie* etwas fragen – waren Sie überrascht, als Sie's erfahren haben?«

»Dass er tot ist?« Er dachte eine knappe Minute darüber nach. »Irgendwie ja und nein. Ich hatte seinen Analytiker gefragt, ob er ihn für selbstmordgefährdet hält. Er hat gesagt sechzig-vierzig dagegen.«

»Männer wie Francis Haggard bringen sich in den seltensten Fällen um. Und wenn, töten sie zuerst ihre Freundin oder Frau.«

»Ich glaube nicht, dass er das je getan hätte.«

»Dieser Analytiker«, sagte Clarke, »das war doch ein Trick, oder? Den hat er doch erst aufgesucht, als seine Handgreiflichkeiten schon aktenkundig waren.«

»Wenn Sie lange genug in seinen Verbindungsnachweisen zurückgehen, werden Sie feststellen, dass er bereits vor diesen Vorfällen mehrmals versucht hat, Termine bei Psychotherapeuten zu ergattern. Doch die waren alle ausgebucht. Schließlich hat er einen gefunden. Um also Ihre Frage zu beantworten, nein, ich glaube nicht, dass das ein Trick war.«

»Er wollte sich ernsthaft verändern?«

»Da bin ich sicher.«

»Wirklich?«

»Er wurde im katholischen Glauben erzogen, wussten Sie das?«

»Er meinte, in Tynecastle wurde er deshalb schikaniert.«

Leckie nickte und drehte den Boden seines Glases langsam über den Bierdeckel.

»Er hat davon gesprochen, dass er einen Priester aufsuchen will, nicht nur, um zu beichten, sondern auch, um zu seinem Glauben zurückzukehren.«

»Psychoanalyse und Religion – anscheinend hat er's mit allen Mitteln versucht.«

»So kam mir das nicht vor. Ich hatte das Gefühl, dass er sich endlich öffnet, nachdem er ein Leben lang Gefühle und Schwächen verbergen musste.«

»Weil die ihn in Tynecastle zur Zielscheibe gemacht hätten?«

»Man hätte sie ihm vorgehalten und sich darüber lustig gemacht.«

»Als er sich Ihnen gegenüber geöffnet hat, hat er da Feinde erwähnt, Menschen, vor denen er Angst hatte?«

»Ich denke, die Person, vor der er sich am meisten gefürchtet hat, war er selbst. Er hat es gehasst, dass er seine Wut nicht kontrollieren konnte.« Er begegnete ihrem Blick. »Das glaube ich wirklich, und ich weiß, wovon ich spreche.« Er unterbrach sich lange genug, um einen Schluck zu trinken. »Mein Vater hat meine Mutter über Jahre geschlagen, und wir haben alle einfach weggesehen. Die Großeltern haben es gewusst, die Onkel und Tanten, Freunde der Familie, Nachbarn ... nie wurde ein Wort darüber verloren.«

»Das tut mir leid.«

»Reue gab es auch keine, nur Lügen, er hat es einfach abgestritten und weiter Wutausbrüche gehabt, bis er schließlich nach einem Schlaganfall pflegebedürftig wurde. Meine Mutter hat sich bis zu seinem Tod um ihn gekümmert, ist das zu glauben? Ich war inzwischen Mitte zwanzig, und wenn ich mit ihm allein war, hab ich's ihm gesagt. Er konnte nichts machen, außer daliegen und es sich gefallen lassen. Aber ich bin genauso wie alle anderen zu seiner Beerdigung gegangen, und danach haben wir die Fassade aufrechterhalten.« Er stieß die Luft aus, die er angehalten hatte, und blinzelte die Erinnerung weg. »Als Francis davon sprach, wie grob ihn der Job gemacht hatte ... also, ich fand das nachvollziehbar.« Er sah sie an. »Habe ich erwähnt, dass mein Vater auch Polizist war?«

Clarke nickte verständnisvoll. »Sie denken also durchaus, dass der Job mit Francis' Tod zu tun hatte. Aber gibt es etwas, auf das wir besonders achten sollten?«

»Ich bin an die Schweigepflicht gebunden, Siobhan.«

»Streng vertraulich.«

Leckie dachte noch einmal nach. Clarke merkte, dass er ihr immer sympathischer wurde. Er kam ihr wie jemand vor, der sein Leben wohlüberlegt angeht – das Für und Wider abwägt, sich in andere einfühlt und sich bemüht, das Positive zu sehen.

»Er hat recht regelmäßig Freizeitdrogen konsumiert, aber da er es sich finanziell leisten konnte, war das kein Problem. Die Aussicht, ins Gefängnis zu müssen, hat ihm nicht gerade gefallen – er wusste, dass die anderen Insassen nicht freundlich auf in Ungnade gefallene Polizisten reagieren würden. Dass er dazu beigetragen hatte, Unschuldige hinter Schloss und Riegel zu bringen, dürfte es kaum besser gemacht haben.«

»Hat er Ihnen das so gesagt?«

»Er hat mir gesagt, dass sich diese Männer anderer Vergehen schuldig gemacht haben, nur nicht der, für die sie verurteilt wurden.«

»Hat er bestimmte Fälle erwähnt?«

Leckie schüttelte den Kopf.

»Was ist mit den Namen, die er nennen wollte?«

»So weit waren wir nicht gekommen.« Er dachte wieder kurz nach. »Ein paarmal hat er erwähnt, dass Polizisten häufig in denselben Flügel gesteckt werden wie Sexualstraftäter – weil die anderen Häftlinge dort schwerer an sie rankommen. Er meinte, er würde sich lieber in der Essensschlange abstechen lassen, als sich mit diesen Typen zusammenpferchen zu lassen.«

»Hat er definitiv ›abstechen lassen‹ gesagt?«

»Ich denke schon.«

Clarke hatte ihr Handy aus der Tasche gezogen. Sie hob einen Finger, was bedeutete, sie bräuchte eine Minute. Dann ging sie auf die Young Street hinaus. Die Pflastersteine glänzten im Laternenlicht, es hatte geregnet, und sie waren glatt. Endlich ging Christine Esson dran.

»'tschuldigung wegen vorhin«, sagte Esson.

»Vergiss es. Manchmal muss es einfach raus, und du hast ja recht gehabt – du warst von Anfang an dran an dem Fall. Du hast es nicht verdient, in eine Ecke abgeschoben zu werden.«

»Wieso bist du dann nicht hier, überschüttest mich mit Entschuldigungen und Süßigkeiten?«

»Ich treffe mich gerade mit Haggards Anwalt. Wahrscheinlich hast du schon angefangen, die Complaints-Akten zu sichten?«

»Hast du gesehen, dass sie gekommen sind? Weißt du, wie viele das sind?«

»Ich denk lieber nicht dran.«

»Darfst du überhaupt mit dem Anwalt reden?«

»Wahrscheinlich ist das eine Grauzone. Aber er hat mich auf was gebracht – in Tynecastle wurden immer wieder Verdächtige mithilfe falscher Beweise überführt. Ich frage mich, bei wie vielen Fällen Haggard die Finger im Spiel hatte und ob einer der Verurteilten kürzlich entlassen wurde.«

»Wir suchen also nach einem Verbrechergenie. Jemandem, der wusste, dass Haggard gerade erst in eine Mietwohnung gezogen war?«

»Wenn derjenige ihm gefolgt war.«

»Anstatt ihn einfach auf offener Straße abzustechen.«

»Du hast recht, war nur ein Gedanke.«

»Ist aber ein interessanter Punkt. Vielleicht können wir das Liam und Noel übergeben.«

»Oasis?«

»Mein Spitzname für King und Ritchie. King schreckt gerade noch davor zurück, seinen Partner *mein Kleiner* zu nennen.«

Clarke grinste. »Was macht Fox?«

»Ist nach Hause gegangen – früh für seine Verhältnisse. Die Chefin hat auch schon Feierabend gemacht. Sind nur noch wir Arbeitsbienen hier. Soll ich dich wieder in deine Grauzone entlassen?«

»Bis morgen, Christine.« Clarke beendete das Gespräch und ging wieder rein. Eine zweite Getränkerunde stand bereits auf dem Tisch.

»Arbeit«, erklärte sie und setzte sich wieder.

»Darauf stoßen wir an.« Sie hoben ihre Gläser.

»Ich will Sie noch etwas fragen«, sagte sie. »Arbeiten Sie häufig für die Mackenzies?«

»Persönlich nicht. Aber meine Kanzlei, die haben mich auch zu Gaby geschickt.«

Clarke sah in ihrem Handy nach Fotos von Fraser Mackenzie und hielt Leckie das Display hin. »Ist das der Mann, der sie im Range Rover abgeholt hat?«

»Um Gottes willen, nein.« Leckie nahm ihr das Handy ab und betrachtete das Foto. »Der Fahrer sah eher aus, als würde man freiwillig die Straßenseite wechseln, wenn er einem entgegenkommt.«

»Hab ich mir gedacht«, sagte Clarke und nahm ihr Handy wieder an sich. Schweigend hob sie ihren Drink und nahm einen Schluck.

»Vielleicht«, sagte Leckie, »ziehen wir jetzt einen Strich unter das Berufliche und unterhalten uns einfach so.«

»Sie meinen, wie normale Menschen?«

»Meinen Sie, das kriegen wir nicht hin?«

Clarke sah ihm in die Augen. »Wir können's ja versuchen«, sagte sie. »Sind Sie Fußball-Fan?«

»Eher Rugby.«

»Musik?«

»Moderne Klassik.«

»Bücher?«

»Hin und wieder mal ein Thriller.«

»Sie machen es einem aber auch nicht leicht.«

Er erwiderte ihr Lächeln. »Wie ist es mit Ihnen?«, fragte er. »Was hat Sie zur Polizei gebracht?«

»Fällt das nicht unter Berufliches?«

»Nicht, wenn ich dadurch mehr über Sie erfahre.«

»Wie viel Zeit haben Sie?«

»Sie sind diejenige, die nachher noch was vorhat.« Er lehnte sich auf seinem Stuhl zurück und machte sich bereit zuzuhören.

»Passen Sie bloß auf, dass ich nicht noch mehr Gin-Tonic trinke«, sagte Clarke und zeigte auf ihr Glas. Dann fing sie an zu erzählen.

19

Fox wartete draußen vor dem Elemental Club auf Clarke, stand ein Stück abseits der Traube junger Raucher und wirkte eher wie ein besorgter Vater, der seine Tochter abholt, als jemand, der im Begriff ist, sich auf eine laute und verschwitzte Tanzfläche zu stürzen. Er trug eine Jacke, die für einen Waldspaziergang ausgezeichnet gewesen wäre, darunter erkannte Clarke ein hellblaues Polohemd.

»Was?«, fragte er.

»Ist das dein Partyhemd?«

»Kurzärmelig. Und guck mal.« Er hob ein Bein. »Jeans.«

»Sogar gebügelt. Na dann komm, mal sehen, wie du dich machst.«

Die beiden stämmigen und vorschriftsmäßig schwarz gekleideten Türsteher musterten sie, fanden aber keinen Grund, sie abzuweisen. Eine steile Treppe führte in ein Kellergeschoss. Auf und um die Cowgate gab es jede Menge Kellerclubs. Clarke fand das sinnvoll insofern, als damit automatisch ein gewisses Maß an Schallschutz gewährleistet war. Die Bässe wurden durchdringender, als sie an einen improvisierten Tisch traten, bezahlten und sich von einem Mitarbeiter Stempel auf die Handgelenke drücken ließen.

»Sollen wir lieber Track and Trace einschalten?«, fragte Fox.

»Wenn du eine Internetverbindung hast«, sagte sie schulterzuckend.

»Impfnachweis?« Dieses Mal schüttelte sie den Kopf.

Der Gang führte schließlich in einen einzigen geräumigen Saal, Licht pulsierte aus in die blanken Steinwände eingelassenen Scheinwerfern. In einer Ecke befand sich eine Bar, etwas erhöht standen Tische, aber die meisten Besucher saßen auf Hockern an einem Bord an der Seite. Die Tanzfläche war nur halbvoll, hauptsächlich von Studenten, die es nicht abwarten konnten, bis die Nacht endlich Fahrt aufnehmen würde.

»Ist noch früh«, erklärte Clarke Fox.

»Ich frage mich, ob die eine Obergrenze bei der Besucherzahl festgelegt haben.«

»Wenn du dich mit Corona ansteckst, geh ich für dich einkaufen, versprochen.«

»Dafür hole ich die Getränke.«

»Ich nehme einen O-Saft.«

»Sicher?«

Sie nickte und setzte sich an den einzigen freien Tisch und sah sich um. Bislang keine Spur von einem DJ, weshalb sie den Hals reckte und eine Musikgalerie über sich entdeckte. Von oben blickte man auf die Bar unten, Clarke konnte von dort, wo sie sich platziert hatte, das Podest oben aber eigentlich nicht sehen, weshalb sie wieder aufstand, ihre Maske überzog und sich zu Fox in die Schlange stellte. Jetzt konnte sie den oberen Bereich besser überblicken. Hinter einer hüfthohen Glasscheibe befand sich ein langer Tisch mit aufgereihten Kisten und blinkenden Lichtern, und hinter all dem stand Gaby Mackenzie, lauschte gebeugt ihren Kopfhörern und bereitete mit geschickten Fingern den nächsten Track vor. Offenbar war ein kleiner silberfarbener Laptop ihr wichtigstes Arbeitsgerät, obwohl sie auch CDs durchsah und kurz innehielt, um aus einem Plastikbecher mit Strohhalm zu trinken.

»Wann fängt die Musik an?«, fragte Fox hinter seiner Maske und reichte Clarke ihren Drink. Er hatte sich ebenfalls für O-Saft entschieden und nickte jetzt in Richtung der Tische, aber Clarke zwängte sich auf einen einzelnen freien Platz am Wandbord, wodurch ihm nichts anderes übrigblieb, als sich zu ihr zu stellen. Sie zogen die Masken ab, Clarke zeigte über Fox' Schulter, und dieser drehte sich um, entdeckte Gaby Mackenzie und nickte.

Als der nächste Track begann, erkannte Clarke ihn gleich an den ersten Takten: Boards of Canada. Allerdings ging er schon bald in etwas anderes über, da DJ Gabz eigene Elemente einbaute. Ein Rapper kam dazu, scheinbar nahtlos. Clarke war stillschweigend beeindruckt. Als sie wieder zur Galerie hinaufsah, grüßte Mackenzie, indem sie ihren Becher hob.

»Wir wurden gesehen«, sagte Clarke zu Fox. Er hatte seine Jacke ausgezogen und die obersten drei Knöpfe seines kurzärmeligen Hemds geöffnet.

»Spielt sie deinen Song?«

»Sozusagen. Du hättest wirklich nicht mitkommen müssen, weißt du das?«

Fox zuckte mit den Schultern. »Ist mal ganz schön, weg von den Akten.«

»Ist dir schon was darin aufgefallen?«

»Nur, dass ich die schlimmsten Exzesse – wenn auch unbewiesen – als historisch bezeichnen würde. Die Verantwortlichen sind längst pensioniert und in einigen Fällen sogar verstorben.«

»Hab mir schon gedacht, dass du das sagen würdest, ist ja auch das Ergebnis, das du gerne hättest.«

»Spielt keine Rolle, was ich gerne hätte, es steht da schwarz auf weiß. Ich hab aufgehört mitzuzählen, wie oft der Name

John Rebus fiel, meist in Zusammenhang mit einem gewissen Alan Fleck.«

»Von dem habe ich gehört.« Clarke hob ihren O-Saft an die Lippen. Er schmeckte billig, was auch durch die drei Eiswürfel nicht besser wurde, die darin schwammen. Egal, wie billig der Saft sein mochte, Eis war in jedem Fall noch billiger, so dass sich die Rechnung für die Betreiber lohnte. »John hat nie in Tynecastle gearbeitet, oder? Das heißt, er gehörte nie zur Crew?«

»Ehrenhalber wohl schon. Er war der, an den die sich ständig gewandt haben.«

»In welchen Angelegenheiten?«

»Wenn sie Cafferty oder einem der anderen Verbrecher, mit denen John sich offensichtlich gerne abgegeben hat, Botschaften zukommen lassen wollten.« Fox hielt inne. »Du kannst mir nicht erzählen, dass dir das alles neu ist. Aus den Akten geht hervor, dass du Rebus mehr als einmal den Arsch gerettet hast, als ihr beide noch zusammengearbeitet habt.« Wieder hielt er inne, aber Clarke dachte nicht daran, etwas dazu zu sagen oder gar zuzugeben. »Hör mal, ich will dir was sagen …«

»Ich höre.«

Er beugte sich näher an sie heran. »Ich will Fleck. Wenn wir's zu meiner Zeit bei Complaints versucht haben, hat er's jedes Mal geschafft, sich irgendwie rauszuwinden. Mir geht's eigentlich nicht darum, die Aufmerksamkeit vom aktuellen Geschehen abzulenken.« Er hielt inne. »Wenn meine Chefin das wüsste, würde sie mich vermutlich von dem Fall abziehen. Verstehst du, mich juckt das gar nicht, wenn in Tynecastle alles in sich zusammenfällt.«

»Und was ist mit John?«

Fox zuckte mit den Schultern. »Ist schwierig, Fleck zu überführen, ohne Rebus mit reinzuziehen. Da gibt es zu viel gemeinsame Geschichte.«

»Dann haben wir vielleicht ein Problem.«

»Trotzdem habe ich das Gefühl, dass das alles einen schlechten Geschmack bei dir hinterlässt, so wie Jahr für Jahr, Jahrzehnt für Jahrzehnt immer wieder neue Sachen herauskommen. Sag mir, wenn ich mich irre.«

Clarke konzentrierte sich wieder auf ihren Drink, wollte ihm auf keinen Fall zustimmen, schon weil sie ihm die Genugtuung nicht gönnte. Ihr fiel auf, dass jetzt jemand zu DJ Gabz an die Decks getreten war, offenbar einer der Türsteher. Er hielt ihr seinen Mund dicht ans Ohr, teilte ihr etwas mit. Sie nickte, dann schob sie sich die Kopfhörer wieder auf die Ohren und widmete sich erneut ihrer Aufgabe. Ihr Gast verschwand im Dunkel um sie herum. Wenige Augenblicke später tauchte derselbe Türsteher im Hauptraum auf, blieb gerade lange genug stehen, um sich zu vergewissern, dass nirgendwo Ärger drohte. Der Soundtrack hatte sich verändert, war jetzt lauter und kantiger, allmählich wachten die Studenten auf.

»Ist das Techno?«, fragte Fox, während ein gequälter Ausdruck über sein Gesicht huschte.

»Ist schon eine Weile her, seit ich mich mit den verschiedenen Genres beschäftigt habe«, erwiderte Clarke und begriff, dass er ihre Worte wegen der Lautstärke schon nicht mehr verstand. Die Tanzfläche füllte sich, Leute hielten ihre Drinks hoch und bewegten sich zur Musik. Schwer zu sagen, ob Gaby Mackenzie mit der Reaktion zufrieden war. Sie schaute auf ihr Handydisplay, die untere Hälfte ihres Gesichts wurde von dessen Licht erleuchtet. Clarke fiel auf, dass jetzt wieder jemand anders neben ihr stand, ein anderer Türsteher, wenn auch von der Größe und Uniform her mit dem ersten fast identisch. Sie dachte an Leckies Beschreibung des Fahrers, der Gaby aus Leith abgeholt hatte. Ihre Eltern hatten ihr einen Anwalt besorgt – Clarke fragte sich, ob sie auch den Chauffeur geschickt hatten. Oder war es jemand, den Gaby selbst kannte und dem sie vertraute?

»Anscheinend ist sie eine populäre junge Frau«, sagte sie. Fox formte die Hand zur Muschel und hielt sie sich hinters Ohr, doch Clarke schüttelte nur den Kopf, um ihm zu signalisieren, dass es nicht wichtig war. Stattdessen klapperte sie mit ihrem leeren Glas und zeigte Richtung Bar. Er nahm das Angebot an, streckte die Daumen hoch.

Als sie sich anstellte, sah Clarke ein Schild über der Bar, das die Clubbesucher auf eine Nummer hinwies, an die man Musikwünsche schicken konnte. Sie speicherte sie in ihr Handy ein und schickte eine Nachricht: *Danke für BoC. Bis bald.* Nachdem sie ihre Drinks geholt hatte, drehte sie sich zur Galerie um und sah, dass Mackenzie in ihre Richtung nickte.

Nachricht erhalten.

»Aber können wir danach gehen?«, brüllte Fox ihr ins Ohr, als sie ihm seinen O-Saft übergab.

»Hat dein Partyhemd keinen Spaß?«

»Ich will nur nicht, dass Blutflecken draufkommen.«

»Ich glaube kaum, dass es hier Schlägereien geben wird, Malcolm. Sieht alles ausgezeichnet überwacht aus.«

»Ich meinte Blut aus meinen Ohren.« Er stürzte seinen Drink in einem Zug runter und wartete, dass Clarke es ihm gleichtat. Sie winkte zur Galerie hinauf und folgte ihm nach draußen.

Am Eingang trafen gerade mehrere junge Männer ein. Trotz der Kälte trugen sie keine Jacken, in ihren engen kurzärmeligen Shirts kam der Fitnesstudio-gestählte Bizeps wunderbar zur

Geltung. Clarke erkannte ein paar Gesichter von ihrem Besuch in Tynecastle.

»Ach du Scheiße«, blaffte einer von ihnen und lachte gehässig.

»An Ihrer Nase hängt noch Puder«, warnte ihn Clarke.

»Wer ist der Holzfäller?«, fragte eine andere Stimme, womit Fox gemeint war.

»Anscheinend lasst ihr hier ja jeden rein«, sagte Clarke zum nächstbesten Türsteher.

»Hässliche Schlampen sollten Hausverbot bekommen«, meinte einer aus der Crew.

Fox wollte sich gerade an Clarke zu demjenigen vorbeischieben, der das gesagt hatte, aber sie verhinderte es. Ein paar der Polizisten schienen bereit, sich mit ihm anzulegen, aber auch der Türsteher ging jetzt dazwischen.

»Die sind aus Tynecastle«, informierte Clarke Fox.

»Dann freue ich mich darauf, die Typen in einem Vernehmungszimmer in Leith besser kennenzulernen«, knurrte er durch zusammengebissene Zähne.

Hinter der Abordnung aus Tynecastle hatte sich inzwischen eine Schlange gebildet, darunter auch eine Gruppe junger Frauen, die aufgedonnert mit Satinschärpen, Selbstbräuner und Haarreifen mit wippenden Fühlern einen Junggesellinnenabschied feierten. Sie beschwerten sich, weil es so lange dauerte. Ein anderer Clubbesucher stand an der Seite und filmte mit seinem Handy. Clarke sah ihn kopfschüttelnd an, aber er ignorierte sie.

»Wir wollen keinen Ärger«, sagte einer der Türsteher.

»Ganz ruhig, C«, beschwichtigte der Polizist. »Wir wollen nur mal sehen, wer den Längsten hat.« Dann sah er Clarke in die Augen. »Ich muss zugeben, ich glaube, Ihrer gewinnt.«

Die Crew schob sich jetzt laut lachend einer nach dem anderen durch den Eingang. Clarke sah ihnen nach, als sie die Treppe hinunterstiegen und einander auf die Schultern klopften. Einer von ihnen boxte in die Luft. Clarke und Fox schienen sie schon wieder vergessen zu haben – jetzt galt es, die Tanzfläche zu erobern. Clarke wandte sich an den Türsteher, den sie C genannt hatten.

»Stammgäste?«

»Manchmal sind die ein bisschen zu ausgelassen.«

»Besonders wenn sie ein paar Lines gezogen haben.«

»Davon weiß ich nichts.«

»Gut«, ergänzte Fox. »Dann haben Sie sicher nichts dagegen, wenn sich die Drogenkommission mal auf den Toiletten hier umsieht?«

»Wenn die nichts dagegen haben, ein halbes Dutzend Ihrer eigenen Kollegen zu filzen.« Der Türsteher sah ihn an, ohne auch nur im Geringsten mit der Wimper zu zucken.

Clarke nahm Fox' Arm und führte ihn davon. Den Clubbesucher, der gefilmt hatte, sah sie jetzt nicht mehr, glaubte aber auch nicht, dass es eine Rolle spielte. Der *Courant* war es nicht, das wusste sie. Ein bisschen weiter die Blair Street hinauf fiel ihr ein parkender Range Rover auf. Sie löste sich von Fox und ging einmal drumherum. Ein Aufkleber auf der Heckscheibe verriet ihr, dass der Wagen bei High End Motors gekauft worden war.

»Eher mein Stil als deiner«, meinte Fox.

»Das ist wohl wahr, Malcolm. Ganz besonders, wenn du Bäume fällen willst.«

Er schaute an seiner Jacke runter. »So schlimm ist es nicht, oder?«

»Alles wunderbar«, versicherte ihm Clarke, nahm ihr Handy aus der Tasche und machte ein Foto vom Kennzeichen des Range Rovers.

»Das war gelogen, oder?«

»Natürlich«, sagte Clarke und hakte sich wieder bei ihm unter. »Komm, wir suchen uns eine schöne ruhige Bar.«

Wieder zu Hause, schenkte Clarke sich noch einen Orangensaft ein und schob sich zwei Ibuprofen in den Mund. Im Kühlschrank war nicht viel, also begnügte sie sich mit einem Apfel und lud ihr Handy auf. Sie erwischte sich dabei, dass sie an Michael Leckie dachte. Warum hatte sie ihm gegenüber so offen gesprochen? Der arme Kerl wusste genug über sie, um ihren Nachruf zu schreiben. Vermutlich, weil er sie selbst ins Vertrauen gezogen und ihr von seinem Vater erzählt hatte. Ihr dämmerte, dass er sich das alles vielleicht nur ausgedacht hatte, damit *sie* sich ihm gegenüber öffnete. Er hatte gesagt, er würde nicht für die Mackenzies arbeiten, aber vielleicht war auch das gelogen.

Manchmal musst du jemandem einfach vertrauen, Mädchen, sagte sie sich.

Auch Fox hatte sich geöffnet, ihr Dinge verraten, die sie eigentlich nicht wissen dürfte. Vielleicht waren sie auf derselben Seite, vielleicht nicht. Sie vermutete, dass sich Malcolms ethische Vorstellungen je nach Bedarf änderten. Er lebte für seinen beruflichen Aufstieg. Würde ihm ein solcher im Tausch gegen Rebus in Aussicht gestellt, würde er es sich nicht zweimal überlegen, da war sie sicher. Was auch immer ein Idealist war, Malcolm Fox war wahrscheinlich das genaue Gegenteil.

Andererseits hatte er zumindest Ziele und darüber hinaus sogar erreichbare.

Das hinterlässt einen schlechten Geschmack bei dir … Sag mir, wenn ich mich irre … Sie dachte an John Rebus, der in der Vergangenheit, um Resultate zu erzielen, jede erdenkliche

Vorschrift umgangen hatte, in seinen Augen war jeder ungelöste Fall ein Affront. Noch als Rentner hatte er unerlaubterweise Fallakten mit nach Hause genommen. Jeden Morgen und jeden Abend waren sie da, verspotteten ihn wegen seines früheren Versagens. Machte ihn das zum Idealisten oder zum Besessenen? Diese Fälle würden niemals abgeschlossen werden – er wusste es, und sie wusste es. Möglich, dass ihn Schuldgefühle quälten, weil er die Opfer im Stich gelassen hatte.

Hatte auch Francis Haggard unter Schuldgefühlen gelitten? Sein Anwalt war jedenfalls dieser Ansicht. Mit seinem Geständnis hätte er jene belastet, mit denen er gearbeitet und die er als seine Freunde bezeichnet hatte, möglicherweise waren es die einzigen wahren Freunde, die er überhaupt hatte. Solche Strapazen nahm man nicht allein in der Hoffnung auf Strafmilderung auf sich. Hätte er geredet, hätte er alles verloren und das für relativ geringe Vorteile. Es hatte keinen zwingenden Grund gegeben. Reue war der einzige, der ihr einfiel. Er wollte sich zu vergangenen Sünden bekennen und diese abbüßen.

Sie nahm ihr Handy und googelte Haggards Namenspatron, St. Francis, als eine Nachricht eintraf. Sie stammte von Laura Smith.

Draußen steht jemand.

Sie starrte kurz auf die drei Wörter, dann rief sie an.

»Sind die Türen verschlossen?«, vergewisserte sie sich.

»Ja«, erwiderte Laura.

»Weißt du, wer's ist?«

»Ein Mann in einem Wagen. Gestern Nacht war er auch hier. Ich dachte, vielleicht ist es ein als solches nicht gekennzeichnetes Taxi oder so.«

»Bist du sicher, dass es derselbe Wagen ist?«

»Kannst du kommen und nachsehen?«

»Ich hab zu viel getrunken, aber irgendwie krieg ich das hin. Du lässt das Licht aus und hältst dich von den Fenstern fern, bis ich da bin, okay?«

»Bin ich paranoid?«

»Gibt nur einen Weg, das rauszufinden …«

Clarke legte auf und meldete den Vorfall, bestellte einen Streifenwagen und betonte, es sei dringend. Unter einer Bedingung: niemand aus Tynecastle. Dann rief sie Smith erneut an.

»Die Kollegen sind unterwegs«, sagte sie ihr. »Wahrscheinlich siehst du gleich das blaue Licht.«

»Wie Roxanne?«

»War's bei der nicht rot?«

»Danke dafür.«

»Wozu hat man sonst Freunde?«

»Gibt's übrigens noch was Neues?«

»Du lieber Himmel, Laura, du gibst wohl nie Ruhe, oder?«

»Kann ich mir nicht leisten.«

»Wahrscheinlich machst du aus der Sache hier auch eine Story?«

»Hab schon drüber nachgedacht.«

»Hast du eine Ahnung, wer das ist da draußen?«

»Nein.«

»Oder was er will?«

»Da kommen zu viele in Frage, Siobhan.«

Clarke fiel etwas ein. »Du arbeitest doch nicht mit anderen zusammen, oder?«

»Wie meinst du das?«

»Lässt du andere Fotos für dich machen?«

»Leute schicken mir was, aber bislang kann ich's mir nicht leisten, sie zu bezahlen.«

»Ist heute Abend irgendwas gekommen?«

»Zum Beispiel?«

»Aus einem Club namens The Elemental in der Blair Street. Die Crème de la Crème aus Tynecastle hat dort herumgepöbelt.«

»Ach, ich weiß, dass die da hingehen, oder jedenfalls einige davon, diejenigen ohne Frauen, aber mit zu viel Geld.«

»Als die rein sind, hat jemand Bilder gemacht.«

»Was bedeutet, dass du auch dort warst – daher der Schwips?«

»Ich hab gearbeitet.«

»Komm, erzähl.«

»Wohl kaum.«

»Ah – hier ist das Licht, von dem du gesprochen hast. Was werden bloß die Nachbarn denken? Ist es jetzt okay, wenn ich ans Fenster gehe?«

»Wahrscheinlich schon.« Clarke lauschte, wie Smith sich von ihrem Stuhl erhob und das Wohnzimmer durchquerte.

»Der Streifenwagen steht mitten auf der Straße, das heißt, ich kann den anderen Wagen nicht sehen.«

»Aber er ist immer noch da?«

»Bedeutet das, er hat nichts zu verbergen?«

»Wir werden es erfahren.«

Clarke wartete schweigend, den Blick aufs Handy gerichtet, falls sie eine Textnachricht oder einen Anruf erhielt. Nach neunzig Sekunden war Smith wieder in der Leitung.

»Der Wagen ist weggefahren. Werden die Polizisten mit mir reden wollen, was meinst du? Warte – einer von ihnen ist jetzt an der Haustür.«

Clarke hörte Smiths Türklingel. Dann ihre Schritte auf dem Weg zur Tür und das Entriegeln des Schlosses. Ein kurzes gedämpftes Gespräch, dann schloss sich die Tür wieder und Smith nahm das Handy wieder hoch.

»James Pelham saß in dem Wagen«, sagte sie mit einem frischen Beben in der Stimme. »Er hat behauptet, er hätte nur gehalten, um zu telefonieren.«

»Auf dem Weg wohin?«

»Hab ich nicht gefragt.«

»Ihr seid keine Nachbarn, vermute ich?«

»Absolut nicht.« Smith hielt inne. »Er weiß es, oder?«

»Er weiß was?«

»Dass ich der *Courant* bin. Dass ich ihn vor aller Welt als Ehebrecher enttarnt habe.«

»Bist du sicher, dass es gestern Nacht derselbe Wagen war?«

»Was soll ich machen? Was wollte der hier?«

»Ich glaube nicht, dass er nochmal wiederkommt. Laura, nicht jetzt. Lass mich schlafen, dann unterhalten wir uns morgen.«

»Danke, Siobhan.« Clarke hörte sie tief durchatmen. »Und wenn sich noch was mit Francis Haggard ergibt, dann …«

Clarke legte auf. Ihr Telefon klingelte aber fast sofort wieder. Die Kollegen von der Streife wiederholten die Version, die sie auch Laura Smith überbracht hatten.

»Sie sagt, er war in zwei aufeinanderfolgenden Nächten dort«, teilte Clarke dem Beamten mit. »Glauben Sie vielleicht, dass er regelmäßig dort hält, nur um mitten in der Nacht von unterwegs zu telefonieren?«

»Weiß nicht«, kam schließlich die Antwort. »Aber das ist James Pelham, über den wir hier reden, er wird wohl kaum das Haus ausgespäht haben.«

»Danke, dass Sie grundsätzlich so unvoreingenommen an Fälle herangehen. Vielleicht bitten Sie die Kollegen von der

Streife, in den nächsten ein oder zwei Tagen öfter mal die Straße abzufahren, nur um sicherzugehen.« Sie hielt inne. »Sie haben das Kennzeichen notiert, oder?«

Die Stille in der Leitung war so vielsagend, wie es eine ausgesprochene Antwort kaum hätte sein können.

»War eine weiße Limousine«, platzte ein Kollege heraus.

»Das hilft uns enorm«, erwiderte Clarke.

»Vielleicht ein Volkswagen«, stammelte der Mann weiter, als Clarke schon aufgelegt hatte.

James Pelham. Nicht nur Stephanies Ex, sondern auch ein Freund von Fraser Mackenzie. Ein Geschäftsmann und Wohltäter.

Und jetzt auch noch Stalker?

Sechster Tag

20

Sie verabredeten sich in einem bereits sehr früh geöffneten Café in der Nähe von Tollcross. Die Plätze an den Tischen waren eng, Rebus gelang es gerade so, sich durchzuzwängen. Als Clarke eintraf, hatte er bereits ein Speckbrötchen zur Hälfte verputzt.

»Kann sein, dass deins schon kalt ist«, sagte er. »Wollte schon mal bestellen, bevor's hier zu voll wird.«

Sie nickte und setzte sich, wirkte noch müde. »Ich nehm's mit«, sagte sie und stierte in ihren Becher mit sepiafarbenem Tee.

»Lange Nacht?«, fragte er.

»Wahrscheinlich stehen mir noch einige bevor – wir haben den Dreck aus ungefähr zwei Jahrzehnten Tynecastle zum Nachlesen bekommen.«

»Die Complaints-Akten?«, riet Rebus. »Fox wird sich riesig freuen.«

»Dein Name taucht immer wieder auf.«

»Ach ja?«

»Als Verbindungsglied zwischen der Crew und der Unterwelt. Ist da was dran?«

Er kaute ein paar Sekunden lang schweigend. »Vielleicht ein klitzekleines bisschen«, räumte er schließlich ein.

»Was Wahres?«

Jetzt nickte er. »Aber ich sehe nicht, was dir das alles bringt – ich hab Haggard nicht umgebracht. Wenn es ein Polizist war, dann ist er doch wahrscheinlich noch im Dienst.«

»Oder es gibt etwas in seiner Vergangenheit, das um jeden Preis geheim gehalten werden muss.«

»Wie zum Beispiel?«

»Sag du's mir.«

»Würde ich, wenn ich könnte, Shiv.« Rebus biss noch einmal in sein Brötchen. Braune Sauce tropfte heraus, woraufhin er sich die Finger in den Mund steckte und ableckte. Das Café hatte sich inzwischen mit Arbeitern gefüllt, die sich anstellten, um sich was zu essen mitzunehmen. Speck brutzelte in der Küche. Das Radio hinter dem Tresen war auf einen Lokalsender mit aufgekratztem Moderator eingestellt.

»Da ist noch was«, sagte Clarke. »Wir befragen jeden, der Zugang zu den Schlüsseln des Wohnhauses hatte. Dazu gehören auch alle, die für QC Lettings arbeiten. Was weißt du über Thomas Oram?«

»Ich kann dir sagen, dass ich stark bezweifle, dass er jemanden umgebracht hat, den er nicht mal gekannt hat.«

»Bist du sicher, dass er Francis Haggard nicht kannte?«

»Ich glaube nicht, dass er mir bislang viel vorenthalten hat. Er hat mir sogar von seinem Vater erzählt.«

»Was ist mit ihm?«

»Tommy hatte ihn in einer Garage nicht weit von der Calder Road untergebracht.«

»Wieso?«

»Jack war noch nicht bereit, nach Hause zu gehen.«

»Hätte ihm sein Sohn nicht einen günstigen Vertrag bei QC beschaffen können?«

»Selbst günstige Mietverträge kosten Geld.«

Clarke hielt inne, machte ein Gesicht, als müsste sie eine Entscheidung treffen.

»Spuck es aus«, sagte Rebus.

»Francis Haggard hat hin und wieder Drogen konsumiert.«

»Das ist keine aufsehenerregende Nachricht.«

»Könnte aber auf eine Verbindung zwischen ihm und Fraser Mackenzie hinweisen.«

Rebus hörte auf zu kauen. »Hat Mackenzie gedealt?« Er dachte an die Jungs auf ihren Rädern, die Leute zu Hause oder in Autos belieferten. Jungs, die mit Tommy Oram befreundet waren.

»Was ist, John?«, wollte Clarke wissen.

»Nichts.« Er hob seinen Becher und trank.

»Ich habe in dem Vermisstenfall ermittelt. Tommy Orams Vater hat für Cafferty gearbeitet, also wie kommt es, dass der Sohn jetzt bei dem Mann angestellt ist, dem Cafferty seine Immobilienagentur verkauft hat?«

»Er kennt die Tochter.«

»Tommy kennt Gaby Mackenzie?«

»Das hab ich gerade gesagt.«

Clarke dachte nach. Rebus sah ihr unverwandt in die Augen, bis sie mit den Gedanken wieder ins Hier und Jetzt zurückgekehrt war.

»Ist nichts«, sagte sie, seine Frage vorwegnehmend.

»Ganz schön viel nichts«, meinte Rebus und wischte sich die Hände an einer Serviette ab.

»Gaby ist DJ, hast du das gewusst? Gestern hat sie ein Set in einem Club in der Blair Street gespielt, ich war da.«

»Wie war's?«

»Ganz schön angesagt.«

»Irgendwas dabei, das ich kenne – Jeff Beck oder Rod Stewart?«

»Der Musikgeschmack hat sich seit damals verändert.«

»Du meinst wohl, er ist schlechter geworden, so wie alles andere.« Sein Blick fiel auf Clarkes Teller. »Abgesehen von den Speckbrötchen. Auf Speckbrötchen ist Verlass.«

Clarke packte es in eine Serviette. »Als wir aus dem Club rauswollten, gab's eine unschöne Begegnung.«

»Wir?«

»Malcolm war mit.«

»Da hast du dir ja einen tollen Tanzpartner ausgesucht.«

»Als wir raus wollten, kamen gerade welche aus Tynie rein.«

»Ich bin sicher, Malcolm war der Situation gewachsen.«

»Er hat keinen Rückzieher gemacht, falls du das denkst.«

»Die Welt steckt voller Überraschungen.«

»Einer der Türsteher hat die Gemüter beruhigt. Anscheinend kannte er die Crew recht gut.«

»Türsteher sind manchmal ausgezeichnete Informationslieferanten. Ich hatte damals ein paar auf meiner Liste.«

»Manchmal liefern sie aber auch noch andere Sachen.«

Rebus begriff, worauf sie anspielte, und nickte langsam.

»Wahrscheinlich wirst du auch zur Vernehmung vorgeladen«, fuhr Clarke fort und änderte ihre Stoßrichtung, »wenn auch nur, damit Malcolm auf seine Kosten kommt. Mit Alan Fleck werden wir uns auch unterhalten. Der ist jetzt Gebrauchtwagenhändler. Muss einiges an Kohle für die Unternehmensgründung hingelegt haben. Inzwischen wohnt er in einem großen Haus in Gullane – das war sicher auch nicht billig.«

»Und Haggard hatte eine todschicke Wohnung in Newhaven am Wasser – worauf willst du hinaus?«

»Wie haben die das finanziert?«

»Die Schotten sind pfiffig, Siobhan, sag nicht, das hast du vergessen?« Rebus wollte sich von der Bank schieben. Er hatte zwei Magentabletten aus der Packung gedrückt und zerbiss sie. »Ich hoffe nur, du kommst mir nicht auf die Schliche und findest meinen Zweitwohnsitz in der Karibik.« Er richtete sich gerade auf, sah sie von oben herab an. »Bin dir aber dankbar für die Vorwarnung.«

»Malcolm hat es auf Fleck abgesehen. Das hat er mir selbst gesagt – wobei er sicher nicht begeistert wäre, wenn er wüsste, dass ich dich in den Kreis der Eingeweihten aufgenommen habe.«

Rebus versiegelte seine Lippen mit einem imaginären Reißverschluss und trottete zum Ausgang.

»Und geh endlich zum Arzt«, rief sie ihm nach. Als sie ihr Speckbrötchen in die Tasche steckte und ihm folgen wollte, rief der Cafébetreiber sie zurück.

»Acht Pfund fünfzig«, verlangte er.

Clarke schob sich an den wartenden Arbeitern vorbei, die jetzt missbilligend die Köpfe schüttelten. Natürlich hatte John Rebus sie auf der Rechnung sitzen lassen. Was sonst?

Auf dem Gehweg draußen rief sie Laura Smith an. Rebus war zu Fuß unterwegs Richtung Bruntsfield Links. Er hielt die Schultern gebückt, jeder Schritt schien ihn Mühe zu kosten. Ihr wurde ein bisschen schwermütig zumute, als sie daran dachte, wie er früher war.

»Alles klar«, versicherte ihr Smith.

»Aber was willst du machen?«

»Ich schreibe gerade einen Artikel für den *Courant*. In einer Stunde stelle ich ihn online. Natürlich ohne Namen, aber immerhin offiziell.«

»Das heißt, wahrscheinlich wird Pelham ihn auch lesen. Bist du sicher, dass er Bescheid weiß? Wenn nicht, dann ist er spätestens danach im Bilde.«

»Deshalb kommt es ja auf die Formulierung an. Was hast du heute vor?«

»Hauptsächlich Vernehmungen.«

»Freunde und Bekannte des Opfers? Viel Spaß.« Clarke hörte Smith tippen.

»Mit dem *Courant* mischst du endlich wieder ganz vorne mit, oder?«

»Ja, zum Glück. Aber je schneller mir einfällt, wie ich Geld daraus schlagen und mich vom Print-Journalismus verabschieden kann, umso besser.«

»Kam noch was auf das Foto von der Crew?«

»Der Anwalt eines gewissen Gebrauchtwagenhändlers hat mir über die Website eine Nachricht geschickt.«

»Mit einer Unterlassungsaufforderung?«

»So wie's formuliert war, hätten sie's auch mit einem Gänsekiel schreiben können.«

»Wirst du's ignorieren?«

»Klar.« Smith tippte anscheinend einen letzten Buchstaben auf ihrer Computertastatur mit besonders viel Verve. »Meinst du, es lohnt sich für mich, nach Leith zu fahren und zu versuchen, nochmal ein Foto von der Tynecastle-Crew beim Betreten der Wache zu ergattern?«

»Ich würde vermuten, dass die auf so was nur warten.«

»Hast recht. Ich bleib lieber bei Kaffee und Keksen zu Hause.«

»Mach's dir nicht zu gemütlich, Laura. Frag dich lieber, wie James Pelham rausbekommen hat, wer du bist. Wenn er das schafft, schaffen das die anderen auch.«

Leighton und Esson waren zu Tommy Oram beordert worden, um ihn zu befragen. Als Clarke dies erfuhr, rief sie Esson an und verlangte, dass sie ihn auf die Wache brachten.

»Sind die Vernehmungsräume nicht schon mit Tynecastle-Kollegen besetzt?«

»Einen mehr kriegen wir unter«, sagte sie und legte auf.

Fox steckte den Kopf zur Bürotür herein. »Bereit, wenn du es bist«, rief er.

Sie war bereit.

Rob Driscoll lümmelte sich bereits breitbeinig im Vernehmungsraum.

»Interessant«, sagte Clarke, als sie einen Stuhl heranzog und neben den von Fox stellte.

»Was?«, fragte Driscoll.

»Francis Haggard hat genauso wie Sie da auf dem Stuhl gesessen.«

Sie hielt inne und sah Driscoll an, der sich ganz langsam aufrichtete, die Knie zusammenschob, möglicherweise weil ihm der direkte Vergleich mit seinem Freund missfiel.

»Sie müssen ja alle unter Schock stehen«, sagte Clarke schließlich. »Alle auf der Wache, meine ich.«

»Na klar.«

»Da wir in einem Mordfall ermitteln, haben wir die Genehmigung bekommen, Francis' Spind auszuräumen.«

»Und was Interessantes gefunden?«

Fox nahm ein Blatt aus der vor ihm liegenden Akte.

»Ein paar schlüpfrige DVDs – aber nichts, das als illegal gelten könnte. Und der Reisepass eines Touristen, vor drei Monaten als gestohlen gemeldet. Gibt es nicht einen Markt für so was?«

»Ich würd's nicht wissen.«

»Wir haben uns auch Francis' Handy angesehen«, fuhr Clarke fort. »DI Fox hat seine letzten SMS-Nachrichten ausgedruckt. Seine allerletzte ging an Sie, abgeschickt an dem Abend, an dem er ermordet wurde.«

»Ach?«

»Hatten Sie vorher gar nicht erwähnt.«

Driscoll zuckte mit den Schultern. »Ich sehe nicht, inwiefern das relevant ist.«

»Hat das Treffen, um das es ging, nicht stattgefunden?«

»Er hat sich nicht mehr bei mir gemeldet, wie Sie seinem Handy vermutlich entnehmen konnten.«

»Und Sie hatten keine Ahnung, wo er untergekommen war?«

»Nein.«

»Sind Sie absolut sicher?«

»Todsicher, DI Clarke.«

»Offenbar hielten Sie ein Treffen für dringend notwendig«, setzte Fox hinzu.

»Sie wissen so gut wie ich, dass er falsche Behauptungen über seine Kollegen in die Welt setzen wollte. Da ist es doch nur natürlich, dass wir mit ihm sprechen wollten.«

»Aufrichtig, aber freundlich, nehme ich an.«

Driscoll wandte sich von Fox ab und Clarke zu. »DI Fox und ich kennen uns schon eine ganze Weile – hat er Ihnen das erzählt?«

»Die Akte, die bei Professional Standards über Sie angelegt wurde, befindet sich nebenan. Ich habe sie mir angesehen.«

Argwohn schlich sich in Driscolls Gesichtsausdruck. »Ich dachte, Sie sind nicht mehr bei Complaints«, sagte er zu Fox, der die Bemerkung mit einem müden Lächeln erwiderte.

»Sehen Sie«, sagte Driscoll schließlich, »natürlich wollten wir ihn umstimmen. Wir pissen uns doch nicht gegenseitig ans Bein.«

»Wovor hatten Sie am meisten Angst?«, fragte Fox.

»Mit anderen Worten«, fuhr Clarke fort, »wenn er geredet hätte, wer hätte da am meisten zu verlieren gehabt?«

»Ich glaube, ich brauche einen Anwalt«, erwiderte Driscoll, nachdem er kurz überlegt hatte.

»Weil Sie einen Deal aushandeln wollen?«, fragte Fox.

»Weil ich Ihnen keinen Stück über den Weg traue, DI Fox.«

»Ich nehme an, Sie haben einen Anwalt im Kopf?«, fragte Clarke. Driscoll nickte und zog sein Handy aus der Tasche.

»Spaß gehabt im Elemental?«, fragte er, als er die Nummer wählte.

Clarke und Fox verließen den Raum, ohne zu antworten.

Wenig später standen sie am Wasserkocher, jeder mit einem Becher Instant-Kaffee. Auf den meisten Schreibtischen stapelten sich Akten; die bereits durchgesehenen lagen neben Jason Ritchies Tisch auf dem Boden.

»Erzähl mir von Driscoll und dir«, sagte Clarke.

»Jetzt ist er der Herr im Haus, wurde von seinem alten Mentor zum Nachfolger berufen. Wahrscheinlich hat er immer nur auf Flecks Anordnung gehandelt. Jedes Mal, wenn wir ihn befragt haben, hatte der ihn vorher gebrieft. Aber eigentlich ist Driscoll kein Aufwiegler – die Einbrüche bei Haggard zum Beispiel, ich denke nicht, dass das sein Stil ist.«

»Verliert er die Kontrolle?«

»Kann sein.« Fox hielt inne. »Ich wollte dir übrigens noch für gestern Abend danken. So schnell werde ich das nicht vergessen.«

»Jederzeit gerne, Disco Stu. Zum Schluss haben wir Driscoll doch irgendwie dranbekommen, oder?«

»Hoffentlich nicht zum letzten Mal.«

»Apropos …« Clarke hatte Christine Esson vor der Tür vorbeigehen sehen, dicht gefolgt von Tommy Oram und Tess Leighton. Wenig später kam Esson schon wieder zurück.

»Hab ihm einen Kaffee versprochen«, sagte sie und schaltete den Wasserkocher wieder ein.

»Drei Stück Zucker – wer zum Teufel trinkt heute noch Kaffee mit drei Stück Zucker?«

»Was dagegen, wenn ich zuhöre?«, fragte Clarke.

»Du bist die Chefin. Soll ich Tess sagen, dass sie nicht mehr gebraucht wird?«

»Wenn das okay für sie ist?«

»Eher nicht.« Esson schaute in George Gambles Richtung, der gerade nur notdürftig ein Rülpsen unterdrückte. »Je länger sie von ihrem Schreibtisch wegkommt, umso besser für sie.«

»Sie kann meinen haben«, bot Fox an. »Die Akten findet sie auf dem Bildschirm.«

Clarke nahm ihren Kaffee mit, Esson den für Tommy Oram. Sie sagte leise etwas zu Leighton, und diese ging hinaus. Oram spielte mit dem Becher, den sie vor ihm abgestellt hatte, schien aber nicht daraus trinken zu wollen.

»Es geht wirklich nur darum, Licht in ein paar Ungereimtheiten zu bringen, Mr Oram«, fing Clarke an. »Nichts, weswegen Sie sich Sorgen machen müssten.« Er nickte, dass er verstanden hatte. »Werden Sie Thomas oder Tommy genannt?«

»Tommy.«

»Also, Tommy, wie lange arbeiten Sie schon für die Mackenzies?«

»Drei Jahre, bisschen länger als drei.«

»Und Sie sind ein Handwerker für alle Fälle? Ersetzen Glühbirnen, reparieren kaputte Schlösser?« Wieder nickte er. »Das heißt, Sie sind so was wie ein Schlosser?«

»Eigentlich nicht.«

»Die Wohnung, in der Francis Haggard starb, wann waren Sie zuletzt da drin?«

»Bevor er eingezogen ist. In der Küche musste eine Steckdose ersetzt werden, die Rauchmelder brauchten neue Batterien – im Prinzip musste einfach alles gewartet werden.«

»Dann haben Sie ihn gar nicht gekannt?«

»Nein.«

»Und Sie haben die Wohnungsschlüssel nicht gebraucht?«

»Nein.«

»Am Türrahmen befindet sich ein Schlüsselsafe, oder? Ich nehme an, Sie kennen den Code.«

Er schüttelte den Kopf.

»Wirklich nicht?«

»Wenn ich einen Schlüssel brauche, hol ich ihn mir aus dem Büro. Die Mackenzies oder Marion müssen das abnicken.«

»Marion ist Mr Mackenzies Assistentin?«

»Die am Empfang arbeitet, aber Sie verwenden die Mackenzies im Plural – meinen Sie Mrs Mackenzie oder Ihre Freundin Gaby?«

»Mrs Mackenzie«, erwiderte er. »Woher wissen Sie, dass Gaby und ich uns kennen?«

»Wir sind Detectives, Tommy. Das ist unser Job.« Clarke hielt kurz inne. »Waren Sie in letzter Zeit noch in weiteren Wohnungen in dem Gebäude?«

»Nicht mehr, seit ich sie auf Vordermann gebracht hab.«

»Und mehr machen Sie nicht für die Mackenzies? Nur in den Wohnungen alles in Ordnung bringen, meine ich? Sie sind doch jung und wirken ziemlich fit. Wurden Sie nie gebeten, die Miete einzutreiben oder mal bei jemandem vorbeizuschauen, der im Rückstand ist?«

Oram schnaubte. »Für so was brauchen die mich nicht. Da sind andere qualifizierter.«

»Inwiefern qualifizierter?«, fragte Esson nach und klang aufrichtig neugierig.

»Leute halt, die sich keinen Blödsinn bieten lassen.«

»Wie zum Beispiel die Türsteher eines Nachtclubs?«, vermutete Clarke.

Oram zuckte mit den Schultern. »Die hatten im Lockdown ja sonst nichts zu tun.«

»Da ist was dran«, sagte Clarke. Seit ihrem Frühstück mit Rebus hatte sie an die Türsteher vom Vorabend gedacht und wie eng sie offenbar mit Gaby Mackenzie vertraut waren. »Sehen Sie Gaby denn häufig?«, fragte sie, bemüht, die Frage beiläufig klingen zu lassen.

»Hin und wieder.«

»Sie kennen sie aber schon eine ganze Weile, stimmt's? Sie hat Ihnen den Job ja verschafft.«

»Wie man das so unter Freunden macht.«

»Trotzdem hatten Sie doch bestimmt noch ein Vorstellungsgespräch bei Gabys Vater. Man muss der Person ja vertrauen, der man einen solchen Posten gibt.«

»Wir haben uns in seinem Büro unterhalten.«

»Und da wusste er, dass Sie der Sohn von Jack Oram sind?«

Clarke spürte, dass Christine Esson leicht verspannte, weil ihr nicht klar war, worauf Clarke hinauswollte. Tommy Oram dagegen wirkte weniger gestresst als erstarrt. Die Fingerknöchel der Hand, mit der er seinen Becher hielt, waren weiß.

»Jack Oram, der früher eng mit Big Ger Cafferty zusammengearbeitet hat«, fuhr Clarke fort, »und der wiederum Fraser Mackenzie die Immobilienagentur verkauft hat.« Das war mehr eine Feststellung als eine Frage und ebenso an Esson gerichtet wie an Oram.

»Und was ist damit?«

»Ich denke nur, es ist …«

»Reiner Zufall, mehr nicht«, fauchte Oram. »Ich hab Gaby gekannt, und die hat ein gutes Wort für mich eingelegt – sie hatte keine Ahnung, wer mein Vater ist.« Sein Blick wanderte von Clarke zu Esson und wieder zurück. »Zufall«, sagte er und zog die Silben in die Länge.

»Sie werden verstehen, dass Detectives von Zufällen nicht allzu viel halten«, sagte Clarke und verzog die Lippen zu einem Lächeln, das ihre Augen nicht erreichte.

»Kann ich nicht ändern.«

»Vor einer Weile wurden Vorwürfe gegen Sie erhoben …«

»Das war erstunken und erlogen. Eure Leute haben klargemacht, dass ich unschuldig bin.«

Clarke nickte scheinbar zustimmend. »Haben Sie eine Ahnung, warum Francis Haggard eine der besten Wohnungen bekommen hat?«

»Weil er sie sich leisten konnte?«

»Sehen Sie, genau das ist es ja. Wir haben seine Kontoauszüge gesehen, und es sieht aus, als hätte man ihm nicht den regulären Preis berechnet.«

»Darüber müssen Sie mit Mr Mackenzie sprechen.«

»Das werden wir. Nur noch eins, Tommy …«

»Ja?«

»War Gaby jemals mit Ihnen in einer der leeren Wohnungen? So was scheint sie öfter zu machen.«

»Ich hab doch gesagt, wir sind befreundet – nur befreundet.«

Seine Stimme blieb einigermaßen ruhig, doch Clarke spürte, dass es in ihm brodelte.

»Gehen Sie manchmal in den Elemental Club in der Blair Street?«

»Manchmal, klar.«

»Haben Sie sich dort kennengelernt?«

»Ja.«

»Wo haben Sie damals gearbeitet?«

»Hauptsächlich auf Baustellen.«

»Und plötzlich sind Sie eng mit einer wohlhabenden und attraktiven jungen Frau der besseren Gesellschaft befreundet.«

Oram sah von Clarke zu Esson und wieder zurück. »Worauf wollen Sie hinaus?«

»Gaby hat den Toten gefunden – wussten Sie das? Die Tür stand offen, als sie mit einem Mann daran vorbei ist, den sie auf einer Party aufgegabelt hatte. Halten Sie das auch für Zufall?«

»Die Welt steckt voller Zufälle«, sagte Oram und verschränkte die Arme.

Clarke sah Esson an, deren Mundwinkel leicht zuckten, womit sie signalisierte, dass sie dem nichts hinzuzufügen hatte. Es klopfte an der Tür. Malcolm Fox' Kopf tauchte auf.

»Driscoll hat jetzt seinen Anwalt«, sagte er. Clarke nickte, womit sie ihm zu verstehen geben wollte, sie sei praktisch schon auf dem Weg. Bevor sie die Tür schloss, drehte sie sich noch einmal zu Oram um.

»Wissen Sie, von wem DI Fox spricht?«, fragte sie. »Rob Driscoll?«

Oram schüttelte den Kopf.

»Das ist ein Polizist auf der Wache Tynecastle. Die Kollegen dort sind offenbar auch Stammgäste im Elemental.«

»Sind wir hier fertig?«, fragte Oram.

»Mir wär's lieb, wenn Sie noch ein bisschen bleiben könnten. Falls mir noch was einfällt …«

Rob Driscolls Anwalt war eine Frau Ende fünfzig mit stahlgrauen Haaren und einem tadellosen Hosenanzug. Sie hieß

Susan Jones und bevorzugte ein iPad gegenüber Papier. Die blaue Schutzhülle des Geräts war so gefaltet, dass sie es auf den Tisch vor sich stellen konnte. Sie spitzte die Lippen, um den Detectives zu signalisieren, dass sie bereit war, während ihr Klient mit den Händen in den Taschen neben ihr saß. Da Tommy Oram weiter in Vernehmungsraum eins schmorte, hatten sie Vernehmungsraum zwei mit Beschlag belegt, woraufhin Fox zu bedenken gab, man bräuchte vielleicht mehr Räume, sollten sämtliche Kollegen aus Tynecastle vorgeladen werden.

»Sie waren Francis Haggards Freund und Kollege?«, begann Clarke.

»War ich«, sagte Driscoll.

»Und waren Sie auch mal in seiner Wohnung in Newhaven?«

»Oft.«

»Haben Sie dort gemeinsam Drogen genommen?«

»Kein Kommentar.«

»Oder zugesehen, wenn er welche nahm?«

»Wir sind alle keine Engel.«

»Heißt das, ja?«

»Das heißt, kein Kommentar.«

»Wie war das mit dem Einbruch bei ihm zu Hause?«, ergänzte Fox. »Können Sie uns darüber etwas sagen?«

»Kein Kommentar.«

»Wir haben Sie vorhin gefragt«, fuhr Fox fort, »ob Sie wissen, wer am meisten von seinem Tod profitiert …«

»Kein Kommentar.«

Clarke beugte sich vor. »Wollen Sie wirklich, dass das jetzt so weiterläuft, Rob? Ich meine, es liegt ganz bei Ihnen, aber ab sofort sind Sie unser Hauptverdächtiger. Sie waren derjenige, den er am Abend seiner Ermordung treffen wollte. Sie waren derjenige, dem er vertraut hat.«

Driscoll starrte sie über den Tisch hinweg an. »Sie haben doch sein Handy. Dann wissen Sie ja, dass ich um Mitternacht versucht habe, ihn anzurufen, aber da hatte man seine Leiche schon gefunden.«

»Woher wissen Sie, um welche Uhrzeit seine Leiche gefunden wurde?«

»Ich bin Polizist.«

»Klassischer Alibi-Trick«, sagte Fox unbeeindruckt. »Sie lassen es so aussehen, als hätten Sie nicht gewusst, dass er tot ist. Hab ich alles schon erlebt, Sie vielleicht auch – wie Sie sagen, Sie sind ja Polizist.«

»Sie können mich mal, DI Fox.«

Susan Jones fand, es sei Zeit einzugreifen. »Haben Sie meinem Klienten etwas vorzuwerfen, oder fischen Sie nur im Trüben?«

»Deutlich mehr als das, Ms Jones«, erwiderte Clarke. »Der Staatsanwalt interessiert sich für Rob. *Sehr.*«

»Wir möchten das Handy Ihres Klienten untersuchen«, ergänzte Fox. »Handys, in der Mehrzahl, falls er mehr als eins hat – außerdem seinen Computer zu Hause und den von der Arbeit. Wir haben außerdem Filmmaterial aus Überwachungskameras von den Einbrüchen in Newhaven, könnte also sein, dass PC Driscoll für eine Gegenüberstellung gebraucht wird.«

»Ich war nicht mal in der Nähe der Wohnung«, knurrte Driscoll. »Wollen Sie mir hier was anhängen?«

Fox musterte ihn einen Augenblick. »Dann wissen Sie ja jetzt, wie Tony Barlow sich gefühlt haben muss.«

»Sind Sie Detective oder ein beschissener Archäologe?«

»Vermutlich beides. Schon komisch, wie häufig einen die Geschichte einholt.«

»Ich möchte mich mit meinem Klienten beraten«, erklärte Jones, die offenbar das dringende Bedürfnis hatte, ihre Wissenslücken aufzufüllen.

»Tun Sie sich keinen Zwang an«, sagte Fox und klappte seine Akte zu. Im Gang drehte er sich zu Clarke um. »Ich nehme an, wir haben nicht genug, um ihn hierzubehalten.«

»Nicht wirklich, jedenfalls noch nicht. Aber wer zum Teufel ist Tony Barlow?«

»Wurde fälschlich als Pädophiler überführt und im Schnellverfahren von der Crew verurteilt, angeführt von Driscoll, der wiederum auf Anordnung von Fleck agierte.« Fox zeigte Richtung MIT-Büro. »Noch einen Kaffee?«

»Leg schon mal los, ich komme gleich.«

Sie drehte den Knauf und zog die Tür zum Vernehmungsraum eins auf. Tommy Oram ging unter den wachsamen Augen eines Streifenpolizisten auf und ab. Er blieb stehen und sah Clarke an.

»Na schön, dann verschwinden Sie«, sagte sie. »Aber machen Sie sich darauf gefasst, dass Sie wieder von uns hören. Und wenn Ihnen etwas einfällt, von dem Sie glauben, dass wir's wissen sollten …«

»Mein halber verfluchter Tag ist futsch«, sagte Oram und schnappte sich seine Jacke von der Stuhllehne. »Schönen Dank auch.«

»Ich bin sicher, Ihr Arbeitgeber wird Verständnis haben. Wenn nicht, schicken Sie ihn vorbei und wir unterhalten uns mit ihm. Dann müssen wir ihn nicht extra herbestellen.«

21

Rebus erkannte zuerst den Beifahrer. Er zog die hintere Wagentür auf und sprang hinein. Die beiden Männer auf den Vordersitzen zuckten zusammen und drehten sich zu ihm um.

»Alles klar, Alan?«, sagte Rebus zu Fleck und streckte die Hand aus, um ihm auf die Schulter zu klopfen.

»Rob«, sagte Fleck zu dem Mann am Steuer, »erinnerst du dich an John Rebus?«

»Na, wollt ihr rein ins Warme?« Rebus zeigte auf die Polizeiwache Leith, fünfzig Meter die Straße runter.

»Rob wurde ja schon gegrillt«, sagte Fleck. »Als Nächstes sind wir Alten dran, John, hm?«

»Die haben sich die Complaints-Akten angesehen«, berichtete Rebus. »Mein Name ist da wohl öfter aufgetaucht, als mir lieb ist. Anscheinend war ich so was wie ein Vermittler zwischen Tynecastle und Cafferty.«

»Mir gegenüber haben sie das nicht erwähnt«, sagte Driscoll und musterte Rebus im Rückspiegel.

»Worüber habt ihr denn sonst so geredet?«

»Die fingen von Tony Barlow an«, antwortete Fleck.

»Die?«

»Zwei DIs, Clarke und Fox«, erwiderte Driscoll. »Aber ganz besonders Fox. Der war bei Complaints, jetzt ist er Specialist Crime.«

»Rob war der Letzte, der mit Francis Kontakt hatte«, sagte Fleck, seine aufgesetzte, falsche Herzlichkeit war verschwunden. »Das MIT stürzt sich jetzt darauf.«

»Möchte ich wetten.«

»Damit kommen die aber nicht weiter – da gibt's nichts«, sagte Driscoll.

»Wahrscheinlich fangen sie deshalb noch mit Barlow an.«

»Kennst du Fox, dieses Arschloch?«

»Wir haben das ein oder andere untereinander ausgehandelt, oder, Alan?«

»Viel ist nie draus geworden«, gab Fleck zurück. »Dafür waren wir zu schlau.«

»Muss nur ein einziges Glied in der Kette reißen, mehr braucht es nicht«, sagte Rebus. »Und Fox denkt, mit Francis Haggard hat er so eins gefunden.«

»Zu blöd aber, dass die Kette anscheinend längst in den Gully gefallen ist.« Fleck lächelte still. Rebus hatte das Gefühl, er wollte Driscoll Mut machen, der das Lenkrad jetzt so fest umklammerte, als wollte er jegliches Leben aus ihm herauspressen. Fleck tätschelte ihm sogar beruhigend den Arm. »Du hast das richtig gemacht, Rob. Hast deine Anwältin hinzugezogen und dann so wenig wie möglich gesagt. Wollen hoffen, die anderen sind auch nur halb so schlau.« Dann wandte er sich ein Stück zu Rebus um. »Besser, wir lassen sie nicht warten, hm?«

Er öffnete die Beifahrertür und stieg aus. Rebus folgte ihm, und die beiden gingen ihrem Ziel entgegen.

»Schöner Wagen«, meinte Rebus und schaute zurück. Driscoll hielt immer noch das Lenkrad mit beiden Händen fest, starrte geradeaus, ohne etwas zu sehen.

»Er wird ihn bald verkaufen, falls du Interesse hast.«

»Ich hab Interesse daran, meinen Namen aus der Affäre rauszuhalten.«

»Dafür scheint es mir zu spät, John.«

»*Ein* Treffen hab ich organisiert, nur eins.«

»Bist du sicher, dass dich deine Erinnerung nicht täuscht?«

»War ein Gefallen, sonst nichts – und ich bin draußen geblieben.«

»Ich wäre schwer enttäuscht, wenn du nicht trotzdem von draußen gelauscht hättest.« Fleck sah Rebus den Kopf schütteln. »Hat dich Cafferty hinterher nicht ins Bild gesetzt?«

»Auch nicht.«

»Und die hundert Pfund, die ich dir zum Dank habe zukommen lassen, die hast du einem guten Zweck gespendet?«

»Wahrscheinlich hab ich das lokale Gewerbe damit unterstützt«, erwiderte Rebus.

Fleck blieb stehen und sah ihn an. »Du weißt wirklich nicht, worum es bei dem Treffen mit Cafferty ging?«

»Wirklich nicht.«

Fleck suchte einen Anhaltspunkt in Rebus' Blick und Körpersprache, aber vergeblich. Langsam schüttelte er den Kopf und öffnete die Tür der Polizeiwache, Rebus folgte ihm hinein. Fleck nannte seinen Namen an der Anmeldung und erhielt einen Besucherausweis.

»Mich wollen die auch sehen«, sagte Rebus zu dem Beamten. Er unterschrieb und heftete sich seinen Ausweis ans Jackett. Ein junger Mann im Anzug öffnete die Tür.

»Mr Fleck?«

Fleck streckte ihm die Hand entgegen. Der Beamte starrte Rebus ratlos an.

»Ich bin John Rebus«, teilte Rebus ihm mit. »DI Clarke hat mich zu einem Gespräch eingeladen.«

»Ich bin DC King«, erwiderte King. »Wenn Sie mir folgen wollen …«

»Wie lange sind Sie schon beim CID, mein Lieber?«, fragte Fleck, als sie zur Treppe geführt wurden.

»Lange genug.«

»Als ich so alt war wie Sie, war ich auch mal hier stationiert. Damals war der Laden schon eine Bruchbude, und offenbar hat sich daran nichts geändert.«

»Unser Selbstverständnis ist jetzt ein anderes«, widersprach King.

»Hast du das gehört, John?«, sagte Fleck. »Da hat er's uns aber ordentlich gegeben.«

Malcolm Fox stand oben an der Treppe. Er ignorierte Fleck, fixierte Rebus.

»Was macht der denn hier?«, fragte er. Farbe stieg in Kings Wangen.

»Er hat gesagt, er hat einen Termin bei DI Clarke.«

»Sozusagen«, relativierte Rebus. »Ihr hättet mich sowieso vorgeladen, also dachte ich, ich spar euch den Aufwand. Ist Siobhan da drin?« Er zeigte auf das MIT-Büro. »Kannst dich ja schon mal mit Mr Fleck bekannt machen.«

»Du kannst nicht einfach …«

Aber Rebus war schon unterwegs. Er registrierte die Akten und die angestrengten Mienen von Gamble, Leighton und Esson. Die Infowand war ergänzt worden. Er musterte sie kurz, dann wandte er sich zu Clarkes Schreibtisch um, sah sie selbst durch die geöffnete Tür im Büro von DCI Trask. Sie kehrte ihm den Rücken zu, so dass auch ihre Chefin ihn nicht sehen konnte. Die Unterlagen auf Clarkes Schreibtisch ließen erkennen, dass sie Francis Haggards Finanzen überprüft hatte. Eine Wohnung im Wert von einer halben Million ohne ausstehende

Hypothek. Ungefähr siebzigtausend auf verschiedenen Bankkonten, seine aufgelaufenen Lohnzahlungen nicht mitgerechnet.

Als Clarke von ihrem Treffen kam, erstarrte sie, drehte sich kurz zu ihrer Chefin um und vergewisserte sich, dass diese mit ihrem Computer beschäftigt war. Dann zog sie Rebus am Ärmel aus Trasks Sichtachse.

»Wie war dein Speckbrötchen?«, fragte er. »Ich hoffe, du bist nicht einfach rausspaziert, ohne zu zahlen?«

»Was zum Teufel machst du hier?«, zischte sie.

»Ich warte auf meine Vernehmung.«

»Du kannst nicht einfach …«

»Das hat Malcolm Fox auch gesagt.« Er zeigte auf ihren Schreibtisch. »Haggard war nicht gerade knapp bei Kasse. Hast du die Witwe gefragt, wo's herkam?«

»Sie dachte, er würde einfach gut verdienen – hat ihr weisgemacht, er hätte viele Überstunden auf dem Buckel.«

»Als was – als Bankräuber?«

»Wir wissen, dass viele von der Crew abkassiert haben.« Sie machte eine ausholende Handbewegung Richtung Aktenstapel. »Luxusurlaub, schicke Autos und Armbanduhren, Designerklamotten.«

»Mein alter Saab ist mein Alibi«, meinte Rebus. »Mit wem hast du noch gesprochen?«

»Wir hatten Tommy Oram hier.«

»Hast du was aus ihm rausbekommen?«

»Eigentlich nicht.«

»Aber?«

»Kann sein, dass sein Arbeitgeber die Türsteher aus dem Club losschickt, wenn jemand mit der Miete im Rückstand ist. Das war für die eine Möglichkeit, sich im Lockdown was dazuzuverdienen.« Rebus nickte, schwieg aber. »Ich hab dir doch erzählt, dass ich gestern Nacht das DJ-Set der Tochter gesehen habe? Immer wieder kam einer von den Türstehern und hat mit ihr geredet.«

»Dann heuert sie die an?«

»Wäre einleuchtend.« Clarke schaute auf ihrem Handy nach der Zeit. »Dein alter Kumpel Fleck sollte inzwischen längst hier sein.«

»Malcolm sitzt mit ihm in einem der Vernehmungsräume.«

»Woher weißt du das?«

»Bin mit ihm reingekommen.«

»Du dürftest gar nicht hier sein.« Sie packte ihn erneut am Arm und führte ihn in den Gang.

»Aber du musst mich doch auch befragen.«

»Irgendwann schon.«

»Wann immer du willst, Siobhan – ich verlange noch nicht mal einen Anwalt.«

Clarke seufzte. »Und natürlich hast du auch mit Rob Driscoll geredet.« Sie schaute zu den beiden Vernehmungsräumen.

»Du solltest mit da drin sein«, empfahl Rebus ihr.

»Erst, wenn ich dich rausgebracht habe.«

»Ich hab meinen Orientierungssinn nicht verloren.«

»Du neigst aber dazu, auf Abwege zu geraten.« Sie zeigte zur Treppe. Rebus ging hinunter.

»Aus Alan Fleck wirst du nichts herausbekommen«, sagte er. »Der ist so ausgebufft, wie's nur geht, und hat eine dicke Elefantenhaut.«

»Sein Name fällt in den Complaints-Akten auf jeder zweiten Seite. Wenn wir ihm versprechen, Nachsicht walten zu lassen, wird er vielleicht ein bisschen zugänglicher.«

»Fox hat nicht vor, bei solchen wie Fleck Nachsicht walten zu lassen – hast du mir selbst gesagt.«

»Und deshalb werde ich auch im Vernehmungsraum nach dem Rechten sehen, sobald ich sicher bin, dass du das Gelände verlassen hast. Wir wollen nicht, dass Malcolm den Gesamtzusammenhang aus den Augen verliert.«

Sie öffnete die Tür zum Eingangsbereich und sah zwei Beamte in Uniform unruhig mit den Füßen scharren. Einen der beiden erkannte sie.

»Na, wollen Sie immer noch knutschen?«, fragte sie ihn.

»Ich dachte, Sie sind am Gayfield Square«, schoss er zurück.

»Ich bin überall – und ich freue mich ganz besonders darauf, Ihnen ein paar Fragen zu stellen.« Sie sah noch ein weiteres bekanntes Gesicht. »Sie waren doch gestern Abend auch in der Schlange vor dem Club«, sagte sie und zeigte auf den Betreffenden. »Hoffen wir mal, dass Sie heute genauso gesprächig sind.« Dem Mann stieg Farbe ins Gesicht. »Wir wollen Sie nicht länger warten lassen als unbedingt nötig.«

Clarke nahm kurz Blickkontakt zu Rebus auf, dann verschwand sie zurück durch die Tür. Rebus blieb vor den beiden Streifenpolizisten stehen.

»Alles klar, Chris?«

»Lange nicht gesehen, John.« Chris Agnew drehte den Kopf zu seinem rotgesichtigen Begleiter um. »Das ist Deek Turnbull. Er ist noch relativ neu im Geschäft. Deek, das ist John Rebus.«

Turnbulls Augenbrauen hoben sich. »Ist mir eine Ehre«, verkündete er, seine Hand schoss Rebus' entgegen.

»Glauben Sie die Geschichten nicht«, wiegelte Rebus ab. »Sind Sie irgendwie verwandt mit Billy Turnbull?«

»Das ist mein Opa.«

»War ein toller Polizist zu seiner Zeit, der hat sich nichts gefallen lassen.«

»Er guckt sich immer noch gerne die Police Box unten in der Canongate an. Er sagt, da hat er mehr Zeit verbracht als zu Hause.«

»Ist wahrscheinlich was Wahres dran.«

Rebus wandte sich an Agnew. Vier oder fünf Jahre hatte er ihn nicht mehr gesehen, inzwischen hatte sich der Jüngere einen stattlichen Bauch angefressen, und seine Stirn hatte sich gelichtet, die beste Haut hatte er wohl noch nie gehabt, aber jetzt war sein Gesicht fleckig und glänzte ungesund. Selbst als Rebus ihn noch regelmäßig gesehen hatte, hatte er sich gefragt, ob Agnews Spitzname – »Casanova« – ironisch gemeint war. Alan Fleck hatte allerdings geschworen, dass Agnew ein Talent hatte, willige Frauen zu finden. Rebus sah keinen Ehering an seinem Finger.

»Bist du noch mit Rosie zusammen?«, fragte er.

»Hast ein gutes Gedächtnis. Die hab ich vor drei Jahren abgeschafft.«

»Auf den musst du aufpassen«, riet Rebus Turnbull. »Der versteht mehr von Anmache als von der Polizeiarbeit.«

Agnews Mundwinkel zuckten, sein Blick wanderte zu der Tür, durch die Clarke verschwunden war. »Ich hab gehört, die haben Rob zur Vernehmung bestellt und sogar Alan – aber dass die ihr Netz noch weiter auswerfen, war mir neu.«

»Alle und jeder, so scheint's.« Rebus sah Turnbull an. »Du bist auf dem Laufenden, oder?«

»Wir haben uns im Team verständigt«, antwortete Agnew für Turnbull. »Deek weiß, wann er die Klappe halten muss.«

»Ich würde sagen, das gilt auch für dich, Chris.« Rebus hielt inne. »Kam mir aber so vor, als hättet ihr beiden DI Clarke längst auf dem falschen Fuß erwischt – das war kein guter Auftakt.«

»Kleine Frotzeleien, John, mehr nicht. Hab mich gewundert, dass die so was nicht verträgt.«

»Vielleicht reagiert sie ja allergisch auf Küsse von dir?«

»Mag sein, dass ich nicht wählerisch bin, aber die ist wirklich nicht mein Typ.«

Agnew rieb sich das Kinn. Rebus wollte sich gar nicht vorstellen, welche Szenarien er sich gerade ausmalte.

»Zufällig ist sie eine Freundin von mir«, sagte er kalt. »Und außerdem verdammt gut in ihrem Job. Wenn ihr also vorhabt, euren Charme spielen zu lassen, dann glaubt mir – sie wird's weder charmant finden, noch wird sie mitspielen.«

»Verstanden«, sagte Agnew und straffte die Schultern.

»Ich nehme an, heute Abend gibt's eine Nachbesprechung? Geht ihr noch in das Pub in der Fountainbridge?« Rebus sah Agnew nicken, dann schaute er sich im Raum um. »Schade, dass es keine Stühle gibt. So wie ich Siobhan Clarke kenne, steht ihr noch eine ganze Weile hier.«

Agnew streckte die Hand nach Rebus' Arm aus. »Können wir uns kurz draußen unterhalten, John?« Als Rebus nickte, drehte er sich zu Turnbull um. »Lass dich nicht nach oben holen ohne mich.«

»Verstanden.«

Er ging Rebus voran nach draußen. Rebus fragte ihn, was ihm auf der Seele lag.

»Du hast Francis gekannt, John«, sagte Agnew, vergewisserte sich, dass sonst niemand in Hörweite war. »Wir dachten alle, wir würden ihn besser kennen, als wir ihn gekannt haben. Ich hätte ihm nicht zugetraut, dass er mal zum Verräter wird.« Er schüttelte langsam den Kopf. »Ich hab das absolut nicht kommen sehen. Wir haben viel Zeit zusammen verbracht – Abendessen mit den Frauen und Freundinnen, wir sind zum Boxen und ins Fußballstadion. Wir waren Kumpels – er, ich und Rob. Echte Freunde, nicht bloß Kollegen.«

»Wenn ihr auf Partys und zusammen ausgegangen seid, wer war da noch dabei? Alan Fleck?«

»Alan und ein paar andere.«

»Waren auch welche von der kriminellen Gegenseite eingeladen? Oder waren das eher die Gastgeber?«

»Ach, du weißt doch, wie das ist. Du bekommst eine Loge im Ibrox, da weißt du gar nicht immer, wer dafür in die Brieftasche gegriffen hat.«

»Cafferty, vermute ich.« Rebus hielt inne. »Und in jüngster Zeit vielleicht auch Fraser Mackenzie?«

Agnew musterte Rebus' Gesichtsausdruck. »Was soll das, John?«

Rebus hob demonstrativ unschuldig die Hände. »Keine Hintergedanken, Chris. Ich bin inzwischen Zivilist, schon vergessen? Ist nur so, dass ein paar deiner Jungs gestern Abend in einem Club waren, wo zufällig Mackenzies Tochter DJ ist.«

»Gaby?« Auf Agnews Gesicht machte sich ein Grinsen breit. »Bei der hab ich's auch mal versucht, aber sie wollte nichts davon wissen. Wenn du unbedingt kleinlich sein willst, kannst du sie gerne DJ nennen.«

Rebus zog die Augenbrauen zusammen. »Wie denn sonst?«

»Inhaberin«, erklärte Agnew. »Mit allem lukrativen Drum und Dran.«

»Hätte ich Rob Driscolls Anwältin bitten sollen zu bleiben?«, fragte Alan Fleck Clarke, als sie im Vernehmungsraum zwei auf einem Stuhl ihm gegenüber Platz nahm.

»Kommt drauf an, wie schuldig Sie wirken wollen.«

Fleck zuckte mit den Schultern. »Rob weiß, worum es geht. Er wollte Francis treffen, und der hatte zugestimmt. Nur logisch, dass er verdächtigt wird. Ich weiß nur nicht, inwiefern das auch für mich gilt.« Er unterbrach sich, als die Tür aufging und Malcolm Fox mit einem Becher Kaffee in der Hand hereinkam. Fleck rang sich ein schiefes Lächeln ab. »Wie oft haben Sie den Auftritt geprobt?«, fragte er.

Fox schenkte ihm keine Beachtung, setzte sich und legte eine Hand auf die beiden prallvollen alten Aktenmappen auf dem Tisch.

»Sie wissen, dass DI Fox mich bereits an meinem Arbeitsplatz aufgesucht hat?«, fragte Fleck Clarke, bevor einer der beiden Detectives zu Wort kam. »Das fällt schon fast unter Schikane, so wie der sich aufführt. War schon bei Complaints so.«

Fox hatte sich an seinem Handy zu schaffen gemacht und gefunden, wonach er suchte. Fleck schaute demonstrativ aufs Display.

»Das sind Sie und Rob Driscoll«, sagte Fox, »nachdem Sie eine Versammlung der Crew einberufen hatten, hab ich recht?«

»Ich habe gar nichts *einberufen*.«

»Ich bin sicher, dass es Driscolls Idee war, aber er richtet sich nach Ihren Anweisungen oder nicht, *Sarge*?«

Das Grinsen in Flecks Gesicht kehrte zurück, auch wenn er alles andere als belustigt wirkte. »Sie halten sich wohl für unwiderstehlich, wie? Aber nach allem, was ich höre, sind Sie nicht mehr als der Pudel auf Jen Lyons Schoß. Das sagen alle in Gartcosh.« Er drehte sich zu Clarke um. »Sie wissen das genauso gut wie ich: In großen Institutionen schwimmt die Scheiße zum Schluss immer oben.«

»Das bringt uns alles kein Stück weiter«, erklärte Clarke um einen neutralen Tonfall bemüht.

»Sie ist meiner Meinung«, sagte Fleck zu Fox. »Und sie muss es wissen – sie ist bei einem der Besten in die Lehre gegangen.«

»Wozu diese kleine Zusammenkunft?«, fragte Fox, der sich nicht ablenken ließ. Er wackelte mit seinem Handy vor Flecks Nase.

»Francis wollte Lügen über seine Kollegen verbreiten. Ist doch verständlich, dass man da eine Lagebesprechung anberaumt.« Fleck musterte die Zimmerdecke. »Kein Sauerstoff hier drin. Seid ihr sicher, dass das den Corona-Vorschriften entspricht?«

»Corona ist Ihre geringste Sorge«, sagte Fox. »Haben Sie nicht auch selbst versucht, mit Francis Haggard zu reden?«

»Hab ich das?«

»Laut seinem Handy.« Fox tat, als würde er die Liste vor sich lesen. Aber Fleck hatte seine Aufmerksamkeit wieder Clarke zugewandt.

»Sie wissen ja, dass der gute Malky mehr als einmal versucht hat, Ihren alten Freund John aus dem Polizeidienst zu kanten. John ist so schon in schlechter Verfassung, aber können Sie sich vorstellen, was passiert, wenn er seine Rente verliert? So eine schmierige Kröte ist das, neben der Sie gerade sitzen.«

»Als wir uns in Ihrem Verkaufsraum unterhalten haben, schienen Sie durchaus Wert darauf zu legen, dass ich mir John Rebus' vergangene Schandtaten ansehe, dafür weniger Ihre eigenen.«

»Das entspricht nicht meiner Erinnerung, DI Fox.«

»Francis Haggards Handy«, warf Clarke ein, in der Hoffnung ein Duell zu verhindern, bei dem sich beide sinnlos finster anstarrten.

»Na schön«, lenkte er ein. »Ich habe versucht, Kontakt aufzunehmen. Ich habe mir Sorgen um ihn gemacht.«

»Wegen dem, was er sagen würde?«

»Wegen dem, was er durchgemacht hat«, korrigierte er. »Sein früher perfektes Leben hatte sich in einem einzigen verfluchten Augenblick in ein Riesenschlamassel verwandelt.«

»Sie sind also auf ihn zugegangen, aber er hat Sie ignoriert – kann kein gutes Gefühl gewesen sein.« Clarke hielt inne. »Sagen Sie mal, als Sie erfahren haben, dass er seine Frau schlägt, haben Sie da auch den Kontakt zu ihm gesucht – oder erst als Sie Wind davon bekamen, dass er Ihre früheren Eskapaden zu seiner Verteidigung heranziehen will?«

»Spielt das eine Rolle?«

Sie nahm Fox die Liste ab. »Sieht so aus, als hätten Sie sich erst bei ihm gemeldet, nachdem er mit uns geredet hat.«

»Was hätte ich machen sollen – ihm eine reinhauen, weil er seine Frau schlägt?«

Fox räusperte sich. »Sie haben Leuten schon aus geringerem Anlass eine reingehauen.«

»Wie kommt es dann, dass ich absolut unbescholten in den Ruhestand verabschiedet wurde, DI Fox? Trotz Ihrer fieberhaften Versuche, es zu verhindern, meine ich?«

»Ihre Crew stand hinter Ihnen, hat Ihre Lügen einfach wiedergekäut. Aber jetzt, wo Francis Haggard im Leichenschauhaus liegt, haben Sie sehr viel mehr zu verlieren. Glauben Sie, dass Sie sich immer noch auf die Jungs verlassen können? Ich persönlich würde jedenfalls nicht darauf wetten.«

Fleck legte eine gewölbte Hand an sein Ohr. »Ich höre hier nichts, das belegen würde, dass ich mich überhaupt im selben Stadtteil wie Francis befunden habe, als er umgebracht wurde.« Er hielt inne, begegnete Fox' starrem Blick. Fox schlug mit flachen Händen auf die Tischplatte und ließ sie dort liegen, stemmte sich hoch und beugte sich zu Fleck runter.

»Ihre Selbstgefälligkeit werden wir Ihnen schon noch austreiben. Der Auto-Schmuggel, der Tod von Kyle Weller, der zusammengeschlagene Tony Barlow und alles andere – dafür werden Sie bezahlen.«

»Ich freue mich auf Beweise, aber ich habe das Gefühl, zu meinen Lebzeiten bekomme ich keine mehr vorgelegt.«

»Sie vergessen wohl, dass wir Haggards Computer haben. Sein Mörder war nicht schlau genug, ihn mitzunehmen. Ich würde sagen, dass engt den Kreis der möglichen Tatverdächtigen ein, aber in Tynecastle wimmelt es ja nur so von Schwachsinnigen, die alles getan hätten, was Sie ihnen sagen. Außerdem haben wir die Notizen gefunden, die Haggard in einer Schublade in Newhaven liegen gelassen hatte – wer auch immer in das Heim der Familie eingebrochen ist, die haben ihre Aufgabe nur halb erledigt, mehr Unordnung gemacht als irgendetwas durchsucht.«

»Wir haben die Männer mit Überwachungskameras aufgezeichnet«, improvisierte Clarke. »Sie würden staunen, was man mithilfe von moderner Technik alles identifizieren kann, sogar ein Augenpaar.«

Fleck kaute auf der Innenseite seiner Wange.

»Ziehen Sie sich ruhig eine Line, wenn Sie eine brauchen«, sagte Fox und ließ sich wieder auf seinem Stuhl nieder. »Ihre Jungs scheinen ja davon abhängig zu sein. Schade nur, dass die Zufuhr kürzlich gekappt wurde.«

»Konsumieren Sie Drogen, Mr Fleck?«, fragte Clarke in beiläufigem Tonfall.

»Kein Kommentar«, sagte Alan Fleck.

Jetzt grinste Malcolm Fox. »Hat ganz schön lange gedauert«, sagte er.

Nachdem sie Fleck hatten gehen lassen, blieben Clarke und Fox noch im Gang stehen, sogen etwas frischere Luft in ihre Lungen.

»In einem Punkt hat er keinen Mist erzählt«, meinte Clarke. »Der Raum da ist eine Corona-Falle.« Dann, den Blick fest auf Fox gerichtet: »Computerdateien und schriftliche Notizen?«

Fox zuckte mit den Schultern. »Ich hab halt improvisiert, und es hat ihn kalt erwischt. Das mit den Drogen war aber auch schön.«

»Danke.«

»Können wir Verdächtige wirklich nur anhand der Augen identifizieren?«

»Mit ausreichendem Budget und der Hilfe freundlicher Kollegen bei der Special Branch …«

Christine Esson tauchte in der Tür auf. »Wir glauben, wir haben was«, sagte sie und zog sie ins Büro.

Trask wartete, bis sie die volle Aufmerksamkeit ihres Teams hatte. »Wir kennen den Namen mindestens einer Bar, in der Francis Haggard möglicherweise vor seiner Ermordung war. Ein Stammgast hat sein Foto in der *Evening News* gesehen und sich gemeldet. Wir müssen mit den Angestellten und den Zeugen sprechen. Bislang haben wir nur die Aussage eines einzigen, der glaubt, unseren Mann anhand eines unscharfen Zeitungsbilds erkannt zu haben, also werde ich noch kein Festtagskommittee ernennen, aber eine bessere Spur haben wir derzeit nicht.«

»Wie heißt die Bar?«, fragte Gamble.

»Das Drifter's in der Great Junction Street – eigentlich fußläufig von hier zu erreichen.«

»Und von seiner Wohnung«, ergänzte Clarke.

Trask nickte. »Nimm Christine mit. Sag Bescheid, was ihr herausfindet.«

»Wird gemacht.«

»Colin und Jason, ihr geht und sprecht mit dem Zeugen. Seine Daten hab ich hier.« Sie hielt Ritchie einen Zettel hin, den King ihm ähnlich gierig wegschnappte wie eine Möwe eine Pommes.

Sie holten alle ihre Jacken, Clarke schaute in Fox' Richtung, um abzuschätzen, ob er sich übergangen fühlte, aber er saß ganz friedlich an seinem Tisch und schaute auf den Computerbildschirm. Unten warteten immer noch zwei uniformierte Kollegen aus Tynecastle, lehnten an der Wand und vertrieben sich die Zeit mit ihren Handys. Als sie Clarke erkannten, richteten sie sich unruhig auf. Sie schüttelte den Kopf.

»Kommt gleich jemand«, behauptete sie, zog die Tür auf und ging hinaus. Kaum draußen, drehte sich Esson zu ihr um.

»Das war gelogen, oder?«, fragte sie.

»Natürlich«, erwiderte Clarke mit dünnem Lächeln.

King und Ritchie flitzten nach ihnen aus der Tür, Ritchie reckte die Daumen hoch.

»Die werden es auch noch lernen«, grinste Esson.

»Trotzdem schön anzuschauen«, sinnierte Clarke.

Das Wetter war nicht schlecht, und beide wussten, dass sie zu Fuß schneller ankommen würden als mit dem Wagen. Das Drifter's war wie eine hawaiianische Tiki-Bar gestylt, mit falschem Stroh an der Fassade und Pedal-Steel-Gitarren-Musik. Es gab nur einen Mann hinter dem Tresen, er trug ein knallbuntes Hemd und eine pinke Blumenkette aus Plastik um den Hals. Das halbe Dutzend Trinker war offenbar immun gegen das Motto und blieb beim Lager. Clarke zeigte dem Barmann ihren Dienstausweis und anschließend ein Foto von Francis Haggard.

»Er war vor drei Tagen hier«, sagte sie.

»Am Nachmittag oder Abend?«

»Am Nachmittag, denken wir.«

»Dann war das meine Schicht.« Der Mann betrachtete das Foto erneut und nickte. »Ich glaube, der hatte schon ein oder zwei intus, bevor er hierherkam. Hat keinen Ärger gemacht, aber ausgesehen, als wollte er.« Er schaute rüber zu einem Tisch mit zwei Männern, die sich unterhielten. »Hey, Colin«, rief er, »du hast doch mit dem geredet, oder?«

Der Mann namens Colin war groß, dünn und vermutlich pensioniert, er stand auf und kam zu ihnen.

»Ach, ja«, sagte er und betrachtete das Foto. »Das ist doch der, der ermordet wurde.«

»Stimmt.«

»Eine Scheißlaune hatte der. Ich bin zufällig an seinem Tisch vorbei und hab gesagt, wird schon nicht so schlimm werden.« Er betrachtete weiter das Foto. »Wurde es dann aber anscheinend doch.«

»Wir wären Ihnen dankbar gewesen, wenn Sie sich mit dieser Information bei uns gemeldet hätten, Sir«, tadelte ihn Esson.

»Welcher Information? Dass der Typ in einem Pub gesessen und was getrunken hat?«

Clarke schlug einen möglichst unbeschwerten Ton an. »Hat er sonst noch was gesagt, vielleicht wo er danach hinwollte?«

»Glaube nicht.« Der Mann hielt inne. »Nein, warten Sie mal – er hat gesehen, dass ich die Zeitung mit den Rennnachrichten aufgeschlagen hatte, und mich gefragt, ob ich wetten würde. Na ja, ich setz gerne mal auf Pferde, und wahrscheinlich hab ich das auch so gesagt. Er meinte, Casinos sind ihm lieber, wegen der höheren Einsätze. Was wunderbar ist, wenn man sich's leisten kann, aber in meinen Augen sah der aus, als hätte er im Gebüsch geschlafen.«

»Um wie viel Uhr war das?«

»Vielleicht so vier oder fünf.«

»Meine Schicht ist um sechs zu Ende«, erklärte der Barmann.

»Und bis dahin war er weg?«

Beide Männer nickten. »Verlangen Sie nicht von mir, dass ich's schwöre«, sagte Colin, »aber kann sein, dass er sich ein Taxi rangewunken hat. Er ist raus, und dann hat ein schwarzes Taxi vor der Tür gehalten. Die haben einen unverwechselbaren Motor. Der übertönt problemlos eine Ukulele, was hier drin ein Segen sein kann.«

»In Wirklichkeit stehst du doch drauf«, sagte der Barmann. Dann an Clarke und Esson gerichtet: »Er hat bar bezahlt, fällt mir jetzt wieder ein – ist heutzutage selten. Und hat gesagt, ich soll mir selbst einen einschenken. Apropos, wollen Sie einen aufs Haus?«

Clarke schüttelte den Kopf. »Wir nehmen was, aber wir zahlen. Trotzdem danke.«

Sie bestellten Orangensaft und gingen damit an einen Tisch, setzten sich einander gegenüber.

»Casinos?«, spekulierte Esson.

»Wahrscheinlich ist er einfach nach Hause gegangen«, sagte Clarke.

»Dafür hätte er aber kein Taxi gebraucht.«

»Wenn er blau war, vielleicht schon.«

»Klingt mir eher, als hätte er sich von der Wohnung fernhalten wollen, erst mal warten, bis es nicht mehr so brenzlig ist. Wahrscheinlich hat er in der vorangegangenen Nacht irgendwo draußen geschlafen.«

»Wie viele Casinos gibt's in der Stadt?«, fragte Clarke.

»Heutzutage weniger als ein halbes Dutzend. Würde nicht lange dauern, das zu prüfen.«

»Fangen wir damit an, dass wir herumtelefonieren und eine Beschreibung von ihm durchgeben?«

Esson nickte. »Aber vielleicht hast du ein Erbarmen mit den armen Schweinen, die immer noch im Wartebereich stehen«, sagte sie.

»Warum?«

»Weil wir besser sind als die.«

»Wahrscheinlich hast du recht«, sagte Clarke. »Trotzdem, wir wollen unseren O-Saft ja nicht runterstürzen.«

22

Rebus öffnete die Tür zum Hinterzimmer des Pubs und nahm sein Pint IPA mit.

»Ist das die Party?«, fragte er. Er erkannte Fleck, Driscoll, Agnew, Turnbull und ein paar andere Gesichter, aber keinesfalls alle. Der Raum war nicht groß, drei schmale Tische waren u-förmig zusammengerückt. Ganz hinten befand sich ein vergittertes Fenster mit Milchglasscheibe, und gepolsterte Bänke waren statt Stühlen die einzigen Sitzmöglichkeiten. Jeder einzelne der ungefähr ein Dutzend Köpfe drehte sich zu ihm um, die Gespräche brachen ab.

»Rückt ein Stück zusammen, Jungs«, sagte Fleck aufgesetzt fröhlich. »Schön, dass du zu uns stößt, John.«

»Ich bleibe nicht«, verkündete Rebus. »Bin nur zufällig vorbeigekommen und dachte, ich sage mal Hallo.«

»Zufällig«, schnaubte jemand ungläubig. Rebus kannte das Gesicht. Jimmy Callan. Sie waren ungefähr zur selben Zeit in den Ruhestand getreten.

»Hab gehört, du wärst tot, Jimmy«, sagte Rebus und hob sein Glas an die Lippen.

»Bin fitter als so manch anderer.«

»Na ja, so viel, wie du an Schmiergeld kassiert hast, kannst du dir ja wahrscheinlich eine private Krankenversicherung leisten.«

»Davon verstehst du mehr als ich.«

»Gab mal eine Zeit, da hätte ich dir vermutlich recht gegeben – ich dachte, ich wüsste über jede krumme Tour Bescheid, auch wer sie durchzieht. Aber jetzt bin ich nicht mehr so sicher.«

»Wir haben von den Besten gelernt«, sagte Agnew und hob sein Glas, während sein Blick zwischen Rebus und Fleck hin und her sprang.

»Den Besten oder den Schlimmsten«, wiederholte Rebus. »Manchmal lässt sich das schwer unterscheiden.« Wieder sah er sich im Raum um. »Wie viele von euch wurden denn schon gegrillt? Ich vermute diejenigen, die's hinter sich haben, sind hier, um ihr Wissen an die noch Wartenden weiterzugeben.«

»Apropos Warten«, sagte Turnbull, »deine kleine Freundin Clarke hat uns fast den ganzen Tag dort hängenlassen. Die verschwendet unsere Zeit und Steuergelder.«

»Jetzt, wo wir sowieso wegen Corona unterbesetzt sind«, meldete sich ein anderer zu Wort.

»O ja«, sagte Rebus, »ich sehe schon, wie ernst Ihr's mit der öffentlichen Gesundheit nehmt. Hier im Raum befinden sich garantiert mehr Bazillen als Sauerstoff. Da würde ich sogar drauf wetten.«

»Beschimpft der uns jetzt auch noch als Bazillen?«, knurrte einer der Jüngeren.

»Wenn Sie so wollen«, erwiderte Rebus schulterzuckend.

»Vorsicht, John«, warnte Fleck. »Einige von uns wissen, dass wir dir für so manches zu Dank verpflichtet sind, aber die Gutmütigkeit hat auch ihre Grenzen.«

»Falls du Kyle Wellers Tod in Gewahrsam meinst, ich weiß, dass der Eindruck entstanden ist, ich hätte Beweise verschwinden lassen, hab ich aber nicht. Manchmal geht was verloren, das ist so im Leben.«

»Nicht nur Kyle Weller«, behauptete Fleck ruhig.

»Na schön, dann reden wir über Cafferty. Warum nicht? Aber dann müssen wir auch über Fraser Mackenzie reden. Dein ehemaliger Kollege Francis Haggard brauchte eine Unterkunft, und er ist direkt zu Mackenzie. Ich hab lange überlegt, warum, und die einfachste Antwort ist, dass er wusste, er würde ein gutes Angebot bei ihm bekommen. Er musste nur sagen, dass er Polizist in Tynecastle war. Also, ich hab inzwischen ein paar Geschichten über Mackenzie gehört, und so langsam fügt sich eins zum anderen. Du hast jetzt einen ähnlichen Deal mit Mackenzie wie damals mit Cafferty. Aber die Sache ist die – jemand hat Francis Haggard in der Wohnung in der Constitution Street fotografiert und Cafferty das Bild geschickt. Wozu sollte das gut sein? Hat das was mit Haggard zu tun oder mit der Wohnung? Oder vielleicht beiden?«

Rebus wartete schweigend, ließ sich Zeit, bis Alan Fleck sich erhob, scheinbar unendlich langsam, und zur Tür nickte.

»Damit gehen wir besser nach draußen, John«, sagte er und ging voran.

Bis Rebus ihm gefolgt war, stand er schon zehn Meter weiter auf dem Gehweg an einer niedrigen Mauer vor einer Autowaschanlage. Die Waschanlage war geschlossen und der dazugehörige Vorplatz nicht beleuchtet. Fleck hatte seinen Mantelkragen aufgestellt. Kaum war Rebus angekommen, legte er los.

»Bevor wir anfangen, musst du mir versprechen, dass das unter uns bleibt. Wir machen hier reinen Tisch, damit du deine Ruhe hast. Wenn Fox, Clarke oder sonst jemand davon erfährt, weiß ich woher.«

»Sag, was du zu sagen hast.« Aber Rebus sah, dass Fleck bereit war zu warten. »Okay, dann bleibt es unter uns.«

»Würdest du auf das Leben deiner Enkeltochter schwören?« Fleck sah, dass Rebus' Miene versteinerte. »Theoretisch, meine ich.«

»Ich gebe dir mein Wort. Früher hat das genügt.«

»Die Zeiten haben sich aber geändert und die Menschen mit ihnen.« Fleck hielt inne, schaute nach links und nach rechts. »Das war vor sieben Jahren«, fing er an. »Weißt du noch, das Treffen, das du für mich mit Cafferty organisiert hast? Ich hab dir nicht gesagt, dass ich dich zum Schutz dabeihaben wollte.«

»Zum Schutz wovor?«

»Da war so ein Süchtiger, den wir aufgegriffen hatten; ihm drohte Gefängnis. Aber er hatte was zum Tausch anzubieten. Er hatte gerüchteweise gehört, wo Cafferty zumindest einen Teil seiner unrechtmäßig erworbenen Profite versteckte.« Wieder hielt er inne. »In einer ganz normalen Wohnung in einem Haus in der Constitution Street. Die einzige Immobilie in seinem Besitz, die er nie vermietet hat. Also bin ich los und hab mir das mal angesehen. Die Tür war so eine, wie man sie aus Fort Knox kennt. Da wussten wir, dass der Typ keine Märchen erzählt hatte. Die Frage war aber, wie kommen wir da rein? Warten wir, bis jemand vorbeikommt und aufschließt? Francis hatte eine bessere Idee. Wir sind hinters Haus gegangen. Da war nur ein Stück Rasen mit Wäscheleine und ein paar Mülltonnen. Francis warf einen Blick auf die Regenrinne und wusste, dass das der Eingang war. Er war verflucht fit, das muss ich ihm lassen. Schon in der Schule war er der Beste im Seilklettern, hat er jedenfalls erzählt. Also ist er da rauf, hat sich einen Handschuh übergezogen und das Fenster eingeschlagen. Wir standen Schmiere, aber du weißt ja, wie das ist – es hat sowieso niemand was gehört oder gesehen. Francis ist reingeklettert. Hinterher meinte er, es sei ein Kinderspiel gewesen. Müllsäcke voller Geldscheine. Er hat sie zu uns runtergeworfen, ist dann wieder an der Regenrinne runter.«

»Wie viel habt ihr mitgenommen?«

»Jede Menge. Wir waren uns alle einig, wenn wir's teilen, dann sollte Francis ein bisschen was extra für seine Mühen bekommen. Das war's.«

»Nur eben doch nicht.«

Fleck atmete geräuschvoll durch die Nase aus. »Ich weiß nicht, wie, aber Cafferty hat irgendwie gehört, wer ihn da möglicherweise abgezockt haben könnte. Ich wusste, ich musste hin und mit ihm reden.«

»Mit mir auf dem Beifahrersitz?«

»So kann man's nennen. Ich hab ihm klargemacht, dass jegliche Vergeltungsmaßnahme ganz schlecht für ihn enden würde. Er sollte die Verluste einfach abschreiben, unter Erfahrung verbuchen und vielleicht mal das Fenster vergittern lassen.«

»Begeistert kann er nicht gewesen sein.«

»War er auch nicht.«

»Gab es wirklich keine Vergeltung?«

»Doch, an dem Junkie, der uns den Tipp gegeben hatte. Jemand hat die Kollegen vom Organisierten Verbrechen darauf hingewiesen, dass er einen Waffenvorrat in seiner Wohnung hatte, und es gab eine Razzia. Ein halbes Dutzend alte Pistolen wurden bei ihm gefunden. Dafür ist er in den Knast gewandert, hat aber geschworen, sie seien deponiert worden. Er saß erst ein paar Wochen, da kam jemand in seine Zelle spaziert und wollte ihm die Kehle durchschneiden.«

»Hat aber nicht geklappt?«

»Er hat's überlebt. Ein paar Monate später hat er wieder ein Messer abbekommen und auch das überstanden.«

»Cafferty hat es an der einzigen Person ausgelassen, die nicht zurückschlagen konnte?«

»Ich hab immer gedacht, du wüsstest das«, sinnierte Fleck.

»Mit dem Geld?« Rebus schüttelte den Kopf.

»Ich dachte, deshalb hättest du's nie für nötig gehalten, danach zu fragen.«

Rebus wurde nachdenklich. »Wussten die Mackenzies davon?«

»Das mit Francis? Ich glaube nicht.«

»Aber sie kennen die Geschichte der Wohnung?«

»Na ja, sie hat Cafferty ja lange gehört, eine wird's gewusst haben.«

»Beth, meinst du?« Rebus sah Fleck nicken. »Und stimmt es, dass Tynecastle jetzt Vereinbarungen mit Fraser Mackenzie hat?«

»Ich bin Autohändler, John.«

»Aber Mackenzies Firma ist nur eine Tarnung für seine Drogengeschäfte – deine Kumpel bei der Crew werden dir das nicht vorenthalten haben.«

»Wahrscheinlich höre ich dieselben Geschichten wie du.«

»Die Sache ist nur die: Bis vor ein paar Tagen hab ich gar keine Geschichten gehört.«

»Als Cafferty angeschossen wurde, lag die Stadt einfach wehrlos herum. Nur logisch, dass das jemand ausgenutzt hat.«

»Und was hat es mit dem Foto auf sich?«, fragte Rebus.

»Das frage ich mich genauso wie du.«

»Hat es jemand geschickt, der dachte, Cafferty würde Haggard erkennen und sich an ihm rächen?«

Fleck schien die Möglichkeit in Betracht zu ziehen. »Eins noch, John«, sagte er schließlich. »Mag sein, dass du uns bei Kyle Weller nicht geholfen hast, aber es gibt auch noch den Fall

Tony Barlow. Du hast uns seinen Namen verraten. Wir haben nach ihm gefahndet, weil wir ihn für einen Pädophilen gehalten haben. Aber das war er gar nicht. Cafferty wollte ihm nur schaden. Danach hatte er uns in seinem Netz – dich genauso wie mich und die anderen. Das hat mich schwer angepisst. Wahrscheinlich hab ich deshalb auch den Einbruch genehmigt. Ein Teil des Gelds, das wir genommen haben, ist in Barlows Physiotherapie geflossen.«

»Hast ein großes Herz, Alan.«

Fleck schaute Rebus über die Schulter. Dieser drehte sich um und sah, dass Driscoll und Agnew draußen vor dem Pub standen, Driscolls Gesicht leuchtete hell auf, als er sich eine Zigarette mit seinem Feuerzeug anzündete. Die beiden kamen auf Rebus und Fleck zugeschlendert und versuchten für zufällig Vorbeifahrende möglichst gelassen zu wirken.

»Alles in Ordnung, Sarge?«, fragte Driscoll.

»Bestens«, versicherte ihm Fleck. »Findest du nicht auch, John?«

»Ich würde sagen, alles andere als das«, entgegnete Rebus. »Mit hoher Wahrscheinlichkeit habe ich mich in eurem kleinen Klüngel da drin in Gegenwart desjenigen befunden, der Francis Haggard auf dem Gewissen hat, und das verursacht bei mir das Gegenteil von einem schönen warmen Gefühl im Bauch. Und jetzt höre ich auch noch, dass ihr Big Ger Cafferty um einen Haufen Bargeld erleichtert habt …«

Driscoll sah Fleck an. »Du hast gesagt, er wusste Bescheid.«

»Dachte ich.«

Driscoll wandte sich wieder an Rebus. »Nur logisch, wenn Cafferty dir davon erzählt hat.«

»Hat er nicht.«

»Aber du warst sein …«

Rebus packte Driscoll am Jackenaufschlag und schüttelte ihn. Driscolls Zigarette flog aus seinem Mundwinkel.

»Ich war zu keinem Zeitpunkt sein irgendwas!«, fauchte Rebus.

»Ganz ruhig, John«, sagte Fleck.

»Nimm deine Scheißfinger von mir, Opa«, bellte Driscoll und bleckte die Zähne. Sein Blick war glasig, und sein Atem roch nach Rum.

»Sonst *was*?«

Die Antwort dämmerte Rebus einen kurzen Augenblick zu spät, als Driscolls Stirn bereits auf seinen Nasenrücken traf. Er taumelte rückwärts, Tränen stiegen ihm in die Augen, und er spürte, dass ihm warmes Blut an der Nase herunter und über das Kinn lief.

»Verdammt, Rob«, rief Chris Agnew und zerrte Driscoll ein paar Schritte fort vom Geschehen. Driscoll ignorierte ihn, zeigte stattdessen auf Rebus.

»Halt dich einfach fern von uns! Wir kämpfen an allen möglichen Fronten, und das Letzte, was wir brauchen, ist ein alter Sack wie du, der sich überall reinhängt!«

»Hast mir ja eine VIP-Behandlung versprochen«, sagte Rebus an Fleck gewandt. In der Zwischenzeit sah sich Driscoll nach seiner Zigarette um, beschloss aber, sie sei nicht mehr zu retten, und schüttelte eine andere aus dem Päckchen, was Rebus mit getrübtem Blick verfolgte. Während er sich die Augen wischte, zog Fleck ein großes weißes Taschentuch heraus, das er Rebus an die Nase drückte.

»Das ist nicht die Art, wie wir die Dinge regeln, Rob«, ermahnte Fleck seinen ehemaligen Kollegen.

»Das ist ganz genau die Art, wie wir die Dinge regeln. Ich weiß, dass du zu deiner Zeit Schlimmeres gemacht hast.«

»Was denn?«, fragte Rebus.

Driscoll entfuhr lautes Gelächter, als er den Kopf in den Nacken warf und gen Himmel schaute. »Er gibt einfach nicht auf.«

»Bestimmt nicht«, bestätigte Rebus. Er hielt das Taschentuch jetzt mit einer Hand und kniff sich mit der anderen in den Nasenrücken.

»Komm, Rob«, sagte Agnew und zog seinen Kollegen am Arm.

»Halten wir dich von irgendwas fern, Chris?«, stichelte Driscoll. »Oder sollte ich sagen *von jemandem*?« Dabei bohrte er Agnew einen Finger in die Brust. »Sie suchen doch Leute, die Ärger mit Francis hatten, hier ist schon mal der erste.«

»Jetzt reicht's mir aber«, sagte Agnew und ließ Driscolls Arm los. »Du bist echt daneben.« Er setzte sich Richtung Pub in Bewegung. »Erzähl mir mal was Neues!«, rief Driscoll ihm hinterher, dann wandte er sich wieder zu Rebus und Fleck um.

»Da geht er, der Wichser, der keinen Spaß verträgt.«

»Wahrscheinlich, weil's für ihn keiner war«, erwiderte Fleck.

»Alan, du machst ein Gesicht wie ein Arsch mit Ohren.«

»Und wessen Schuld ist das wohl, was meinst du?«

»Ach ja, schieb's nur auf mich. Darauf läuft das alles hier wohl raus? Meinst du nicht, es reicht, dass ich Mordermittlungen an der Backe habe?« Als Fleck nicht antwortete, schien Driscoll das Feuer auszugehen, und er wandte sich an Rebus. »Hab kurz die Nerven verloren, John. Nichts für ungut, hm?« Er streckte Rebus eine Hand entgegen, die dieser ignorierte, bis Driscoll den Wink verstand und sie zurückzog. »Ich werde für niemanden als Sündenbock herhalten, Alan«, sagte er mit leiser, beherrschter Stimme. »Sollte jemand versuchen, mich dazu zu machen, ist er tot, verstanden? Ihr alten Säcke könnt untereinander aushandeln, was ihr wollt, aber mich zieht ihr nicht mit euch runter, nicht, ohne dass es zu einem Kampf kommt, von dem ihr wünschen werdet, ihr hättet ihn nie angezettelt.« Er nickte, wie um seinen Entschluss zu unterstreichen, dann zündete er endlich die Zigarette an, die noch immer in seinem Mundwinkel steckte, und folgte Agnew ins Pub zurück.

Rebus nahm das Taschentuch von der Nase und betrachtete die dunkelroten Flecken darauf. Der Blutfluss war zurückgegangen, aber er übte lieber noch weiter Druck mit Daumen und Zeigefinger aus.

»Ist nur ein dummer Junge, John«, meinte Fleck. »Francis' Tod hat uns allen zu schaffen gemacht ...« Er brach ab. »Ich sorge dafür, dass er sich anständig entschuldigt.«

»Soll er mich mit einem Hunderter zum Schweigen bringen?«

»Wieso? Brauchst du Geld?«

»Ich brauche, dass mir keiner ins Gesicht springt, nur weil ihm die Sicherung durchbrennt.«

»Du musst verstehen, Rob war der beste Freund von Francis – oder zumindest hat er sich dafür gehalten. Ihm setzt der Verrat noch stärker zu als den meisten anderen.« Fleck starrte der sich entfernenden Gestalt hinterher. »Eigentlich ist er ein guter Junge.«

»Das sind keine Jungs. Das sind Erwachsene, die wissen sollten, was sie tun.«

»Als ob du in deiner Jugend keine Dummheiten gemacht hättest.«

»So dumm, einen Gangster auszurauben, war ich nicht.«

»Trotzdem hast du dir was von der Beute als Belohnung auszahlen lassen, für das Treffen mit Cafferty, meine ich.«

»Ich wünschte, ich hätte niemals einen Fuß in eure Wache gesetzt oder zugelassen, dass du dich in mein Leben einschleichst.«

Flecks Miene verfinsterte sich. »Vergiss nicht, nichts von dem, was du heute Abend erfahren hast, geht an andere.«

Rebus zerknüllte das Taschentuch und stopfte es Fleck in die Brusttasche. »Eine letzte Frage«, sagte er. »Was ist mit dem Mann im Knast passiert?«

Fleck überlegte kurz. »Der hat seine Zeit abgesessen, ist von den Drogen runter – weiß der Henker, wie. Heute führt er ein Pub und drückt immer noch einen Anteil an Cafferty ab.«

»Welches Pub?«

»Das Moorfoot in Craigmillar. Kenny Beecham heißt er.«

»Bei meinem letzten Besuch dort war das aber nicht der Name auf der Lizenz.«

»Ehemalige Sträflinge bekommen keine Schanklizenz, John. Da wird noch jemand anders beteiligt sein.« Fleck streckte Rebus eine Hand entgegen, so wie Driscoll es getan hatte. Rebus starrte sie an.

»Willst du mir damit sagen, entweder wir schließen einen Waffenstillstand, oder es gibt Konsequenzen?« Die Hand war noch da, als er sich umdrehte, ein Papiertaschentuch aus seiner Tasche kramte, es zerriss, kleine Stopfen daraus knetete und sich jeweils einen in die Nasenlöcher schob. »Hat sich aber gelohnt«, sagte er sich und wackelte vorsichtig an seiner Nase. Gebrochen war sie nicht, was unter den gegebenen Umständen schon mal sehr gut war. Chris Agnew hatte behauptet, er sei eng mit Francis Haggard befreundet gewesen, Driscoll sah das aber offenbar anders. Rebus dachte an Agnews Ruf und Spitznamen – Casanova. Vielleicht hatte er versucht, bei Haggards besserer Hälfte zu landen. Entweder das, oder es gab einen anderen Grund für ihre Feindschaft – immer vorausgesetzt, Driscoll hatte die Wahrheit gesagt. Hatte Agnew das abgestritten? Hatte er nicht, auch wenn Driscoll selbst es als Spaß bezeichnet hatte.

Wenn, dann lachte jetzt jedenfalls niemand mehr.

Clarke traf Gina Hendry in einer Wine Bar in der George Street. Die Verbindungsbeamtin hatte ihren ersten Cocktail schon fast ausgetrunken und ließ sich gerade einen zweiten servieren, als Clarke eintrat.

»So schlimm?«, fragte Clarke und bestellte einen Gin-Tonic beim Kellner.

»Mir war einfach danach«, erklärte Hendry. »Ich hab den Großteil des Nachmittags mit Cheryl und Stephanie verbracht.«

»Ist Cheryl noch bei ihrer Schwester?« Clarke schüttelte sich den Mantel von den Schultern und machte es sich bequem.

»Sie kann sich nicht überwinden, in die Wohnung zurückzuziehen. Sie sagt, der Einbruch macht es nur noch schlimmer. Und jetzt hat sie auch noch eine Beerdigung zu organisieren.«

»Wobei wir die Leiche so schnell aber noch nicht freigeben.«

Hendry nickte. »Das hab ich ihr erklärt und ihr anschließend eröffnet, dass meine Aufgabe jetzt erledigt ist.«

»Wie hat sie's aufgenommen?«

»Sie meinte, sie würde mich vermissen. Stephanie wollte mir eine Flasche Wein mitgeben.« Sie schaute Clarke über den Rand ihres Glases hinweg an. »Und wie war *dein* Tag überhaupt?«

»Jede Menge Vernehmungen mit den früheren Kollegen des Verstorbenen. Ich nehme nicht an, dass ihr einer von denen sein Beileid ausgesprochen hat?«

»Jemand hat einen Kranz am Tor abgelegt – ich hab ihn mit reingenommen. Laut der Karte war's ein gewisser Rob. Stephanie hat sie zerrissen und in den Müll geworfen.«

»Rob Driscoll«, sagte Clarke.

»Auch von Tynecastle, oder?«

»Ist der Kranz auch in der Tonne gelandet?«

»Wie hast du das erraten? Darf ich annehmen, dass ihr sämtliche ehemaligen Kollegen als verdächtig behandelt? Stephanie hat sich jetzt in den Kopf gesetzt, dass es einer von denen gewesen sein muss.«

»Wir schließen nichts aus.«

»Du sprichst hier mit keiner Journalistin, Siobhan.«

Clarkes Drink traf ein. Sie bedankte sich beim Kellner und schob den Zitronenschnitz mit dem Strohhalm durchs Glas. »Das in der Constitution Street war kein Einbruch«, sagte sie. »Es wurde nichts mitgenommen. Wahrscheinlich war's jemand, den Haggard kannte und dem er vertraute.« Sie konzentrierte sich kurz auf ihren Drink. »Hat Cheryl nie mit dir über Drogen gesprochen?«

»Ob sie welche nimmt oder er?«

»Sowohl als auch.«

»Ich hab das Gefühl, Alkohol ist ihr Lieblingsgift. Hatte er denn was mit Drogen zu tun?«

»Definitiv.«

Hendry wirkte nachdenklich. »Bei den letzten Besuchen ist mir was aufgefallen …«

»Was?«

»Spannungen zwischen den Schwestern. Nur ein leichtes Knirschen, wie so eine Art Hintergrundrauschen.«

»Vielleicht verträgt sich das Trauma des Todes nicht mit dem einer Scheidung?«

»Gibt kaum Anzeichen dafür, dass Stephanie leidet. Noch ein paar Wochen, dann wird sie vermutlich steinreich sein. Ich weiß, wir sollten uns emotional nicht zu sehr binden, aber ich hab gerne Zeit mit den beiden verbracht.«

»Sie scheinen sich sehr nahezustehen, Spannungen hin oder her.«

Sie konzentrierten sich kurz auf ihre Drinks. Im Raum ging es immer lauter und geschäftiger zu, je mehr Büros schlossen und umso mehr Rollläden vor den Ladenlokalen heruntergingen.

»Nimmst du noch einen?«, fragte Hendry. Clarke schüttelte den Kopf. »Ich sollte es auch besser sein lassen. Ein ruhiger Abend zu Hause wird mir guttun.«

»Wahrscheinlich fahr ich nochmal ins Büro.«

»Du bist ja auch masochistisch veranlagt. Es sei denn …«, Hendry hielt dramatisch inne, »… du bist in jemanden dort verknallt?«

»Schön wär's.« Aber Clarkes Handy teilte ihr mit, dass sie eine Nachricht bekommen hatte. Von Michael Leckie. *Wollen wir essen gehen? Ich verspreche hoch und heilig, nicht über die Arbeit zu reden.*

»Gute Nachrichten?«, drängte Hendry.

»Könnte sein«, sagte Clarke und tippte aufs Display. Sie brauchte nicht lange, um ihre knappe Antwort zu formulieren.

Warum nicht?

23

Als sie die Tür öffnete, schien Ishbel Oram Rebus gar nicht zu erkennen. Was ihm nur recht war.

»Ist Tommy da?«, fragte er. Sie zog erst an ihrer Zigarette, bevor sie antwortete.

»War er das mit Ihrer Nase?« Rebus schüttelte den Kopf. Aufgrund ihrer Reaktion wusste er, dass sie geschwollen und blau war. Seine Augen fühlten sich aufgequollen an, und vermutlich waren seine Oberlippe und sein Kinn mit getrocknetem Blut verschmiert. »Hab ich mir gedacht, dafür ist er gar nicht der Typ.«

»Haben Sie eine Ahnung, wo ich ihn finde?«

»Haben Sie schon mal versucht, ihn anzurufen?«

»Er geht nicht dran«, log Rebus. Ein Freund hätte angerufen, weil ein Freund Tommys Nummer gehabt hätte.

»Vielleicht im Pub? Sagen Sie ihm, er soll die Pizza nicht vergessen – aber ohne Scheißoliven.«

»Keine Oliven, alles klar«, sagte Rebus zu der sich schließenden Tür. Er bog um die Ecke zum Moorfoot und trat ein. Auf allen drei Fernsehern lief dasselbe Fußballspiel, und die Kneipe war voll. Tommy Oram stand vor einem Spielautomaten und schlug auf die blinkenden Tasten, als ginge es um sein Leben.

»Keine Freundin heute Abend?«, erkundigte sich Rebus.

Tommy schien die Stimme zu erkennen, machte aber keine Anstalten, sich von seinem Spiel abzuwenden.

»Hab ich Ihnen doch gesagt, das war nicht meine Freundin, nur eine Bekannte.«

»Übrigens, deine Mutter lässt ausrichten: keine Oliven.«

Die Bemerkung rief ein Lächeln hervor. »Ich mach das nur, um sie zu ärgern.«

»Kann ich dir was zu trinken holen?«

»Cola-Rum.«

»Sicher?«

»Wieso nicht?«

»Nur so, ich bin kein Rum-Fan.«

Rebus ging zur Bar. Der Barmann hatte ihn bereits entdeckt. Rebus wartete, bis er die vorangegangenen Bestellungen abgearbeitet hatte und er an die Reihe kam.

»Hab ganz vergessen, Platten mitzubringen«, sagte er. »Das nächste Mal aber ganz bestimmt. Jetzt nehm ich erst mal eine Cola-Rum und einen Highland Park – vorausgesetzt, in der Highland-Park-Flasche da ist wirklich welcher drin.«

Der Mann schenkte die Drinks aus, guckte dabei finster.

»Sind Sie Kenny Beecham?« Rebus ließ die Frage möglichst beiläufig klingen. »Die Narbe war mir vorher gar nicht aufgefallen.«

Unwillkürlich wanderten Beechams Finger an die blasse erhabene Linie knapp unter seinem Kinn. »Und wenn?«

»Treten Sie immer noch Anteile an Big Ger Cafferty ab?«

»Trinken Sie aus und machen Sie, dass Sie rauskommen«, sagte Beecham und schnappte sich den Zwanzigpfundschein aus Rebus' Fingern. Obwohl Rebus die Hand aufhielt, um das Wechselgeld entgegenzunehmen, knallte Beecham es einfach auf den Tresen.

»War wie immer schön, mit Ihnen zu plaudern«, sagte Rebus.

Währenddessen schien Tommy Orams Glückssträhne am

Automaten vorbei zu sein. Rebus stellte die beiden Drinks auf einen Tisch daneben und zog sich einen Hocker heran, Oram nahm einen anderen.

»Was ist mit Ihrem Gesicht passiert?«

»Hab mir die Nase machen lassen.«

»An Ihrer Stelle würde ich mein Geld zurückverlangen.«

»Weißt du, warum ich hier bin, Tommy?«, fragte Rebus, ohne auf eine Antwort zu warten. »Die Jungs, die als Späher an der Garage arbeiten, verdienen sich nicht nur bei dir was dazu.«

»Ach?«

»Kann ja deiner Aufmerksamkeit kaum entgangen sein, dass sie Drogen in der ganzen Siedlung ausliefern. Dank der Fahrräder vermutlich auch noch darüber hinaus.«

»Das ist mir neu.« Oram nahm einen Schluck von seinem Drink und schaute sich im Raum um. Rebus tat es ihm gleich und sah, dass der Barmann jetzt in einer Ecke mit dem glatzköpfigen Schwergewichtler sprach, der bei Rebus' letztem Besuch der einzige andere Gast gewesen war. Er saß allein an einem Tisch, ohne Sicht auf einen der Fernseher.

»Aber jemand muss doch für sie zuständig sein«, drängte Rebus weiter. »Mir scheint, du bist der ideale Kandidat. Du weißt ja, dass dein Chef Fraser Mackenzie an der Spitze steht? Wie sieht es mit seiner Tochter aus? Ist sie auch mit von der Partie?«

»Ich weiß nicht, wovon Sie reden.« Oram hatte sein Handy aus der Tasche gezogen und tippte etwas auf dem Display.

»Rufst du Verstärkung?«

Er drehte es um, so dass Rebus sehen konnte, was er machte. »Ich bestell Pizza, wenn Sie's unbedingt wissen wollen.«

»Ich bin nur hier, weil ich verhindern will, dass du noch tiefer reingerätst als sowieso schon.«

Oram starrte ihn an. »Wieso?«

»Ich denke, dass du möglicherweise in deinem Leben nicht nur am Spielautomaten zu kurz gekommen bist.«

»Was geht Sie das an?« Oram verstummte, als ein Schatten über den Tisch fiel.

»Alles klar, Tommy?«

Der Hüne aus der Ecke. Oram rang sich ein nervöses Lächeln ab, das dem Mann allerdings entging. Er bohrte seinen Blick in Rebus' Augen. »Ja, alles gut. Danke, Mann. Vielleicht sehen wir uns später.«

Der Schwergewichtler zog die Kapuze seines dunklen Pullis über den kahlen Schädel. Rebus sah für ihn wahrscheinlich aus wie einer seiner leichteren K.o.-Gegner.

»Sie müssten mal den anderen sehen«, meinte Rebus.

Der Mann schien nicht bereit, mit dem Starren aufzuhören, als er dann aber endlich doch ging, ließ er einen Schwall kalte Luft zur Tür herein.

»Wer war das?«, fragte Rebus Oram.

»Crosbie«, erwiderte der junge Mann. »Die meisten nennen ihn C.«

»Ist das sein Pub?«

»Irgendwie schon.«

»Sind Kenny Beecham und er befreundet?«

»Seit der Schule.«

»Er ist Türsteher, oder?« Oram sah von seinem Handy zu Rebus. »Ich hab gesehen, was er da in seiner Pranke hatte«, erklärte Rebus. »So ein Armband, wie sie die heutzutage alle tragen. Dann arbeitet er wohl in Gabys Club. Und deshalb seht ihr euch später vielleicht noch?« Er beugte sich zu Oram vor. »Ich weiß, dass Gaby der Club gehört und sie nicht nur dort auflegt.« Er hielt einen Finger nach dem anderen hoch: »Gaby –

Türsteher – Schläger – Drogen – die Mackenzies.« Jetzt spreizte er alle fünf Finger seiner Hand. »Und du bist jeweils das Verbindungsglied, Tommy. Wenn ich dahintergekommen bin, hat dein Dad das vielleicht auch geschafft …«

Eine Hand schlängelte sich zwischen Rebus und Oram durch, sammelte leere Gläser ein. Beecham wartete, bis er Rebus' ungeteilte Aufmerksamkeit bekam.

»Ich hab dir doch gesagt, du sollst dich verziehen«, sagte er.

»Ist noch nicht mal Halbzeit«, beschwerte sich Rebus und nickte Richtung Fernseher.

»Für dich ist das Spiel aus. Das Flutlicht ist ausgeschaltet.«

»Ich muss jetzt sowieso die Pizza holen«, erklärte Oram, erhob sich und zog seine dünne Jacke zu.

»Vielleicht später im Club, hm?«, sagte Rebus. Dann zu Beecham: »Dein Freund Crosbie setzt mich bestimmt auf die Gästeliste.«

»Eher auf die Wichserliste«, sagte Beecham.

Am Tresen fingen einige an, sich über Nachschubprobleme zu beschweren. Er ging zurück. Rebus konzentrierte sich auf Oram.

»Vergiss nicht, was ich gesagt habe – lass dich nicht auf mehr Ärger ein, als du bewältigen kannst.«

»Sie sind nicht mein Dad.«

»Er würde das Beste für dich wollen.«

»Aber vielleicht will *ich* das ja nicht.«

Rebus zuckte mit den Schultern. »Sei nett zu deiner Mum – ausnahmsweise mal keine Oliven.«

»Das mit dem Club war ein Scherz, oder? Sie gehen da nicht wirklich hin.«

»Auf keinen Fall, Kleiner«, sagte Rebus, als ein Tor fiel und alle in der Bar jubelnd aufsprangen.

Rebus war mit Brillo draußen gewesen, hatte sowohl Hund wie Herrchen gefüttert und sich anschließend im Wohnzimmer mit einem zweiten Whisky in den Sessel gepflanzt. Jackie Leven lief bei kaum hörbarer Lautstärke. Trotzdem erkannte Siobhan Clarke den Song, als sie Rebus' Anruf entgegennahm.

»Single Father?«, fragte sie.

»Ich war ein guter Lehrer.«

»In gewisser Hinsicht vielleicht. Was kann ich für dich tun, John?«

»Wer behauptet denn, dass ich was will?«

»Ich. Gerade eben.«

»Na, jetzt wo du's sagst ...«

»Warte, wo hab ich denn meinen Becher hingestellt?«

»Bist du zu Hause oder im Büro?«

»Beim MIT. Vorhin hab ich mich mit Gina Hendry getroffen.«

Rebus nahm einen Schluck Whisky. »Ich glaube, ich bin zumindest teilweise dahintergekommen, wieso sich Francis Haggard ein schönes Leben machen konnte.«

»Er hat sich schmieren lassen«, stellte Clarke fest.

»Außerdem.«

»Dann verrat es mir.«

»Ich kann noch nicht über Einzelheiten sprechen, aber ich habe was für dich – Chris Agnew.«

»Was ist mit ihm?«

»Vorhin hatte er Streit mit Rob Driscoll.«

»Du warst mit den Tynecastle-Typen trinken?«

»Kann sein, dass ich ihnen zufällig begegnet bin.«

»Na so was, wie toll.«

»Hat mir nie gefallen.«

»Was?«

»Wie die mich gefeiert haben als jemanden, dem es nachzueifern gilt.«

Schrilles Gelächter drang an sein Ohr. »Doch, ich glaube schon, John. Ich glaube, dir ist das runtergegangen wie Öl. Du vergisst, wie lange ich mit dir zusammengearbeitet habe, ich hab mitbekommen, wie du dich in Aktion verhalten und wie du dir deinen Ruf zunutze gemacht hast.«

»Kann sein, dass da was dran ist«, lenkte er schließlich ein. »Aber nur weil's funktioniert hat. Ich hab ja auch ein paar Skalps gesammelt.«

»Und haben die sich nicht ausgezeichnet um deinen Hals herum gemacht?« Die Stille zwischen ihnen zog sich in die Länge, bis sie seufzte. »Also, Chris Agnew hast du gesagt?«

»Laut Driscoll nicht der größte Fan von Haggard.«

»Ich glaube, Haggard hatte nicht viele Cheerleader in Tynecastle.«

»Die Sache scheint aber älter zu sein und persönlicher.«

»Was heißt das?«

»Vielleicht geht's um die Witwe.«

»Auswärtsspiele? Den Eindruck hab ich gar nicht.«

»Dann vielleicht die Schwester? Die beiden stehen sich sehr nahe, oder?«

»Total.« Clarke hielt inne. »Obwohl Gina was von Spannungen gesagt hat.«

»Wenn es eine Verbindung zwischen Agnew und einer der beiden gab und Haggard gegenüber Cheryl handgreiflich wurde …«

»Gegenüber beiden sogar. Als er bei Stephanie ins Haus geplatzt ist, hat er mit seinem Zeigefinger gefuchtelt. Sie denkt, das sollte eine Warnung sein, dass ihr noch Schlimmeres blüht.«

»Aber es kam nichts Schlimmeres mehr, oder? Stattdessen ist er im Leichenschauhaus gelandet.«

Wieder zog sich die Stille, bis Clarke sie brach.

»Haben die in Tynecastle was daran gedreht? Es nach einem Fall von häuslicher Gewalt aussehen lassen, damit wir nicht weiter in Angelegenheiten suchen, die sie lieber im Verborgenen halten möchten?«

»Indem sie einen der ihren opfern? Inwiefern ergibt das Sinn?«

»Das ist weniger eine Crew als ein Rudel Wölfe – die Schwachen und Verletzten lassen sie zurück und orientieren sich immer nur an ihrer Nummer eins.«

»Siobhan, ich bin's. Ich erzähle dir, was ich gesehen und gehört habe.«

»Dann erzähl mir, wie Haggard an die ganze Kohle gekommen ist.«

»Noch nicht.«

»Ich könnte dich wegen Behinderung der Ermittlungen anzeigen.«

»Na, das würde mir ganz bestimmt die Zunge lösen.«

»Ich kann's mir vorstellen.« Sie seufzte erneut.

»Arbeitet ihr euch immer noch durch die Complaints-Akten?«

»Gibt einen guten Grund, warum nie Schritte unternommen wurden.«

»Aus Mangel an Beweisen?«

»Es gibt Momente, da hasse ich das schottische Gesetz.«

»In dem Punkt sind wir uns einig.«

»In diesem und bei Jackie Leven«, sagte Clarke.

»Wirst du dir Chris Agnew genauer ansehen? Er hat einen Ruf als Weiberheld. In Tynecastle nennen sie ihn Casanova.«

»Hab gehört, dem schottischen Mann fehlt es an Romantik, kann ich gar nicht nachvollziehen.«

»Ich lass dich jetzt wieder an deine Akten«, sagte Rebus.

»Und ich dich zurück zu deiner Musik.«

»Hey, ich bin bei der Arbeit«, sagte Rebus. »Ach, noch was. Das Gepöbel da mit Fox und dir vor dem Club – da hieß nicht zufällig einer der Türsteher C oder Crosbie?«

»Doch, zufällig schon.«

»Ihm gehört das Moorfoot, also die frühere Potter's Bar.«

»Kann sein, dass er außerdem einen Range Rover fährt, den er bei deinem Kumpel Alan Fleck gekauft hat.«

»Heute hat mir schon mal jemand was von einem Netz erzählt«, sagte Rebus. »Das sieht mir hier ganz schön danach aus.«

»Ich setze Chris Agnew auf die Einkaufsliste, John.«

»Ich bin sicher, er wird hocherfreut sein, wenn ihr ihn nochmal zur Vernehmung bestellt. Danke, Siobhan.«

Er beendete das Telefonat, lehnte sich zurück und dachte an Siobhans Heiterkeitsausbruch. Ja, er hatte ein paar Skalps gesammelt, dies aber mit umso zahlreicheren Disziplinarverfahren bezahlt. Klar, das Fußvolk klopfte einem ständig auf die Schulter, hoffte dabei, mit ähnlichen Sachen durchzukommen wie er. Er wusste, dass ihn nichts davon zu einem guten Polizisten machte, nicht in einem Zeitalter, in dem Köpfchen mehr wert war als brutale Gewalt. Und ja, in seiner Vergangenheit gab es vermutlich mehr als genug Sprengsätze, die ihn heute in tausend Stücke zerreißen würden, kämen sie ans Licht – er dachte häufig daran, fragte sich, ob und wann das passieren würde. Das schottische Gesetz verlangte eine Untermauerung durch Beweise, und wahrscheinlich hatte ihn das gerettet. Außerdem hatte er immer noch ein schlechtes Gewissen wegen

Tony Barlow, auch wenn Alan Fleck recht gehabt hatte – die Schuld lag nicht bei ihm.

»Ich bin kein *echter* Krimineller, oder was meinst du?«, fragte er Brillo, der mit geschlossenen Augen neben der Heizung auf dem Boden lag. Jetzt spitzte der Hund ein Ohr. »Würde ich sonst so leben, hm?« Er stand auf und schenkte sich nach, gab einen guten Schluck Wasser dazu. Dann, als er es sich erneut in seinem Sessel gemütlich gemacht hatte, nahm er sich den zweiten der beiden anstehenden Anrufe vor.

»Würdest du nur zwei Straßen weiterziehen«, behauptete Cafferty schleppend, »könnte ich direkt bei dir reingucken.«

»Wie kommst du darauf, dass ich nicht auf den Meadows unterwegs bin?«

»Weil Musik läuft. Also, was zum Teufel willst du?«

»Ich weiß, wer dir das Foto geschickt hat.«

»Schön für dich.«

»Du weißt es auch, oder? Beth Mackenzie.«

»Schon wärmer.«

Viel wärmer als du glaubst, dachte Rebus still.

»Und ich weiß auch, warum«, fuhr er fort. »Die Tapete ist noch dieselbe wie damals, als dir die Wohnung gehört hat, und sie ist als Erinnerung daran geblieben, dass dich mal ein paar Cops gründlich ausgenommen haben.«

»Ist das so?«

»Und wie es der Zufall will, ist der Mann auf dem Bild der Verantwortliche – Francis Haggard ist die Regenrinne raufgeklettert.«

»Das wusste ich nicht.«

»Sicher?«

»Ich hatte mit Haggard nichts zu tun, auch nicht mit dem, was ihm passiert ist. Hätte ich jemanden bestrafen wollen, dann deinen Kumpel Fleck. Weiß der Henker, wie viel Mühe es mich gekostet hat, mir das zu verkneifen.«

»In der Zwischenzeit haben die Mackenzies dein Revier übernommen, die legalen Geschäfte ebenso wie die illegalen. Deine alte Flamme hat's ganz schön weit gebracht.«

»Was hat das alles mit dem Auftrag zu tun, den ich dir gegeben habe?« Cafferty versuchte möglichst nicht verunsichert zu klingen. »Du kannst wohl einfach nicht anders, du Pfeife? Hast wieder überall deine Nase reingesteckt.«

Rebus fasste sich an selbige, sie tat weh.

»Ich kann's nicht leugnen«, sagte er.

»Aber es gibt kein Foto mehr, oder? Das heißt, nichts, woran sich ein CID-Team festbeißen könnte.«

»Das Foto wurde mit einem Handy aufgenommen, Cafferty. Das ist nicht mehr wie früher, wo man einfach das Negativ verbrannt hat.«

»Willst du mich hinhalten, weil du bei der Suche nach Jack Oram nicht weitergekommen bist?«

»Ich bin ihm auf der Spur, keine Angst.«

»Verarsch mich nicht, Rebus.«

»Gott ist mein Zeuge.«

»Das würde ein schönes Gerichtsverfahren geben.«

»Könnte alles mit dem Moorfoot zusammenhängen – den Laden kennst du ja.«

»Die frühere Potter's Bar?«

»Jetzt von einem ehemaligen Sträfling aus deinem Bekanntenkreis geführt.«

»Ich kann dir nicht folgen.«

»Kenny Beecham, der Mann, der dich verraten hat und dessentwegen du so viel Geld verloren hast. Du hast dafür gesorgt, dass er eingebuchtet wurde. Jetzt führt er das Moorfoot und drückt zweifelsohne ordentlich an dich ab, damit ihm keiner den Hals abschneidet.«

»O je, o je.«

»Wär's dir jetzt doch lieber, ich hätte ein bisschen mehr auf der faulen Haut gelegen?«

»Du warst umtriebig, das muss ich dir lassen.«

»Ein Freund von Beecham namens Crosbie hat seinen Namen über die Tür geschrieben, um die Lizenzbehörde zu überlisten. Crosbie arbeitet als Türsteher in einem Club, der Beth Mackenzies Tochter gehört. Hab ich jetzt was vergessen …? Ach ja, Jack Orams Sohn Tommy ist Stammgast im Moorfoot und verdankt Gaby Mackenzie seinen Job bei QC Lettings.«

»Okay, jetzt hast du mich vollständig abgehängt.«

»Ich glaube nicht«, sagte Rebus leise. »Aber so oder so, du musst nicht mehr wissen, als dass ich meine Scheinwerfer eingeschaltet habe. Das heißt nicht, dass ich die gesamte Straße überblicke, aber ich sehe genug.«

»Wenn du nicht die ganze Straße siehst, willst du dir vielleicht endlich mal einen neuen Wagen anschaffen. Vielleicht kennst du sogar jemanden, der einen übrig hat.«

»Muss dich ganz schön wurmen, dass er dich überredet hat, dich nicht zu rächen.«

»Das gehörte zum Geschäft, Rebus. Ein Lager unter Dutzenden, ein Abend von Tausenden.« Cafferty hielt inne. »Haben die dir das nie erzählt oder dich am Gewinn beteiligt?«

»Hundert Pfund insgesamt dafür, dass ich das Treffen arrangiert hab.«

»Verfluchte Scheiße, warst du billig zu haben. Kann schon sein, dass du der einzige Grund warst, warum ich Alan Fleck nicht noch am selben Tag an die Gurgel bin.«

»Ich versteh's als Kompliment.«

»Hätte nur zu Komplikationen geführt – da hatte Fleck recht.«

Rebus trank den letzten Rest Whisky im Glas und schluckte.

»Was Schönes?«, fragte Cafferty.

»In meinem Alter muss man sich verwöhnen. Da weißt du nie, ob du am nächsten Morgen nochmal die Augen aufschlägst.«

»Komm auf einen Absacker rüber.«

»Mir geht's gut da, wo ich bin.«

»Wenn du Jack findest, dann sag ihm, dass ich bereit bin, ihn an jedem Ort seiner Wahl zu treffen. Fünf Minuten, mehr verlang ich nicht.«

»Obwohl er der Familie seines Bruders nie das Geld gegeben hat?«

»Vielleicht solltest du ihn vorher danach fragen, nur falls mir die Antwort nicht zusagt.«

»Dann mach ich das«, sagte Rebus, als Cafferty auflegte.

Die CD war noch nicht ganz zu Ende. Er lehnte sich zurück und ließ die Musik auf sich wirken, starrte in die Dunkelheit hinaus.

»Einen Teufel werde ich tun«, brummte er, während Jackie Leven über einen Morgen sang, der niemals kommt.

24

»Bist du zu Hause?«, fragte Geoff Dickinson, als Fox ans Telefon ging.

»Ja, und es sind keine schweren oder organisierten Verbrechen zu vermelden.«

»Dann klopf ich an.«

Fox ging zur Tür und schloss auf. Dickinson stand davor, steckte sein Handy wieder in die Tasche.

»Der Bungalow steht dir.«

Fox schaute an ihm vorbei zu dem schwarzen Vauxhall Insignia, der am Bordstein parkte. »Ich hatte mit was Schickerem gerechnet.«

»Mit schicken Autos fällt man auf – das ist nicht mein Stil. Außerdem ist das gar kein Auto, sondern mein Büro.«

Fox bat ihn herein. »Muss dringend sein«, sagte er.

»Eigentlich bin ich zufällig vorbeigekommen.« Dickinson sah Fox' ungläubige Miene. »Sozusagen. Ich war gerade bei East Lothian. Ein kleiner Dealer namens Guy Strathairn, aus privilegiertem Elternhaus und so weiter, jetzt dealt er Haschisch und Pillen aus einem Wohnwagen.«

»Was ist passiert?«

»Er hat die Bekanntschaft mit einem Baseballschläger oder etwas Ähnlichem gemacht und erholt sich jetzt im Krankenhaus. Außerdem wurde sein Wohnwagen angezündet. Wir denken, dass Mackenzie der Opposition die Daumenschrauben anzieht. Übrigens hat es die letzte geplante Lieferung nicht mal über den Ärmelkanal geschafft. Du darfst damit rechnen, demnächst einer Menge sehr nervöser Menschen zu begegnen.« Er hatte sich auf dem Sofa in Fox' Wohnzimmer niedergelassen. »Schön hier. Sehr aufgeräumt für eine Junggesellenbude.«

»Kann ich dir was holen?«

»Alles, was ich brauche, habe ich da draußen in meinem Büro.« Er sah Fox an. »Wie läuft's mit dem Fall?«

»Kann sein, dass wir in der Frage, was Haggard in den letzten Stunden vor seinem Tod gemacht hat, endlich weitergekommen sind.«

»Inwiefern hilft euch das bei der Beantwortung der Frage, wer ihn umgebracht hat?«

»Das werden wir erst wissen, wenn es so weit ist.«

»Übt ihr immer noch Druck auf Fleck und seine Handlanger aus?«

Fox nickte. »Meine Informanten sagen, wir sollten nach Tony Barlow suchen.«

»Du hast Informanten? Gut gemacht.«

»Fleck behauptet, John Rebus hätte eine Rolle gespielt, aber ich halte das für ein Ablenkungsmanöver.«

»Kann sein, ist aber ein gutes Zeichen, wenn die jetzt gegeneinander hetzen.«

Fox dachte kurz nach. Er hockte auf der Sesselkante, als wollte er gleich aufspringen. »Mackenzie verkauft seinen Mietern Drogen, er verkauft sie aber auch noch anderswo. Die in Tynecastle scheinen einen Anteil abzukassieren und sind sehr vertraut mit den Sicherheitsleuten in dem Club, in dem Gaby Mackenzie auflegt.«

»Was willst du damit sagen?«

»Ich will sagen, dass die Tochter vielleicht mehr weiß, als wir denken.«

»Oh, zweifellos.« Dickinson zog erneut sein Handy heraus, fand darin, was er suchte, und hielt Fox das Display hin, der aufstehen und zum Sofa gehen musste, um es besser zu erkennen. »Wir denken, das ist der Mann, der Guy Strathairn zusammengeschlagen hat.«

»Den kenn ich«, sagte Fox zu Dickinsons Überraschung. »Ich war in dem Club, in dem er arbeitet, und habe ihn in Aktion erlebt.«

»Sofern er niemanden verprügelt hat, glaube ich kaum, dass du ihn wirklich in Aktion erlebt hast. Sein Name ist Crosbie. Den willst du auf keinen Fall auf dem falschen Fuß erwischen.«

»Wirst du ihn festnehmen?«

»Die Beweise reichen noch nicht.«

»Das heißt, er ist Fraser Mackenzies Mann fürs Grobe?«

»Sieht danach aus.«

»Von der Tochter rekrutiert?«

»Würde einleuchten.« Dickinson steckte sein Handy wieder ein, und Fox kehrte zu seinem Sessel zurück. »Ich hab noch was in Gartcosh über die Steuerhinterziehung mitbekommen«, fuhr Dickinson fort. »James Pelham hat Francis Haggards Namen auf eine falsche Liste mit Angestellten gesetzt. Dadurch kann er sich schlecht mit einem Buchhaltungsfehler herausreden. Unwahrscheinlich, dass jemand anders einen solchen Fehler gemacht hätte. Der Name seiner Frau stand auch drauf.«

»Der von Haggards Frau?«

»Der von Pelham. Haggards Frau war nicht dabei – vielleicht konnte er sie besser leiden als ihren Ehemann und auch besser als seine eigene Ex. Wahrscheinlich hatte er einen Riesenspaß dabei, die Namen einzutragen.«

»Kann Haggard das rausgefunden haben?«

Dickinson zuckte mit den Schultern. »Ich weiß nicht, ob das ein Mordmotiv ist, aber beim Finanzamt hat man jetzt wieder die Hoffnung, Pelham festnageln zu können. An seiner Stelle würde ich den Großteil meiner Geschäfte abwickeln.« Er schaute auf seine Armbanduhr. »Ich muss los – ob ich vorher mal bei dir aufs Klo dürfte? Ist das Einzige, was meinem fahrbaren Büro noch fehlt, und der Weg nach Westen ist weit.«

Fox zeigte ihm die Toilette und wartete im Flur an der Haustür auf ihn. Er fragte sich, ob es schon zu spät war, Clarke anzurufen und ihr die Neuigkeiten über den Mann namens Crosbie zu erzählen. Wahrscheinlich schon, dachte er. Am nächsten Tag wollte er jemanden aufsuchen und hatte vor, Clarke mitzunehmen. Dann würde er ihr davon erzählen. Er nahm sein Handy und vergewisserte sich, dass keine neuen Nachrichten angekommen waren. Die Person, mit der er verabredet war, hatte in der Vergangenheit bereits mehrfach kalte Füße bekommen. Aber so weit, so gut.

Er hörte die Spülung, dann den Wasserhahn, und schließlich ging die Toilettentür auf. Nicht jeder hätte sich überhaupt die Mühe gemacht abzuschließen, aber andererseits war Geoff Dickinson nun mal ein vorsichtiger Mensch. Das brachte der Beruf so mit sich.

Er rieb sich die Hände, als er hinaustrat. »Zeit aufzusatteln«, sagte er. »Ich schwöre, es gibt Nächte, da würde ich am liebsten einfach parken und am Steuer einschlafen.« Er musterte Fox erneut. »Könnte auch der Haken an der Beförderung sein, die dir in Zukunft winkt.«

»Das ist kein Haken«, erwiderte Fox und straffte die Schultern.

»Stehen Sie bequem, Soldat«, erwiderte Dickinson grinsend.

Morris Gerald Cafferty saß an seinem Fernrohr und hielt sein Handy vor sich in der Hand. Er war im Schlafanzug und sah sich – keinesfalls zum ersten Mal – das kurze Video an, das Andrew ihm weitergeleitet hatte. Darauf waren Clarke und Fox und ein paar Polizisten aus der Wache Tynecastle zu sehen. Sie standen vor Gaby Mackenzies Club. Das meiste von dem, was gesagt wurde, war nicht zu verstehen. Die Stimmen anderer in der Schlange, die dem Handy näher standen, waren zu laut. Cafferty hatte Andrew nicht lange nach ihrem Kennenlernen geraten, immer dem Geld nachzugehen, und Andrew hatte es sich zu Herzen genommen. Tatsächlich trieb er es noch ein Stück weiter – er folgte einfach allen. Ein- oder zweimal hatte der junge Mann beim Blick durchs Fernrohr auf die Meadows jemanden gesehen, der ihm vom Aussehen her gefiel, aus welchem Grund auch immer. Dann war er rausgerannt und demjenigen hinterher. Später erstattete er Bericht, wusste genau, wo derjenige wohnte, wo er sich mit seinen Freunden traf oder einkaufen ging. Und das schien ihm zu genügen, sein Verlangen zu befriedigen, bis zum nächsten Mal.

Auch Fraser Mackenzie war er gefolgt, und zwar an dem Vormittag nach dem Mord. Er war ihm zum Tatort nachgegangen, hatte ihn auf John Rebus treffen und davon berichten sehen. Außerdem hatte er Informationen über Beth und Gaby Mackenzie herausbekommen, auch über ein paar Polizisten der Stadt, besonders jene in Tynecastle und Leith. Cafferty wusste nicht, wie er das machte. Ihm selbst war es nie gelungen, unauffällig zu wirken. Das hatte nicht nur was mit seiner physischen Erscheinung zu tun – wenn er nicht gefürchtet wurde, war Cafferty ein Niemand. Deshalb hatte er gelernt, sich wie jemand zu geben, vor dem man zu Recht Angst haben musste. Immer wenn er in eine neue Situation geriet, achtete er darauf, möglichst von Anfang an geladen zu wirken. Dadurch waren andere eher bereit, es ihm recht zu machen.

Er erwischte sich dabei, wie er die Armlehne des Rollstuhls rieb, er hasste es, wie sehr der Stuhl inzwischen zu seinem Leben gehörte. Aber was hatte es andererseits für einen Sinn, in der Vergangenheit zu leben, wenn die Gegenwart so interessant war? Er fragte sich, wo sich Andrew herumtrieb. Irgendwo da draußen streifte er durch die Straßen, die Cafferty einst kontrolliert hatte, lernte sie auswendig wie ein Schauspieler seinen Text.

Als die Aufnahme verstummte, startete er sie noch einmal von vorne. Und da standen sie, Fox und Clarke, sahen aus wie ein durchaus fähiges Team. Er fragte sich, was sie in dem Club in Erfahrung gebracht hatten. Sie mussten Gaby gesehen haben, aber hatten sie sonst noch etwas entdeckt? Ihm fiel außerdem auf, dass sich einer der Tynecastle-Typen über die Nase fuhr, nachdem Clarke etwas zu ihm gesagt hatte. Ah ja, natürlich.

Einen kurzen Augenblick wurde Cafferty wehmütig. Wenn er seine Energien auf Siobhan Clarke statt auf John Rebus konzentriert hätte? Wie anders hätten sich die Dinge dann entwickelt?

Aber Rebus blieb der Hauptgewinn, war zum Greifen nah. Aber wer wusste schon, wie lange noch. Vielleicht kam es ja doch zu dem gewünschten Ende …

»Wieso wundert mich das nicht?«, brummte Siobhan Clarke vor sich hin, als sie von ihrem Handy geweckt wurde. Laut Display war es drei Uhr morgens. Sie erkannte den Namen des Anrufers und runzelte die Stirn.

»Ronnie?«, meldete sie sich. »Wo bist du?«

»Die erste Nacht wieder im Dienst«, sagte DC Ronnie Ogilvie.

»Und die Neuigkeit wolltest du mir unbedingt mitteilen? Das heißt, du bist endlich wieder negativ.«

»Trotzdem bin ich im Royal Infirmary. Es gab einen Brandanschlag auf ein privates Wohnhaus, und die Bewohnerin lässt sich durchchecken. Sie wollte nur, dass du's weißt.«

»Wer denn?«, fragte Clarke und schwang die Beine unter der Decke hervor.

»Laura Smith.«

»Sag bitte, dass es ihr gut geht.«

»Sie hat nur eine leichte Rauchvergiftung.«

»Ich bin in dreißig Minuten da. Ach, und Ronnie?«

»Chefin?«

»Willkommen zurück.«

So wie Laura Smith die Geschichte erzählte, hatte sie Glück gehabt, dass sie noch wach und im Erdgeschoss war, nicht oben im Bett, als die Brandbombe durch ihr Wohnzimmerfenster flog. Sie hatte eine Feuerdecke in der Küche, diese und ein paar Töpfe voll kaltes Wasser geschnappt und getan, was sie konnte, bis die Feuerwehr kam.

»Die haben gesagt, wenn ich rausgerannt wäre, hätte ich nicht so viel Rauch eingeatmet. Aber dann wäre vielleicht das gesamte Erdgeschoss abgebrannt.«

»Und nicht nur der Teppich und die Decke im Wohnzimmer verrußt«, ergänzte Ronnie Ogilvie. In Clarkes Augen wirkte er vollkommen gesund. Sie saßen jeweils auf einer Seite von Laura Smiths Bett. Sie hatte immer noch Spuren von Ruß im Gesicht und in den Haaren und hatte bei Clarkes Eintreffen gerade Schleim in ein Papiertuch gehustet.

»Du weißt, was ich dich fragen werde«, sagte Clarke.

Smith nickte. »Ich hab jede Menge Feinde, Siobhan, einer hat sich vor dem Haus herumgetrieben.«

Clarke wandte sich an Ogilvie. »James Pelham stand gestern Abend vor Lauras Haus.«

»Warum denn nur?«, fragte Ogilvie.

»Laura hat aufgedeckt, dass er eine Affäre hatte.«

»Ich dachte, das hat *The Courant* zuerst gebracht?« Dann sah er die Blicke der beiden Frauen und stieß ein »Ah« aus, als es ihm dämmerte.

»Dann die Polizisten aus Tynecastle«, fuhr Clarke fort, »deren Fotos im *Courant* erschienen sind.«

»Alan Fleck und Rob Driscoll«, sagte Smith und nickte.

»Soll ich mitschreiben?«, fragte Ogilvie.

»Du bist hier der diensthabende Beamte, Ronnie«, erwiderte Clarke. Dann an Smith gerichtet: »Wo willst du hin? Bei mir ist ein Gästebett frei, wenn du eins brauchst.«

»Ich hab an ein Hotel gedacht.«

»Bei mir ist es billiger.«

»Nur für ein oder zwei Nächte, danke.«

Ein erschöpft wirkender Arzt, wahrscheinlich noch im Studium, trat ein und erklärte der Patientin, sie dürfe gehen.

»Können wir kurz bei mir vorbei und ein paar Sachen holen?«, fragte Smith.

»Bist du sicher, dass du das willst?«

Sie nickte.

»Soll ich mitkommen?«, fragte Ogilvie.

»Natürlich«, entgegnete Clarke. »Ist ja immerhin dein Tatort.«

Laura Smith lebte in einem zweistöckigen Reihenhaus in Bellevue, nur wenige Straßen nördlich von Siobhan Clarke. Der große Löschwagen war abgefahren, aber ein Brandermittler war noch da. Er beratschlagte mit den Kollegen von der Spurensicherung. Obwohl es noch nicht mal dämmerte, brannte in den angrenzenden Häusern schon Licht, und als die Nachbarn Smith aus Clarkes Wagen steigen sahen, öffneten sie ihre Türen, um sie zu fragen, ob sie unverletzt sei und sie etwas für sie tun könnten. Während Smith sie beruhigte, vergewisserte sich Clarke, dass es sicher war, das Haus zu betreten. Der Brandermittler hob ein durchsichtiges Plastiktütchen, in dem sich ein abgebrochener Flaschenhals mit verkohlter Füllung befand.

»Ganz schön primitiv«, meinte er.

Ogilvie tippte Clarke an den Arm, um sie auf sich aufmerksam zu machen. »Ich könnte schon mal ein paar Fragen stellen, solange die Erinnerung noch frisch ist.«

Clarke gab nickend ihr Okay. Smith näherte sich langsam ihrem Haus.

»Ist das in Ordnung für dich?«

»Braucht schon mehr als einen Brandanschlag, um mich ins Bockshorn zu jagen.«

»Im schottischen Gesetzbuch gibt's ein solches Vergehen nicht«, unterbrach der Brandermittler. »Juristisch sprechen wir von Brandstiftung.«

»Ich denke daran, wenn ich drüber schreibe.«

Die Haustür stand sperrangelweit offen. Drinnen war der Boden infolge der Löscharbeiten nass. Die Decke war verrußt, ebenso wie die Wände. Clarke hatte Zweifel, ob Smith den Gestank je wieder aus ihrem Sofa herausbekommen würde; sie würde sich ein neues kaufen müssen. Dasselbe galt für den Flachbildfernseher, der vor Wasser triefte.

»Mein Arbeitszimmer ist oben«, sagte Smith, »mein Computer müsste in Ordnung sein. Das Notebook und mein iPad sind in meinem Schlafzimmer.«

Clarke nickte. »Ich bleibe hier«, sagte sie, als Smith zur Treppe ging.

Sie drehte eine weitere Runde durchs Wohnzimmer, ging dann weiter durch in die Küche. Auf der Arbeitsfläche stand Geschirr, wartete, bis sich genug angesammelt hatte, damit sich ein Spülmaschinengang lohnte. Clarke hielt es bei sich zu Hause genauso. Sie überlegte, was sie vielleicht noch einkaufen musste, um den Bedürfnissen eines Gastes gerecht zu werden. Das freie Zimmer – das sie nie zuvor benutzt hatte – war zur Abstellkammer verkommen. Sie würde das Bügelbrett und einen Berg Wäsche rausholen müssen, den ganzen Kram und die Kisten auf dem Boden ums Bett herum wegräumen. Da sie nichts Besseres zu tun hatte, trat sie wieder nach draußen. Der Brandermittler machte Fotos von dem kaputten Wohnzimmerfenster.

»Wir hatten in letzter Zeit jede Menge solcher Fälle«, berichtete er. »Aber größtenteils bei Leuten, die Police Scotland nicht unbekannt waren.«

»Ich weiß nicht, ob's da einen Zusammenhang gibt«, erwiderte Clarke.

»Das verwendete Material wird im Labor untersucht, es könnte uns einen Hinweis liefern. In mindestens zwei Fällen, mit denen ich im vergangenen Monat zu tun hatte, wurde dieselbe Watte verwendet. Auch Schnapsflaschen, so wie heute. Das Benzin kann natürlich von überall her sein.«

»Fingerabdrücke auf den Scherben?«

»Da hatten wir wenig Glück.«

»Dann haben die Täter auch in den anderen Fällen Handschuhe getragen?«

Er nickte und machte ein weiteres Foto. Die Spurensicherung packte zusammen. Ein Notglaser hatte vor dem Haus geparkt und nahm jetzt Maß, um das kaputte Fenster provisorisch mit Brettern abzudichten. Clarke überquerte die Straße, wo Ogilvie mit einem Paar Mitte dreißig sprach.

»Alistair«, sagte er und zeigte auf den Mann, »hat einen Wagen davonrasen hören. Das war kurz nach ein Uhr, die Zeit stimmt also.«

»Komisch, dass ich vom Zerspringen der Scheibe nicht wach geworden bin. Aber vielleicht bin ich ja auch davon wach geworden und habe deshalb das Auto gehört.«

»Ein tiefes Dröhnen«, wiederholte Ogilvie Clarke zuliebe.

»Schrecklich, so was«, sagte die Frau des Mannes. »Laura ist so eine Nette. Ob die nochmal wiederkommen, was meinen Sie? Sind wir hier überhaupt sicher in unseren Betten?«

»Absolut sicher«, beruhigte sie Clarke und zog Ogilvie ein paar Schritte weiter. »Also, was jetzt?«, fragte sie ihn.

»Ich sichte das Material aus den Überwachungskameras bei der Bezirksverwaltung. Kann mir nicht vorstellen, dass nach Mitternacht außer Taxis viel zu sehen sein wird. Klingt ja auch, als wär's ein großes Auto gewesen, möglicherweise ein Transporter.« Er sah zu den Häusern jeweils links und rechts. »Vielleicht versuche ich's noch an ein paar Türen, falls doch jemand was gesehen hat. Kann sein, dass wir Glück haben, und jemand hat so eine Video-Türklingel; nicht ausgeschlossen, dass der Wagen oder der Fahrer drauf ist.« Er sah sie an, ob er noch was vergessen hatte.

»Laura ist dann bei mir, falls du sie brauchst. Aber ich möchte nicht, dass sich das herumspricht.«

»Verstanden.«

Clarke zeigte auf den Brandermittler. »Lass dir seinen Namen und die Telefonnummer geben, bevor er geht. Wenn es Übereinstimmungen mit anderen Fällen gibt, müssen wir das wissen.«

»Soll ich eine Liste mit Verdächtigen erstellen?«

»Laura soll morgen Vormittag eine schreiben.«

»Noch was«, sagte Ogilvie. »Ist das Mordversuch? Ich frage mich nur, wie ich das gegenüber der Chefin formuliere.«

»Mordversuch, bis die Staatsanwaltschaft was anderes sagt.« Clarke überlegte, wie es hätte ausgehen können, hätte Smith bereits schlafend im Bett gelegen.

Sie sah Ogilvie verständnisvoll nicken, dann ging sie zurück zum Haus und durch den Eingang. Smith war im Wohnzimmer, tippte etwas in ihr Handy.

»Ich stelle nur ein Foto auf Twitter«, erklärte sie.

»Bist du sicher, dass das schlau ist?«

»Schlau vielleicht nicht, aber notwendig.«

»Postest du das als Laura Smith oder als *The Courant*?«

»*The Courant* berichtet über einen Anschlag auf das Haus von Laura Smith.«

»Im Prinzip outest du dich damit.«

»Wird Zeit, aus dem Schatten zu treten, Siobhan. Entweder, mein Arbeitgeber kommt damit klar, oder nicht. Aber da der *Courant* öfter angeklickt wird als die Website der Zeitung …« Sie zuckte mit den Schultern, dann nahm sie ihren Rucksack und die Einkaufstüte neben ihren Füßen.

»Ist nur Toast da fürs Frühstück«, warnte Clarke sie. »Es sei denn, eine von uns wacht früh auf.«

»Ich werde auf keinen Fall schlafen können. Außerdem muss ich das noch schreiben.«

»Vergiss nur nicht, dass die Polizei die Sache untersucht, Laura. Komm nicht unseren Ermittlungen in die Quere.«

»Würde mir im Traum nicht einfallen.«

Sie schloss die Haustür ab und drehte sich auf dem Weg zum Wagen nicht noch einmal um.

Siebter Tag

25

»Es ist fünf Uhr morgens«, sagte Alan Fleck, als er ans Telefon ging. Er befand sich zu Hause in der Küche, seine Frau schlief oben. Meist stand er zwei- oder dreimal in der Nacht auf, weil er aufs Klo musste, und beim dritten Mal ging er meistens gar nicht mehr ins Bett zurück. Stattdessen setzte er sich mit einem Becher Tee an den Küchentisch oder ging im Garten spazieren, sofern es das Wetter zuließ. Manchmal las er die Nachrichten im Netz oder schaltete das Radio ein. Oder er dachte über Autos nach, die er gerne verkaufen würde. Gerade eben, als das Telefon klingelte, hatte er sich an einen alten Aston Martin erinnert, den er viel zu billig verkauft hatte, kurz bevor die Nachfrage sprunghaft gestiegen war. Keine Servolenkung bedeutete, dass er höllisch schwer zu fahren war, sonst hätte er ihn vielleicht sogar für sich selbst behalten. Aber wahrscheinlich hatte jeder so seinen Kummer.

»Hab dich für einen Frühaufsteher gehalten«, sagte Rob Driscoll.

»Und wie's der Zufall will, hast du recht – hätte ich aber im Gegenzug nicht von dir gedacht.«

»Mein Handy schickt mir Benachrichtigungen. Hast du's schon gehört?«

»Was hab ich gehört?«

»Vor ein paar Stunden wurde ein Brandanschlag auf Laura Smith verübt.«

Fleck verengte den Blick. »Die Reporterin?«

»Genau die. Und jetzt kommt's – im *Courant* stand es schon, bevor es sonst irgendwo gemeldet wurde. Verdächtig flott, wenn du mich fragst.«

»Smith steckt hinter dem *Courant?*«

»Korrigier mich, wenn ich falschliege. Ich liege aber richtig. Wenn ich mir überlege, was ich ihr in der Vergangenheit schon für Tipps gegeben habe … und dann geht sie einfach hin und leert kübelweise Scheiße über uns aus.«

»Ist sie verletzt?«

»Ihr Wohnzimmer ist hinüber, aber das war's auch schon.«

»War das einer von uns?«

»Von uns hat doch niemand gewusst, dass sie der *Courant* ist.«

»Wenn du's sagst.« Fleck hob seinen Becher und nahm einen Schluck. »Also gegen wen ging das, gegen die Journalistin oder gegen die Bloggerin?«

»Ich bin nur froh, dass sich die endlich mal jemand vorknöpft. Vielleicht haben wir dadurch ja eine Weile Ruhe vor ihr.«

»Als wär die unser größtes Problem.«

»Du denkst, das könnte John Rebus sein, nach gestern Abend?«

»So einer wie der kann ungemütlich werden, wenn er was auf die Nase kriegt.«

»Was schlägst du vor?«

»Ich schlage vor, du bringst die Crew auf Linie. Heute stehen noch weitere Vernehmungen durch das MIT an. Nimm dir jeden einzeln vor, bevor er da hingeht. Über alles andere denke ich nochmal nach. Wissen wir schon, wer wegen dem Brandanschlag ermittelt?«

»Kann ich rausbekommen.«

»Könnte ganz gut sein. Wenn's jemand ist, der uns freundlich gesonnen ist, umso besser.«

»Das können die uns auf keinen Fall in die Schuhe schieben.«

»Was Wichser wie Fox nicht davon abhalten wird, es zu versuchen. Wenn erst mal alle wissen, dass Smith das Foto vor dem Pub gemacht hat, zeigen sowieso alle mit dem Finger auf uns.« Fleck hielt inne. »Bist du sicher, dass keiner von den Jungs dahintergekommen ist?«

»Ziemlich sicher.«

»Angenommen, einer hat's geschnallt – auf wen würdest du tippen?«

»Chris Agnew«, sagte Driscoll nach einem einzigen kurzen Moment des Zögerns.

»Ich wahrscheinlich auch. Lass uns später weiterreden. Und Rob?«

»Ja, Sarge?«

»Ab jetzt behältst du die Nerven, okay?«

»Wird gemacht, Sarge.«

Fleck beendete die Verbindung. Sein Tee war schon ein bisschen kälter, als ihm lieb war, er kippte ihn weg und machte sich einen frischen. Es war noch zu früh, um einen Becher nach oben zu bringen, stattdessen ging er in seine Höhle, wie seine Frau sein Zimmer nannte. Dort stand ein Schreibtisch mit einem relativ alten Computer, außerdem ein lederbezogenes Chesterfield-Sofa, auf dem er die Beine hochlegen und lesen konnte. Heute Morgen war ihm aber eher danach, auf und ab zu gehen, wobei er sich das stoppelige Kinn rieb.

Wichtig war ihm eins und nur eins allein: sein eigener Hals. Den würde er um jeden Preis retten. Er hatte Fox gegenüber bereits Tony Barlow ins Spiel gebracht, weil er hoffte, Rebus damit reinzureiten, aber er war nicht sicher, ob Fox darauf angesprungen war. Er wusste, dass Fox jemanden über die Klinge springen lassen wollte, und aus seiner Sicht wäre das idealerweise Fleck persönlich. Aber der Mann war auch pragmatisch – das waren sie alle, sofern sie sich erst mal weit genug an der glitschigen Stange hochgehangelt hatten. Er würde sich auch mit weniger zufriedengeben. Nur kein Ergebnis war mit größter Sicherheit unakzeptabel für ihn. Fleck wusste, dass er ihm eins anbieten konnte. Rebus zum einen, Driscoll oder Agnew zum anderen. Wenn's drauf ankam, auch noch andere.

Aber John Rebus natürlich an erster Stelle.

Fraser und Elizabeth Mackenzie versuchten immer möglichst als Familie zu frühstücken. Ursprünglich hatten sie Gaby als Teenager damit an den gemeinsamen Essenstisch bringen wollen, um sich wenigstens hin und wieder zu vergewissern, ob ihr Puls noch schlug. Inzwischen tendierte Gaby aber dazu, unterwegs zu essen, und verglich sich mit einem Haifisch. Wenn sie Glück hatten, kamen sie so lange es dauerte, eine Banane aus der Obstschale zu schnappen und ein Glas Saft aus dem Kühlschrank zu holen, in den Genuss ihrer Gesellschaft. Heute war Gaby nicht da, so dass beide älteren Mackenzies schweigend aßen, was in den Augen Außenstehender gewiss gemütlich gewirkt hätte.

Es gab immer guten Kaffee zum Frühstück, und Fraser trank stets zu viel davon, Beth blieb lieber beim grünen Tee. Sie war für das Fitnessstudio angezogen und bekam gerade so ein paar Scheiben Kiwi und Mango herunter. Ihr Ehemann hatte sich selbst Porridge gemacht, ein Nachhall seiner Kindheit. Er hatte sein Handy neben dem Teller, Beth ebenso.

»Online heißt es«, sagte er, »hinter dem *Courant* steckt eine Reporterin namens Laura Smith.«

»Hätte ich dir auch sagen können«, behauptete seine Frau.

»James hast du das nicht verraten, als er gefragt hat.«

»Weshalb er losgezogen ist und Gaby gefragt hat. Die war nicht ganz so vorsichtig.« Sie schaute über den Rand ihres Handys hinweg.

Mackenzie schloss kurz die Augen. »Woher wusstest du, dass es die Journalistin ist?«, wollte er wissen.

»Stephanie hat mir das vor Ewigkeiten verraten, als die Fotos von James und seinem Flittchen die Runde gemacht haben.« Sie hielt inne. »Es gibt Dinge, die du besser nicht weißt. Deine Seite des Geschäfts ist deine und meine ist meine. Am besten belassen wir's dabei.«

»Dann hat es wohl keinen Sinn, dich nach Tommy Orams Vater zu fragen?«

»Was ist mit ihm?«

»Ich hab ihn gegoogelt. Theoretisch scheint er längst tot zu sein, aber dieser Rebus schwört, dass er lebt.«

»Tut er auch«, behauptete Beth. »Ich hab ihn gesehen.«

»Wo?« Mackenzie legte sein Handy ab und presste die Hände aneinander.

»In der Garage.« Sie löffelte sich erneut Obst in den Mund und kaute.

»Was für eine Garage?«

»Die, in der Tommy sein Werkzeug aufbewahrt.«

»Was hast du da gemacht?«

Sie starrte ihn an, bevor sie antwortete. »Eifersüchtig, oder wie?« Sie lächelte und schniefte. »Ich habe ihm gesagt, dass er sich verziehen soll. Sein Sohn hatte ihm eine verfluchte Zweitwohnung da drin eingerichtet – stell dir das mal vor.«

»Der Mann, der ihn gesucht hat – hast du dem was davon gesagt?«

»Rebus? Bist du bescheuert?«

»Kennst du ihn?«

»Damals hing er ziemlich oft mit Big Ger zusammen. Ich wusste nie, ob ich eifersüchtig oder beunruhigt sein sollte.«

»Wie meinst du das?«

»Irgendwie haben sie's beide gehasst, dass sie ohne einander nicht leben konnten. Apropos …«

»Was?«

»James und du. Ich weiß, dass ihr euch schon lange kennt, aber wir beide wissen auch, dass er's nicht mehr lange macht, er wird abstürzen und brennen. Die Sache mit der Steuerhinterziehung endet vor Gericht.«

»Er sagt, das wird nicht passieren.«

»Weil er's sich nicht leisten kann, dass seine Investoren kalte Füße bekommen, aber die Schlauen ziehen bereits ihr Geld ab, und ich möchte nicht, dass uns jemand für Idioten hält.«

»Er ist Gabys Patenonkel, Herrgott nochmal.«

»Und trotzdem sind wir diejenigen, die ihm im Lauf der Jahre immer wieder unter die Arme gegriffen haben – das gilt auch für Gaby.« Sie hielt inne. »Wenn du dich nicht überwinden kannst, die Verbindung zu kappen, dann mach ich das gerne.«

Mackenzie schloss erneut die Augen. Es kam ihm vor, als hätte die Welt und alles darin ihn ausgelaugt, während Beth mit jedem neuen Tag frische Energie zu schöpfen schien.

»Okay, ich werde mit ihm reden«, sagte er schließlich.

»Und mit deinen Geldgebern auch. Je eher, desto besser, Fraser.«

»Was weißt du, Beth?«

Sie schob sich einen letzten Löffel Obst in den Mund. »Trink deinen Kaffee, Schatz«, sagte sie.

Rebus traf zu früh in der Ferry Road ein, fuhr auf den Parkplatz des Fitnessstudios und schaltete den Motor aus. Er hoffte, dass Beth Mackenzie ein Gewohnheitstier war. Pendler eilten vorbei, gingen zum Bus oder zu ihrem Wagen, bewegten sich auf Fahrrädern oder zu Fuß ihren diversen Jobs in der Innenstadt entgegen. Als ein Bus im Verkehr stecken blieb, musterte Rebus die Passagiere, die meisten hatten Stöpsel in den Ohren und lauschten ihren Handys. Niemand wirkte besonders begeistert von seinem eigenen Leben.

Er erinnerte sich an seine Anfangszeit im Polizeidienst. Er war mit Mitte zwanzig eingetreten, nachdem man ihm bereits bei der Armee jeglichen jugendlichen Idealismus ausgetrieben hatte. Er wusste von Anfang an, dass der Kampf nicht zu gewinnen war, auf den er sich da einließ. Seine Mentoren waren allesamt von der alten Schule. Die Wache in Summerhall – wo er zuerst stationiert wurde – war Tynecastle nicht unähnlich gewesen. Entweder man fügte sich, oder man hielt sich nicht lange. Rebus hatte nichts dagegen gehabt, Vorschriften zu umgehen und Grenzen zu überschreiten. Alle wussten, dass der richtige Ärger begann, wenn es niemanden an der Spitze der Verbrecherpyramide gab. Wenn die Unterwelt miteinander rivalisierte und konkurrierte, um ein Vakuum zu füllen, entstanden alle möglichen Probleme. Viel besser also, wenn Big Ger Cafferty Ordnung und Stabilität wahrte – auch wenn das bedeutete, dass man ihm hin und wieder einen Gefallen tun musste. Rivalen kamen und gingen, scheiterten stets an dem gerissenen und skrupellosen Cafferty. Rebus fragte sich, wie es ihm inzwischen ging, jetzt wo er geschwächt und isoliert hoch oben in seinem Penthouse hockte. Er wusste, dass er kaum noch ausging, nicht körperlich angeschlagen und im Rollstuhl gesehen werden wollte. Neue Akteure hatten das Spielfeld betreten, und Cafferty blieb nichts anderes übrig, als zuzusehen.

»Vielleicht«, entfuhr es Rebus laut.

Siobhan Clarke hatte ihm einmal beschieden, er habe mehr mit Cafferty gemeinsam, als er glaubte. Und vielleicht stimmte das. Konnten alte Männer noch Einfluss nehmen auf die Welt, eine Rolle spielen, sich hervortun? Mochte sein, dass die Welt sie nicht mehr wollte, aber das bestärkte sie manchmal umso mehr darin, sich nicht ausschließen zu lassen. Sie verschafften sich Gehör. Sorgten dafür, dass sie gesehen wurden. Rebus war sich durchaus bewusst, dass sich heutzutage niemand mehr auf der Straße nach ihm umdrehte, wenn er am Kiosk eine Zeitung bezahlte oder am Tresen stand und wartete, bis jemand auf ihn aufmerksam wurde. Er war niemand besonderes mehr, nur einer unter vielen. Er saß in seinem Saab und fühlte sich anonym. Unsichtbar.

Beth Mackenzie dagegen bog auf den Parkplatz ein, als wollte sie einen Angriff lancieren. Ihr kirschroter Sportwagen sollte gesehen werden, so wie die Person, die ihm entstieg. Make-up und Frisur tadellos; große Sonnenbrille; ein Mantel aus falschem Pelz; sechs Zentimeter hohe Absätze. Unter dem Arm trug sie ihre zusammengerollte Yogamatte. Nachdem sie den Wagen abgeschlossen hatte, entdeckte sie Rebus, der jetzt auf sie zukam.

»Für Rentner gibt es einen Spartarif außerhalb der Stoßzeiten«, sagte sie und zeigte auf den Eingang des Fitnesscenters. Sofern ihr sein demoliertes Gesicht aufgefallen war, verzichtete sie darauf, es zu erwähnen.

»Keine Gaby heute?«

»Mein Eifer fehlt ihr. Was zum Teufel wollen Sie?«

»Warum haben Sie Big Ger das Foto geschickt?«

Sie nahm die Sonnenbrille ab und klappte sie zusammen. »Immer noch die alte Leier?«

»Francis Haggard gehörte zu den Cops, die ihn damals ausgeraubt haben.«

»Was?«

Rebus nickte. »Er ist die Regenrinne hinten am Haus hochgeklettert und hat seinen Kumpels säckeweise Geld runtergeworfen.«

»Das wusste ich nicht.« Sie zwinkerte ein paarmal, als müsste sie die Nachricht verdauen.

»Aber Sie haben die Geschichte schon gekannt? Die Geschichte von der Wohnung?«

»Als zwischen Ger und mir Schluss war, bin ich mit ein paar seiner Jungs befreundet geblieben. Die haben mir immer gerne mal was erzählt.«

»Haben Sie deshalb die Tapete so gelassen, wie sie war? Damit Cafferty sich daran erinnert, sollte er sie jemals wieder sehen?«

Sie dachte einen Augenblick nach, dann holte sie tief Luft. »Ich habe Francis Haggard die Wohnung gezeigt. Er hatte Fraser bereits gesagt, dass er von der Polizei und in Tynecastle stationiert war. Ich schätze mal, das hat die teuflische Seite in mir geweckt.«

»Sie haben eine Chance gewittert, Cafferty eins auszuwischen?« Sie nickte langsam. »Sie sind sich wohl nicht grün, hm? Da haben Sie aber eine ganz schöne Reise hinter sich, Mrs Mackenzie.«

»Wie meinen Sie das?«

»Andererseits kein weiter Weg – von einem Gangster zum nächsten.«

»Der Unterschied ist«, sagte sie und zeigte ihre Zähne, »aus dem einen hab ich was gemacht.«

»Ist das so?«

Sie hatte auf dem Absatz kehrtgemacht und zog jetzt die Tür des Fitnessstudios auf.

»Haben Sie das Foto noch auf dem Handy?«, rief Rebus ihr hinterher, woraufhin sie stehen blieb. »Cafferty hat den Ausdruck verschwinden lassen und streitet ab, es je gesehen zu haben. Wenn Sie damit zu Siobhan Clarke auf die Polizeiwache Leith gegangen wären und ihr gesagt hätten, dass Sie's ihm geschickt haben, dann hätte er ganz schön was zu erklären gehabt. Ich meine, vielleicht wollen Sie ihm ja nicht mehr Unannehmlichkeiten bereiten als nötig …« Er zuckte übertrieben mit den Schultern.

»Siobhan Clarke?«, fragte Beth nach, und Rebus nickte. Erneut griff sie nach dem Knauf.

»Gestern Abend hab ich Crosbie gesehen«, ergänzte Rebus.

»Und?«

»Der Name sagt Ihnen also offenbar was – interessant.«

Langsam drehte sie den Kopf zu ihm um. »Interessant ist nur, dass Sie sich für schlau halten. Sind Sie aber wirklich nicht. Crosbie arbeitet für Gaby, natürlich kenne ich ihn. Ich kenne viele Leute, das gehört zum Geschäft.«

»Was gehört denn noch so alles zum Geschäft, Mrs Mackenzie?« Doch er richtete die Frage bereits an eine geschlossene Tür, Mackenzie war dahinter verschwunden. Er schob die Hände in seine Manteltaschen und starrte auf seine Füße.

Aus dem einen hab ich was gemacht.

Aus dem einen hab ich was gemacht.

Er wusste, die Worte würden ihm auf der Fahrt in die Stadt zurück als Endlosschleife durch den Kopf gehen.

26

Clarke hatte Laura Smith mit Tee, iPad und Ohrstöpseln im Bett sitzen lassen, ihr einen Ersatzschlüssel auf die Decke gelegt und ihr geraten, sich ein bisschen zu schonen.

»Machst du Witze? Ich hab so viele Anfragen, damit werde ich bis zum Sankt Nimmerleinstag beschäftigt sein.«

Auf dem Weg nach Leith zum MIT rief sie Ronnie Ogilvie an.

»In ein oder zwei Stunden bekomme ich die Aufnahmen von der Verkehrsüberwachung«, sagte er. »Kann Laura ein paar Fragen beantworten?«

»Möglicherweise musst du dich hinten anstellen.«

»Ich bin bekannt für meine spitzen Ellbogen.«

»Freut mich zu hören.« Kurz bevor sie in Leith ankam, beendete Clarke die Verbindung. Sie parkte an den Links und ging zurück zur Polizeistation. Christine Esson saß bereits an ihrem Schreibtisch.

»Laura Smith?«, fragte sie Clarke.

»Dann hast du's schon gehört?«

»Ronnie hat's mir erzählt. Wie geht's ihr?«

»Sie arbeitet bereits daran, Profit daraus zu schlagen.« Clarke setzte sich und sah Esson direkt an. »Wahrscheinlich hast du längst kapiert, dass sie hinter dem *Courant* steckt, aber du weißt nicht, dass sich James Pelham vor ihrem Haus herumgedrückt hat und dabei gesehen wurde.«

»Wegen dem Scheidungsfoto?«

»Das vermute ich. Was ist mit den Casinos – ist was dabei rausgekommen?«

»Die Mitarbeiter des einen sagen, definitiv keine Spur von Haggard auf dem Material der Sicherheitskameras, und es erinnert sich auch niemand, ihn gesehen zu haben. Vier weitere wollen sich später noch mal bei mir melden.«

»Vielleicht hakst du später nochmal nach.«

»Wenn Liam und Noel kommen, telefonieren sie die Taxiunternehmen ab, mal sehen, ob sich einer der Fahrer erinnert, Haggard vor der Tiki-Bar aufgelesen zu haben.«

Sie hörten Stimmen die Treppe hinaufkommen. Wenig später traten Trask und Fox, beide mit ledernen Aktentaschen, in den Raum. Clarke entging nicht, dass Fox die seiner Chefin genau beäugte. Das Design unterschied sich stark von seinem Hartschalenmodell. Sie hätte darauf gewettet, dass er noch vor Ablauf des Tages eine ähnliche bestellen würde. Trask machte Halt und bat um ein Update, das Esson ihr lieferte, woraufhin sie sich zufrieden in ihr eigenes Büro zurückzog, die Tür aber weit offen ließ. Fox stellte seine Aktentasche auf seinen Stuhl und ging zu Clarke an deren Tisch.

»Ruhiger Abend?«, fragte er.

»Wunderbar und ruhig, bis jemand Laura Smith eine Brandbombe ins Wohnzimmer geworfen hat.«

Seine Augen wurden größer. »Hab ich gar nicht mitbekommen. Wurde schon jemand festgenommen?«

»Noch nicht«, erwiderte Clarke.

»Bei den Benzinpreisen heutzutage«, ergänzte Esson, »muss der Täter betucht sein.«

»Aber sie ist nicht die Erste, stimmt's?«, fragte Fox. »Gestern wurde doch noch ein Anschlag auf einen Dealer im Campingpark verübt.«

»Das hab jetzt wiederum ich nicht mitbekommen.«

»Dann weißt du's jetzt.« Er verzog sich an seinen eigenen Schreibtisch und fuhr seinen Computer hoch, während Esson zum Wasserkocher ging und ihn einschaltete.

»Du siehst aus, als könntest du auch einen gebrauchen«, sagte sie zu Clarke.

»Ich hab kaum ein Auge zugemacht«, gestand Clarke.

»Würde man ehrlich nicht drauf kommen.« Esson sah Gamble und Leighton hereinspazieren, gefolgt von King und Ritchie. Ritchie kam zu ihr und bot an, die Becher zu spülen.

»Schon passiert«, erklärte sie ihm. »Aber neben deinem Computer wartet eine schöne kleine Aufgabe. Ich erklär's dir gleich.«

»Freu mich schon.« Fast hüpfte er zu seinem Tisch zurück. King war bereits dort und hatte den Zettel gelesen.

»Das wird den ganzen Tag dauern«, beschwerte er sich und sah Esson an.

»Umso größer die Freude, wenn was dabei herauskommt«, erwiderte sie.

Fox, der etwas auf seinem Handy entdeckt hatte, stand wieder auf und kam jetzt auf Clarke zu.

»Ja, Malcolm?«, sagte sie.

»Ich hab nachher noch einen Termin und hätte gerne, dass du mitkommst.«

»Dein Freund Geoff Dickinson?«

Er schüttelte den Kopf. »Besser, wenn du unbefangen da rangehst.«

Sie starrte ihn an, aber er hatte alles gesagt, was er sagen wollte. »Solange es kein Swingerclub oder eine schottische Volkstanzgruppe ist«, warnte sie ihn.

»Ich denke, da hast du nichts zu befürchten«, sagte er und drehte sich um.

Als Rebus die Neuigkeit erfuhr, versuchte er Laura Smith anzurufen, aber die Mailbox sprang an.

»Hier ist John. Ich wollte nur mal fragen, wie's dir geht. Ruf mich zurück, wenn du kannst.« Er stand zu Hause am Erkerfenster seines Wohnzimmers. Brillo hatte seinen Morgenspaziergang hinter sich und wirkte zufrieden, er lag zusammengerollt in seinem Korb. Rebus dagegen hatte sich seit seiner Begegnung mit Beth Mackenzie nicht mehr entspannen können. Er nahm sein Handy und rief Siobhan Clarke an, die erst beim fünften Klingeln dranging.

»Lass mich raten«, war ihre Eröffnung.

»Was zum Teufel war da bei Laura los?«

»Eine Brandbombe.«

»Benzin durch den Briefschlitz?«

Sie brauchte einen Augenblick für die Antwort. »Nein, aber das ist ein interessanter Punkt. Das wäre viel leiser gewesen und außerdem viel unwahrscheinlicher, dass man durch eine brennende Diele und eine brennende Haustür entkommt.«

»Was war's dann also?«

»Es wurde eine Flasche durch ein Fenster unten geworfen. Laura hat den Brand ziemlich gut selbst unter Kontrolle bekommen.«

»Dann geht's ihr gut?«

»Abgesehen davon, dass sie sich die Lunge aus dem Leib hustet.«

»Das heißt, sie wohnt jetzt erst mal bei dir?«

»Genau.«

»Was glaubt sie, wer's war?«

»Na ja, sie hat ein Foto online gestellt, über das sich deine Freunde in Tynecastle wohl kaum gefreut haben dürften.«

»Sie ist der *Courant*?« Er rollte mit den Augen. »Natürlich.«

»Wir haben gesehen, wie skrupellos manche von den Tynies sind – zum Beispiel brechen sie bei Francis Haggard in die Wohnung ein.«

»Und treten dir auf die Füße?«

»Bingo.«

»Also, wer arbeitet an dem Fall?«

»Ronnie Ogilvie.«

»Konnten die Nachbarn helfen?«

»Die haben einen Wagen wegfahren hören. Zurzeit werden noch die Straßenkameras überprüft.«

»Außer denen in Tynecastle habt ihr niemanden im Blick? Laura muss doch in der ein oder anderen Form eine ganze Menge Leute angepisst haben.«

»Zuallererst natürlich James Pelham. Sie war diejenige, die publik gemacht hat, dass er sich aushäusig vergnügt.«

»Klingt ganz schön weit hergeholt.«

»Nur dass er sich vor ihrem Haus herumgetrieben hat, sie hat es gesehen. Er fährt einen weißen Wagen, wenn er es also war, wird es nicht schwierig sein, ihm das nachzuweisen.«

»Ein weißer Wagen, hm?«

»Sagt dir das was?«

»Glaube nicht. Aber für Pelham steht alles auf dem Spiel, oder?«

»Das meiste ist ihm möglicherweise längst durch die Lappen gegangen. Er ist mit den Mackenzies befreundet – wusstest du das? Stephanie, seine Ex, arbeitet manchmal für sie, richtet deren Wohnungen ein.« Rebus schwieg weiter. »Bist du noch dran?«, fragte Clarke schließlich. »Hör mal, ich mach besser Schluss. Allmählich sehen wir klarer, was Haggard an dem Abend gemacht hat. Was ist mit dir – hast du deinen Mann noch nicht gefunden?«

»Ich weiß nicht, ob es überhaupt jemals darum ging, Siobhan.«

Sie wollte ihn fragen, wie das gemeint sei, aber da hatte er die Verbindung schon beendet. Er dachte an den weißen Wagen, der gegenüber von QC Lettings parkte, als er Marion in ihrer Mittagspause gestört hatte. Getönte Scheiben, das heißt, es jeder hätte sein können, auch James Pelham. Pelham war ein Freund der Mackenzies, und seine Ex-Frau war Francis Haggards Schwägerin. Rebus kannte ihn aus der Zeitung und von Fotos von Veranstaltungen der besseren Gesellschaft. Er glaubte, sich erinnern zu können, dass Haggard Witze darüber gemacht hatte, dass er in eine reiche Familie eingeheiratet hätte. Nicht, dass er nicht auch der Liebe wegen geheiratet hatte, aber einen Schwager zu haben, der einem Investment-Tipps gab, konnte ja nicht schaden.

Hatte Francis Haggard Geld zum Investieren gehabt? Seinen Kontoauszügen zufolge schon. Aber die unschöne Scheidung hatte die Schwestern gegen Pelham aufgebracht, weshalb Haggard sich für eine Seite entscheiden musste. Nur logisch, wenn er zu Cheryl und Stephanie gehalten und sein Geld zurückverlangt hätte. Aber hatte Pelham überhaupt noch genug auf dem Konto gehabt, um es ihm zurückzuzahlen?

Hätte sich herausgestellt, dass er's gar nicht mehr hatte, was hätte Haggard getan?

Rebus kehrte zum Sessel zurück und griff nach seinen Zigaretten. Es dauerte einen Augenblick, bis ihm wieder einfiel, dass er ja aufgehört hatte. Sein Arzt hatte ihm vorgeschlagen, auf Kaugummis umzusteigen.

»Die lassen sich so schwer anzünden«, hatte Rebus erwidert, woraufhin sein Arzt sich grinsend für den Versuch entschuldigt hatte, ihm das Leben zu retten.

Trinken durfte er noch, oder zumindest war Alkohol bislang nicht strikt verboten. Im Lockdown war er einige Male zur Oxford Bar spaziert, doch die Tür war immer verriegelt gewesen. Jetzt war sie wieder geöffnet. Noch ein bisschen früh, aber was soll's? Er musste nachdenken über das, was er wusste, halb wusste und vermutete. Früher hatte es ihm immer geholfen, sich mit einem Bier an einen ruhigen Ecktisch zu setzen. Aber jetzt hörte er das Prasseln an der Scheibe und wusste, dass der vorhergesagte Regen eingesetzt hatte. Dem Klang nach ganz schön heftig. Brillo öffnete träge ein Auge, wirkte sehr zufrieden im Trockenen.

»Na gut«, sagte Rebus zu seinem Hund. Tee tat es auch.

»Nehmen wir dich zu hart ran, Lover Boy?«

Tommy Oram schaute von der Werkbank auf und sah Beth Mackenzie auf der Straße, sie lehnte am Transporter, hatte die Beine lässig überschlagen. Dann richtete sie sich auf und stakste auf hohen Absätzen zu ihm in die Garage. Sie trug eine große Sonnenbrille und hatte sich ein zartes Tuch um den Hals geschlungen. Dann kramte sie in ihrer Tasche, holte ein Päckchen Zigaretten und ein goldenes Feuerzeug heraus. Sie bot ihm das Päckchen an.

»Ach, hab ich vergessen«, ärgerte sie ihn, »deine Generation hat ja gar keine Lust auf Spaß.«

»Ich denke nur, hier steht eine Menge Zeug rum, das sich mit brennenden Zigaretten nicht gut verträgt.« Er nahm eine Flasche mit weißer Flüssigkeit vom Regal und steckte sie in den braunen Leinenbeutel, den er gerade packte. »Wolltest du was, Beth?«

»Ich will immer was, Tommy, das weißt du doch.« Sie hatte ihre Sonnenbrille abgenommen und zusammengeklappt, die unangezündete Zigarette immer noch zwischen den Fingern. »Ich hab mich gefragt, wie's mit der Polizei gelaufen ist?«

»Völlig okay.« Er suchte etwas.

»Okay, heißt was …?«

Er stützte sich mit den Knöcheln beider Hände auf die Kante der Arbeitsbank. »Die wollten bloß wissen, ob ich einen Schlüssel zur Wohnung hatte und ob ich dem Typen begegnet war oder so.«

»Dein Tonfall verrät mir, dass du mir immer noch nicht richtig verziehen hast. Was kann ich tun, um den Schaden wiedergutzumachen?« Sie war einen Schritt näher an ihn herangetreten, nah genug, dass er ihr Parfüm riechen und ihren Atem spüren konnte. Er schüttelte den Kopf, mied ihren Blick, aber sie schob ihr Gesicht vor seins. »Tommy«, sagte sie, »er konnte nicht hierbleiben, das weißt du. Es war nicht sicher.«

»Es war sicher.«

»Vielleicht hätte ich dir Hilfe anbieten sollen, alles anders machen, aber mein Temperament ist mit mir durchgegangen.« Sie griff nach seiner Hand. »Ich bin ein heißblütiges Wesen, was soll ich sagen?«

Er zog seine Hand weg, packte den Beutel und ging damit zu seinem Transporter nach draußen. Als er den Beutel darin verstaut hatte, drehte er sich zu der Garage um. Beth Mackenzies Verhalten hatte sich jetzt geändert. Sie sah ihn finster an und zündete endlich die Zigarette an, die sie in der Hand hielt.

»Du musst sehr vorsichtig sein«, warnte sie ihn. »Ich meine, *sehr* vorsichtig. Du hast hier einen guten Job, wir kümmern uns um dich. Gaby mag dich auch. Aber das heißt nicht, dass du unverzichtbar bist. Meiner Erfahrung nach ist das niemand.«

»Erst schickst du meinen Dad in die Wüste, und jetzt bin ich an der Reihe – willst du mir das sagen?«

Wieder ging sie auf ihn zu, setzte langsam einen Fuß vor den anderen. »Das ist ganz und gar nicht meine Absicht.« Sie wollte ihm eine Hand auf die Brust pressen, aber er zuckte zurück, wandte sich von ihr ab. »Vergiss nur nicht, falls du jemals auf dumme Gedanken kommen solltest, dass du Gaby damit viel mehr reinreitest als Fraser oder mich. Jetzt lasse ich dich aber lieber wieder in Ruhe arbeiten.« Sie blickte über ihre Schulter zurück in die Garage. »Das Feldbett da kannst du eigentlich wieder zusammenklappen, hm? Sieht nicht aus, als würde es demnächst noch mal gebraucht.« Sie sog Rauch ein und ging über die Straße zu ihrem parkenden Wagen.

Tommy Oram sah ihr nach und biss die Zähne aufeinander. Sie hob eine Hand, denn sie wusste, dass er sie beobachtete, und wackelte zum Abschied mit den Fingern. Er öffnete die Tür des Transporters und spähte in den Leinenbeutel, konnte aber partout nicht feststellen, ob wirklich alles drin war, was er brauchte.

Kurz vor dem Mittagessen sprangen King und Ritchie von ihren Schreibtischen auf und marschierten zu Trask ins Büro, sie klopften an die bereits geöffnete Tür und traten ein.

»Das sieht vielversprechend aus«, meinte Esson zu Clarke. Fox war bereits aufgestanden und lauschte am Eingang.

»Das gibt Goldene Sterne«, stimmte Clarke zu.

Als sie wenig später wieder herauskamen, folgte Trask ihnen mit dem Zettel in der Hand, den sie ihr übergeben hatten.

»Ein Taxifahrer bei Central«, rief sie in den Raum, »erinnert sich, einen Betrunkenen vor unserer Tiki-Bar in der Great

Junction Street aufgelesen zu haben. Er kann sich an seinen Fahrgast erinnern, weil er ihn, am Ziel angelangt, erst mal wecken musste, das war vor Till's Casino in der Corstorphine Road.« Sie schenkte King und Ritchie einen Blick, den sie aufsogen wie karibisches Sonnenlicht. »Colin und Jason, ich möchte, dass ihr eine Aussage des Fahrers aufnehmt und seht, ob er sonst noch was beizutragen hat.« Ihr durch den Raum schweifender Blick fiel auf Gamble und Leighton. »George und Tess, ihr beiden geht zum Geschäftsführer des Casinos. Wir müssen sämtliche Mitarbeiter befragen, die an dem Nachmittag und Abend Dienst hatten, außerdem das Material aus den Sicherheitskameras des Casinos sichten. Können nur hoffen, dass es nicht alle achtundvierzig Stunden gelöscht wird.«

Sollte Trask King und Ritchies enttäuschte Mienen gesehen haben, so ließ sie es sich nicht anmerken. Clarke wusste, wie die beiden sich fühlten – ein Gespräch mit einem Taxifahrer war bestenfalls der Trostpreis.

»Ich kenne den Laden«, erklärte Gamble Trask.

»Hab ich mir fast gedacht, George. Lassen Sie sich bloß nicht hinreißen, wenn Sie im Dienst sind, verstanden?«

Clarke sah Tess Leighton fragend an. Leightons kaum merkliches Nicken gab ihr zu verstehen, dass ihr Partner in der Vergangenheit Probleme mit dem Glücksspiel gehabt hatte. Clarke war beeindruckt, dass Trask davon wusste. Offensichtlich hatte sie ihr Team auf Herz und Nieren geprüft.

Als sich die vier Detectives bereit machten zu gehen, umrundete Esson ihren Schreibtisch und beugte sich an Clarkes Ohr herunter. »Dann ist Gamble also ein Gambler – wer hätte das gedacht?«

Clarke sah Malcolm Fox näher kommen.

»Solange wir warten«, sagte er zu Esson, »kannst du Siobhan vielleicht eine Stunde entbehren? Ich möchte ihr jemanden vorstellen.«

»Vielleicht kann sie moralische Unterstützung dabei gebrauchen«, fragte Esson zurück.

»Ich denke, ich bekomme das hin«, erwiderte Clarke und zog ihre Jacke von der Stuhllehne.

27

Sie parkten vor einer Reihe Colony Flats in Shandon. Clarke war noch nie in einem solchen Haus gewesen, kannte aber die Grundrisse. Man betrat das Gebäude im Erdgeschoss auf der einen Seite und gelangte über eine Treppe auf der anderen Seite in die exakt gleich geschnittene Wohnung darüber. Sie wusste nicht genau, ob es diese Wohnanlagen nur in Edinburgh gab, aber man fand sie meist in ehemaligen Arbeiterklassegebieten – auch solchen, die es bis heute geblieben waren. Fox schien sich auszukennen, er schloss seinen Mercedes ab und führte Clarke rasch durch das Tor, über den Gartenweg und die steilen Steinstufen hinauf. Offensichtlich wurde er erwartet, da die rotgestrichene Tür bereits aufging, als sie diese erreichten.

»Hallo, Josephine«, sagte er zu der Frau mittleren Alters, die jetzt vor ihnen stand. »Das ist DI Siobhan Clarke. Siobhan, das ist Josephine Kilgour.«

Kilgour führte sie in ein überheiztes Wohnzimmer, vollgestopft mit allerhand Schnickschnack. Ein elektrischer Ofen ergänzte die Heizkörper, dennoch schien sie zusätzlich noch eine zugeknöpfte Strickjacke zu brauchen, unter der sich Clarkes Einschätzung nach mindestens drei weitere Schichten verbargen. Die Frau ließ sich schwerfällig in dem einzigen Sessel im Raum nieder, überließ Clarke und Fox das durchgesessene Sofa. Getränke sollten offensichtlich keine angeboten werden.

Clarke schälte sich aus ihrer Jacke, bevor sie sich setzte, Fox tat es ihr mit seinem dunklen Wollmantel gleich.

»Er ist hartnäckig, das muss ich ihm lassen«, sagte Kilgour frei von Begeisterung. Ihre Stimme mit West-Coast-Akzent klang heiser.

»Ich wollte, dass DI Clarke ein bisschen was über die Hintergründe erfährt«, erklärte Fox.

Kilgour fixierte Clarke. »Er glaubt, wenn er mich einfach immer weiter bearbeitet, sage ich zum Schluss doch noch vor Gericht aus.«

Clarke waren ein paar gerahmte Fotos von einer sehr viel jüngeren Kilgour in Uniform aufgefallen. »Sie haben in Tynecastle gearbeitet«, stellte sie fest. Kilgours Blick sprang zu Fox.

»Ich wollte nicht, dass sich DI Clarke im Vorfeld eine Meinung bildet«, erklärte er.

Kilgour dachte darüber nach, dann wandte sie sich erneut an Clarke und holte tief Luft.

»Das mit Tynecastle ist schon lange her«, fing sie an. »Geht zurück in die Zeit, bevor Alan Fleck zum Sergeant befördert wurde. *So* alt bin ich. Da waren Sie wahrscheinlich noch auf der Grundschule.«

»Vielleicht doch schon auf der Weiterführenden«, korrigierte Clarke sie unwillkürlich.

»Aber Sie sind erst in den Polizeidienst getreten, als das Schlimmste schon vorbei war – das Schlimmste für Frauen wie uns, meine ich. An meinem allerersten Tag kam ich in meiner brandneuen Uniform mit gestärkter Bluse und blitzblank polierten Schuhen auf der Wache an und wurde in die Umkleide geschleift. Die haben mir meinen Rock hochgezogen und einen Stempel mit der Aufschrift »Eigentum der Polizei« aufgedrückt. Für die war das natürlich nur ein Riesenspaß, und wenn du das nicht verstanden hast, warst du eine elende Spielverderberin. Das wurde dann übrigens auch mein Spitzname – Killjoy statt Kilgour.« Sie hielt kurz inne. »Ich war nicht nur in Tynecastle stationiert, aber die haben mich geprägt. Man erwartete von uns, dass wir den Tee kochen, während die besseren Aufgaben ausschließlich an Männer vergeben wurden. Deshalb haben das ja auch so viele Frauen nicht durchgehalten.«

»Scheint immer noch so zu sein«, sagte Clarke. »Als ich dort war, hab ich keine einzige gesehen.«

»Ach, ein paar wird es schon geben – ist heutzutage sonst gar nicht mehr erlaubt –, aber die werden die Köpfe gesenkt halten, und die meisten werden schließlich um eine Versetzung bitten. Das hab ich getan. Aber danach hab ich mich in dem Job nie wieder richtig wohl gefühlt. Ich habe ihn so schnell ich konnte an den Nagel gehängt.«

»Die Fäulnis hat eine lange Geschichte, Siobhan«, unterbrach Fox, »und es gibt unzählige Belege dafür. Aber Josephine und die anderen haben beschlossen, das alles hinter sich zu lassen und nicht noch einmal vor Gericht oder in einem Vernehmungsraum lebendig werden zu lassen.«

»Da fällt mir ein, ich hab vergessen, mich zu vergewissern, dass Sie das nicht aufnehmen.« Kilgour sah Clarke an. »Einmal hat er's versucht, der unverschämte Kerl, aber ich bin ihm auf die Schliche gekommen.«

»Weißt du noch, wie ich mich herausgeredet habe?«, fragte Fox.

»Das hat mir gezeigt, wie versessen du darauf warst, ihn zu überführen«, sagte Kilgour und nickte.

»Wen?«, hakte Clarke nach.

»Alan Fleck«, erklärte Kilgour. »Als er kam, wurde es in Tynecastle noch schlimmer, und immer noch schlimmer je weiter er aufstieg.«

»Als das mit Tony Barlow passiert ist, war Josephine schon weg«, teilte Fox Clarke mit, »aber sie hat es trotzdem mitbekommen.«

»Hat die anscheinend überhaupt nicht gestört, dass sie's verbockt hatten. Auf der Wache ließen sie einen Hut rumgehen und haben ihm das, was zusammenkam, ans Bett gebracht. Einfach einer mehr, der im allgemeinen Gerangel zu Schaden gekommen war …« Sie sah Fox an, ihre Augenwinkel waren feucht. »Eigentlich werfe ich's dir nicht vor, dass du's versuchst, gleichzeitig aber doch, weil ich das alles noch mal durchleben muss.«

»Das weiß ich, Josephine.«

Sie wandte sich an Clarke. »Und jetzt übergibt er Ihnen den Staffelstab? Oder will er Sie nur einweihen?«

»Ich wollte, dass DI Clarke versteht, warum das so wichtig ist«, antwortete Fox.

»Und das tue ich«, sagte Clarke leise. Sie wollte noch etwas hinzufügen, aber als ihr Handy piepte, beschloss sie nachzusehen. Eine Nachricht von Christine Esson erschien auf dem Display. Sie runzelte die Stirn und bohrte ihren Blick in den von Fox. »Wir sollten los«, erklärte sie.

»Was denn?«, fragte er.

»Erzähl ich dir unterwegs.« Dann an Kilgour gewandt: »Die Abrechnung wird kommen, Josephine, das kann ich Ihnen versprechen.«

Kilgour antwortete mit einem müden Lächeln. Ihr Blick wanderte zu den Fotos, auf denen sie in jüngeren Jahren zu sehen war. Als Clarke und Fox aufstanden und gingen, starrte sie immer noch darauf.

»Also sag schon«, sagte er, als sie durch die Stadt fuhren.

»Erst mal, worum ging es da eben wirklich?«

»Ich wollte nur, dass du …«

»Aber worum ging es *wirklich*?«

Er schwieg einen Augenblick und tat, als würde er sich auf den Verkehr konzentrieren.

»Professional Standards – meine alte Abteilung – rekrutieren demnächst neue Leute. ACC Lyon hat mich um Input gebeten, und ich habe gesagt, mir würde niemand Besseres einfallen.«

»Als ich?«

»Damit ist eine Beförderung zum DCI verbunden, und ich finde, die würde dir ausgezeichnet stehen.«

»Aber damit ist auch verbunden, dass man zum Außenseiter wird.«

»Vorübergehend«, sagte er mit dünnem Lächeln. »Die Stelle ist auf vier oder fünf Jahre befristet, der neue Dienstgrad bleibt.« Er drehte sich zu ihr um. »Versprich mir, wenn Jennifer Lyon bei dir anklopft, dass du dann überrascht tust.«

»Verdammt, Malcolm …« Jetzt verstummte Clarke und betrachtete die Welt durch die Windschutzscheibe des Mercedes. »Und das ist dann unser Deal?«, sagte sie schließlich. »Wenn ich Ja sage, revanchiere ich mich bei dir, indem ich weiter Druck auf Tynecastle mache?«

»Ist ein geringer Preis.«

Sie nickte langsam. »Fleck hat dir ganz schön zugesetzt, oder?«

»Mehr als die meisten.«

»Aber warum?«

»Weil er ein Virus ist«, erklärte Fox. »Und wir wissen alle, wozu so ein Virus fähig ist.« Er blinkte, um an der nächsten

Kreuzung abzubiegen. »Also, was war das für eine Nachricht auf deinem Handy?«

»Von Christine. Fraser Mackenzie ist in Leith.«

»Warum?«

»Weil wir ihn gebeten haben, uns zu erklären, warum Francis Haggard eine so lächerliche Miete berechnet wurde. Christine sagt, er ist mit einem Anwalt aufgekreuzt. Da sonst niemand im Büro war, meinte Trask, sie übernimmt die Vernehmung.«

»Und das gefällt dir nicht?«

»Ich wäre einfach lieber dabei.«

Fox dachte kurz nach. »Darf ich dir was im Vertrauen sagen?«

»Kannst es versuchen.«

»Der Türsteher vor dem Club …«

»Der, den sie C genannt haben?«

»Dickinson hält ihn für den Attentäter im Campingpark. Die Mackenzies wollen die Konkurrenz in ihre Schranken weisen.«

»Einleuchtend.«

»Dickinson will erst mal noch den Deckel draufhalten. Er hat mir vertraut, und jetzt vertraue ich dir.«

»In Ordnung.«

»Und das Jobangebot?«

»Ich überleg's mir.« Sie schaute auf den Tacho. »Bist du sicher, dass du nicht ein kleines bisschen schneller als dreißig fahren willst, nur ausnahmsweise?«

»Wenn du darauf bestehst«, sagte Fox und trat aufs Gas.

»Muss man nicht eine lupenreine Weste haben, um bei Professional Standards zu arbeiten?«

»Hast du doch.«

»Trotz meiner früheren Nähe zu John Rebus?«

»Du hattest gewisse Vermutungen und hättest gewisse Fragen stellen können.« Fox zuckte mit den Schultern. »Aber du hast dir nicht wirklich was zuschulden kommen lassen – es sei denn, du weißt da mehr als ich?« Sein Blick war immer noch auf die Straße gerichtet. Clarke entschied, dass die Frage nicht wirklich beantwortet werden musste, und er schien damit zufrieden.

Als sie an der Polizeistation Leith parkten, verließ Fraser Mackenzie gerade das Gebäude in Begleitung eines grauhaarigen Anwalts, der ebenso distinguiert wie teuer aussah. Clarke und Fox stiegen die Treppe hinauf zum MIT-Büro. Die Tür zu Trasks Büro war geschlossen, Esson saß wieder an ihrem Schreibtisch.

»Und was hat er gesagt?«, fragte Clarke.

Esson hörte auf zu tippen. »Offenbar wegen Corona. Alle, die an vorderster Front im Einsatz waren – beim NHS, bei der Polizei und so weiter –, haben als Dankeschön für ihre Dienste einen Preisnachlass verdient. Ich habe ihn gefragt, wer sonst noch von der Regelung profitiert hat, aber so spontan sind ihm keine weiteren Beispiele eingefallen. Und öffentlich bekannt ist es auch nicht.«

»Mit anderen Worten, alles erstunken und erlogen.« Clarke sah zu Trasks Tür. »Wie hat sie sich geschlagen?«

»Sie war eiskalt. Sowohl Mackenzie wie auch sein Anwalt haben sie darauf angesprochen. Hast du eine Ahnung, warum?«

»Aus Gartcosh hört man, Mackenzie hätte Caffertys Geschäfte übernommen.« Clarke bemerkte den Blick, den Fox ihr zuwarf.

»So wenig Leute wie möglich«, sagte er, um sie an Dickinsons Worte zu erinnern. Alle drei drehten sich um, als Tess Leighton und George Gamble hereinkamen.

»Man geht ja nicht jeden Tag ins Casino und räumt den Jackpot ab«, sagte Leighton, während Gamble schwer atmete und bei Trask an die Tür klopfte. Wenige Sekunden später kam diese heraus und sah Fox und Clarke an.

»Wo wart ihr beiden?«

»Wir mussten kurz los«, sagte Clarke. »Tut mir leid, dass Sie Fraser Mackenzie vernehmen mussten.«

»Bringt doch immer wieder einiges, wenn man selbst mit anpackt.« Trask sah, dass Gamble dringend etwas auf der Zunge lag. »Spucken Sie's aus, George.«

»Wir haben ihn auf Film«, erwiderte Gamble und wischte sich mit einem Taschentuch über das Gesicht. »Anscheinend hat er mehr für Alkohol ausgegeben als an den Spieltischen. Er hat Geld abgehoben – obwohl das Casino dafür eine Gebühr verlangt –, und schließlich musste jemand von der Security mit ihm sprechen.«

»Ach?«

»Anscheinend konnte er sich kaum noch auf den Beinen halten«, fuhr Tess Leighton fort. »Die Mitarbeiter haben ihm ein Taxi gerufen. Wir haben ihn auf Film, wie er draußen einsteigt.«

»Dann haben wir auch das Kennzeichen?«

»Im Casino rufen die immer bei demselben Unternehmen an. Wir müssen uns nur melden und fragen, wer an dem Tag am Steuer saß.«

Trask nickte. »Damit sind wir schon ein Stück weiter, trotzdem gibt es noch viele Lücken zu füllen.« Sie war zur Infowand gegangen und betrachtete den Zeitstrahl. »Haben wir die Aufnahmen der Sicherheitskameras?«

»Sind unterwegs«, versicherte ihr Gamble.

»Dann machen Sie so lange doch schon mal mit dem Taxiunternehmen weiter. Und finden Sie heraus, warum Colin und Jason so lange brauchen.« Sie krümmte einen Finger in Fox' Richtung, beorderte ihn zu sich. »Malcolm, in mein Büro.«

Fox folgte ihr und schloss die Tür. Sie ließ sich hinter ihrem Schreibtisch nieder und zeigte auf einen Stuhl ihr gegenüber, doch er zog es vor stehenzubleiben.

»Also, wo waren Sie?«, fragte sie.

»Wir brauchten ein Brainstorming«, antwortete er. »Ich dachte, wenn wir mal aus dem Büro raus an die frische Luft kommen, könnte das helfen.«

»Und? Hat es geholfen?«

»Nicht besonders.« Er hielt inne. »War es schlau, an der Vernehmung von Fraser Mackenzie teilzunehmen?«

»Warum nicht?«

»Geoff Dickinson hält es für entscheidend, dass Mackenzie nicht mitbekommt, dass wir ihm auf den Fersen sind.«

Sie lehnte sich zurück und musterte ihn.

»Wir ermitteln hier zuallererst in einem Mordfall. Wir sind es Francis Haggard und seiner Witwe schuldig, das nicht zu vergessen.«

»Absolut, Ma'am.«

»Gut. Jetzt machen Sie, dass Sie aus meinem Büro kommen, und verkneifen Sie sich in Zukunft Ihre Spaziergänge.«

»Ja, Ma'am«, sagte Fox. Beim Hinausgehen dachte er darüber nach, dass er gerade zweimal *Ma'am* gesagt hatte, ohne von ihr gebeten zu werden, sie Kathy zu nennen. Offenbar waren die Flitterwochen vorbei.

Was ihm nur recht war.

Rebus nahm Brillo auf einen Spaziergang in die Morningside Road mit. Ein sinnloses Unterfangen, wie sich herausstellte, da es in der Eisenwarenhandlung nicht das gab, was er wollte. Dort schlug man ihm einen Baumarkt in Newcraighall vor, weshalb er Brillo vor dem Laden losmachte und wieder nach Marchmont zurückspazierte. Bevor er erneut ausging, setzte er sich ins Wohnzimmer und wartete, bis er wieder zu Atem kam. Ihm wurde bewusst, dass sein Vorhaben – beim derzeitigen Stand der Dinge – potentiell mehr Nach- als Vorteile barg. Andererseits bedeutete es immerhin, dass er überhaupt etwas tat. Und wenn es funktionierte, würde er damit ganz bestimmt einigen Staub aufwirbeln.

Als sein Handy klingelte, sah er, dass es Laura Smith war. Er presste sich das Telefon ans Ohr.

»Mir geht's gut«, sagte sie, »danke der Nachfrage.«

»Wenn man sich in deiner Branche keine Feinde macht, macht man was falsch.« Er unterbrach sich. »In deinen *beiden* Branchen, sollte ich wohl besser sagen.«

»Hat Siobhan dir das erzählt? Aha. Wahrscheinlich auch egal, jetzt wo ich die Maske habe fallen lassen.«

»So wie Kendo Nagasaki.«

»Wie wer?«

»Egal. Denk nur dran, der Journalist sollte nie zur Story werden.«

»Das gilt heutzutage nicht mehr unbedingt.«

»Ich habe gehört, du bist bei Siobhan untergekommen?«

»Deshalb habe ich erst mal ihren Kühlschrank aufgefüllt. Die Frau scheint sich ausschließlich von Takeaways zu ernähren.«

»Wie schwer hat es dein Haus getroffen?«

»Das größte Problem wird sein, den Gestank wieder loszuwerden.« Sie hielt inne. »Du hättest mich doch gewarnt, wenn du was gehört hättest, oder?«

»Du glaubst, dass es jemand aus Tynecastle war?«

»Hab sie jedenfalls auf meiner Liste.«

»Sind aber nicht die einzigen Namen.«

»Hat dir Siobhan von James Pelham erzählt?«

»Hat sie, und ich hab ihr gesagt, wenn dir jemand wirklich hätte schaden wollen, hätte er stärker auf List und weniger auf Spektakel gesetzt.«

»Dann war's eher ein Warnschuss?«

»Bist du anderer Meinung?«

»John, ich weiß nicht, welcher Meinung ich bin.« Er hörte sie seufzen. »Was ist mit dir – tust du irgendwas, das ich wissen sollte?«

»Ich muss Werkzeug kaufen.«

»Für den Garten oder Reparaturarbeiten im Haus?«

»Ich suche eine schöne große Brechstange.«

»Klingt vielversprechend – hältst du mich auf dem Laufenden?«

»Denke schon.«

»Wann können wir weitersprechen?«

»Vielleicht heute Abend, vielleicht morgen.«

»Für einen Mann deines Alters verstehst du verdammt viel von gutem Telefonsex«, lobte Smith ihn und beendete die Verbindung.

Rebus sah Brillo an, der neben seinen Füßen kauerte. »Siehst du, ich hab immer noch Schlag bei den Frauen«, sagte er zu dem Hund, dann stand er auf und holte seine Autoschlüssel.

Alle hatten sich das Filmmaterial aus dem Casino angesehen, auch King und Ritchie, die endlich zurück waren, nachdem sie einem sehr ausschweifend berichtenden Taxifahrer eine verwertbare Aussage entlockt hatten.

»Ich schwöre bei Gott«, hatte King behauptet, »wir haben ihn nur gefragt, wie lange er Taxi fährt, und bevor wir's uns versahen, hat er einen Abriss seiner Familiengeschichte über die letzten drei Generationen geliefert.«

»Sein Vater ist auch schon Taxi gefahren«, ergänzte Ritchie, »sein Großvater, sein Onkel Billy, sein Cousin …«

Den beiden jungen Detectives wurde im Verlauf des Nachmittags immer mehr Wind aus den Segeln genommen, erst durch das Casino, das ihren Erfolg mit dem Taxi überstrahlte, und dann auch noch durch den Fahrer, der Francis Haggard aufgelesen hatte. Jetzt aber hatten sie ihre Resultate an die Infowand geheftet und bewunderten ihre Arbeit.

Esson betrachtete das Filmmaterial aus dem Casino auf ihrem Bildschirm. »Wie viel hat er abgehoben, wissen wir das?«

»Laut Kontoauszug zweihundert«, erwiderte Siobhan Clarke, »wobei ihn die Transaktion mitsamt Gebühren ein bisschen mehr gekostet haben muss.«

»Der Name Till's steht aber nicht auf dem Auszug.«

»Nicht jeder Zocker möchte, dass seine Nächsten und Liebsten mitbekommen, dass er in einem Glücksspieletablissement Geld abgehoben hat – die Abbuchungen werden anonym getätigt.«

»Wie viel hatte er dabei, als er starb?« Esson fand die Angaben in ihren Unterlagen. »Mehr als einhundert Pfund. Nachdem er das Geld abgehoben hatte, bezahlte er seine Getränkerechnung und steckte einen Teil in einen Automaten. Dann hat er wohl das Taxi bezahlt, mit dem er vom Casino weg ist. Da bleibt nicht viel übrig.«

»Meinst du, er ist direkt nach Hause?«

»Konnte er denn in seinem Zustand überhaupt noch was anderes machen? Er hatte sich von zu Hause ferngehalten, vielleicht weil er dachte, wir würden ihn überwachen und festnehmen wollen. Aber inzwischen war sein Hirn vom Alkohol so vernebelt – wo sollte er sonst hin? Eine Nacht hatte er bereits draußen verbracht, und zu einer zweiten konnte er sich nicht überwinden.«

Esson spulte zurück. Haggard hätte sich seiner verschiedenen Bank- und Kreditkarten bedienen können, aber er war altmodisch. In der Tiki-Bar und auch in dem Taxi, mit dem er ins Casino gefahren war, hatte er bar bezahlt. Sie hätte wetten können, dass er ein Typ war, der Kellnern in Clubs und Restaurants Zehn- oder Zwanzigpfundscheine in die Hände drückt. Wahrscheinlich bestellte er niemals einen Drink, ohne zu sagen »und genehmigen Sie sich selbst einen«, so wie er's im Drifter's getan hatte. Als der Automat sein Geld ausspuckte, zählte er die Scheine ein paarmal – entweder, um sich zu vergewissern, dass er nicht zu wenig herausbekommen hatte, oder weil der Alkohol seine mathematischen Fähigkeiten trübte –, und bevor er sie einsteckte, nahm er noch den Beleg mit, der gleichzeitig herauskam. Ein Casinomitarbeiter hatte ihn diskret aus der Entfernung beobachtet und trat jetzt an ihn heran, um ihm nahezulegen, dass es besser sei, erst mal Feierabend zu machen. Haggard hatte ihm einen Finger gezeigt – er wollte noch *einen* weiteren Drink –, und der Casino-Mitarbeiter hatte schließlich nachgegeben, ihn an einen Tisch geführt und dem Kellner dort signalisiert, er möge seine Bestellung entgegennehmen.

Und ja, er hatte versucht, dem Mann ein Trinkgeld zu geben, doch er hatte es abgelehnt.

»Habt ihr mit ihm gesprochen?«, rief Esson Leighton und Gamble zu. »Mit dem, der Haggard einen letzten Drink erlaubt hat?«

Leighton nickte.

»Hat er gesagt, warum er das Trinkgeld nicht wollte?«

»Er nimmt nur was von nüchternen Gästen.«

»Warum?«

»Weil Betrunkene nicht wissen, was sie tun, und dadurch wird's bedeutungslos.« Leighton nickte erneut, als Esson die Augenbrauen hob.

»Der Mann hat ein abgeschlossenes Philosophiestudium«, erklärte sie.

»Echt?«

»Echt«, bestätigte sie.

Esson schenkte Clarke einen Blick, dann widmete sie sich wieder den Aufnahmen. Jetzt änderte sich die Kameraperspektive, Haggard saß an seinem Tisch, er war jetzt weiter entfernt als vorher und die Auflösung weniger scharf. Dann sprachen ihn zwei Mitarbeiter an, die insgesamt beeindruckender wirkten als der Philosoph. Sie sahen zu, wie Haggard seinen Drink hinunterkippte, und halfen ihm auf die Beine. Er leistete keinen Widerstand, und sie mussten keine Gewalt anwenden. Gemeinsam gingen sie zum Vordereingang, wo bereits das Taxi wartete. Dieselben beiden Männer manövrierten Haggard hinein und schlossen die Tür. Das Taxi fuhr aber nicht sofort an, die Tür ging noch einmal auf und Haggard streckte die Hand heraus. Einer der beiden Männer, die ihn aus dem Casino entführt hatten, nahm den Geldschein, der ihm hingehalten wurde, entgegen und steckte ihn kleingefaltet in die Tasche. Offenbar kein Philosoph. Als sie wieder hineingingen und das Taxi losfuhr, schien sein Begleiter einen Anteil zu verlangen.

Fox, der telefoniert hatte, stand auf und schnippte mit den Fingern, bat um die Aufmerksamkeit aller. »Warten Sie«, sagte er in sein Handy, »ich stelle Sie auf Lautsprecher.« Dann sagte er allgemein in den Raum hinein: »Ich wurde gerade zu dem Fahrer durchgestellt, der Haggard im Casino abgeholt hat.« Nachdem er auf die Taste für den Lautsprecher gedrückt hatte, hielt er das Handy vor sich und stellte sich in die Mitte des Büros.

»Sie haben gesagt, Sie haben ihn nicht sehr weit gefahren, Mr Bishop?«

»Eigentlich hätte ich bis nach Leith fahren sollen«, donnerte die Stimme mit breitem einheimischem Akzent. »Das gibt immer gutes Geld.«

»Hat er Ihnen die Constitution Street als Zielort genannt?«

»Nein, erst mal nur Leith. Er meinte, er würde mir dann noch sagen, wo ich halten soll.«

»Was ist dann passiert?«

»Wir hatten kaum was von der Strecke hinter uns, als er sagte, er wollte noch Pommes essen. Ich erwähnte zwei oder drei Imbisse, an denen wir vorbeikommen würden, aber er wollte nicht warten. Er sagte, er wollte lieber gleich aussteigen und sich was suchen.«

»Und dort war …?«

»In der Corstorphine Road. Wie gesagt, er hat nur zwei Minuten im Taxi gesessen.«

»Wo ungefähr in der Corstorphine Road?« Fox war ein paar Schritte näher an die Infowand herangetreten, wo eine Karte der Innenstadt angepinnt war. Esson und Clarke folgten ihm.

»Ungefähr bei Howson's – das ist eine Wine Bar. Ich dachte schon, der geht da rein, hat er aber nicht gemacht. So oder so, der Mann war ganz anständig.«

»Inwiefern?«

»Hat mir einen schönen frischen Zwanziger gegeben – und noch Witze gemacht, den hätte er selbst gedruckt. Das Wechselgeld sollte ich behalten.«

Siobhan hielt den Finger auf die Stelle der Karte, wo sie Howson's vermutete. Das war die Wine Bar, in der sie sich vor ihrem ersten Besuch bei den Schwestern mit Gina Hendry verabredet hatte. Esson tippte eine Suchanfrage in ihr Handy.

»Zum nächsten Imbiss hätte er zurück in die Glasgow Road gemusst.«

»Vorausgesetzt, dass er da wirklich hinwollte«, sagte Clarke leise.

Fox hatte die Verbindung beendet und zückte jetzt seinen vornehmen Füller, um die Stelle, auf die sie zeigte, mit einem Kreuzchen zu markieren.

»Vielleicht ist er nach Haymarket weiter«, spekulierte er. »Da gibt's jede Menge Imbisse.«

Clarke zeichnete mit dem Finger eine unsichtbare Strecke von Howson's zu Stephanie Pelhams Haus.

»Fünf, vielleicht zehn Minuten hätte er dafür gebraucht«, sagte sie mehr zu sich selbst als sonst jemandem.

»Wenn er dort nochmal aufgetaucht wäre, wüssten wir das aber«, wandte Esson ein.

»Vielleicht hat er dieses Mal ja keinen Krach geschlagen. Er war einfach sternhagelvoll, und seine Ehefrau hatte ihm versprochen, mit ihm zu reden.«

Esson schüttelte zweifelnd den Kopf, Clarke lief zu dem klingelnden Telefon auf ihrem Schreibtisch, doch als sie es erreichte, hatte das Klingeln schon aufgehört. Laut Display war der Anrufer Ronnie Ogilvie gewesen. Sie wollte ihn zurückrufen, aber seine Mailbox sprang an, wahrscheinlich führte er bereits das nächste Gespräch.

»Mist«, sagte sie, als DCI Trask aus ihrem Büro trat und von ihrem Team umringt wurde, da jeder der Erste sein wollte, der ihr die Neuigkeiten übermittelte.

28

Rebus blinkte, um von der Calder Road nach Burnhill abzubiegen. Er konnte keine Fahrradwachen oder Lieferjungen entdecken, nur ein paar Leute, die mit ihren Hunden unterwegs waren, und ein halbes Dutzend Kinder, die in dem kleinen angrenzenden Park Fußball spielten. Niemand schien sich für ihn zu interessieren, was ihm gerade recht war. Er drehte eine kleine Runde um die Reihenhäuser und Wohnblocks. Ein paar Mütter standen vor dem Kindergarten, hatten ihre Buggies abgestellt und tratschten. Die meisten waren dem Wetter entsprechend gekleidet, ein oder zwei trugen noch einen Mundschutz. Als eines der Kleinkinder zur Straße watschelte, ließ ein gebellter Befehl das Kind versteinern. Rebus hatte längst abgebremst, kroch jetzt die Straße entlang und lächelte dem verdatterten Kind im Vorüberfahren zu.

Nachdem er sich überzeugt hatte, dass die Luft so weit rein war, fuhr er oben an die Straße zu den Garagen. Die von Tommy Oram war fest verschlossen, aber in der daneben schien sich etwas zu regen.

»Scheiße«, brummte er leise. Er brachte den Saab zum Stehen, stieg aus und ging, die Hände in den Taschen, weiter. Als er an das geöffnete Garagentor kam, spähte er hinein. Dort stand ein aufgebockter Wagen, und zwei Männerfüße ragten darunter hervor.

»Kann ich helfen?«, fragte eine körperlose Stimme.

»Schöner Schlitten«, erwiderte Rebus. »Sierra Cosworth?«

»Sie kennen sich aus.«

»In den Achtzigern gab es einige davon.«

»Und die meisten haben die Achtziger nicht überlebt.« Der Mann rollte unter dem Wagen hervor, blieb aber auf seinem Rollbrett liegen. Er trug einen blauen Overall und hielt einen Schraubenschlüssel in der Hand, sein Gesicht war ölverschmiert. »Hab Sie hier noch nie gesehen.«

»Ich bin ein Freund von Tommy.«

»Der war vorhin schon mal da, wahrscheinlich ist er jetzt arbeiten.«

»Wahrscheinlich«, stimmte Rebus zu. »Der Wagen braucht noch einiges an liebevoller Zuwendung, hm?«

»Ihnen entgeht aber auch nichts. Ein paar Stunden werde ich wohl noch reinstecken müssen.«

»Großer Auftrag?«

»Wenn ich fertig bin, ist er wie neu.« Er hielt inne. »Ich wär vielleicht sogar bereit zu verkaufen, wenn Sie Interesse haben.«

»Ich überleg es mir. Sind Sie heute Abend hier?« Der Mann schüttelte den Kopf. »Wie ist es morgen tagsüber?«

»Morgen muss ich arbeiten.«

»Dann lass ich Ihnen einen Zettel da, wenn ich das nächste Mal zu Tommy gehe.«

Der Mann rollte wieder unter den Sierra. »Ich sag ihm, dass Sie da waren, wenn ich ihn sehe.«

»Danke.«

»Oder ich würd's machen, wenn ich Ihren Namen wüsste.«

»Crosbie«, antwortete Rebus. »Dann weiß er Bescheid.«

Laura Smith war auf die Wache am Gayfield Square bestellt worden, wo DC Ronnie Ogilvie bereits auf sie wartete. Er wirkte überrascht, als Siobhan Clarke gleichzeitig mit ihr eintraf.

»Ich hab versucht dich zu erreichen«, sagte sie.

»Ich wollte noch zurückrufen.«

Smith sah von einem zum anderen. »Ich hab Siobhan gebeten mitzukommen«, erklärte sie. Ogilvie nickte verständnisvoll und führte sie in einen Besprechungsraum. Darin befanden sich ein augenscheinlich neuer Tisch und ein paar Polsterstühle. Meist wurde er benutzt, wenn es galt, Angehörigen schlechte Nachrichten zu überbringen, oder ein Buffet anlässlich des Besuchs eines Würdenträgers ausgerichtet werden musste. Die cremefarbenen Wände waren kahl, abgesehen von einer Uhr, die eine neue Batterie brauchte. Ogilvie legte eine schmale Mappe auf den Tisch und sein Handy daneben.

»Wir haben uns das Material aus den Verkehrskameras angesehen«, fing er an, »uns dabei auf die Bonnington Road, die Broughton Street und die Inverleith Row konzentriert. Wie vermutet, waren um die Uhrzeit hauptsächlich Taxis und private Taxiunternehmer unterwegs, außerdem das ein oder andere Lieferfahrzeug. Es gab aber auch ein paar zivile Autos – einen VW Golf, einen Kia, einen Nissan, einen Land Rover …«

»Einen Land Rover?«, unterbrach ihn Clarke.

Ogilvie aktivierte sein Handy und fand den Filmausschnitt. »Er ist die gesamte Broughton Street heruntergekommen und wurde dann wieder auf der North Bridge erfasst.« Ogilvie drehte sein Handy zu den beiden Frauen. »Haben Sie den schon mal gesehen, Laura?«, fragte er.

»Ich bin nicht so gut mit Autos.«

»Ich auch nicht«, ergänzte Clarke, »aber das ist eher ein Range Rover, kein Land Rover.«

Ogilvie betrachtete das Foto. »Schade, dass man den Fahrer

nicht erkennen kann. Auch das Kennzeichen ist nicht eindeutig zu sehen.«

»Da kann ich dir vielleicht helfen.« Clarke machte sich jetzt an ihrem eigenen Handy zu schaffen, zeigte ihm das Foto, das sie draußen vor dem Club aufgenommen hatte.

»Bist du jetzt Derren Brown, oder wie?«

»Ist das derselbe Wagen?«, fragte Smith.

»Kann gut sein.« Ogilvie tippte das Kennzeichen in sein Handy. »Ich lass mir den Namen des Besitzers bei der Zulassungsstelle geben.«

»Weißt du, wem er gehört?«, fragte Smith Clarke.

»Nicht mit Sicherheit – aber es könnte der Wagen der Mackenzies sein.«

»Welche Mackenzies?«

»Die Vermieter der Armen und Bedürftigen. Das Foto ist vor dem Club in der Blair Street entstanden, in dem die Tochter auflegt.«

»Aber ich hab nie was über sie veröffentlicht.«

»Fraser Mackenzie und James Pelham sind eng befreundet.« Clarke sah Ogilvie an. »Was meinst du, wie lange das dauern wird?«

»Ich bezweifle, dass die schon wieder voll besetzt sind«, sagte er. »Wahrscheinlich arbeiten sie immer noch hauptsächlich von zu Hause. Aber ich tu mein Bestes. Bleibst du heute Nacht wieder bei Siobhan, Laura?«

Sie nickte. »Ich mach uns Nudeln mit Pesto und Salat.« Dann mit Blick auf Ogilvie: »Genug für drei.«

»Ich sitze hier wahrscheinlich noch eine Weile fest«, entschuldigte er sich. »Kann ja sein, dass wir einen Wagen identifiziert haben, aber es gibt noch ein paar andere, denen ich nachgehen will.«

»Der ist wohl ein echtes Arbeitstier«, sagte Smith zu Clarke.

»Ronnie hat gerade so was wie eine Auszeit hinter sich und seine Batterien frisch aufgeladen.«

»Wo warst du denn Schönes?«, fragte Smith.

»Hauptsächlich auf meinem Sofa. Manchmal auch in der Küche, um Tee zu kochen oder einen Corona-Schnelltest zu machen.«

»Ach so«, meinte Laura Smith.

Als Clarke eintraf, war es im Hinterzimmer der Oxford Bar so ruhig wie immer am nicht allzu späten Abend. Rebus saß an einem der Tische und hielt sich an einem kleinen Bier fest. Sie stierte darauf.

»So schlimm?«

»Bin mit dem Wagen da.«

»Der Spaziergang hätte dir gutgetan.«

»Bergab schon, klar.«

»Was ist mit deinem Gesicht passiert?«

»Bin über Brillos Leine gestolpert.«

»Eine bessere Geschichte fällt dir nicht ein?«

»Die muss erst mal reichen.«

Sie schüttelte den Kopf, holte sich einen Gin-Tonic und setzte sich ihm gegenüber, presste sich eine Hand auf den Bauch.

»Darf man gratulieren?«, fragte er.

»Laura hat mich gezwungen, zu viel Pasta zu essen.«

»Was Neues über die Molotows?«

»Ich warte noch auf einen Anruf von Ronnie Ogilvie.« Sie hob ihr Handy und vergewisserte sich, dass sie ein Funksignal hatte. »Wie ist es mit dir?«

»Bin im Leerlauf. Die Presse scheint sich in Hinblick auf Francis Haggard beruhigt zu haben.«

»Wir haben nicht viele Informationen rausgegeben.«

»Fertig mit den Complaints-Akten?«

Sie nickte nachdenklich, dann sah sie ihm direkt in die Augen. »Darf ich dich was fragen? Im Vertrauen, meine ich? *Richtig* im Vertrauen, nicht so wie sonst?«

»Mach schon.«

Sie hob ihr Glas. »Man hat mir eine mögliche Beförderung in Aussicht gestellt.«

»Wurde auch langsam Zeit.«

»Hat aber einen Haken. Die würden mich zu Professional Standards versetzen.«

»Das ist ein ziemlich dicker Haken.« Er dachte nach. »Aber du wärst schön blöd, wenn du's nicht machen würdest.« Er sah sie langsam nicken. »Steckt Fox dahinter? Du wirfst ihm mich und die anderen zum Fraß vor, dann bekommst du eine Tüte Süßigkeiten zur Belohnung?«

»Ich bin sicher, dass er's nur auf Fleck abgesehen hat. Er war mit mir bei Josephine Kilgour – kennst du sie?«

»Dem Namen nach.«

»Das war damals so ein fürchterlicher Job, und selbst heute ist es ja auch noch kein Schönheitswettbewerb. Wenn das alles keine Konsequenzen nach sich zieht, wird sich nie was ändern.«

»Konsequenzen hat es fast immer – man bekommt nur nicht immer was davon mit.«

»Wie meinst du das?«

Das Brummen ihres Handys ersparte Rebus die Antwort. Sie hielt es sich ans Ohr.

»Ronnie? Ja, schieß los …« Sie lauschte, ihr Blick wanderte von ihrem Glas zu Rebus und wieder zurück. »Könnte hinhauen«, sagte sie schließlich. »Wann nimmst du ihn fest? … na, lass es mich wissen. Und das ist gute Arbeit, weiter so … ich weiß, aber du hast alles andere gemacht. Danke dir.«

Sie beendete die Verbindung und wandte sich wieder an Rebus.

»Der Range Rover wurde in der Nähe des Brandanschlags gesehen. Zugelassen ist er auf Gareth Crosbie. Er arbeitet als Türsteher in einem Club und lebt in Craigmillar.« Sie hielt inne. »Tatsächlich wohnt er über dem Moorfoot.«

»Weil es ihm gehört«, sagte Rebus. »Ich hatte schon mit ihm zu tun.«

»Ich auch. Anscheinend ist er sowohl mit Gaby Mackenzie wie auch mit der Crew befreundet.«

»Könnt ihr ihm nachweisen, dass er am Tatort war, als der Brandanschlag verübt wurde?«

»Nicht direkt. Aber er war wenige Minuten später in der Broughton Street.«

»Dann müsst ihr mit ihm reden.«

»Machen wir morgen am Gayfield Square. Was meinst du, was das sein könnte?«

»Kann ich auch nur raten.«

»Das bezweifele ich.« Sie dachte einen Augenblick nach. »Ich dachte, der Wagen gehört Gaby Mackenzie – entweder ihr oder ihren Eltern. Den Vater hatten wir heute auf der Wache.«

»Darf ich fragen, warum?«

»Er wollte uns weismachen, Francis Haggard hätte aus wohltätigen Gründen besonders günstige Mietkonditionen erhalten.«

»Der Mann hat so ein großes Herz.«

Sie schwieg fast eine halbe Minute. Das einzige Geräusch war gedämpftes Gelächter, das von vorne herüberdrang. Schließlich atmete sie tief durch. »Alles ist im Arsch, oder? Ich meine, so kommt mir das vor. Brexit, Corona und Gott weiß, was uns als Nächstes blüht.«

»Eine Invasion Außerirdischer?«

»Die würden nur einen kurzen Blick auf uns werfen und auf dem Absatz kehrtmachen.« Er trank den letzten Schluck aus seinem Glas. »Kann ich dir einen richtigen Drink holen?«

Rebus schüttelte den Kopf. »Ich hab noch zu tun«, sagte er.

»Nach Hause gehen und einen ruhigen Abend mit dem Hund verbringen?«

»Was sonst?«

»Mir würden ungefähr ein Dutzend andere Szenarien einfallen, von denen die meisten nicht gut enden.«

»Früher vielleicht, Siobhan, aber heutzutage nicht mehr.«

»Versprochen?«

»Versprochen.«

»Aber das ist kein richtiges Versprechen, oder?«

Er musterte ihr Gesicht. »Professional Standards, hm, und du überlegst, Ja zu sagen? Na ja, warum zum Teufel eigentlich nicht? Du warst immer unbestechlich, und ich kann mich auch nicht erinnern, dass du vor Gericht allzu dreist gelogen hättest. Vielleicht wärst du sogar so gut, meine Akte verschwinden zu lassen?«

»Mach keine Witze, John.«

»Wer hat behauptet, dass das ein Witz war?«, fragte er nach und prostete ihr mit seinem leeren Glas zu.

Auf der Fahrt zur Calder Road dachte Rebus an Clarkes Worte: *Alles ist im Arsch, oder?* Das ließ sich schwer leugnen. Trotzdem hatte er die neue CD von Dean Owens in der Anlage im Auto, eine Flasche Caol Ila und Brillo, der schon zu Hause auf ihn wartete, und am Sonntag war er bei seiner Tochter und Enkeltochter zum Mittagessen eingeladen. Manchmal musste man sich auf die kleinen Errungenschaften konzentrieren. Vielleicht hätte er ihr das auf ihre Frage antworten sollen. Diese nicht unbemerkten Konsequenzen konnten geringfügig oder flüchtig sein, entscheidend aber war, dass sie nicht ausblieben. Malcolm Fox würde Alan Fleck möglicherweise auch dieses Mal nicht überführen, aber Fleck würde immer daran denken müssen, dass Fox da draußen war und es weiter versuchte. Der kleine Klüngel in Tynecastle würde sich mit der Zeit auflösen, jetzt wo der Sarge nicht mehr vor Ort war, um die Crew zusammenzuhalten.

Und bis dahin sang Dean Owens.

Die Siedlung war nur notdürftig beleuchtet, die Hälfte der Laternen war ausgefallen. Er konnte nur ein paar Meter weit auf das Rasenstück schauen, wo die Kinder Fußball gespielt hatten. Dahinter konnte Gott weiß was vor sich gehen. Auf der Straße war es hell, aber das war nicht das Einzige, was auf Unbefugte abschreckend wirkte. Das Tor zu Tommy Orams Garage stand offen, sein Transporter parkte daneben. Zwei Jugendliche saßen auf ihren Rädern und schienen sich mit jemandem in der Garage zu unterhalten – vermutlich mit Oram. Ein Joint wurde herumgereicht, und Buster tauchte auf, leckte sich über die Schnauze und schnupperte über den Boden.

»Eine Wahnsinnsparty«, sagte Rebus betrübt und trat aufs Gas.

Rob Driscoll hatte den ganzen Tag nur Scherereien gehabt. Er riss eine Doppelschicht ab, und das keinesfalls zum ersten Mal in dieser Woche, er musste schon wieder für Coronakranke einspringen. So viel zur Booster-Impfung und den ganzen anderen Spritzen, die sie im vergangenen Jahr bekommen hatten.

Rausgeschmissenes Geld. Die größten Nervensägen zurzeit aber waren Chris Agnew und Deek Turnbull. Sie hatten sogar darüber gesprochen, zu Laura Smith zu gehen, sich vors Haus zu stellen und für ein Foto zu posieren – »Das stellen wir auf unsere Website, mal sehen, wie ihr das gefällt.« Die beiden erwischte dieser verfluchte Virus natürlich nicht.

Driscoll hatte schon überlegt, ins Krankenhaus zu fahren und mit ein paar Patienten zu kuscheln. Zwei Striche auf seinem täglichen Schnelltest, dann hätte er sich auch mal eine Woche ins Bett legen und sich bedienen lassen können. Stattdessen latschte er sich mitten in der Nacht die Füße auf der Suche nach einem Irren rings um Haymarket platt. Es hatte mehrere Berichte gegeben, zum ersten Mal war er im Bahnhof aufgefallen. Ein Mann Ende zwanzig, rasierter Schädel, weite Jeans, klapperdürr. Er hatte Leute bedroht und beschimpft, jemand musste sich um ihn kümmern. Aber als Driscoll eintraf, war der Verdächtige schon woanders – angeblich in die West Maitland Street und über den Palmerston Place verschwunden. Nur ein einziger Streifenwagen stand zur Verfügung, und der war im Einsatz. Driscolls Funkgerät krächzte ununterbrochen und machte ihn wahnsinnig.

Auch der Sarge hatte ihm noch was aufs Dach gegeben, als wäre Driscoll an allem schuld, was schiefgelaufen war. Warum konnte er nicht mal auf der Wache für Ordnung sorgen? Und warum hielt sich die Crew nicht an seine Anweisungen? »Weil du niemandem Angst einflößt, Kleiner«, hatte Fleck ihm beschieden. »Ein kleines bisschen Angst muss immer dabei sein.« Ach so, na klar, der hockte doch auch bloß in seinem gemütlichen Büro in seinem schicken Autohaus und verzog sich anschließend auf sein Anwesen mit den zwölf Zimmern und dem beschissenen Weinkeller.

»Verfluchte Scheiße«, brummte Driscoll im Gehen, sein vollbepackter Polizeigürtel zog ihn runter. Fußgänger wiesen ihm die Richtung. Sie haben mir sehr geholfen, ja, vielen Dank, aber haben Sie selbst versucht, ihn aufzuhalten? Natürlich nicht. *Ist doch Ihr Job, Officer.*

Aber da war der Typ, das musste er sein, er hatte den Hosenstall offen und pisste an die Tür der St. Mary's Cathedral, ohne vom Blitz getroffen zu werden. Ein paar Schaulustige in der Nähe waren stehen geblieben, hatten ihre Handys gezückt, um das Geschehen festzuhalten und wenig später in den sozialen Medien zu verbreiten. Nachdem er seinen Hosenstall wieder geschlossen hatte, zeigte ihnen der Mann seinen Mittelfinger.

»Geht nach Hause und bringt euch um«, bellte er. »Schneidet euch die Kehlen durch. Los, macht schon!« Seine ohnehin nicht leise Stimme hob sich immer weiter. »Wisst ihr, wer ich bin? Ich bin der Sohn des Teufels. Und ich verlange von euch, dass ihr euch das Leben nehmt.«

»Na klar, hast recht«, sagte einer der Zuschauer.

Der Mann trat angriffslustig ein paar Schritte auf die Gruppe zu. »Ihr müsst auf mich hören. Wenn ihr nicht auf mich hört, schneide ich euch selbst die Hälse durch.«

»Du schneidest niemandem irgendwas durch«, fiel Driscoll ihm ins Wort, woraufhin sich der Mann zu ihm umdrehte. Seine Augen waren weit aufgerissen, die Pupillen dunkel und stechend. Driscoll hielt seinen Schlagstock in einer Hand, Pfefferspray in der anderen. Aber keinen Taser – Turnbull hatte einen, aber Turnbull war natürlich mal wieder nicht da, wenn man ihn brauchte. Der an dem Gotteshaus abgelassene Urin sammelte sich nun in einer Pfütze um Driscolls Füße, trotz seiner Bemühungen auszuweichen.

»Satan ist mein Vater«, erklärte ihm der Mann.

»Das muss ja praktisch sein.«

»Du gehst heute Abend nach Hause und bringst dich um.«

»Ich kann nicht, ich bekomme nächste Woche ein neues Auto.«

»Wenn du's nicht tust, werde ich …« Die Hand des Mannes verschwand in der Gesäßtasche seiner verranzten Jeans. Driscoll nutzte die Chance und zog ihm den Schlagstock über, traf ihn am Wangenknochen und ließ ihn taumeln. Trotzdem hielt er sich noch auf den Füßen, so dass Driscoll jetzt auf die Kniekehlen zielte, ihn einknicken ließ. Dann sprühte er dem Mann aus kürzester Entfernung Pfefferspray ins Gesicht, doch auch das schien ihn nur noch weiter aufzustacheln. Er wollte erneut aufstehen, schrie wie ein wildes Tier, als Driscoll ihm noch einen Schlag auf den Kopf verpasste. Normalerweise waren zwei Schläge genug – mehr als genug –, aber heute funktionierte es nicht. Er warf sich mit seinem ganzen Gewicht gegen den Rücken des Mannes, zwang ihn zu Boden, dann presste er ihm seinen Schlagstock in das nun ungeschützte Genick, hielt ihn mit dem Knie am Boden. Der Mann lallte und keuchte.

»Sie bringen ihn ja um!«, rief einer der Zuschauer.

»Der hätte Ihnen das Gesicht zerschnitten, hätte er die Chance dazu bekommen«, erwiderte Driscoll. Er fuhr mit der Hand über die Taschen der Jeans des Mannes, konnte aber nichts ertasten. Dann fing der Mann an, mit den Beinen auszutreten.

»Wollen Sie nur zusehen?«, rief Driscoll den Zivilisten zu, die aber nicht alle nur zusahen – ein paar filmten immer noch alles mit. »Ach, macht doch, was ihr wollt«, fluchte er. »Zu was anderem seid ihr ja sowieso nicht zu gebrauchen.«

Dann hörte er eilige Schritte: Agnew und Turnbull. Einer packte den Mann an den Beinen, während der andere ihm Handschellen anlegte.

»Wurde aber auch Zeit«, sagte Driscoll.

»Rob, nimm den Schlagstock aus seinem Genick«, riet ihm Agnew. »Der hat schon eine ganz komische Gesichtsfarbe.«

Driscoll ließ von dem Mann ab und richtete sich wieder auf. Das untere Drittel seiner Hosenbeine war feucht, und er wusste auch, warum. Als er merkte, dass er immer noch gefilmt wurde, drehte er sich um und zeigte seinen Stinkefinger.

»Fickt euch alle«, sagte er und schnappte sich das Pfefferspray.

Achter Tag

29

Rebus saß am Fenster eines Cafés in der Duke Street, nicht weit von der Polizeiwache Leith, als Malcolm Fox eintraf.

»Fünf Minuten«, betonte Fox und pflanzte sich auf den Stuhl gegenüber.

»Du bist ein vielbeschäftigter Mann, Malcolm. Ich weiß das.« Rebus bekam ein Speckbrötchen und einen Becher Tee vorgesetzt. Fox schüttelte den Kopf und sah zu, wie Rebus braune Sauce über den Speck kleckerte, die obere Hälfte wieder draufsetzte und einen Bissen nahm.

»Eine Minute ist schon um«, sagte Fox.

Rebus kaute und schluckte, griff nach dem Tee.

»Alles in Ordnung mit den Ermittlungen?«, fragte er schließlich.

»Du weißt, dass ich darüber nicht sprechen kann.«

»Dann begeben wir uns doch auf ungefährlicheres Gelände – Fraser Mackenzie.«

»Was ist mit ihm?«

»Die vom Organisierten Verbrechen haben ihn im Visier, hab ich recht? Ich frage mich, wie lange schon.«

Fox starrte ihn an. »Siobhan hat geredet. Das hätte sie nicht tun sollen.«

»Meine Vermutung wäre, erst seit kurzem – ungefähr seit der Zeit, als Cafferty im Rollstuhl aus dem Krankenhaus kam und wegen der Pandemie alles dichtmachen musste.«

»Und?«

»Vielleicht liegt ihr ja falsch – mit der Konzentration auf den Ehemann, meine ich.«

Fox war vermutlich gar nicht bewusst, dass er sich mit den Händen an die Tischkante klammerte. »Ich höre.«

»Beth Mackenzie war mal mit Cafferty zusammen. Ist lange her, aber vielleicht hat sie ein paar Dinge von ihm gelernt. Ihrem Mann gehört ein Maklerbüro mit, vorsichtig formuliert, *schwieriger* Kundschaft. Gilt nicht für alle, auf keinen Fall aber für einige. Tochter Gaby ist DJ in einem Club – das heißt einem chemischen Substanzen nicht ganz abgeneigten Umfeld.«

»Ich hab sie bei der Arbeit erlebt.«

»Die Clubs mussten im Lockdown schließen, und das hieß, viele Türsteher waren ohne Einkommen. Was einem Unternehmen wie QC in mehrfacher Hinsicht entgegenkam. Hat Mackenzie sich bis dahin, soweit ihr wisst, mit legalen Geschäften begnügt?« Fox bestätigte dies lediglich mit einem Schulterzucken. »Kann sein, dass er's immer noch tut. Mutter und Tochter dagegen …«

»Ich freue mich immer über deine Geschichten, John, aber mehr ist das nicht. Es spielt keine Rolle, ob Fraser Mackenzie oder sonst jemand das Sagen hat, in Gartcosh brauchen wir hieb- und stichfeste Beweise.«

»Das spielt sehr wohl eine Rolle«, sagte Rebus leise.

Fox stand auf, scheinbar ungeduldig. »Ein Anruf hätte es auch getan.«

»Aber dann wäre ich nicht in den Genuss deiner Gesellschaft gekommen, Malcolm.«

»Komm mit Beweisen zu mir, John. Vielleicht ist dann ein Deal drin.«

»Du denkst, ich will nur meine eigene Haut retten?«

»Eigentlich ist mir egal, was dich antreibt. Ich weiß nur, dass das Ganze Konsequenzen haben wird und für dich mit Gefängnis enden könnte.« Fox hielt inne. »Ich bin hier, falls du dich entschließt zu reden.«

»Und wenn mir eine neutralere Person lieber wäre?«

»Geoff Dickinson beim Organisierten Verbrechen gibt's ja auch noch.«

»Du würdest ihm die Lorbeeren überlassen, anstatt sie für dich selbst zu beanspruchen?«

»Vielleicht weil ich bezweifle, dass es überhaupt Lorbeeren zu verdienen gibt.«

Fox verließ das Café, marschierte über den Gehweg wie bei einer Parade.

»Immer noch dasselbe Arschgesicht«, brummte Rebus. Von seinem Brötchen tropfte Sauce auf den Teller. Er sah sie an, stippte eine Fingerspitze hinein und leckte sie ab.

Hieb- und stichfeste Beweise …

»Vielleicht kann dir geholfen werden, Malky«, sagte Rebus zu sich selbst und widmete sich wieder seinem Brötchen. »Hat mich nicht mal gefragt, was mit meinem Gesicht los ist …«

Katherine Trask stampfte nach der Pressekonferenz in ihr Büro zurück und ließ die Tür hinter sich zuknallen.

»Scheint ja super gelaufen zu sein«, schmunzelte George Gamble an seinem Schreibtisch.

»Ob wir ihr einen Kaffee bringen sollten?«, fragte Ritchie.

»Nur, wenn du Valium beimischst.«

»Außerdem«, ergänzte Christine Esson, »*Tür zu* heißt nicht stören, schon vergessen?« Sie stand vor der Infowand und betrachtete den Zeitstrahl. Inzwischen hatten sie das Drifter's, das Casino und zwei Taxen, aber es schien unwahrscheinlich, dass Haggard den langen Weg von der Corstorphine Road nach Hause zu Fuß gegangen war. Einleuchtend wäre, wenn er noch eine letzte Taxifahrt unternommen hätte. Cheryl und ihre Schwester waren bereits danach gefragt worden und hatten geschworen, er sei nicht noch einmal bei ihnen gewesen, also was hatte er gemacht?

Esson kehrte an ihren Computer zurück und sah sich noch einmal das Filmmaterial aus dem Casino an. Etwas hatte ihr keine Ruhe gelassen, und jetzt wurde ihr bewusst, was es war. Sie rief die Liste mit den Dingen auf, die bei dem Toten gefunden worden waren. Es dauerte einen kurzen Moment, bis sie merkte, dass Ritchie hinter ihr stand.

»Sieh dir das an«, sagte sie und zeigte ihm den Film. »Was macht unser Opfer?«

»Hebt Geld ab.«

»Sonst noch was?«

»Steckt es in die Tasche.« Ritchie kapierte nicht, worauf sie hinauswollte.

»Er steckt die Quittung mit ein.« Esson tippte auf den Bildschirm. »Aber die steht nicht auf der Liste mit den Dingen, die er bei sich hatte.«

»Wahrscheinlich hat er sie weggeworfen, hätte ich auch gemacht.«

»Er steckt sie mit den Scheinen in die Tasche«, sagte Esson und ließ den Filmausschnitt noch einmal laufen.

»Und irgendwann hat er einen Schein rausgeholt, was bezahlt, hat die Quittung gefunden und weggeworfen.« Die Erklärung schien Ritchie so naheliegend, dass er mit den Schultern zuckte und an seinen Schreibtisch zurückkehrte.

Esson sah, dass Siobhan Clarke aus dem Gang hereinkam, wo sie einen Anruf entgegengenommen hatte.

»Irgendwas, das wir wissen sollten?«, fragte sie.

»Elizabeth Mackenzie bestätigt die Geschichte mit Cafferty und dem Foto von Francis Haggard«, erwiderte Clarke.

»Dem Foto, das er abstreitet, jemals bekommen zu haben?«

»Anscheinend haben wir ihn dabei ertappt, dass er sehr ökonomisch mit der Wahrheit umgeht.«

»Und das in einem Mordfall. Ich würde sagen, das reicht, um ihn vorzuladen.«

»Wir haben keinen behindertengerechten Zugang – ich möchte bezweifeln, dass sein Anwalt einverstanden ist, dass wir ihn an der Anmeldung vernehmen.«

»Ich wollte mir immer schon mal ansehen, wie so ein Gangster wohnt.«

Clarke sah Fox hereinkommen. Er hielt den Blick geradeaus, ging zu Trasks Tür, klopfte und trat ein.

»Der traut sich was«, meinte Esson.

»Nimm Jason mit«, sagte Clarke, aber Esson wartete auf weitere Erläuterungen. »Ich hab zu tun, und du weißt genauso viel über das Foto wie ich.«

»Ich kenne die Version von John Rebus.«

»Elizabeth Mackenzie hat es aufgenommen und Cafferty geschickt.«

»Hat sie dir auch verraten, warum?«

»Sie meinte, um ihn damit zu ärgern, dass ein Polizist in seiner alten Wohnung wohnt.«

Clarke sah den Blick, den Esson ihr schenkte. »Ich weiß, leuchtet mir auch nicht ein. Da ist noch jede Menge, was sie uns nicht erzählt – vielleicht ist Mr Cafferty ja entgegenkommender.«

»Meinst du wirklich?«

»Schau mal, was sich machen lässt.«

»Gut, aber nur solange du hier bist …« Esson gab Clarke zu verstehen, sie möge auf den Bildschirm schauen. »Die Quittung kam mit dem Geld raus – keine Spur später davon in Haggards Tasche.«

»Und?«

»Jason denkt, wahrscheinlich hat er sie weggeworfen. So wie du guckst, bist du wohl seiner Meinung.«

»Tu dir keinen Zwang an, überprüf es ruhig – alles, was er bei sich hatte, befindet sich in der Asservatenkammer. Aber geh erst mal und rede mit Cafferty.«

Clarke machte kehrt und ging in Trasks Büro, klopfte, trat dann aber ohne abzuwarten ein. Trask saß am Tisch und drückte eine Ibuprofen aus der Packung. Sie nahm zwei mit einem Schluck Fanta aus einer Plastikflache, dann schüttelte sie die Flasche.

»Ist billiger als Wasser, ist das zu fassen?«

»Die Journalisten waren wohl bissig?«, fragte Clarke.

»Eine wusste genau Bescheid über die ganzen Akten, die wir durchgesehen haben.«

»Laura Smith kann es ausnahmsweise nicht gewesen sein«, sagte Clarke.

Trask starrte sie an. »Und wieso nicht?«

Clarke merkte, dass sie sich die Bemerkung besser verkniffen hätte. »Weil sie zurzeit bei mir wohnt und sich nach einem Brandanaschlag auf ihr Haus erholt.«

»Kuscheln mit dem Feind«, brummte Fox.

»Man kann auch sagen, ich helfe einer Freundin«, fauchte Clarke zurück. Dann an Trask gewandt: »Also, wer wusste das mit den Complaints-Akten?«

»Ein Praktikant beim *Record.* Sah aus wie fünfzehn und trug einen Anzug, in den er vielleicht irgendwann mal reinwächst.«

»Kann doch sein, dass jemand gesehen hat, wie die Kisten hier aus dem Transporter reingetragen wurden, und dachte, es könne sich lohnen, der Presse was davon zu stecken?«

»Wie auch immer es dazu gekommen ist, es bedeutet, die wissen, dass wir Tynecastle unter die Lupe genommen haben. Der Schuljunge hat übrigens auch von einem Gerangel am Palmerston Place gestern Abend mit Beamten aus Tynecastle gesprochen.« Sie sah die beiden Detectives erklärungssuchend an, doch diese zuckten nur mit den Schultern. Trask rieb sich die Stirn. »Haben wir die alle schon vernommen?«

»Ein paar Nachzügler müssen wir noch herbestellen«, gestand Clarke. »Manche sind wegen Corona zurzeit nicht im Dienst.«

»Haben uns diese Gespräche weitergebracht?«

»Es gibt immer noch viel zu tun«, sagte Fox. »Handys, Computer …«

»Deshalb bin ich hier«, fiel Clarke ihm ins Wort. »Chris Agnew, ich habe mich gefragt, ob wir ihn uns ein bisschen genauer ansehen sollten.«

»Aus einem bestimmten Grund?«

»Angeblich gibt es eine Vorgeschichte mit dem Verstorbenen.«

»Was für eine Vorgeschichte?«

Clarke zuckte mit den Schultern. »Böses Blut zwischen den beiden.«

Trask schaute erneut über den Schreibtisch. »Wurde sein Handy überprüft?«

»Er hatte genug Gelegenheit, alles zu löschen, was wir nicht sehen sollen«, ergänzte Fox. »Dasselbe gilt für die anderen. Deshalb haben wir ja auch die Handyanbieter um Verbindungsnachweise gebeten. Möglicherweise kommt nicht viel dabei heraus, aber einen Versuch ist es wert.«

»Kann aber eine Weile dauern, bis das alles vorliegt«, sagte Clarke, »deshalb dachte ich, es könnte die Dinge ein bisschen beschleunigen, wenn Lyon ein Machtwort spricht.«

»Ich kann sie anrufen«, sagte Trask. »Hauptsache, mit diesem verfluchten Fall geht es voran. Apropos, haben wir schon eine Vorstellung, was er gemacht hat, nachdem er aus dem Taxi ausgestiegen ist?«

»Wir haben Nachfragen an alle Taxiunternehmen geschickt«, versicherte ihr Clarke. »Ich bin zuversichtlich, dass wir die Lücken schließen werden.«

»Da fällt mir ja schon mal ein Stein vom Herzen.« Trask machte ihnen Zeichen zu gehen.

»Soll ich die Tür schließen?«, fragte Fox.

»Verdammt noch mal, na klar«, erwiderte sie.

Bis er Clarke eingeholt hatte, googelte sie schon Palmerston Place. Ein paar Clicks später starrte sie auf verwackelte Filmaufnahmen. Irgendwann zoomte die Kamera auf Rob Driscolls wütendes rotes Gesicht, als er einem offenbar hilflosen und höchstens halb so großen Mann die Luft abdrückte.

»Keine tolle Bildqualität«, meinte Fox. Als er an seinen Schreibtisch zurückkehrte, rief Clarke Laura Smith an.

»Ich bin bedient«, erklärte ihr Smith. »Ein halbes Dutzend verfluchte Blogger sind mir zuvorgekommen, und mein Brandanschlag ist schon Schnee von gestern.«

»Hast du dem *Record* verraten, dass die Complaints-Akten über Tynecastle bei uns im MIT-Büro lagen?«

Smith hielt einen Augenblick inne. »Dann wurde meine Frage wohl gestellt«, gab sie schließlich zu. »Ich wäre ja selbst gekommen, wenn ich nicht einen Termin bei der Versicherung gehabt hätte.«

»Was ich mich frage ist: Wer hat dir das gesagt?« Clarke schloss kurz die Augen. »Okay, du musst nicht antworten.«

»Bist du heute Abend zum Essen zu Hause? Wenn du magst, kann ich was kochen.«

»Nur wenn du versprichst, dieses Mal halb so viel zu machen.« Sie sah Fox an ihren Tisch kommen. »Ich muss Schluss machen«, sagte sie und legte auf.

Fox stand neben ihr. Er beugte sich herunter, eine Hand auf ihrer Stuhllehne, seine Lippen berührten fast ihr Ohr.

»Du hast Rebus von den Mackenzies erzählt, hab ich recht?«, flüsterte er.

»Würde ich so was machen? Ich bin schockiert, dass du mich das fragst.«

»Seiner Theorie nach sind vor allem Mutter und Tochter fürs Geschäftliche zuständig, der Vater eher nicht. Nach dem Treffen mit Rebus hab ich nachgedacht …«

»Meinst du, er könnte recht haben?«

»Kann sein, dass er kein toller Polizist war, aber er war immer ein begabter Detektiv.«

»Dann willst du damit zu Geoff Dickinson gehen?«

»Würdest du das nicht machen?«

»Sag ihm, dass du im Gegenzug auch was von ihm willst – zum Beispiel Agnews Verbindungsnachweise, und zwar so schnell es geht.«

»Du meinst, er hat mehr Einfluss als der ACC?«

»Einfluss vielleicht nicht, aber Kontakte bestimmt.«

Fox sah ihr in die Augen. »Gerüchte, hast du gesagt?«

»Hab ich das?«

»Böses Blut zwischen Agnew und Haggard – du hast Gerüchte gehört.« Er hielt inne. »Wo kamen die her, das frage ich mich. Aber vielleicht sollte ich das lieber nicht fragen, hm?«

Er wurde von Esson und Ritchie unterbrochen, die sich zum Gehen bereit machten.

»Ruft an, wenn ihr mich braucht«, rief Clarke ihnen hinterher.

»The One and Only Big Ger Cafferty«, verkündete Ritchie, als wollte er zum ersten Mal in seinem Leben ein Popkonzert besuchen.

Der Morgen war diesig, was Rebus entgegenkam. Auf der Fahrt pfiff er einen alten Song, dessen Titel ihm nicht einfiel. Er sah oben an der Straße nach, aber dort war alles still, also lenkte er den Saab weiter dorthin und hielt direkt vor der Garage. Er pfiff immer noch, als er ausstieg und das Tor vor sich betrachtete, dann machte er sich mit der schweren Brechstange daran zu schaffen, hielt nur kurz inne, um die Jacke auszuziehen und auf den Beifahrersitz zu legen. Geheimhaltung war praktisch unmöglich, der Lärm seiner Versuche hallte weit durch die Gegend. Es war eine gute Brechstange, das hatte man ihm versichert. Wahrscheinlich lag es wohl eher an demjenigen, der sie benutzte, als an dem Werkzeug selbst, dass das Unterfangen so anstrengend war. Andererseits war das Garagentor extra gesichert – möglicherweise stärker als unbedingt notwendig gewesen wäre, um ein bisschen Werkzeug, Farbeimer und ein Feldbett einzuschließen.

Das erste Fahrrad traf bereits ein, bevor er fertig war. Rebus erkannte das Gesicht über dem Lenker nicht.

»Verpiss dich«, befahl er dem Jungen.

»Du bist tot«, sagte dieser, schwang sein Rad um hundertachtzig Grad und raste davon.

Rebus hatte sich die Schulter verrenkt, wusste aber, dass er's überleben würde. Das Tor gab mit einem lauten Klappern nach, und er riss es auf, behielt die Brechstange beim Eintreten weiter in der Hand und ging damit direkt auf die Werkbank und das Regal mit den Farbdosen zu. Er nahm eine und stemmte sie auf. Mattes Hellgrün, das zu einigen noch frischen Flecken auf der Arbeitsfläche passte. Er drehte den Eimer langsam um, so dass die Farbe herauslief. Als er in die leere Dose schaute, sah er etwas am Boden hängen.

Er nahm die Gummihandschuhe, die er extra gekauft hatte, und zog sie über, dann griff er hinein, um das eingewickelte Päckchen herauszuziehen. Wahrscheinlich war das eine Lektion, die er von Cafferty gelernt hatte – wertvolle Dinge sollte man an möglichst unverfänglichen Orten aufbewahren. Drogen würde man eher in einem Tresorraum vermuten als in einer Garage in einem verarmten Stadtteil. Als er sich umsah, fand er eine alte Zeitung. Er trennte die Seiten und legte das Päckchen darauf, dann machte er sich an die nächste Dose.

Sein Handy piepte, zeigte die Ankunft einer Nachricht an. Sammy wollte wissen, ob die Verabredung zum Mittagessen am Sonntag noch stand, und warnte ihn vor, dass Carrie ihm ein neues Stück auf dem Klavier vorspielen wollte.

Das lass ich mir um nichts auf der Welt entgehen, schrieb er zurück.

Als er von seinem Handy aufblickte, waren draußen zwei Jungs auf Fahrrädern eingetroffen, der eine von vorher plus ein anderer zur Verstärkung. Immer noch keine Spur von Buster oder seinem Herrchen. Die mit den Rädern versuchten es jetzt mit gotteslästerlichen Drohungen, aber Rebus ignorierte sie, nahm stattdessen die Brechstange und schwang sie in ihre Richtung.

Sechs Farbdosen galt es noch zu öffnen. Er brauchte ein paar Minuten, um die Farbe auszukippen und den Inhalt herauszuholen, wickelte die Päckchen alle in Zeitungspapier ein, brachte sie anschließend raus zum Saab und packte sie in den Kofferraum. Er schätzte, dass es zwei bis drei Kilo waren. Wenn es sich um Koks handelte, dann lag der Wert vermutlich im sechsstelligen Bereich; sollte es Heroin sein, noch mehr. Früher hätte er den aktuellen Kurs gekannt. Hatte Jack Oram die Drogen entdeckt, oder hatte sein Sohn Andeutungen gemacht, ihm etwas zu verraten? Rebus wusste, dass er irgendwann dahinterkommen würde.

Er sah sich ein letztes Mal um. Möglicherweise gab es noch andere Verstecke, aber jetzt blieben ihm nur noch wenige ungestörte Minuten. Sein Blick fiel auf die Kiste mit den leeren Schnapsflaschen – Litergrößen, so wie man sie duty-free oder in Pubs und Clubs bekommt. Wodka, Gin und Whisky von billigen Marken. Dann war da noch ein kleiner Berg alte Lappen. Und auf dem Boden neben der Werkbank standen zwei Benzinkanister aus Plastik.

Er nickte, dann stieg er in den Wagen und fuhr rückwärts die Straße hinauf. Er war schon auf halbem Weg an der Hauptstraße, als er die Räder direkt auf sich zukommen sah, mitsamt Hund. Buster lief in einigem Abstand hinterher. Vier Räder insgesamt auf der gesamten Breite der Straße, die Jungs traten wie wild in die Pedale, alle hatten den Hintern vom Sattel. Und mittendrin ein Gesicht, das er kannte, das Gesicht des namenlosen Anführers.

Er sah, wie der Junge mit zornig gebleckten Zähnen etwas aus seinem Hosenbund zog. »Scheiße«, sagte er laut, als der

Junge die Waffe auf Rebus' Windschutzscheibe richtete. Er riss das Lenkrad herum und holperte auf den Bürgersteig, fuhr über einen Teil des matschigen Parks, verlor kurz die Bodenhaftung, ließ den Wagen dann wieder auf die Straße schlingern und sah in seinen Rückspiegel. Sie hatten die Räder bereits herumgerissen und schienen die Verfolgung keinesfalls aufzugeben. Er hoffte nur, sie würden mit ihren jungen wütenden Beinen nicht mit dem überalterten Motor des Saab mithalten können. Doch jetzt bog ein weißer Wagen in die Siedlung, und Rebus befand sich auf der falschen Straßenseite. Er riss das Lenkrad abrupt herum und hätte beinahe ein oder zwei Reifen am Bordstein zerschreddert, während der weiße Wagen nun gezwungenermaßen über den gegenüberliegenden Bürgersteig rumpelte. Der Saab fuhr laut dröhnend auf die Calder Road, hätte dieses Mal beinahe ein Taxi im Kreisverkehr gestreift. Rebus ignorierte das erboste Hupen des Fahrers und konnte bei seinem nächsten Blick in den Spiegel seine Verfolger schon nicht mehr entdecken. Er gestattete sich tief auszuatmen. Damit war der leichte Teil erledigt.

Jetzt musste er warten.

»Hab versucht dich zu erreichen«, sagte Clarke, als Ronnie Ogilvie sie anrief.

»War eine Weile ganz schön hektisch hier.«

»Habt ihr Crosbie festgenommen?«

»Toller Typ. Wir treffen uns dieses Wochenende zum Golf.«

»Und sonst so, in der realen Welt?«

»Er streitet nicht ab, dass das sein Wagen ist, mit ihm am Steuer. Aber er sagt, er war nicht mal in der Nähe von Laura Smiths Haus und würde sie auch gar nicht erkennen, wenn er sie sieht.«

»Und was hat er dann mitten in der Nacht da gemacht? Er lebt und arbeitet auf der anderen Seite der Stadt.«

»Das ist nicht ganz richtig. Er ist nicht nur Türsteher, sondern chauffiert auch die Mackenzies herum, er hat die Tochter nach Hause gebracht, das heißt, zu ihrer Familie in Cramond. Danach ist er in seine Wohnung in Craigmillar. Er sagt, die Tochter wird das bestätigen.«

»Von Cramond nach Craigmillar über die Broughton Street?«

»Du und ich würden vielleicht eine direktere Route fahren. Als ich das gesagt habe, hat er nur mit den Schultern gezuckt.«

»Könntest du einen Durchsuchungsbefehl für den Wagen bekommen? Gar nicht so einfach, eine Brandbombe zu transportieren, ohne dass sie Spuren hinterlässt.«

»Gibt es einen hinreichenden Verdacht, Siobhan? Außerdem bin ich sicher, dass er eine mehr oder weniger plausible Erklärung parat hat.«

»Dann hast du ihn gehen lassen?«

»Bis auf Weiteres. Kannst du mir auf die Sprünge helfen?«

»Könnte sein, dass er im Drogenhandel mitmischt, auch wenn das noch nicht offiziell ist. Außerdem ist er mit der Crew in Tynecastle befreundet – zumindest mit einigen davon. Ihm gehört eine Bar, mit der Big Ger Cafferty früher zu tun hatte. Ich würde sagen, das sind eine ganze Menge Anhaltspunkte, mit denen du weitermachen kannst.«

»Und er hat einen Anschlag auf Laura Smith verübt, weil …?«

»Ihn jemand darum gebeten oder dafür bezahlt hat.«

»Ich vertiefe mich gleich wieder in das Filmmaterial aus den Verkehrskameras. Wenn er wirklich aus Cramond kam, dann muss ihn eine Kamera auf der Queensferry Road erwischt haben.«

»Halt mich auf dem Laufenden, Ronnie. Und danke.«

Clarke beendete das Gespräch und ging zum Wasserkocher, machte sich einen Kaffee. Fox stellte sich zu ihr. »Die Milch reicht nur noch für einen«, warnte sie ihn.

»Dann muss ich ihn eben schwarz trinken.«

»Hast du mit Dickinson gesprochen?«

»Er ist dran.«

»Was hält er von Rebus' Theorie?«

»Er hat sie nicht von vornherein abgetan.«

»Wahrscheinlich hat der Türsteher in Gabys Club, der C genannt wird, die Brandbombe auf Laura Smiths Haus geworfen.«

»Das sollte ich Dickinson mitteilen.« Er nahm sein Handy.

»Sag ihm, er soll sich mit Ronnie Ogilvie am Gayfield Square treffen.«

Fox nickte und presste sich das Handy ans Ohr. Clarke hörte auf zu rühren und ging mit ihrem Becher zu ihrem Computer zurück. Dann nahm sie das Telefon und rief Rebus an.

»Gareth Crosbie könnte die Brandbombe in Lauras Wohnzimmer geworfen haben«, sagte sie. »Wir können ihm nachweisen, dass er in der Gegend war. Aber hast du eine Ahnung, warum?«

»Nein, aber kann sein, dass ich auch was für dich hab.«

»Ich höre.«

»Abseits der Calder Road gibt es eine Reihe von Garagen, hinten am Burnhill Crescent. Tommy Oram nutzt eine davon als Lagerraum. Wenn du hinfahren würdest, könntest du eine Kiste mit leeren Schnapsflaschen, einen Haufen Lappen und Benzinkanister finden.«

»Alles, was der gutausgestattete Brandbombenbauer braucht.«

»Aber du solltest dich beeilen – wahrscheinlich räumen die Mackenzies bald alles aus.« Rebus beschrieb ihr, wo sich die Garage ganz genau befand, und Clarke schrieb mit.

»Danke, John.«

»Nicht der Rede wert.«

»Hast du gehört, dass Rob Driscoll ausgerastet ist? Gestern Nacht vor laufenden Handykameras.«

»Dann wird er suspendiert. Ach, hat sich Beth Mackenzie gemeldet?«

»Zurzeit wird Cafferty von ein paar Kollegen vernommen. Hör mal, ich kümmere mich lieber schnell hier drum. Wir reden später noch mal, ja?«

»Kann sein, dass ich zu tun hab, aber lass dich davon nicht abhalten.«

»Danke nochmal, John.«

Sie beendete den Anruf und wägte die Möglichkeiten ab. Die der Calder Road nächste Wache war Tynecastle, aber sie wusste, dass sie dort besser nicht nachfragte, und rief stattdessen beim West End CID an. Dort versprach man ihr, einen Wagen zu schicken und sich wieder bei ihr zu melden.

30

Lyon und Geoff Dickinson brauchten gemeinsam kaum zwei Stunden, um Genehmigungen für Chris Agnew einzuholen. Clarke und Esson saßen einander an ihren jeweiligen Schreibtischen gegenüber, gingen die Liste mit den Nummern und die Dauer der Anrufe durch. Essons Besuch bei Cafferty hatte nur dazu geführt, dass er erneut leugnete, das Foto erhalten zu haben. Als er seinen Mitarbeiter bat, seine Anwälte zu verständigen, gaben Esson und Ritchie den Kampf auf.

»Der hat vielleicht eine Bude«, sagte Ritchie immer wieder zu seinen Kollegen, ob sie's hören wollten oder nicht. »Den größten Fernseher, den ich je gesehen habe.«

»Ist mir gar nicht aufgefallen«, sagte Esson zu Clarke.

Clarke betrachtete die ausgedruckten Seiten genauer. Anrufe, Nachrichten und MMS, Browser-Chroniken und Downloads. Aus den letzten beiden ließ sich nicht viel ableiten. Sie verglich die Nummern mit anderen. Die meisten ordnete sie Kollegen in Tynecastle zu, einige andere gehörten zu Fastfood-Läden. Nur die am häufigsten gewählte Nummer erkannte sie nicht. Sie betrachtete erneut die Daten, die sie aus Agnews Handy gezogen hatte, als sie dieses mit seiner Erlaubnis überprüft hatte. Die Nummer kam dort gar nicht vor.

»Er hat anscheinend jeden einzelnen Anruf gelöscht«, erklärte sie Esson.

»Also, wessen Nummer ist das?«

»Gibt nur eine Möglichkeit, das herauszufinden.« Clarke nahm ihr eigenes Handy und gab die Nummer ein. Nachdem es ein paarmal geklingelt hatte, ertönte eine viel zu lange Sprachnachricht.

»Tut mir leid, bin nicht da. Hinterlassen Sie Ihre Nummer, dann ruf ich zurück, wenn Sie's wert sind. Aber ich bin sicher, Sie sind's. Mwah.«

Clarke starrte das Gerät kurz an, hob den Blick und begegnete dem der gespannten Esson.

»Mwah«, sagte sie. Esson brauchte nicht lange.

»Stephanie Pelham?«

»Das ist definitiv ihre Stimme. Aber nur, um sicherzugehen …« Wieder tippte Clarke etwas in ihr Handy. »Hallo, Gina«, sagte sie, als ihr Anruf entgegengenommen wurde.

»Nur eine kurze Frage – hast du die Telefonnummern von Cheryls Schwester? Geschäftlich und privat?« Sie hielt inne und lauschte, nickte Esson dabei zu. »Danke. Ich erklär's dir später.« Sie warf ihr Handy auf den Schreibtisch und lehnte sich zurück.

»Kapier ich nicht«, sagte Esson.

»Dutzende von Anrufen und Nachrichten auf ihr Privathandy im vergangenen Monat, von den MMS ganz zu schweigen.«

»Das heißt Fotos und Videos?«

Clarke nickte langsam. »Liegt nahe, dass sie sich dann auch getroffen haben – vielleicht bei einem Essen oder einer Feier in einem Pub. Wir wissen schon, dass es regelmäßig Treffen gab, bei denen auch die Frauen und Freundinnen vorgeführt wurden.«

Esson sah in ihrem Computer nach. »Agnew hat uns erzählt, dass er seit drei Jahren geschieden ist.«

»Und Stephanies Scheidung lief.«

»Wobei sie sich als betrogene Ehefrau dargestellt hat, was viel Geld für sie bedeutet.«

Clarke nickte erneut. »Und dieses Geld könnte gefährdet sein, wenn herauskommt, dass sie gar keine so treue Ehefrau war.«

Esson stützte ihr Kinn auf eine Hand. »Wer hat dir gesagt, dass es sich lohnen könnte, wenn wir uns Agnew genauer vornehmen?«

»Driscoll ist John gegenüber rausgerutscht, dass es zwischen Agnew und Haggard böses Blut gegeben haben könnte.«

»Wegen Stephanie Pelham?«

»Das ergibt aber eigentlich keinen Sinn, oder? Es sei denn …«

»Was?«

Clarke beugte sich auf ihrem Schreibtisch vor. »Haggard und Stephanie? Wie wär's, wenn zwischen den beiden was lief, und der Liebhaber hat's rausbekommen?«

»Meinst du, es lohnt sich nachzufragen?«

»Irgendwas ist da jedenfalls faul.« Clarke tippte mit dem Finger auf die Liste mit den Nummern. »Eine vertuschte Beziehung. Die Crew ist ganz schön eng miteinander verschworen; ich möchte wetten, dass da auch über Liebesaffären gesprochen wurde. Wenn zwischen Agnew und Stephanie was lief, wird Francis das gewusst haben.« Sie dachte an die Filmaufnahmen aus dem Haus, als Haggard reingeplatzt war, und an den erhobenen Zeigefinger, wie sich ihre Blicke trafen …

»Und wen nehmen wir uns zuerst vor?«, fragte Esson. »Driscoll, Agnew oder Stephanie?«

Clarke stand auf und ging zu George Gamble und Tess Leighton an deren Schreibtische. »Ob ihr wohl Chris Agnew herholen könnt? Entweder ist er im Dienst oder zu Hause.«

»Und wozu?«, fragte Gamble.

»Setzt ihn einfach in einen Vernehmungsraum, egal in welchen. Gebt ihm Tee oder Kaffee, wenn er mag. Ich brauche nicht lange.«

»Und wenn er wissen will, warum er hier ist?«, fragte Leighton.

»Wir brauchen weitere Informationen von ihm«, erwiderte Clarke. »Sagt ihm, wir haben die Liste seiner Handyverbindungen, und dann lasst ihr ihn schmoren.«

»Könnte schwierig werden, wenn die Heizkörper weiter so verrücktspielen«, sagte Gamble und erhob sich wie stets mühsam.

»Tee ist auch nicht ganz einfach«, ergänzte Leighton, »jemand hat die Milch alle gemacht.«

Clarke nahm einen Zehnpfundschein aus ihrer Tasche und hielt ihn Ritchie hin. »Noch ein Auftrag für dich, Jason«, sagte sie. »Milch und vielleicht auch noch ein paar Kekse. Wechselgeld bitte auf meinen Schreibtisch.«

»Eben noch im Penthouse, jetzt schon wieder Milch holen an der Ecke«, meinte Gamble schmunzelnd.

Clarke hatte ihre Jacke bereits von der Stuhllehne gezogen. Esson brauchte keine weitere Aufforderung.

»Sagen wir ihnen, dass wir kommen?«, fragte sie.

»Und machen die Überraschung kaputt?«, schoss Clarke zurück.

»Ach ja, natürlich.«

Fox trat aus dem Büro von DCI Trask und sah sich um. »Was hab ich verpasst?«, fragte er.

»Geschieht dir recht, wenn du dich vor den niederen Arbeiten drückst, Malcolm«, sagte Clarke, warf ihm eine Kusshand zu und ging hinaus.

Tommy Oram arbeitete in einer Wohnung in Abbeyhill. Der letzte Mieter war ein Alptraum gewesen. Gaby hatte ein paar Männer vorbeischicken müssen, um dem Mann klarzumachen, dass er dort nichts mehr verloren hatte und seine Kaution in den Wind schießen konnte. Mit zwei gebrochenen Rippen war er noch billig davongekommen. Tommy hatte die Räume frisch gestrichen und ein paar Sachen erneuert. Ein Läufer verdeckte die Zigarettenbrandlöcher im Teppichboden – das kam günstiger, als den gesamten Boden rauszureißen –, und die Schlösser mussten ausgetauscht werden, falls der Irre Zweitschlüssel hatte anfertigen lassen. Vorhin hatten Leute geklingelt und nach ihm gefragt. Sie klangen high, und Tommy hatte ihnen gesagt, dass sie sich verziehen sollen.

Als er jetzt also hörte, wie die Wohnungstür aufging, fürchtete er, der alte Mieter hätte sich irgendwie Zugang verschafft, weshalb er sich einen Schraubenzieher schnappte und in den Flur ging. Gaby Mackenzie zog die Tür hinter sich zu.

»Ich wollte dich überraschen«, erklärte sie.

»Hast du einen Schlüssel?«

Sie ließ ihn von ihrem Finger baumeln. »Dad benutzt für jeden Schlüsselsafe denselben Code – wusstest du das nicht?« Sie ging auf ihn zu, folgte ihm ins Wohnzimmer. »Hier drin ist es eiskalt.«

»Alles abgestellt, weil er nicht bezahlt hat. Wird noch ein paar Tage dauern, bis die Heizung wieder läuft.«

Sie sah sich um. »Nicht zu weit weg vom Club. Könnte ganz praktisch sein, wenn Mum und du die Wohnung nicht braucht.«

»Fang nicht wieder damit an, Gaby.« Er war dabei, eine Lampe an einer Wand zu befestigen.

»Deine Garage wird sie kaum verführerisch finden.«

»Soweit ich weiß, ist das eher deine Garage als meine.«

»Aber dein Name steht im Mietvertrag – du wirst dich erinnern, dass du ihn unterschrieben hast. Falls also jemals was schiefgeht …«

Er unterbrach seine Tätigkeit und drehte sich zu ihr um. »Was willst du mir sagen?«

»Ich will nur sagen, wir müssen alle aufpassen.« Sie hielt inne. »Hat mir leidgetan, als meine Mum deinen Dad vertrieben hat – ich hoffe, du weißt das. Ich hab ihr gesagt, das hätte sie nicht machen sollen.« Gaby ging im Raum herum und betrachtete die Aussicht aus dem kleinen doppeltverglasten Fenster, wobei es aber außer einem identischen Wohnblock auf der anderen Straßenseite nicht viel zu sehen gab.

Orams Handy zeigte ihm eine neue Nachricht an. Als er sie las, fluchte er leise. Gaby drehte sich zu ihm um, und sein Blick brannte sich in ihre Augen.

»Wusstest du das?«, fragte er mit leichtem Zittern in der Stimme.

»Was?«

»Die Garage ist aufgeflogen.«

»Was?«

»Die haben den Typen über die ganze Calder Road gejagt, aber er ist trotzdem abgehauen.«

»Scheiße.« Gaby kramte ihr Handy hervor, stellte es auf Lautsprecher und wählte eine Nummer, nach mehrmaligem Klingeln ging jemand dran. »Wurde aber auch Zeit, verdammt«, schrie sie in ihr Telefon. »Ich fahr schon den ganzen Vormittag im Taxi durch die Gegend – wo zum Teufel warst du?«

Oram erkannte Crosbies Stimme. »Ich saß auf der Wache fest«, blaffte er zurück. »Ich sitz in der Scheiße, weil ich deinen Kumpels einen Gefallen getan hab.«

»Wieso?«

»Die haben meinen Wagen auf den Überwachungsvideos entdeckt. Beweisen können sie mir nichts, aber das wird die nicht davon abhalten, weiter zu bohren.«

»Wieso hast du keinen Wagen geklaut?«

»Wenn ich Zeit gehabt hätte, hätte ich das vielleicht gemacht, aber dein Freund hat gesagt, es muss ganz schnell gehen.«

»Du bist so ein Loser, Crosbie, das weißt du schon, oder?«

»Kann sein, kann aber auch nicht sein.«

»Wir sind fertig miteinander, du und ich. Ich hab die Nase voll von dir.«

»Bist du sicher, Gaby? Wenn die mich drankriegen, wünsche ich mir vielleicht Gesellschaft.«

Gaby starrte Oram an. Er sah, dass ihre Miene plötzlich weicher wurde und sie beinahe lächelte.

»Du hast recht, C. Tut mir leid – bin kurz ausgeflippt. Wir stehen natürlich hundert Prozent hinter dir. Beth kennt die ganzen guten Anwälte; ich garantiere dir, du bekommst den allerbesten, wenn's drauf ankommt, aber so weit wird es nicht kommen. Wie du sagst, die haben ja nicht mehr als unscharfe Aufnahmen von deinem Wagen nachts auf der Straße.«

»Übrigens, wenn die fragen, dann hab ich dich nach Hause gefahren. Macht dir doch nichts aus, für einen Freund zu schwindeln.«

»Natürlich nicht.« Ihr unbeschwerter Ton widersprach ihrem Gesichtsausdruck.

»Kannst du mich jetzt abholen, oder muss ich mir schon wieder ein Taxi rufen?«

»Wo bist du?«

»Abbeyhill.«

»Bin in zwanzig Minuten da. Arbeitest du heute Abend?«

»Wie immer.«

»Und ich?«

»Ohne dich wär's nicht dasselbe, C. Bis später.« Sie beendete den Anruf und ließ sich auf dem nächsten Stuhl nieder. »Hast du dir schon mal überlegt, als Fahrer zu arbeiten, Tommy?«

»Klang aber gerade nicht so, als würde da demnächst eine Stelle frei.«

Das Lächeln, das sie ihm jetzt schenkte, war kälter als die Heizkörper. »Ich denke, was die wollten, haben sie aus dem Schuppen geholt.«

»Klingt so. Und ich glaube, ich weiß auch, wer das war – ein Typ namens John Rebus.«

»Was hat er vor mit dem Zeug?«

»Er gibt es den Cops.«

Sie schüttelte den Kopf. »Wieso hat er sie dann nicht einfach zur Garage geschickt?«

Tommy fuhr sich mit einer Hand durchs Haar.

»Reg dich ab«, sagte sie.

»Wie denn, verdammt?«

Sie kramte ein kleines Tütchen mit Pillen aus der Tasche. »Hier, nimm ein paar Glücklichmacher.«

Er zögerte kurz, dann nahm er das Tütchen.

Sie kündigten sich über die Sprechanlage an, woraufhin sich das Tor geräuschlos öffnete. Cheryl Haggard machte ihnen die Tür auf. Sie sah genauso blass und müde aus wie immer, aber in ihren Augen funkelte neue Energie.

»Haben Sie den Täter gefasst?«, fragte sie, aber als sie Clarkes und Essons Mienen sah, wurden ihre Augen wieder stumpf.

»Wir müssen nur noch ein paar Punkte klären«, sagte Clarke.

»Gut, dann gehen wir nach oben.«

»Eigentlich wollten wir mit Stephanie sprechen – ist sie da?«

Cheryl zeigte auf die Treppe. Esson ging hinauf, Clarke blieb nach ein paar Stufen noch einmal stehen, als sie sah, dass Cheryl im Begriff war, ihnen zu folgen.

»Würden Sie bitte unten bleiben? Wir rufen Sie, wenn wir so weit sind.«

»Wenn es um Francis geht, sollte ich dann nicht …?«

»Wie gesagt, es geht nur um ein paar Kleinigkeiten, die wir klären müssen. Ich wäre Ihnen sehr dankbar, wenn Sie uns das überlassen würden.«

»Wenn Sie wollen.«

»Danke.« Sie rang sich ein schmales Lächeln ab, dann ging sie wieder nach unten.

Stephanie Pelham saß an den großen Fenstern, ihr Handy lag auf der Sessellehne. Sie schien nicht zur Kenntnis zu nehmen, dass jemand eingetreten war. Als Esson die Tür schloss, näherte sich Clarke dem Sessel.

»Hallo«, sagte sie.

»Hallo.«

»Wollen Sie raten, warum wir wieder da sind?«

»Nicht unbedingt.« Pelham griff nach ihrem Glas auf dem Boden. Zwei Zentimeter Weißwein waren noch drin, und sie trank sie aus. Erst dann sah sie Clarke direkt an.

»Sie kennen Chris Agnew, nicht wahr?«, begann Clarke.

»Kenne ich ihn?«

»Wollen Sie sagen, Sie sind ihm nie begegnet?« Pelham zuckte mit den Schultern. »Dann ist das nur was am Telefon zwischen Ihnen beiden?«

»Wir kennen einander«, räumte Pelham ein.

»Ich vermute, Sie haben sich über Francis kennengelernt?«

»Wie denn sonst?«

»Und Sie haben sich angefreundet – so sehr, dass Sie sich unzählige Nachrichten geschrieben haben?« Clarke faltete die Verbindungsnachweise auseinander.

»Na und?«

»Dann war er also – oder ist – Ihr Liebhaber, auch zu der Zeit, als vor Gericht über Ihre Scheidung verhandelt wurde?«

»Hab ich das gesagt?«

»Laut Zeugen war Agnew kein Fan von Francis. Ich vermute wegen dem, was Francis Cheryl angetan hat – nur nachvollziehbar also, dass Agnew sich mit Ihnen gegen ihn gewandt hat.«

Pelham betrachtete ihr Glas und wollte aufstehen. Clarke streckte eine Hand aus und sagte ihr, sie möge sitzen bleiben.

»Er kann das kaum witzig gefunden haben«, fuhr sie fort, »als er hörte, dass Francis bei Ihnen ins Haus eingedrungen ist und Sie bedroht hat. Ich meine, ich habe die Aufnahmen gesehen – Haggard ist nicht direkt handgreiflich geworden, aber er hebt den Zeigefinger. Und sie fühlten sich dadurch bedroht, haben Sie gesagt.« Pelham kniff die Augen ein kleines Stück zusammen. »Sie denken, Chris könnte aktiv geworden sein? Sich wütend auf Francis gestürzt haben?«

»Was denken Sie, Stephanie?«

Sie holte tief Luft und riss die Augen auf, als würde sie die Möglichkeit in Erwägung ziehen.

Clarkes Handy pingte, und sie hielt es sich vor die Augen. Agnew war mit Gamble und Leighton auf dem Weg nach Leith.

Hat sofort alles abgestritten. Dabei hatten wir ihm noch nicht mal gesagt, warum wir überhaupt zu ihm gekommen sind. Redet die ganze Zeit davon, dass Rob Driscoll ausgeflippt ist. Und er will einen Anwalt.

Sie steckte das Handy wieder in die Tasche.

»Kann schon sein«, sagte Pelham und zog jedes einzelne Wort in die Länge.

»Wenn wir ihn zur Vernehmung vorladen, was meinen Sie, wird er sagen?«

»Ich habe wirklich keine Ahnung.«

»Hat er Ihnen gegenüber nie angedeutet, dass zwischen Francis und ihm etwas vorgefallen ist?«

Sie schüttelte langsam den Kopf. Clarke hatte sich ein Stück vorgebeugt, stützte die Hände auf die Knie, so dass sich ihr Gesicht auf derselben Höhe befand wie das von Pelham im Sessel.

»Es gibt aber auch noch ein anderes Szenario«, sagte sie. »Sie rechnen mit einer Menge Geld, das Sie aber nur bekommen, wenn die Öffentlichkeit nichts von Ihrer außerehelichen Affäre erfährt. Wir sind bislang bei der Überprüfung von Chris' Handyverbindungen nicht sehr weit zurückgegangen, aber das werden wir noch, und ich wette, das mit Agnew lief schon eine ganze Weile. Vielleicht sind Sie einfach nur geschickter im Geheimhalten von Seitensprüngen als Ihr Ehemann.«

»Worauf wollen Sie hinaus?«

»Wenn Francis Haggard von Ihnen und Chris wusste und wenn Sie befürchten, dass er sein Wissen ins Spiel bringt … ich meine, so wie er an dem Tag mit dem Zeigefinger gefuchtelt hat, als wollte er Ihnen sagen – entweder Sie überreden Cheryl, zu ihm zurückzukehren und die Anzeige zurückzuziehen, oder er spricht mit Ihrem Ehemann und liefert diesem dringend benötigte Munition. In dem Fall wäre es Ihnen doch sehr entgegengekommen, wenn Francis etwas zustößt. Hauptsache, er hält die Klappe. Vielleicht haben Sie sein Eindringen hier ja ein bisschen übertrieben dargestellt, in der Hoffnung, dass Chris Agnew rotsieht.«

»Müssten Sie das nicht Chris fragen?«

»Er ist auf dem Weg zur Wache. Vielleicht sollte ich Sie beide zusammen in einen Raum stecken. Bislang beteuert er, er habe nichts gemacht.«

Clarke hielt inne. »Und ich bin geneigt, ihm zu glauben.«

»Was?«

Sie setzte sich gerade auf und drehte sich zum Fenster, als wollte sie lieber zu diesem sprechen als zu Stephanie Pelham. »Ein Szenario habe ich noch ausgelassen, aber ich denke, auch das sollte bedacht werden. Der Zeigefinger – das war eine Warnung, für die er keine Worte brauchte, weil sie persönlich war – sehr persönlich. Angenommen, Sie hätten eine Affäre mit *Francis* gehabt, angenommen, das war das Geheimnis, das er ausplaudern wollte? Wenn niemand außer Ihnen und ihm davon wusste, hätten Sie damit nicht zu Ihrem Liebhaber gehen und sich darauf verlassen können, dass der etwas unternimmt.«

»Das ist absurd. Sie müssen doch merken, dass das keinen Sinn ergibt.« Pelham hielt ihr Handy jetzt fest in der Hand. Ihr Blick ruhte auf Clarke, die den Kopf schüttelte.

»Seit ich das Filmmaterial gesehen habe, wusste ich, dass da was ist. Dass ich etwas daran nicht richtig kapiere. Etwas, das vorher zwischen Ihnen beiden vorgefallen sein musste. Ich glaube nicht, dass das so absurd ist, Stephanie.«

Die Tür flog auf. Cheryl Haggard hatte sich offenbar die Treppe hinaufgeschlichen und einen Teil des Gesprächs mitgehört.

»Ich hab's gewusst!«, kreischte sie. »Das war in der Nacht, in der du besoffen warst und er dich nach Hause gefahren hat – als er wieder nach Hause kam, hab ich dich an ihm gerochen, du Schlampe!« Sie rannte auf ihre Schwester zu, die jetzt aufsprang, doch Esson stellte sich zwischen die beiden. »In der Nacht, in der er gestorben ist, hast du gesagt, du hättest keinen Wein mehr«, fuhr Cheryl fort. »Du hast gesagt, ich soll weiterschlafen und du würdest nochmal zum Laden fahren.«

»Cheryl, ich schwöre bei Gott …«

Cheryl Haggard entließ einen Urlaut aus tiefster Kehle, machte kehrt und stolperte die Treppe hinunter. Dann wurde die Haustür aufgerissen, und wenig später sprang draußen ein Motor an.

»Sie hat gar keinen Führerschein!«, rief ihre Schwester, als Esson, Clarke und sie Cheryl die Treppe hinunter folgten.

Sie kamen gerade noch rechtzeitig an die Tür, um den gelben Porsche auf das noch geöffnete Tor zurasen zu sehen. Clarke riss die Tür ihres Astras auf und bat Esson, bei Pelham zu bleiben. Sie hatte das Ende der Auffahrt noch nicht erreicht, als sie plötzlich einen Aufprall hörte. Sie bog links ab und sah den Porsche mitten auf der Einmündung stehen. Ein weißer Transporter war ihm in die Seite gefahren. Cheryl hing eingeklemmt zwischen Kopfstütze und Airbag. Der Fahrer des Transporters und sein Kollege stiegen aus.

»Verdammte Irre«, beschwerte sich der Fahrer, der offenbar unbeschadet geblieben war. In der Zwischenzeit hatte Cheryl eine Hand gehoben, sie war angeschlagen, aber bei Bewusstsein. Die Tür auf der Fahrerseite war eingedrückt und ließ sich nicht öffnen. Clarke ging zur anderen Seite.

»Hoffentlich ist sie versichert«, brummte der Fahrer des Transporters.

Clarke öffnete die Beifahrertür. Überall lagen Glasscherben von der geborstenen Windschutzscheibe. Sie streckte die Hand aus, und ihr erster Gedanke war, Cheryl da rauszuholen, aber dann entschied sie sich doch dagegen. Manches überließ man besser medizinisch ausgebildeten Fachleuten. Der Kollege des Fahrers war bereits am Handy und bestellte einen Krankenwagen.

»Alles klar, Cheryl?«, fragte Clarke. Da war kein Blut, aber sie war auch nicht angeschnallt gewesen.

»Mir ist schlecht.«

»Hilfe ist unterwegs.« Clarkes Blick ruhte auf den Scherben. Die vielen kleinen Splitter erinnerten an falsche Diamanten, aber auf dem Boden im Fußraum auf der Beifahrerseite lag noch etwas anderes, ein zerknülltes Stück Papier, auf dem drei Großbuchstaben zu erkennen waren: TIL.

Sie griff danach und fischte es zwischen Daumen und Zeigefinger aus den Scherben, glättete es und drehte es um. *TILL'S CASINO* stand in Druckbuchstaben darauf. Die Quittung aus dem Geldautomaten des Casinos. Datum und Uhrzeit ließen keinen Zweifel daran, wem sie gehörte. Sie sah Stephanie Pelham immer noch mit ihrem Weinglas in der Hand den Hang hinunter torkeln, dicht gefolgt von Esson.

»O Gott! Ist sie …? O Gott!«

»Lassen Sie Ihre Schwester bitte, bis die Sanitäter eintreffen«, sagte Clarke.

»Wird nicht lange dauern«, sagte der Kollege vom Fahrer. Sein Partner interessierte sich bereits mehr für den Schaden an seinem Transporter.

»Hoffentlich ist die versichert«, hörte Clarke ihn erneut brummen, während sein Kollege den Kopf schüttelte, was, wie Clarke vermutete, eine Entschuldigung sein sollte.

»Geh weg von mir«, sagte Cheryl Haggard zu ihrer Schwester, auch wenn ihr anfänglicher Zorn verebbt war. »Ich will dich nicht sehen, ich will nicht mit dir reden.«

»Das war nur einmal, Cher. Ein einziges Mal.«

Esson sah den Zettel, den Clarke ihr jetzt entgegenhielt. Sie nahm ihn und drehte ihn schließlich um, entdeckte die Worte, die dort mit Kugelschreiber geschrieben standen. Dazu eine Adresse in der Constituion Street. Und eine Zeit: *Heute 22 Uhr* und eine Drohung: *Sonst …*

Clarke trat einen Schritt auf sie zu. »Er ist aus dem Taxi gestiegen, zum Haus gelaufen und über das Tor geklettert. Hat den Zettel liegen lassen, wo er wusste, dass Sie ihn sehen würden. Und da wussten Sie, was Sie zu tun hatten.«

Stephanie Pelham drehte sich zu ihnen um. Esson hielt ihr die Quittung vor die Nase. Pelham ließ ihr Weinglas fallen und schloss die Augen, als hoffte sie alles Bevorstehende dadurch auszublenden. Ihre Augen waren noch immer geschlossen, als Siobhan Clarke sie verwarnte und festnahm.

Clarke bestand darauf, dass Christine Esson Stephanie Pelhams Aussage aufnahm. Im Vernehmungsraum nebenan beantwortete Chris Agnew die meisten noch offenen Fragen. Fox und Tess Leighton leiteten die Vernehmung, wobei Ersterer versuchte, ihm ein paar Brocken über die Arbeitsweise in Tynecastle zu entlocken. Cheryl blieb zur Beobachtung über Nacht im Krankenhaus – wundersamerweise hatte man ein Bett für sie gefunden. Clarke hatte Gina Hendry gebeten, bei ihr zu bleiben, und sie hatte gerne geholfen, nachdem Clarke ihr die ganze Geschichte kurz umrissen hatte.

»Sie hat alles verloren«, sagte sie hinterher.

»Das haben beide.« Clarke hoffte nur, Cheryl würde die Kraft finden, es durchzustehen.

Als ihr Telefon klingelte, war es Ronnie Ogilvie. »Wir sind noch einen Schritt weiter«, sagte er. »Ein Teenager auf dem

Heimweg von seiner Freundin. Er wohnt eine Straße weiter von Laura und hat den Range Rover davonfahren sehen. Der Fahrer hatte die Scheibe runtergelassen und sich eine schwarze Ski-Maske vom Kopf gezogen. Unser Zeuge hat ihn genau gesehen. Er hat mir eine Beschreibung geliefert, und ich bin ziemlich sicher, dass er Gareth Crosbie bei einer Gegenüberstellung erkennen wird.«

»Das ist gut, Ronnie.«

»Geoff Dickinson ist aus Gartcosh auf dem Weg hierher. Er denkt, das ist der Durchbruch, den er haben wollte.«

»Pass auf, dass er ihn dir auch anrechnet.«

»Du klingst müde, Siobhan.«

»Wirklich? Vielleicht bin ich's ja.«

Sie wusste, dass sie eigentlich das Gegenteil von niedergeschlagen sein sollte. Nicht mehr lange, dann würde DCI Trask eine Flasche aufmachen und sie würden auf den erfolgreichen Abschluss des Falls anstoßen. Der Staatsanwalt würde vermutlich mit ihr in ihr Allerheiligstes verschwinden, die beiden würden Informationen austauschen und Vorgehensweisen besprechen. Jemanden anzuklagen und vor Gericht zu stellen war das eine, das wusste Clarke, aber ob etwas dabei herauskam, war eine ganz andere Sache. Sie fragte sich, was genau Stephanie dazu getrieben hatte – die Angst, nach der Scheidung von ihrem Mann leer auszugehen, oder die Angst, die Liebe und Zuneigung ihrer Schwester zu verlieren? Oder wog beides für sie genauso schwer? Hatte sie bereits gewusst, wie es ausgehen würde, als sie in ihren Wagen stieg?

Der Porsche war versiegelt und zur Spurensicherung nach Howdenhall gebracht worden. Wenn es darin Blut zu finden gab, würde man es finden. Clarke hatte auch einen Durchsuchungsbefehl für das Haus der Pelhams beantragt. Dort würde man nach blutverschmierter Kleidung suchen oder solcher, aus der Blutflecken unvollständig herausgewaschen worden waren. Stephanies Computer und ihre beiden Handys würden im Labor genau untersucht werden.

Ihr fiel auf, dass Fox vor einem der Türme mit aufgestapelten Complaints-Kisten stand, ihn anstarrte, als würde er ernsthaft überlegen dagegenzutreten. Er schien zu spüren, dass sie seine Gedanken las, und drehte den Kopf in ihre Richtung, zuckte mit den Schultern.

»Die könntest du behalten, wenn du willst«, sagte er.

»Was?« Jason Ritchie kam mit einer Plastiktüte ins Büro spaziert. Er griff hinein und holte je eine Flasche Weiß- und Rotwein heraus.

»Bier wär mir lieber«, meckerte George Gamble. »Aber ich kann ja mal eine Ausnahme machen.«

Alle Köpfe drehten sich, als Christine Esson hereinkam, gefolgt von Colin King. Esson nickte, womit sie den Anwesenden zu verstehen gab, dass sie ein Ergebnis hatten. Sie ging zu Clarke.

»Geht's Cheryl einigermaßen?«, fragte sie.

»Wohl nur ein leichtes Schleudertrauma.« Clarke streckte ihr eine Hand hin. »Glückwunsch, Christine.«

Esson sah die Hand an, ignorierte sie dann aber und umarmte Clarke stattdessen herzlich.

31

Es war schon nach zehn, als die Nachricht auf Rebus' Handy eintraf. Sie stammte von einer ihm unbekannten Nummer, aber das war egal – sie würde sich nicht zurückverfolgen lassen, vielleicht ein Burner-Phone. Er wusste ja, wer sie geschickt hatte.

Jetzt gleich im Moorfoot. Jack Oram wird dort sein. Bring den Stoff mit.

Brillo guckte entmutigt, als Rebus seine Jacke und seine Schlüssel schnappte. »Du warst heute schon draußen«, schimpfte er mit dem Hund. Aber Brillo tapste hinter ihm her zur Tür, in der Hoffnung, Rebus würde es sich doch nochmal anders überlegen.

Draußen parkte der Saab zwanzig Meter weiter auf der Arden Street. Als Rebus darauf zuging, kam ihm ein Wagen entgegen. Ein weißer Audi, die Scheibe auf der Fahrerseite war heruntergelassen. Er erkannte das Gesicht des Mannes am Steuer. Andrew, Caffertys Lakai, lächelte ihm im Vorbeifahren zu. Rebus wusste sofort, warum. Der Kofferraum des Saab klaffte auf. Offenbar war Rebus nicht der Einzige in Edinburgh, der mit einer Brechstange umgehen konnte. Der leere Kofferraum starrte ihm entgegen, Rebus fluchte und drehte sich zu dem Audi um, der jetzt rechts in die Warrender Park Road abbog. Immer noch fluchend knallte er die Kofferraumklappe zu, aber sie sprang wieder auf. Er versuchte es noch einmal mit demselben Ergebnis.

»Na großartig«, brummte er, klemmte sich hinters Steuer und fand bei einem Blick in den Rückspiegel seine Vermutung bestätigt, dass er absolut nichts durch die Heckscheibe sah. Trotzdem ließ er den Motor an. Er vermutete, der Audi war unterwegs in den Melville Drive, aber würde er dann links oder rechts abbiegen? An der Kreuzung schaute er in beide Richtungen, konnte aber kein weißes Auto entdecken. War Andrew stattdessen die Marchmont Road hinaufgefahren? Es gab zu viele Möglichkeiten – und er wurde im Moorfoot erwartet. Als sein Handy brummte, schaute er erst aufs Display, dann ging er dran.

»Hab zu tun, Siobhan«, behauptete er.

»Ich dachte, du willst vielleicht wissen, dass wir die Person verhaftet haben, die Francis Haggard ermordet hat.«

»Chris Agnew?«

»Nein, aber er hatte eine Affäre mit Stephanie Pelham, du hast also nicht weit danebengelegen.«

»Wer dann?«

»Stephanie hatte einen One-night-Stand mit Francis. Er hat ihr gedroht, das öffentlich zu machen, und dadurch hätte sie möglicherweise eine Menge Geld verloren. Deshalb hat er ihr einen Zettel an die Windschutzscheibe geklemmt und ihr einen Stein ans Fenster geworfen.«

Die Worte sprudelten nur so aus ihr heraus. Rebus konnte sich sehr gut an das Gefühl erinnern: Wenn man einen Fall abgeschlossen hatte, musste man es unbedingt jemandem erzählen.

»Sie hat sich mit ihm getroffen«, fuhr Clarke fort, »und ein Messer aus der Küche mitgenommen.«

»Dann hat sie also mit Vorsatz gehandelt?«

»Ihre Leute werden was anderes behaupten, aber der Staatsanwalt war recht zuversichtlich.«

»Und der ganze Klimbim mit Tynecastle?«

»Hat wohl gar keine Rolle gespielt. Das heißt, das Problem wird wohl wieder in der Versenkung verschwinden, wobei einige von Glück reden können.«

»Und man wird es als Erfolg für Police Scotland werten, dass keine peinlichen Leichen im Keller gefunden wurden. Ist Fox angepisst?«

»Er denkt, dass er vielleicht doch noch zum Zuge kommt, wenn die Mauern in Tynecastle weiterhin bröckeln.« Sie hielt inne, hatte ihre Geschichte erzählt. Wahrscheinlich folgte jetzt ein ruheloser Erschöpfungszustand, dachte Rebus. »Und was machst du gerade?«, fragte sie. »Klingt, als wärst du im Auto.«

»Ich komme irgendwie nicht zur Ruhe, du weißt ja, wie das ist. Ich dachte, eine kleine nächtliche Spritztour könnte helfen.« Er schaute in seinen Spiegel und wurde mit dem Blick auf seine Kofferraumklappe belohnt. »Vorhin hatte ich Cafferty am Telefon, der ziemlich ungehalten darüber war, dass ich ihn bei dir verpetzt habe.«

»Ist wahrscheinlich gar nicht mehr relevant, wenn es das überhaupt je war.«

»Eher nicht«, stimmte Rebus ihr zu.

»Ich vermute, du hast Laura gesteckt, dass wir uns die Complaints-Akten über Tynecastle vorgenommen haben?«

»Ich dachte, ich bin ihr noch einen Gefallen schuldig. Wie geht's ihr, übrigens?«

»Gut – die Schlinge um Crosbies Hals zieht sich allmählich zu.«

»Habt ihr was in der Garage gefunden?«

»Jede Menge Fingerabdrücke auf den Flaschen. Die sind jetzt im Labor, die Lappen auch.« Sie hielt inne. »Die vom

Team meinten, vor ihnen wäre schon jemand da gewesen und hätte ein Riesenchaos angerichtet.«

»Ach?«

»Leere Farbdosen überall. Wer auch immer das war, hätte besser mal unter dem Feldbett nachgesehen – unten drunter waren Hunderte von Pillentütchen mit Klebeband befestigt.«

»Na, das ist doch was.«

»Eines Tages erzählst du mir vielleicht mal die ganze Geschichte, aber jetzt muss ich nach Hause in die Wanne und ein Glas Wein trinken. Du fährst einfach nur so durch die Gegend, hm?«

»Genau.«

»Aber als du drangegangen bist, hast du gesagt, du hättest zu tun. Das heißt, du hast zu tun. Für mich heißt das, du willst irgendwohin.«

»Genieß deinen Erfolg, Siobhan. Erfolge sind selten genug.«

»Ist das deine Art, mir zu sagen, ich soll mich um meinen eigenen Kram kümmern?«

»Gute Nacht, Siobhan.«

Er beendete die Verbindung und lenkte den Saab Richtung Craigmillar.

Bring den Stoff …

Er würde sich was ausdenken müssen. Sie hinhalten.

Ausflüchte suchen.

Das oder die Wahrheit sagen.

In Gedanken warf er eine Münze. Und traf eine Entscheidung.

Im Moorfoot brannte Licht, aber die Tür war abgeschlossen. Rebus machte eine Faust und klopfte selbstbewusst an. Die Tür öffnete sich gerade weit genug, um ihn einzulassen.

Crosbie schloss hinter ihm ab und versetzte ihm einen Stoß, so dass er zum Tresen stolperte, hinter dem Beecham wartete. Gläser standen auf den Tischen, einige noch fast voll.

»Alles für mich allein?«, fragte Rebus scheinheilig. »Die Stammkundschaft wird nicht erfreut gewesen sein, dass ihr so früh dichtgemacht habt.« Auf dem Tresen stand ein Glas mit einem Rest Whisky. Er roch dran und kippte ihn runter, dann sah er sich im Raum um.

»Wie läuft's mit dem Brandbombenbau?«, fragte er beiläufig.

»Treib es nicht zu weit«, sagte Beecham. »Crosbie ist sowieso drauf und dran, Leuten die Köpfe abzureißen.«

»Man hat mir gesagt, Jack Oram würde zu uns stoßen.«

»Und uns hat man gesagt, du würdest uns was mitbringen.«

»Zuerst will ich Jack sehen.«

»Viel Glück.« Crosbies Stimme war ein leises Knurren. Er stand hinter Rebus, so dicht, dass der Schweißgestank zum Problem wurde. Rebus drehte sich ein bisschen, behielt beide Männer im Auge.

»Das heißt, er ist nicht mehr unter uns«, stellte er fest.

»Im Neoprenanzug und mit Sauerstoffflasche könnte was draus werden«, sagte Crosbie.

»Vor der Küste würde bedeuten, dass er früher oder später angespült wird«, spekulierte Rebus. »Ich vermute eher Steinbruch?«

»Wo ist der Stoff?«, wollte Beecham wissen.

»Um es kurz zu machen, ich hab ihn nicht. Der Wagen steht draußen, wenn ihr nachsehen wollt. Jemand hat den Kofferraum aufgebrochen, ganz schön ramponiert ist der jetzt. Wundert mich, dass ich's überhaupt hergeschafft habe, ohne angehalten zu werden.«

»Wer hat ihn geklaut?«

»Einer, der für Cafferty arbeitet, Andrew.«

»Scheiße«, brummte Crosbie. Beecham sah ihn an.

»Du kennst den? Diesen Andrew?«

»Wusste nicht, dass er zu Cafferty gehört.«

»Na ja«, sagte Rebus und versuchte möglichst sachlich zu klingen, »ich geh dann mal, damit ihr Beth Mackenzie anrufen und ihr sagen könnt, dass ihr bei Cafferty vorbeischauen müsst.«

»Du gehst nirgends hin«, sagte Beecham. »Höchstens zu einem Treffen mit Jack Oram.«

Rebus kratzte sich am Kinn, ließ sich Zeit. »Schon komisch, oder?«, sagte er in möglichst unverfänglichem Plauderton, richtete sich dabei direkt an Beecham, »du arbeitest für Mackenzie, um deine Schulden bei Cafferty abzubezahlen? Ich kann mir nicht vorstellen, dass du mehr machst als Leergut wegbringen und wegsehen, wenn Brandbomben gebaut werden oder Deals über die Bühne gehen. Damit bist du aber nichts anderes als ein Hamster im Rad. Meinst du, du hast den Mumm, die Lieferung von Cafferty zu holen, oder muss Beth dazu ihre Spitzenkräfte bemühen? Und da ist noch was – keiner von euch hat bislang von Fraser Mackenzie gesprochen. Ist der nicht mal eingeweiht?«

»Was spielt das für eine Rolle?«, fragte Beecham.

»Mir gefällt die Vorstellung nicht, dass es nach meinem Ableben noch unbeantwortete Fragen gibt.« Rebus drehte den Kopf zu Crosbie um. »Sie sind kein ehemaliger Sträfling – dann hätten Sie hier gar keine Lizenz bekommen –, ich vermute also, Sie waren entweder bei der Armee oder bei der Polizei.«

»Bei der Armee.«

»Mal in Nordirland gedient? Ich auch. Das erklärt, wieso Sie sich so gut mit Brandbomben auskennen. Nur dass beinahe eine Freundin von mir dabei draufgegangen wäre – und wofür?«

»Crosbie kann keiner Frau was abschlagen«, antwortete Beecham.

»Halt die Klappe«, fuhr Crosbie ihn an.

»Dann hat Sie wohl die schöne weite Welt der Türsteherei gereizt«, fuhr Rebus fort, »was wunderbar war, bis zum Lockdown. Wer hat Sie an Land gezogen, die Mutter oder die Tochter?«

»Was interessiert dich das?«

»Ich versuch mich nur langsam an die Frage heranzutasten, warum Sie's für nötig hielten, Jack Oram umzubringen.«

»Er war betrunken und hat das Maul aufgerissen«, sagte Beecham. »Handgreiflich ist er auch geworden. Das ist keine gute Kombination, wenn Crosbie schlechte Laune hat.«

Rebus nickte langsam. »Ein Problem ist also schon gelöst. Aber bei mir wird es nicht so einfach.«

»Meinst du, irgendjemand interessiert sich für einen abgewrackten ehemaligen Polizisten?«, fragte Beecham höhnisch.

»So hab ich das nicht gemeint. Passen Sie auf, ich zeige Ihnen mein Handy …«

Keiner von beiden achtete darauf, als Rebus in seine Manteltasche griff und gleichzeitig einen Schritt zurücktrat. Er holte mit der Brechstange aus und schlug sie Crosbie über den Schädel. Bestenfalls streifte er ihn damit, aber auch das war besser als nichts. Beecham packte den Plattenspieler und schleuderte ihn in Rebus' Richtung, dann sprang er über den Tresen. Rebus zielte mit der Brechstange auf seine Fingerknöchel und traf ins Schwarze. Beecham schrie auf und wich zurück, schnappte sich eine Flasche und zerschlug sie zu einer scharfkantigen Waffe.

Rebus drehte sich um und wollte zur Tür, aber Crosbie rammte ihn von hinten, schleuderte ihn an die massive Holztür, die Luft entwich aus seinen Lungen. Es gelang ihm aufzuschließen, aber er hatte die Tür höchstens zwei Zentimeter weit aufgezogen, als er wieder in die Kneipe zurückgezerrt wurde, wo Beecham seinem Partner inzwischen zu Hilfe gekommen war. Die Brechstange wurde Rebus aus der Hand gerissen, Crosbie schleuderte sie zu Boden. Der noch immer keuchende Rebus hatte wenig Widerstand aufzubieten, jeder Atemzug schmerzte. Crosbie zwang ihn auf die Knie, legte ihm die Hände um die Kehle und drückte zu. Rebus umklammerte Crosbies Hände, konnte sich aber nicht von ihm losmachen. Seine Augen traten bereits aus den Höhlen, Würgegeräusche entwichen seiner Kehle, Blut rauschte ihm in den Ohren …

Plötzlich war da eine vierte Stimme in der Bar.

»Hab mir gleich gedacht, dass das Ihr Wagen ist.«

Rebus blickte zur Tür, erkannte die Gestalt aber nur verschwommen. Tommy Oram stand mit gezogener Pistole im Eingang. Rebus fand, die Waffe ähnelte der, die der Junge auf dem Fahrrad gezogen hatte.

»Finger weg von ihm«, befahl Tommy. Beecham und Crosbie traten ein paar Schritte zurück, achteten darauf, einen gewissen Abstand zu wahren. Wenn Oram auf einen feuerte, würde der andere zuschlagen.

Rebus rang nach Luft und rappelte sich unsicher auf, fasste sich mit einer Hand an die Kehle, um den Schaden zu begutachten.

»Ihre Nase blutet«, teilte Tommy ihm mit.

»Ich gewöhn mich dran.« Rebus wischte sich das Blut mit dem Handrücken ab.

»Ganz schöne Schweinerei, die Sie und Ihre Polizeifreunde da in meiner Garage angerichtet haben. Keine Ahnung, wieso ich dachte, ich würde Sie hier finden.«

Rebus nickte in Richtung Beecham und Crosbie. »Die haben deinen Vater umgebracht, hier im Pub.«

»Das ist gelogen!«, brüllte Beecham.

»Ist es nicht«, sagte Tommy leise. »Deshalb bin ich ja immer wieder hergekommen, damit ihr nicht kapiert, dass ich längst eine Ahnung hatte. Ich hatte gehofft, euch würde was rausrutschen. Wär wahrscheinlich früher oder später auch passiert.« Er sah zu Rebus. »Meinem Dad hat nicht gefallen, in was ich da reingeraten bin. Er wusste, dass Crosbie an der Tür vom Elemental arbeitet und ihm die Kneipe hier gehört, zumindest auf dem Papier. Logisch, dass er irgendwann hier reinplatzt und sich mit euch anlegt.« Jetzt konzentrierte er seine Aufmerksamkeit wieder auf Beecham und Crosbie. »Aber dann verschwindet er, ohne jede Spur, ohne Zeugen …«

»Gibt immer noch keine«, behauptete Beecham.

»Ach, ich weiß nicht«, meinte Rebus. »So viele Steinbrüche gibt es rings um Edinburgh gar nicht. Ein paar Taucher haben die schnell abgesucht.« Er hatte sein Handy aus der Tasche gezogen. »Ich muss es nur melden.«

»Und was passiert, wenn die herkommen?«, fuhr Beecham fort. »Wer steht hier und bedroht zwei unschuldige Menschen mit einer Pistole? Uns werden die nicht mitnehmen. Verschwinde, Tommy, wir kümmern uns darum. Das ist das Beste, was du machen kannst.«

»So wie ihr euch um meinen Dad gekümmert habt?«

»Das war Crosbie. Ich hatte nichts damit zu tun.«

Crosbie sah ihn glühend vor Zorn an. »Du Dreckschwein«, fauchte er und stürzte sich auf Beecham, die beiden Männer rangen miteinander, warfen sich gegenseitig herum. Rebus durchschaute den Trick sofort, aber nicht schnell genug. Plötzlich rammten die beiden Tommy Oram. Ein Schuss löste sich, und Beecham erstarrte augenblicklich zur Wachsfigur, dann senkte er den Kopf, um das Loch in seinem Hemd vorne zu betrachten. Crosbie hatte ebenfalls pausiert, aber nur einen Augenblick lang. Das reichte Tommy, um zu zielen und einen zweiten Schuss abzugeben. Das Geräusch war ohrenbetäubend, der Gestank nach Verbranntem stieg Rebus in die blutverklebte Nase. Er sah Crosbie auf die Knie sinken, die Hände auf die Wunde gepresst. Beecham war umgekippt wie ein gefällter Baum. Tommy atmete schwer, hielt die Pistole weiter vor sich ausgestreckt. Er schien sich mit seinem Schicksal bereits abgefunden zu haben, er wusste, dass ihm Gefängnis bevorstand, obwohl er einem Menschen das Leben gerettet hatte.

»Danke«, sagte Rebus.

Als Oram etwas sagte, klang seine Stimme ungewöhnlich ruhig. »Ich rufe selbst an, stelle mich. Sie verschwinden am besten von hier. Sie hatten nie was damit zu tun.«

»Die werden hören wollen, wie ich das sehe«, widersprach Rebus.

»Auch, dass Sie das ganze Koks aus der Garage abgeräumt haben? Dem kaputten Kofferraum nach haben Sie's nicht lange behalten.«

Rebus dachte kurz nach, und in dem kurzen Augenblick nahm Oram sein Handy und telefonierte.

»Cafferty hat das Koks«, sagte Rebus. »Sieh zu, dass Beth das erfährt. Und es tut mir leid …«

»Was?«

»Alles«, sagte Rebus und ging zur Tür.

Gegenüber Caffertys Wohnhaus befand sich eine unterirdische Tiefgarage. Der Fahrstuhl beförderte Rebus ins erste Untergeschoss, aber die freien Plätze waren Besuchern vorbehalten und nicht für Bewohner. Die privaten Parkplätze befanden sich noch ein Geschoss tiefer. Als die Bewegungsmelder anschlugen, sprangen die Neonröhren über seinem Kopf flackernd an. Ungefähr die Hälfte der verfügbaren Lücken war besetzt. Einige Elektrofahrzeuge standen in Ladebuchten. Ein oder zwei Autos waren mit schützenden Planen abgedeckt und sahen aus, als würden sie schon länger hier parken. Der weiße Audi stand zwischen zwei anderen Fahrzeugen, die Motorhaube war kalt. Rebus wusste, dass er abgeschlossen sein würde, prüfte aber trotzdem die Türen. Er starrte den Kofferraum fünfzehn oder zwanzig Sekunden lang an, dann trat er gegen die hintere Stoßstange und kehrte zum Fahrstuhl zurück.

So vieler Menschen Leben war durch den Umgang mit Cafferty und seinesgleichen vergiftet, und es schien niemals aufzuhören, jede neue Generation ließ sich hinreißen oder wiederholte die Fehler der älteren. Tommy Orams Vater war ihm gleich zweimal genommen worden. Beth Mackenzie hatte von ihrem alten Freund gelernt und die Lektionen an ihre Tochter weitergegeben. Rob Driscoll hatte wie so viele andere in Alan Flecks Bann gestanden. Ein Ende war nicht absehbar.

Die Nacht war kalt. Rebus sah seinen Atem vor sich, als er auf die Klingel drückte und wartete. Ein paar Essensauslieferer gingen ihrer Arbeit nach, aber vor Caffertys Haus hielt niemand. Von den Meadows drang ausgelassener Gesang herüber. Junge Stimmen, Frauen und Männer, erinnerten ihn daran, dass es da draußen noch eine andere Welt gab. Er drückte erneut auf Caffertys Klingel.

»Was?«, bellte schließlich dessen Stimme aus der Sprechanlage. Eine Kamera gab es außerdem, deshalb wusste Rebus, dass er beobachtet wurde.

»Ich muss mit dir sprechen«, sagte er.

»Um die Uhrzeit?«

»Ich weiß, wo Jack Oram ist.«

»Wirklich?«

»Das heißt, wir haben was zu besprechen.«

Rebus wartete, warf sich die Arme um den Oberkörper, um sich zu wärmen. Er fragte sich, ob er vielleicht verspätet auf die Ereignisse im Moorfoot reagierte. Irgendwie konnte er das Zittern nicht einstellen. Als die Tür schließlich mit einem Klicken aufsprang, trat er ein und fuhr mit dem Fahrstuhl ins Penthouse hinauf, wobei er aber das Gefühl hatte, nach unten und nicht nach oben zu fahren.

Die Tür zu Caffertys Wohnung war zu, aber nicht abgeschlossen. Rebus trat ein und fand ihn wie üblich an seinem Fensterplatz mit dem Fernrohr. Eine einzige Bodenlampe beleuchtete eine Ecke des riesigen Raums, der Rest blieb in Dunkel getaucht.

»Gehst du nie ins Bett?«, fragte er und sah sich nach einem Drink um. Er fand Whisky und ein Glas und schenkte sich großzügig ein.

»Bloß keine falsche Scheu«, sagte Cafferty. »Fühl dich ganz wie zu Hause.« Dann musterte er Rebus. »Wie siehst du denn aus?« Rebus schenkte sich nach. »War Andrew das?«

»Andrew hat nur meinen Wagen aufgebrochen und mir die Drogen geklaut, um die ich Beth Mackenzie erleichtert habe.«

»Hab ich mir gedacht«, sagte Cafferty und lächelte gefühlvoll.

»Dann war das gar nicht deine Idee?« Rebus sah sich um. »Wo ist er überhaupt? Soll ich mich jetzt selbst auf Waffen abtasten?«

»Abends hat er frei – bin ja kein Sklaventreiber.«

»Bevor ich hochgekommen bin, hab ich in der Tiefgarage nachgesehen, sein Audi ist da. Hätte ich Werkzeug dabeigehabt, hätte ich mich gleich revanchiert.«

»Das ist eigentlich mein Wagen, er fährt nur damit.«

»Aber du hast ihn beauftragt, mich zu beschatten.«

»Auch das ging auf seine eigene Initiative zurück.«

»Wer zum Teufel ist er?«

»Er gehörte zu Darryl Christie, bis der in den Knast gewandert ist. Andrew war immer schon schlauer als die meisten. Ich hab ihn als eine Art Projekt übernommen. Ein paar Straßen weiter hat er eine Wohnung, wobei er jetzt gerade …« Cafferty sah auf seine Armbanduhr. »Wahrscheinlich ist er irgendwo in einem Club. Er geht gerne ins Elemental.«

»Und das vermutlich nicht nur wegen der Musik.« Rebus schenkte sich erneut ein.

»Schon wahr, er interessiert sich für die Mitarbeiter – ist einfach ein Menschenfreund.«

»Ganz besonders, wenn ihm diese Menschen nützlich sein können, nachdem du die Mackenzies abgesägt hast. Ist das der Plan – du willst deinen Schützling an ihrer Stelle ins Geschäft bringen?«

»Du weißt so gut wie ich, John, dass es niemals ein Vakuum gibt. Gerade war doch noch die Rede von Jack Oram.«

»Er ist tot, aber das weißt du ja schon.«

»Ich hab immer noch Augen und Ohren in der Stadt.«

»Komisch, aber mir ist, als hättest du genau das Gegenteil behauptet. Wer lügt, kommt in die Hölle, weißt du das?«

»Die Besitzer von Orams alter Billardkneipe wurden gesehen, wie sie mitten in der Nacht etwas in einen Transporter geladen haben. Man könnte sagen, ich hatte gewisse Verdachtsmomente.«

»Und dann hast du mich mit der Suche nach einem Toten beauftragt, weil …?«

Caffertys Augen funkelten. »Sag's mir.«

»Selbst wenn ich ihn nicht gefunden hätte«, folgte Rebus Caffertys Aufforderung, »hätte ich trotzdem noch überall genervt und die Mackenzies irgendwie aufgemischt. Deshalb hast du mir auch weisgemacht, er wäre bei QC Lettings gesehen worden. Hast du aber gewusst, dass sein Sohn dort arbeitet?« Cafferty nickte. »Das war nicht das einzige Märchen, das du mir verkauft hast – was war das mit dem Geld für die Familie seines Bruders?«

»Irgendwie musste ich ja dein Interesse wecken«, erwiderte Cafferty.

»Was ist mit dem Geld, das du seiner Frau geschickt hast?«

»Ich dachte, vielleicht taucht er dann wieder auf.«

»Und ich sollte die Mackenzies dazu bringen abzutauchen. Wäre ich der Wahrheit näher gekommen hätten mir die beiden Männer, die ihn umgebracht haben, dasselbe Schicksal beschert. Sowas bezeichnet man wohl als Win-Win. Wäre es ja beinahe auch geworden. Hätte Orams Sohn nicht nach mir gesehen, würde ich jetzt im Moorfoot auf dem Boden liegen und langsam kalt werden. Zum Glück war er bewaffnet. Ach so, das Ganze hat jetzt natürlich auch zur Folge, dass Beecham dir keine Anteile mehr zahlen wird.« Rebus hielt inne. »Wieso hast du ihn überhaupt leben lassen?«

»Er hat sich mit einem alten Psychofreund wieder angefreundet.«

»Crosbie.«

»Ich wäre nicht an Beecham rangekommen, ohne dass Crosbie sich an mir rächt. Ich hätte sie also beide loswerden müssen.«

»Vertrackt«, pflichtete Rebus ihm bei.

Cafferty sah ihn an. »Vertrackte Situationen sind meist schlecht fürs Geschäft. Gilt auch für die Constitution Street. Dass ich das Geld verloren habe, hat mich ein paar Wochen lang geschmerzt, aber ich war sowieso bald wieder in den schwarzen Zahlen. Was Jack Oram betrifft aber …«

»Ja?«

»Wenn er sich nicht hätte umbringen lassen, hätte ich ihn mir ganz bestimmt selbst vorgenommen.«

»Dann haben die dir im Moorfoot also einen Gefallen getan? Trotzdem hast du mich ihnen auf den Hals gehetzt.«

»Hast höllisch Glück gehabt, dass du jetzt hier bist.«

»Für dich ist das weniger Glück.«

»Kannst mir nicht vorwerfen, dass ich's versucht hab.«

»Was hast du versucht? Leute umbringen zu lassen und dir dein Altersimperium zurückzuholen, damit du Edinburgh erneut vergiften kannst?«

»Wenn ich's nicht mache, macht's ein anderer«, zischte Cafferty. »Jeder weiß, wie das läuft. Nur der Gedanke, dass es Fraser Mackenzie war, war mir unerträglich.«

»Fraser?« Rebus hob eine Augenbraue. »Du hast wirklich keine Ahnung. Deine alte Flamme Beth schmeißt den Laden. Die Tochter stellt ihr das Personal aus ihrem Club zur Verfügung, und zusammen sind die beiden ein teuflisches Team, glaub mir.« Als die Information bei ihm ankam, runzelte Cafferty die Stirn.

»Mit allergrößter Wahrscheinlichkeit haben die sich Tynecastle gefügig gemacht – auch eine Methode, die Beth von dir gelernt hat. Auch wenn dein eigenes Verhältnis zur Crew nicht immer rein freundschaftlich war. Vor allem nicht nach der Sache mit Tony Barlow und wie du sie dazu gebracht hast, ihn zum Krüppel zu schlagen …«

»Mit deiner Hilfe, du Pfeife«, unterbrach ihn Cafferty.

»Mit meiner Hilfe«, bestätigte Rebus. »Aber da beschlossen sie, in der Constitution Street einzubrechen, nur um dir zu zeigen, dass sie sich nicht so leicht kontrollieren lassen, wie du gehofft hast.« Er hielt inne. »Also, was jetzt?«

»Wie meinst du das?«

»Du hast den Stoff der Mackenzies – meinst du, Beth überlässt ihn dir einfach?«

»Sie kann ja versuchen, ihn sich zurückzuholen.«

»Ich würde nicht gegen sie wetten. Vielleicht solltest du Andrew warnen, dass er's mit gewaltigen Mächten zu tun bekommt.«

»Ich allein hab hier das Sagen, du Pfeife!« Cafferty hatte jetzt die Stimme gehoben.

»Ich weiß, dass du dir das einbildest, aber so wie ich es sehe, bist du nur ein habgieriger alter Mann im Rollstuhl.«

»Ein habgieriger alter Mann, der immer noch die Fäden zieht – deine auch!«

»Vielleicht wird es Zeit, sie zu kappen.«

Rebus goss sich noch einen letzten Drink ein und kippte ihn runter, dann ging er zum Sofa und nahm das Kissen mit dem Andreaskreuz. Er hielt es vor sich, näherte sich damit dem Rollstuhl.

»Ein junger Mann landet jetzt im Gefängnis, weil du seinem Vater vor Jahren etwas angetan hast. Ein junger Mann, der mir das Leben gerettet hat. Das heißt, ich bin ihm was schuldig, findest du nicht?«

»Sei nicht bescheuert«, wollte Cafferty sagen. »Du weißt …«

Den Rest des Satzes erstickte Rebus, indem er Cafferty das Kissen fest aufs Gesicht drückte. Der Mann war stark; er packte Rebus an den Handgelenken und versuchte ihn abzuschütteln, womit er Rebus wieder daran erinnerte, wie er selbst dem Tod im Moorfoot nur knapp entgangen war. Als Cafferty merkte, dass er sich vergeblich bemühte, tastete er nach den Knöpfen des Rollstuhls, ließ ihn rückwärts fahren. Weit kam er nicht, er knallte gegen den Sofatisch. Die Vorderräder hoben vom Boden ab, während Rebus Cafferty weiter das Kissen aufs Gesicht drückte und Caffertys erstickter Protest immer schwächer wurde.

Rebus hörte immer noch den Gesang der jungen Leute auf den Meadows, ein Hund bellte, und irgendwo in der Ferne heulte eine Sirene. Irgendwo brauchte jemand Hilfe. Irgendwo passierten schlimme Dinge. Rebus hatte sein gesamtes Leben hier verbracht, in einer immerwährend dunklen Stadt, und es hatte ihn zunehmend runtergezogen, ihm das Herz so schwer gemacht, als wäre es voller Grabsteine.

Am Morgen würde eine Frostschicht auf den Wegen liegen. Wenn er mit Brillo in der Frühe rausging, musste er aufpassen.

Heute

Während des Schlussplädoyers des Kronanwalts blickte Rebus nacheinander in alle im Gerichtssaal verteilten Kameras, deren Bilder an die andernorts tagenden Geschworenen übermittelt wurden.

Kameras ... daran hatte er nicht gedacht. Nach dem Anschlag, der ihn in den Rollstuhl gebracht hatte, hatte Cafferty überall in seinem weiträumigen Wohnzimmer welche anbringen lassen, und sie hatten Rebus' Anschlag auf Cafferty aufgezeichnet – auch dass er schließlich doch von seinem Opfer abgelassen hatte. Der Gedanke, dass ihn seine Tochter und Enkeltochter im Gefängnis besuchen würden, das er bis an sein Lebensende nicht mehr verlassen würde, war ihm zu schrecklich erschienen. Er hatte das Kissen von Caffertys Gesicht genommen und gesehen, wie dieser verzweifelt nach Luft schnappte, heisere Geräusche seiner Kehle entfuhren. Dann war Rebus wortlos gegangen, hatte sich nicht noch einmal umgedreht.

Cafferty war trotzdem gestorben. Sein Herz hatte aufgehört zu schlagen und Rebus eine Anklage wegen Mordes eingebrockt.

Ganz plötzlich spürte er, wie er das Gleichgewicht verlor, und griff nach dem Handlauf vor sich. Sein Herz klopfte, und der Schmerz in seiner Brust hielt jetzt beständig an. Die Richterin bekam es mit und hob eine Hand, um das Geschehen zu unterbrechen.

»Geht es dem Angeklagten gut?«

»Nur ein kurzer Schwindelanfall.«

»Brauchen Sie ein Glas Wasser?«

Rebus schüttelte den Kopf.

»Na schön. Fahren Sie bitte fort, Mr Bartleby.«

Siobhan und Sammy hatten recht – er sollte zum Arzt gehen. Im Gefängnis gab es einen, von dem er sich untersuchen lassen konnte. Seine Anwälte hatten Einspruch eingelegt und behauptet, er könne aufgrund seines Gesundheitszustands nicht in Untersuchungshaft bleiben, die Richterin damit jedoch nicht beeindruckt. Rebus stelle eine Gefahr für die Öffentlichkeit dar und gehöre hinter Schloss und Riegel.

Sowohl Siobhan wie auch Sammy hatten ihn während der zulässigen Zeiten besucht, Sammy hatte erklärt, sie habe Carrie zusammen mit Brillo bei einer Freundin gelassen. Er hatte sie gefragt, was sie ihrer Enkeltochter erzählt habe.

»Dass da ein böser Mann war und du was gegen ihn unternehmen wolltest.«

Danach musste er grinsen, weil er das für keine schlechte Grabinschrift hielt. Aber war er selbst nicht auch ein böser Mann, hatte er sich nicht öfter mit Teufeln als mit Engeln abgegeben? Er hatte gegen Gesetze verstoßen, Beweise verdreht und Schmiergelder angenommen, hatte Schuldige aufgrund von Vergehen verhaftet, die sie nicht begangen hatten, weil er ihnen die tatsächlich begangenen nicht nachweisen konnte. Er hatte seine Fäuste und seine Füße zur Einschüchterung gebraucht. Das alles stand in den Akten der Complaints, darunter vieles, das er längst vergessen hatte.

Siobhan würde die Beförderung annehmen, aber zurzeit war sie noch mit den Vorbereitungen auf den Prozess gegen Stephanie Pelham beschäftigt. Vor Gericht würde einiges herauskommen, und nichts davon ließ die Polizeiwache Tynecastle in vorteilhaftem Licht erscheinen. Driscoll hatte seine Kündigung bereits eingereicht. Clarke glaubte, Agnew sei kurz davor. Jack Orams Leiche wurde schließlich in einem stillgelegten Steinbruch in West Lothian gefunden. Crosbie – der anders als sein langjähriger Freund zu zäh war, um an einer Schusswunde zu sterben – wurde nicht nur wegen des Mordes an Jack Oram angeklagt, sondern auch wegen mehrfacher Brandanschläge. Auch Tommy würde schon bald vor Gericht erscheinen müssen. Clarke hatte spekuliert, dass Rebus am Ende zusammen mit Tommy und Crosbie sitzen würde – möglicherweise auch mit Fraser Mackenzie und James Pelham. Gegen die Mackenzies, einschließlich Gaby, wurde wegen aller möglichen Vergehen und Verschwörungen ermittelt, was Laura Smith ausreichend Material verschaffte, um auf absehbare Zeit finanziell wie inhaltlich ausgesorgt zu haben.

»Hast du Fox gesehen, seit er wieder nach Gartcosh zurück ist?«, hatte Rebus Clarke gefragt.

»Er hat gesagt, er drückt dir die Daumen.«

»Aber hast du die Beweise gesehen?«

»Nein, jetzt wo du's sagst.« Woraufhin beide grinsen mussten.

»Denkt er immer noch, dass er Alan Fleck drankriegen kann?«

»Malcolm ist keiner, der so schnell aufgibt. Das scheint mir das Einzige zu sein, was ihr beide gemeinsam habt.«

»Aber er wird es nicht machen. Du bist dran.«

»Wahrscheinlich schon.« Ihre Miene hatte sich etwas verdüstert.

»Und du wirst das richtig machen, Siobahn. Weil es richtig gemacht werden muss.«

Fleck hatte beantragt, Rebus besuchen zu dürfen, aber Rebus hatte dies abgelehnt. Er wusste, Fleck würde ihn um einen Gefallen bitten: Da Rebus sowieso eine Weile im Gefängnis verbringen würde, könnte er dann vielleicht ein bisschen was von dem Beschuss abfangen, unter den Fleck womöglich geriet? Zweifellos würde er ihm eine Entschädigung anbieten, aber Rebus war nicht mehr bereit, seinem alten Freund aus der Klemme zu helfen. Wenn Siobhan bei den Complaints war, würde sie Rebus besuchen. Es gab Geschichten, die erzählt werden mussten, und niemand eignete sich besser, ihm die Beichte abzunehmen, als sie. Er dachte immer wieder an Francis Haggard und wusste immer noch nicht, ob er aus Gründen der Scham oder des Selbsterhalts hatte auspacken wollen.

Zum Teufel, warum nicht beides?

Er merkte, dass die Zeit fortgeschritten war. Sein Kronanwalt hatte Platz genommen, und der Staatsanwalt hatte sich erhoben. Rebus hatte Bartlebys wichtigste Rede verpasst.

»Sind Sie sicher?«, hatte Bartleby ihn bei mehr als einer Gelegenheit gefragt.

»Mein ganzes Leben wirkt strafmildernd«, hatte Rebus ihm versichert.

»Dann nicht schuldig«, hatte Bartleby ihm zugestimmt.

Die Türen gingen auf, um den ersten Zeugen der Staatsanwaltschaft einzulassen. Andrew, der der Polizei das Material aus den Überwachungskameras in Caffertys Penthouse übergeben hatte, trat ein. Er trug einen teuren Anzug und hatte einen neuen Haarschnitt. Er wirkte elegant und bereit für größere Aufgaben. Als sich Rebus' und sein Blick trafen, grinste er.

I was a single father
But I just can't complain
Got a heart full of headstones
As I step down from the train …

Jackie Leven, »Single Father«

Der Autor

Ian Rankin, geboren 1960, ist Großbritanniens führender Krimiautor. Seine Romane sind seit Jahren fester Bestandteil der internationalen Bestsellerlisten. Er wurde mit dem *Order of the British Empire* geehrt, außerdem erhielt er den *British Book Award* und zahlreiche andere renommierte Preise. Er lebt in Edinburgh.

Ian Rankin im Goldmann Verlag:

Mädchengrab
Schlafende Hunde
Das Souvenir des Mörders
Rebus
Das Gesetz des Sterbens
Ein kalter Ort zum Sterben
Ein Haus voller Lügen
Der Hinterhalt
Ein Versprechen aus dunkler Zeit

(alle auch als E-Book erhältlich)